파르므의 수도원 2

파르므의 수도원 2

스탕달 지음 | 오현우(서울대 명예교수) 옮김

차 례

파르므의 수도원 2 • 9

작품 해설 및 작가 연보 • 425

파르므의 수도원 2

14장

 파브리스가 파르므 근처 마을에서 사랑을 좇고 있을 때 라시 사법장관은 그가 가까운 곳에 있는 줄도 모르고 그 사건을 자유주의자 사건과 똑같이 다루고 있었다. 즉, 그의 무죄를 증언할 만한 증인을 찾지 못한 척했는데 사실은 증인들을 협박하고 있었다. 라베르시 후작 부인은 일 년 가까이 교묘한 공작을 벌인 결과, 파브리스가 볼로냐로 온 지 두 달이 된 어느 금요일에 몹시 들뜬 표정으로 자신의 거실에서 이렇게 말하게 되었다. 델 동고의 자식에 대한 판결문이 한 시간 전에 완성되었으며 내일은 대공께 인가를 받는다는 것이었다. 이 말은 몇 분 후에 공작 부인에게 전해졌다.
 '모스카 백작은 형편없는 부하들을 두고 있구나.'
 그녀는 생각했다.
 '오늘 아침에도 일주일 이내에는 판결을 내리지 않을 거라고 말하지 않았던가? 그는 아무래도 나의 귀여운 부주교를 파르므에서 내쫓고 싶은 모양이야. 하지만 그 아이는 반드시 이곳으로 돌아올 거야. 그리고 대주교가 될 거야.'

공작 부인은 종을 울렸다.

"옆방에 모두들 모여 줘요."

공작 부인이 시종에게 말했다.

"요리사까지도. 그리고 수비대 사령부에 가서 네 마리의 역마를 빌려 와서 마차에 매달아 줘요."

저택의 하녀들은 짐을 챙기기에 바빴고, 공작 부인은 서둘러 여행 복장을 했다. 백작에게는 아무것도 알리지 않았다. 백작을 놀려 주는 것이 그녀에게 즐거움을 주었기 때문이었다.

"여러분!"

그녀는 모여 있는 하인들에게 말했다.

"내 조카가 미친 사내로부터 용감하게 몸을 지켰다는 이유로 결석 재판에서 유죄를 받게 되었습니다. 죽이려고 한 사람은 지레티였는데도 말입니다. 여러분은 파브리스가 얼마나 유순한 사람인지 잘 알고 있을 것입니다. 나는 이런 지독한 모욕을 참을 수 없기 때문에 피렌체로 갑니다. 여러분에게는 10년 치의 급료를 남기고 갑니다만, 혹 부족해서 곤란하게 되면 편지를 주세요. 나에게 금화 한 닢이라도 남아 있는 한 여러분을 위해 무엇이든 해드릴 생각입니다."

공작 부인은 진심으로 그렇게 생각했다. 이 마지막 말을 듣고 하인들은 눈물을 흘리기 시작했다. 그녀의 눈도 눈물에 젖어 있었다. 그녀는 울먹이는 소리로 말을 이었다.

"신에게 기도해 주세요. 나와 파브리스 델 동고를 위해서. 그는 이 교구의 부주교인데도 내일 아침에는 중노동 아니면 그보다는 덜 고통스러운 사형을 선고받을 것입니다."

하인들이 더 크게 울다가 마침내 폭동이라도 일으킬 듯이 고함을 치기 시작했다. 공작 부인은 사륜 마차를 타고 대공의 저택으로 향했다. 그리고 적절한 시간이 아님에도 불구하고 당직 부관 퐁타나 장군에게 배알을 부탁했다. 부관은 그녀가 궁정에 오면서 성장을 하지 않았다는 점에 크게 당황했다.

대공은 놀라지 않았으며 배알의 이유를 듣고도 화를 내지 않았다.

'예쁜 눈이 우는 것을 구경이나 할까?'

그는 즐거운 듯이 손을 비비면서 생각했다.

'용서를 받으려고 온 게로구나! 그 거만한 여인도 이젠 할 수 없이 고개를 숙이는가! 그 건방진 태도에 속이 뒤틀리곤 했는데! 표정이 풍부한 그 눈은 조금이라도 기분 상하는 일이 있으면 언제고 나를 향해 나폴리나 밀라노에서는 이 조그만 파르므와는 비길 수 없이 즐거운 생활을 할 수 있노라고 말하는 듯했지. 나는 나폴리나 밀라노의 군주는 아니지만 그 여자는 내 손 안에 있다. 그 거만한 여자는 나만이 해결할 수 있는 문제에 대해 어떤 부탁을 하러 온 것이니까 말이다. 그 조카가 왔을 때부터 그 녀석이 쓸모가 있겠다고 생각했더니 그대로 되었다.'

대공은 즐거운 공상에 잠겨 웃음을 지으면서 홀 안을 왔다갔다했다. 문 저쪽에서는 장군이 받들어 총을 하는 것처럼 딱딱한 자세를 취하고 있었다. 장군은 대공이 눈을 빛내고 있는 모습을 보자 공작 부인의 여행 복장 차림이 생각났다. 그는 이젠 이 군주국도 무너지는 것이 아닌가 하고 생각했다. 그렇기 때문에 대공이 "공작 부인에게 15분쯤 기다리게 하시오." 라고 말했을 때 허리가 빠지는 듯 놀랐다. 부관은 열병식 때처럼 '뒤로 돌아'를 해서 나갔다. 대공은 또 미소를 지었다.

'퐁타나에게는 저 콧대 높은 공작 부인을 기다리게 하는 것이 신기한 일일 게다. 15분을 기다리라는 말을 들었을 때 그녀는 놀란 얼굴을 하면서도, 방에서 흘릴 비통한 눈물을 준비하겠지.'

대공에게는 참으로 즐거운 15분이었다. 그는 당당한 걸음걸이로 이리저리 거닐고 있었다. 그는 자신이 지배하는 자의 위치에 있다는 생각이 들었다.

'꼬투리를 잡힐 만한 말은 절대로 하지 말자. 공작 부인에 대한 나의 감정이 어찌 됐건, 그녀는 내 궁정의 귀부인들 중 하나임에 틀림없다. 루이 14세는 왕녀들에게 화를 낼 때 어떻게 했을까?'

이런 생각을 하며 그는 루이 왕의 초상화를 바라보았다.

재미있는 사실은 대공은 파브리스에게 특사를 줄 것인지 아닌지는 생각조차 하지 않고 있다는 것이었다. 20분이나 지나자 기다리다 못한 퐁타나가 또다시 출입구에 나타났다. 그러나 장군은 아무 말도 하지 않았다.

"산세베리나 공작 부인을 들여보내게."

대공은 연극조로 외쳤다.

'이제부터 울음바다가 되겠지.'

대공은 마치 그 장면을 준비하듯 손수건을 꺼냈다.

이렇듯 공작 부인이 매혹적으로 보였던 적은 없었다. 그녀는 스물다섯 살도 되지 않은 것처럼 보였다. 부관은 그녀가 가벼운 발걸음으로 거침없이 융단 위를 걷는 것을 보고는 미칠 듯한 기분이었다.

"전하께 죄송하다는 말씀을 드려야겠어요."

그녀는 밝고 귀여운 목소리로 말했다.

"예의에 벗어난 모습으로 뵙게 되었습니다만, 언제나 전하의 호의에 응석을 부리는 버릇이 생겼기에 그러하오니 부디 이 실례를 용서해 주시기 바랍니다."

공작 부인은 대공의 표정을 즐기기 위해 천천히 말을 하기 시작했다. 대공의 당황한 표정은 재미있었다. 그리고 그 당황한 표정은 언제나 허세를 부리고 있는 머리와 팔 근처에 머물러 있었다. 대공은 벼락이라도 맞은 듯 어쩔 줄 모르면서 이따금 "뭐라고! 뭐라고!"라고 고함을 치는 것이 고작이었다.

공작 부인은 인사말을 하고 나서 예의상 상대에게 대답을 할 기회를 주려는 듯 천천히 이렇게 덧붙였다.

"부디 버릇없는 복장을 용서하시기 바랍니다."

그러나 그녀는 그렇게 말하면서도 상대를 놀리는 듯 눈을 번쩍번쩍 빛내고 있었기 때문에 대공은 도저히 참을 수가 없었다. 그는 천장을 바라보았다. 이는 그가 정말 난처할 때 취하는 행동이었다.

"뭐라고! 뭐라고!"

그는 또 그 말만 거듭할 뿐이었다. 이윽고 그는 알맞은 말이 생각났다.

"자아! 앉아 주시오, 공작 부인."

그는 정답게 손수 팔걸이 의자를 권했다. 공작 부인은 그 정중함을 무시할 수가 없어 눈빛을 부드럽게 했다.

"뭐라고! 뭐라고!"

그는 또 이렇게 말하면서 의자 속에서 안절부절못했다. 의자 밑에 송곳이라도 박힌 사람 같았다.

"시원한 한밤중을 이용해 여행을 떠나려고 합니다."

공작 부인은 말을 이었다.

"언제 돌아올지 모르기 때문에 지난 5년 동안 베풀어 주신 온갖 은혜에 조금이라도 보답하고자 감사의 말씀을 올리려고 합니다."

그 말을 듣고 사태를 알게 된 대공은 얼굴이 창백해졌다. 그는 예상이 어긋나는 것을 극도로 싫어하는 사람이었다. 그는 이윽고 눈앞에 있는 루이 14세에 지지 않을 만큼의 당당한 태도를 되찾았다.

'잘되었군.'

공작 부인은 생각했다.

'이제 좀 남자답잖아.'

"어찌해서 그렇게 빨리 떠나려는 거요?"

대공은 제법 침착한 어조로 물었다.

"훨씬 오래 전부터 생각하고 있었습니다."

공작 부인이 대답했다.

"그러던 중에 몽세뇌르 델 동고가 모욕을 받았습니다. 내일은 사형 아니면 징역형을 선고받을 것이니 그냥 이대로 있을 수 없습니다."

"그럼, 어디로 가시오?"

"나폴리로 가겠습니다."

그녀는 자리에서 일어서면서 덧붙였다.

"전하께 작별 인사를 하고 옛날의 친절에 감사의 말씀을 전하고 싶었을 뿐입니다."

그녀가 너무나 확연한 태도로 말했기 때문에 대공은 만사가 모두 끝장났다고 생각했다. 그녀가 떠나고 나면 다시는 회복할 수 없는 일이 되고 말 것이었다. 그녀의 결심을 꺾는 일이란 있을 수 없는 여자가 아닌가. 대공은 그녀에게 매달렸다.

"그렇지만 공작 부인, 잘 아시는 바와 같이……."

대공은 공작 부인의 손을 잡았다.

"나는 당신을 좋아했습니다. 더욱이 당신의 태도 여하에 따라서는 호의 이상의 감정도 느낄 수 있었습니다. 그런데 살인 사건이 있었다는 일은 명확하지 않습니까. 그 사건의 심의는 가장 훌륭한 재판관에게 부탁한 것입니다."

그 말을 듣고 공작 부인은 벌떡 일어났다. 순식간에 경건한 태도도, 품위 있는 모습도 사라져 버렸다. 분명히 모욕을 받은 여자로 변해 버린 것이다. 더욱이 성실치 못한 상대에게 화를 내는 듯한 모습이었다. 대공을 향해 그녀는 분노와 경멸을 담아 한마디 한마디에 힘을 주면서 말했다.

"저는 영원히 전하의 나라에서 떠나겠어요. 왜냐하면 조카나 그밖에 많은 사람을 사형에 처한 라시 사법장관, 그리고 또 다른 비열한 살인자들의 말을 두 번 다시 듣기가 싫기 때문입니다. 전하와 같이 사람들에게 속지 않고 계실 때만 예의 바르고 총명하신 군주를 마지막으로 뵙는 순간에 불쾌함을 느끼고 싶지는 않으니, 부디 그런 비열한 재판관들, 1천 에퀴나 황금이나 훈장을 위해서라면 자신의 영혼마저 팔아먹는 그런 재판관들을 제 앞에서 거론하지 말아 주세요."

이 말이 훌륭하게 그리고 진실하게 들렸기 때문에 대공은 당황하고 말았다. 일순간 그는 자신의 위신이 손상된 것이 아닌가 염려했다. 그러나 흥분은 잠시 후 쾌감으로 바뀌었다. 그는 공작 부인에게 감탄하고 있었던 것이다. 그녀의 모든 것이 숭고해 보였다.

'참으로 아름다운 여자로다. 이런 여자이니 다소 무리한 청이라도 들어주지 않을 수 없지. 이탈리아를 온통 뒤진다고 해도 이런 여자는 찾을 수 없을 테니까…… 그렇다! 잘하면 이 여자를 내 것으로 만들 수 있을지도 모른다. 인형 같은 발비 후작 부인과는 비길 수도 없어. 그 여자는 지금도 해마다 내 부하들에게서 30만 프랑쯤은 빼앗아 가고 있어…… 그런데 이 여자가 나에게 뭐라고 했더라?'

대공은 마음을 바꾸었다.

'조카나 그밖에 많은 사람을 사형에 처했다고 했지.'

대공은 화가 치밀어 올랐다. 그는 잠시 침묵을 지키다가 군주에 어울리는 위엄을 갖추면서 말했다.

"그렇다면 출발을 좀 늦추게 하려면 어떻게 해야 좋은가?"

"할 수 없는 일입니다."

공작 부인은 격한 혐오감과 노골적인 경멸을 담은 말투로 대답했다. 대공은 울컥했으나 절대군주라는 직분상 일시적인 충동에 휩쓸리지는 않았다.

'이 여자를 내 것으로 만들어야지. 그것을 나의 의무로 삼자. 그런 다음에 죽도록 경멸해 주겠다…… 만일 이 방에서 나간다면 다시는 못 만나게 된다.'

그러나 그는 분노와 증오로 분별을 잃고 있었기 때문에 제 멋대로 정해 버린 의무를 이행하고, 공작 부인이 떠나지 못하게 하려면 어떻게 말해야 될지 생각나지 않았다.

'사소한 행동 하나라도 사람들이 알게 되거나 조롱거리가 되어서는 안 된다.'

그는 공작 부인과 문 앞을 가로막았다. 바로 그때 문을 가볍게 두드리는 소리가 들렸다.

"어떤 얼간이야!"

그는 있는 힘을 다해서 소리를 질렀다.

"어떤 얼간이가 이제 와서 나타나는 거야?"

퐁타나 장군은 허둥대면서 새파랗게 질린 얼굴을 내밀었다. 그리고 숨이 넘어가는 사람처럼 분명치 못한 말을 했다.

"모스카 백작께서 뵙고 싶답니다."

"들여보내."

대공이 고함을 질렀다.

모스카 백작이 인사를 드리자 대공은 백작에게 말했다.

"그런데 산세베리나 공작 부인이 지금 바로 파르므를 떠나 나폴리로 가고 싶다면서 몹시 심한 말을 하고 있어."

"뭐라고요?"

얼굴이 창백해진 모스카 백작이 말했다.

"아니! 그럼 자넨 몰랐단 말인가?"

"전혀 몰랐습니다. 여섯 시에 헤어질 때는 즐겁고 행복해 보였는데……."

이 말을 듣고 대공은 심한 충격을 받았다. 그는 모스카를 바라보았다. 점점 새파랗게 질려 가는 그 얼굴은 거짓말을 하고 있다고는 생각되지 않았으며, 또한 공작 부인의 무모한 계획과도 관계가 없다는 것을 알 수 있었다.

'그렇다면 이 여자는 영원히 내 곁을 떠날 것이다. 즐거움도 복수도 함께 없어지는 거다. 이 여자가 나폴리에 가게 되면 조카 파브리스와 함께 내가 화를 내던 모습을 비웃겠지.'

공작 부인 쪽을 바라보니 심한 경멸과 분노가 뒤엉켜 있는 듯 보였다. 그녀의 눈은 모스카 백작을 바라보고 있었고, 그 아름다운 섬세한 입 언저리에는 경멸이 서려 있었다. 마치 그 표정은 모스카 백작을 '이 비열한 하수인!' 하고 나무라는 것 같았다. 대공은 그녀의 표정을 살펴본 후 생각했다.

'이대로 두면 그녀를 두 번 다시 이 나라로 불러들일 수도 없게 된다. 지금이라도 이 방에서 나가 버린다면 만사는 끝장이 나는 것이다. 나의 재판관들이 파리에서 어떤 험담을 듣게 될지…… 더욱이 이 여자에게는 하늘이 주신 재주와 설득력이 있으니 어떤 말을 해도 모두 믿고 말 것이다. 내가 한밤중에 일어나 침대 밑을 살펴보는 못난 절대군주라는 소문을 퍼뜨리고 다니겠지…….'

그래서 대공은 흥분을 가라앉히기 위해 거니는 듯한 인상을 주며 또 한번 문 앞을 가로막고 섰다. 백작은 오른쪽으로 세 걸음쯤 되는 곳에 서서 창백한 얼굴로 안절부절못하고 있었다. 때문에 공작 부인이 처음에 앉았다가 대공이 분통을 터뜨렸을 때에 멀리 밀어낸 팔걸이 의자에 기대지 않으면 안 되었다. 백작은 연인만을 생각하고 있었다.

'만일 공작 부인이 떠난다면 나도 따라가야겠다. 하지만 공작 부인이 그것을 허락할까? 그것이 문제다.'

공작 부인은 대공의 왼쪽에서, 가슴에 팔짱을 낀 채 오만한 표정으로 대공을 쏘아보고 있었다. 방금 전까지 아름다운 얼굴을 더욱 빛내주던 생기는 사라지고 몹시 안색이 나빴다.

대공은 반대로 얼굴이 시뻘개져서는 허둥대고 있었다. 왼손은 제복에 단 십자 훈장을 초조한 듯이 매만지고 오른손은 턱 언저리를 쓸고 있었다.

"어떻게 했으면 좋을까?"

대공이 백작에게 물었다. 어떻게 해야 할지 모를 때 백작과 의논하던 버릇이 튀어나온 것이었다.

"전하, 저로서도 어찌할 바를 모르겠습니다."

백작은 마치 숨을 거두는 사람처럼 대답했다. 그로서는 그 정도의 대답도 간신히 한 것이었다. 대공은 그 처량한 소리를 듣고 이 접견으로 인해 상처받은 자존심이 처음으로 위로를 받는 느낌이었다. 그래서 기쁜 생각이 들었기에 자존심을 충족시켜 줄 만한 적절한 말을 생각했다. 대공이 말했다.

"알겠네. 우리 세 사람 중에서 내가 가장 이성적인 것 같군. 나는 신분을 모두 잊고 친구로서 이야기하고 싶네."

이어서 그는 루이 14세의 행복한 시절을 흉내내어 사람 좋은 미소를 떠올리면서 말했다.

"친구처럼 이야기하기로 합시다, 공작 부인. 터무니없는 계획을 그만두게 하려면 무엇을 어떻게 해야 할지를?"

"실은 저도 모르겠어요."

공작 부인은 크게 한숨을 쉬면서 대답했다.

"사실은 저도 모르겠습니다. 다만 파르므 왕국이 무서울 뿐입니다."

이 말에는 조금도 비웃음이 섞여 있지 않았다. 속마음이 숨김없이 그녀 입에서 튀어나온 것이었다.

백작은 화가 치밀어서 그녀 쪽을 바라보았다. 고위 관리로서 모욕을 받은 것이었다. 그리고는 애원하는 듯한 눈길을 대공 쪽으로 돌렸다. 대공은 위엄과 냉정을 유지하면서 그대로 있다가 잠시 후에 백작에게 말했다.

"당신의 아름다운 친구는 몹시 흥분해서 분별력을 잃은 것 같군. 당연한 일이야. 조카를 사랑하고 있으니까."

그리고 공작 부인 쪽으로 시선을 돌리면서 정이 담뿍 담긴 눈길과 희극의 대사를 인용하는 듯한 표정으로 말했다.

"당신의 아름다운 눈에 즐거움이 가득 차도록 하려면 어떻게 하면 되지요?"

공작 부인은 이미 생각을 하고 있었다. 그녀는 또렷하고 침착하게 마치 최후의 통첩을 구술하듯 대답했다.

"편지를 써주셨으면 좋겠습니다. 어떻게 쓰는지는 잘 알고 계시리라 믿습니다. 대주교의 부주교 주임인 파브리스 델 동고의 유죄를 믿지 않으니 판결문이 제출되어도 서명하지 않을 것이고, 앞으로도 그 부정한 재판은 아무런 효력도 없다고 써주세요."

"뭐라고? 부정이라고!"

대공은 눈까지 새빨개지면서 고함쳤다. 또다시 화가 치밀어 올랐다.

"그것뿐만이 아닙니다!"

공작 부인은 로마인처럼 도도하게 말을 이었다.

"오늘 밤 바로 써주셔야 해요."

그리고 시계를 보면서 덧붙였다.

"벌써 11시 15분이에요. 오늘 밤 중으로 라베르시 후작 부인에게 사람을 보내어 오늘 초저녁에 그분이 거실에서 퍼뜨린 고소 사건에서는 수고가 많았으니 이젠 시골에 가서 쉬라고 해주셨으면 해요."

대공은 미친 사람처럼 방안을 이리저리 맴돌았다.

'이런 여자는 처음 본다. 이처럼 나에게 예의를 갖추지 않다니.'

공작 부인이 애교 있게 말했다.

"전하께 실례를 하고 싶지는 않았습니다. 다만 전하께서 친절하시게도 친구끼리 이야기하듯이 하자고 말씀하시지 않으셨습니까? 그런데다 저는 파르므에 머무르고 싶은 생각이 조금도 없습니다."

그리고 모스카 백작을 경멸하는 듯한 눈빛으로 쏘아보았다. 그 눈빛을 보고 대공은 마음을 정했다. 말로는 무엇인가 약속을 해주고 싶었으나 사실은 주저하고 있었다. 그에게 말의 약속쯤은 한낱 놀이에 불과했던 것이다.

계속해서 여러 말이 오갔다. 결국 대공은 모스카 백작에게 공작 부인이 원하는 편지를 쓰라고 명령했다. 백작은 '그 부정한 재판은 아무런 효력도 없다.'라는 대목은 생략해 버렸다. 대공이 판결문이 제출되더라도 서명치 않겠다는 약속만 해도 충분하다고 생각한 것이었다. 대공은 편지에 서명할 때 백작에게 살짝 감사의 눈짓을 했다.

백작은 서툰 짓을 저지르고 말았다. 대공은 피로해 있었기 때문에 그 어떤 내용이었다 하더라도 서명을 했을 것이다. 대공은 그 자리를 원만하게 수습하고 싶었으며, 더욱이 공작 부인이 떠나 버리면 궁정은 일주일도 못 되어 지루해서 견딜 수 없는 곳이 될 거라는 생각으로 가득 차 있었던 것이다.

백작은 대공이 날짜를 다음날로 고치는 것을 보았다. 시계를 보니 12시가 가까웠다. 백작은 대공이 날짜를 변경한 것은 군주로서의 정확성과 뛰어난 정치력을 과시하는 행위라고만 생각했다.

라베르시 후작 부인을 추방하는 문제는 매우 간단했다. 대공은 사람을 추방하는 것을 좋아했기 때문이다.

"퐁타나 장군!"

대공이 문을 조금 열고 소리쳤다.

장군이 너무나 당황한 표정으로 나타났기 때문에 공작 부인과 백작은 살짝 웃다가 서로 눈이 마주치게 되었다. 그러자 이제까지의 격한 감정이 조금은 누그러졌다.

"퐁타나 장군!"

대공이 말했다.

"복도 밑에 대기시켜 놓은 내 마차를 타고 라베르시 부인 집으로 가게. 부인이 자고 있다면 대공의 심부름으로 왔노라고 말하고. 방에 들어가면 쓸데없는 말은 하지 말고 다음과 같이 전하게. '라베르시 후작 부인, 전하께서는 당신이 내일 아침 여덟 시까지 벨레자에 있는 당신의 저택으로 돌아갈 것을 권고하고 계십니다. 파르므에 돌아와도 좋을 시기가 되면 전하께서 통지하실 겁니다.' 라고 말이야."

대공은 공작 부인의 눈빛을 살펴보았다. 예상과 달리 그녀는 고맙다는 말도 없이 다만 정중하게 인사를 하더니 거침없이 가버렸다.

"어떻게 된 여자가 저래!"

대공이 모스카 백작 쪽을 향해 말했다.

백작은 라베르시 후작 부인이 추방된다는 사실을 기뻐했다. 이제는 수상으로서 소신껏 행동할 수 있게 된 것이었다. 그는 잔꾀 많은 늙은 궁정인답게 반시간 가량 군주의 자존심을 위로하는 말을 했다. 그리고 방금 전에 대공이 미래의 역사가에게 남긴 일화보다 뛰어난 것을 루이 14세의 일화에서 찾을 수 없다는 것을 대공이 믿게 될 때까지 물러나지 않았다.

 공작 부인은 집에 돌아오자마자 문을 걸어 닫고 백작을 비롯한 그 누구도 들여보내지 말라고 분부했다. 그녀는 혼자 있고 싶었고, 방금 전의 일을 곱씹어 보고 싶었다. 그녀는 즉흥적으로 행동했다. 하지만 그 어떤 행동을 하더라도 단호하게 했을 것임이 분명했다. 냉정을 되찾은 뒤에도 자신을 비난치 않았으며 하물며 후회 같은 것은 하지 않았을 것이다. 이런 성격 때문에 그녀는 서른여섯의 나이에도 불구하고 궁정에서 가장 매력적인 여자로 존재할 수 있었던 것이다.

 지금 그녀는 긴 여행에서 돌아온 듯한 기분으로 파르므가 참으로 재미있는 곳이라고 생각하고 있었다. 어찌 됐건 그날 밤 9시에서 11시까지는 이 나라를 영원히 떠날 작정을 했던 것이다.

 '안됐지만 백작이 대공으로부터 내가 떠난다는 말을 들었을 때의 표정은 참 재미있었어. 그는 좋은 사람이고 보기 드문 마음의 소유자야. 수상의 직분을 내던지고서라도 나를 따라와 주었을지도 몰라…… 또 그 다섯 시간 동안 한번도 나에게 화를 낸 적도 없었어. 신 앞에서 결혼을 한 여자라도 자기 남편에게 그렇게 말할 수 있는 여자가 있을까? 그는 허세도 부리지 않고 자신을 과시하지도 않아. 결코 남을 속이려고도 하지 않지. 내 앞에서는 늘 자신의 권력을 부끄러워하는 것 같았어…… 전하 앞에서의 그 이상한 표정이란 퍽 재미있었어. 여기에 계셨으면 입을 맞추어 주겠는데…… 그렇지만 실각한 수상을 위로하는 일은 하지 않을 거야. 권력에 대한 욕망이야말로 불치병과 같으니까. 젊어서 수상이 된다는 것은 얼마나 불행한 일인가! 백작에게 편지를 써야겠다. 이 점은 백작이 대공으로부터 버림받기 전에 알아두어야 하니…… 그건 그렇고 내 하인들을 잊고 있었구나.'

공작 부인은 종을 울렸다. 하인들은 아직도 짐을 챙기느라 바빴다. 할 일이 없는 하인들은 눈물을 글썽이며 마차를 둘러싸고 있었다. 케키나만이 큰 일이 있을 때 공작 부인의 방에 들어올 수 있었기 때문에 자세한 경과 보고를 하러 들어왔다.

"모두들 여기로 올라오라고 전하렴."

공작 부인은 얼마 후 옆방으로 갔다.

"군주(이탈리아에서는 이렇게 부른다)께서는 조카의 판결문에 서명치 않기로 했습니다. 그러니 출발은 연기합니다. 적들에게 군주의 의향을 바꿀 힘이 있는지 없는지는 곧 밝혀지겠지요."

잠시 침묵이 흐른 후 하인들은 환호성을 질렀다.

"공작 부인 만세!"

그리고 요란한 박수를 보냈다. 말을 마친 후 옆방으로 갔던 공작 부인은 갈채에 응답하기 위해 다시 무대로 나가는 배우처럼 되돌아가서 하인들에게 매력 넘치는 인사를 보냈다.

"여러분 감사합니다."

만일 그녀가 한마디라도 명령했더라면 모두들 궁정을 공격했을지도 모른다. 그녀는 마부를 불렀다. 예전에 밀수꾼이었던 이 충직한 자는 그녀 뒤를 따라왔다.

"돈 많은 백성으로 변장해서 몰래 파르므를 빠져나가요. 이륜 마차를 세내어 될 수 있는 한 빨리 볼로냐까지 간 다음, 볼로냐에서 산책하는 것처럼 해서 피렌체 성문으로 들어가요. 그리고 페레그리노 여관에 있는 파브리스에게 보따리를 전해 줘요. 보따리는 케키나가 줄 거예요. 파브리스는 은신하고 있고 조제프 보시라는 가명을 쓰고 있어요. 그애의 정체를 폭로시키지 않도록 주의해요."

"잘 알았습니다. 라베르시 후작 부인의 밀정들 탓이군요!"

마부가 소리쳤다.

"나타나기만 해봐라! 부인께서 원하신다면 바로 그 녀석들을 처치해 버리지요."

"머지않아 그럴지도 모르겠군! 그러나 내 지시가 있기 전까지는 경솔하게 굴어선 안 돼요."

공작 부인이 파브리스에게 보내려 하는 것은 대공의 편지 사본이었다. 그녀는 파브리스를 기쁘게 해주고 싶은 생각에 편지를 얻어내기까지의 과정을 몇 줄만 쓰려고 했는데, 그만 열 장이 넘어가고 말았다. 그녀는 마부를 다시 불렀다.

"출발은 성문을 여는 4시가 아니면 안 돼요."

"하수도를 통해 천천히 갈 작정이었습니다. 목까지 물에 잠기기는 하겠지만 어떻게든 빠져나갈 수 있을 것으로 생각하고서······."

"안 돼요."

공작 부인이 말했다.

"나에게 가장 충직한 사람이 열병에 걸린다면 큰일나요. 대주교 가문 중에 아는 사람이 없나요?"

"두 번째 마부를 알고 있습니다."

"이것은 대주교께 올리는 편지예요. 몰래 그분의 저택에 들어가서 그 마부에게 시종을 만나게 해달라고 해요. 일부러 대주교님을 깨우고 싶지는 않으니까요. 대주교님은 새벽에 일어나시니까 새벽 4시가 되면 축복을 부탁드리고 이 편지를 전해요. 그러면 대주교님은 아마 볼로냐로 보낼 편지를 써주실 거예요."

공작 부인은 편지의 원본을 대주교께 보내려는 것이었다. 그 편지는 부주교의 신상과 관련이 있으므로 대주교의 서고에 보관해 달라고 부탁한 것이었다. 그리고 조카와 같은 직에 있는 부주교들과 참사원들에게도 이 편지의 내용을 알려 줄 것을 부탁했다. 단, 이 모든 것을 극비로 해달라는 조건을 달았다. 공작 부인이 매우 친밀한 어조로 썼기 때문에 부르주아 출신의 대주교는 기뻐할 수밖에 없었을 것이다. 단, 서명만은 석 줄이었다. 즉, 모든 것을 격의 없이 털어놓은 편지의 말미에 이런 이름이 덧붙여 있었던 것이다.

안젤리나 코르네리아 이솔라 발세라 델 동고, 산세베리나 공작 부인.

이렇게 긴 이름을 쓴 것은 죽은 공작과의 결혼 계약서 이래 처음 있는 일이었다. 그러나 대주교와 같은 부류를 움직이기 위해서는 이 방법밖에 없었다.

'부르주아에게는 장난도 훌륭하게 보이는 것이니.'

그리고 나서 그녀는 잠자리에 들었으나 백작을 비꼬아 주고 싶은 충동을 억누를 수가 없어서 그에게 편지를 썼다. 그녀는 '군주를 대할 때의 방침'에 의거해 군주에게서 버림받은 수상을 위로하고 싶지는 않다고 분명하게 말해 두었다.

지금 당신은 군주를 무서워합니다. 대공을 더 이상 뵙지 못하게 되면 내가 무서워지지 않을는지?

그리고 이 편지를 즉시 백작에게 전하도록 했다.

다음날 오전 7시에 대공은 내무대신인 쥐를라 백작을 불러들였다.

"전국의 경찰서장들에게 엄명을 내려서 파브리스 델 동고를 체포하게. 아무래도 우리 영내로 돌아올 것 같네. 이 도망자는 볼로냐에서 우리 재판소를 비웃고 있는 것 같으니 그 사나이의 얼굴을 잘 알고 있는 경관들을 배치하게. 첫째로 볼로냐에서 파르므로 오는 길 인근에 있는 마을마다, 둘째로 사카에 있는 산세베리나 공작 부인의 저택 부근에, 셋째로 모스카 백작의 저택 둘레에 배치하도록. 백작, 당신은 몹시 신중한 사람이니 나에게서 받은 이 명령을 모스카 백작이 눈치 못 채게 할 거라 믿네. 어찌 됐든 파브리스 델 동고를 체포하게."

대신이 물러나가자마자 라시 사법장관이 비밀 문을 통해 들어왔다. 그는 걸음을 옮길 때마다 허리를 굽혀 절을 했다. 이 비열한 자의 얼굴은 매우 독특한 것으로, 어떤 비겁한 역할이라도 서슴지 않고 해치울 것 같았다. 그의 눈은 재빨리 불규칙하게 움직임으로써 자신의 실력을 믿고 있다는 인상을 주었고, 입가의 자신감은 다른 사람의 경멸쯤은 능히 받아넘길 수 있다는 것을 말하고 있는 것 같았다.

이 인물이 파브리스의 운명에 중대한 영향을 미칠 것이기 때문에 여기서 잠시 설명을 해두고 싶다.

라시는 키가 크고 총명해 보이는 눈을 가졌지만, 심한 곰보였다. 재능도 있었고 거기에다 섬세한 면도 겸비하고 있었다. 항간에서는 그가 법률에 조예가 깊다고 생각했지만, 그의 가장 뛰어난 재능은 책략을 꾸미고 이를 행하는 것이었다. 어떤 종류의 사건이 발생하든 그는 법적인 근거를 재빠르게 찾아내어 유죄 혹은 무죄로 신속히 결정을 내렸다. 그리고 검사로서의 교활한 솜씨만큼은 그 어느 누구에게도 지지 않았다.

수많은 군주들이 등용하고 싶어했던 이 남자에게도 약점은 있었다. 바로 고귀한 사람들과 친근하게 담화와 농담을 나누고 그들의 마음에 들고 싶다는 욕망이었다. 권력을 가진 자가 그의 이야기를 듣고 비웃거나 또는 라시 부인의 일로 몹시 심한 소리를 해도 그는 전혀 개의치 않았다. 단지 상대가 웃으며 자신을 격의 없이 대해 주는 것만으로도 기쁜 것이었다.

이따금 대공은 이 대법관의 권위를 손상시키기 위해 그를 발로 차곤 했다. 그러면 라시는 울음을 터뜨렸다. 그렇지만 그의 욕망은 너무 강했기 때문에 자신의 거실에서 나라 안의 모든 법률가들을 상대로 거만을 떠는 것보다는 매일 대공의 거실에서 조롱을 받는 편이 더 좋았다. 특히 라시는 특별한 지위에 있어서 아무리 겁이 없는 귀족이라 할지라도 그를 모욕할 수 없었다. 그 특별한 지위란 모든 것을 대공에게 일러

바치는 것이었고, 그는 이를 이용해 자신을 모욕한 자들에게 복수를 했다. 대공은 그에게 무엇을 말해도 좋다는 특권을 주었던 것이다. 다만 대공은 대답 대신 그를 몹시 두들겨 패곤 했다. 그렇지만 라시는 조금도 화를 내지 않았다.

대공은 기분이 언짢을 때 이 대법관을 기분 전환용으로 삼았다. 욕을 퍼붓고 경멸을 하는 것이 재미있었던 것이다. 이것으로 라시가 궁정에 매우 적합한 인간이라는 것을 알 수 있다. 수치심도 모르고 자존심도 없는 인간인 것이다.

"비밀을 지켜."

대공은 경례에 답하지도 않고 고함을 질렀다. 누구에게나 친절한 대공은 그에게만은 마치 하인을 부리듯 했다.

"판결문 날짜는 며칠로 되어 있나?"

"어제 날짜입니다."

"재판관은 몇 사람이나 서명했나?"

"다섯 사람 전부가 했습니다."

"형벌의 내용은?"

"20년형입니다. 전하께서 분부하신 바와 같이."

"사형을 시키면 시끄럽겠지."

대공은 혼잣말처럼 말했다.

"아쉽군! 그 여자에게 따끔한 맛을 보여 줄 수도 있었는데! 여하튼 그는 델 동고 가문 사람이고, 아무래도 그 집안은 대주교를 셋이나 배출했으니 파르므에서 존경을 받고 있고…… 20년형이라 했지?"

"그렇습니다, 전하!"

라시 사법장관은 여전히 서 있는 채로 허리를 굽히면서 대답했다.

"그리고 감옥에 들어가기 전에 우선 전하의 초상화 앞에서 공개적인 사죄를 하지 않으면 안 됩니다. 더욱이 매주 금요일과 주요한 축제일 전날에는 빵과 물만을 먹어야 합니다. 이것은 앞으로 다시는 이런 일이 생기지 않도록 하기 위한 본보기이자 그 녀석의 장래를 망쳐 놓기 위해서이기도 합니다."

"이렇게 써라. '전하께서는 피고인의 모친 델 동고 후작 부인과 고모 산세베리나 공작 부인의 탄원을 들어주어 그들의 자식 혹은 조카가 되는 자가 죄를 범했을 당시는 아직 젊었고, 죽은 지레티의 아내에 대한 연정으로 제정신이 아니었다는 진술을 인정하여, 이런 살인을 증오함에도 불구하고 파브리스 델 동고에게 언도된 형을 12년형으로 감형해 주셨다.' 자, 그럼 서명을 해주지."

대공은 서명을 하고 전날의 날짜로 적었다. 그리고 판결문을 라시에게 전하면서 말했다.

"내 서명 바로 밑에 이렇게 써라. '덧붙이노라. 산세베리나 공작 부인이 전하 어전에 꿇어 엎드려 애원을 했기에 대공께서는 이 죄수가 매주 목요일에 파르네세 탑이라 불리는 사각탑의 옥상을 한 시간 동안 산책할 수 있도록 허락하셨다.' 그리고 서명해라."

대공이 말했다.

"잘 알았지? 어떤 소문이 퍼진다 하더라도 모른 척하고 침묵을 지켜야 해. 그리고 징역 2년형에 찬성하는 표를 던지고 이에 대한 연설까지 한 데 카피타니 판사에게는 법률·규칙 등을 다시 공부하라고 전해라. 거듭 말해 두는데 절대로 쓸데없는 말을 하지 마라. 그럼, 잘 가시게."

라시 사법장관이 세 번이나 절을 했지만 대공은 거들떠보지도 않았다.

이때는 오전 7시였다. 그로부터 서너 시간 후에 라베르시 후작 부인이 추방되었다는 소문이 여기저기로 널리 퍼졌고 사람들은 이 엄청난 사건을 놓고 입방아를 찧었다. 파르므처럼 작은 도시에서는 지루함이 크나큰 적이게 마련인데, 이 사건은 그러한 지루함을 몰아내 준 것이다.

자신이 수상이 될 거라고 확신한 파비오 콘티 장군은 관절염이 도졌다는 핑계를 대어 며칠이고 밖으로 나가지 않았다. 부르주아나 그 밑의 하층민들은 이런 상황으로 미루어 보아 대공이 몽세뇌르 델 동고를 파르므의 대주교로 임명할 것이 틀림없다고 생각했다. 카페에 상주하고 있는 정치통들은 란드리아니 대주교가 병을 빌미로 사직을 강요받았다고 주장했으며, 얼마 후엔 담배세에서 나온 어마어마한 연금이 대주교에게 주어질 거라고 떠들어댔다. 이런 뜬소문이 대주교의 귀에까지 들어가자 그는 걱정 끝에 얼마간은 우리 주인공에 대한 호감도 잊을 뻔했을 정도였다. 두 달 뒤에는 이 멋진 소문이 파리의 신문에 실렸다. 다만 조금 다른 점은 대주교가 되는 것은 산세베리나 공작 부인의 조카인 모스카 백작이라고 되어 있었다.

라베르시 후작 부인은 벨레자의 저택에서 몹시 화를 내고 있었다. 그녀는 적을 실컷 욕하는 것만으로 복수를 끝냈다고 생각하는 평범한 여자가 아니었다. 추방을 당한 다음날, 그녀의 부탁을 받은 리스카라 기사와 세 명의 기사들이 대공에게 가서 위로차 그녀의 저택을 방문하고 싶다는 청을 올렸다. 대공은 그들의 청을 들어주었고, 그들이 벨레자에 도착하자 후작 부인은 몹시 기뻐했다.

그녀는 2주 안에 자유당의 내각이 들어섰을 때 상당한 지위에 앉을 인물들을 30명이나 저택으로 불러모았다. 그리고 매일 밤마다 정보에 밝은 사람들과 함께 회의를 했다.

파르므와 볼로냐로부터 많은 편지가 온 어느 날, 그녀는 일찌감치 자신의 방으로 들어갔다. 그러자 하녀가 그녀의 애인이자 얼굴만 잘생겼을 뿐 별다른 재주는 없는 발디 백작을 그녀의 방으로 안내했다.

그 다음에는 옛 애인인 리스카라 기사가 부름을 받았다. 그는 체구가 작았으며 얼굴도 마음도 시커먼 사람이었다. 원래는 파르므 귀족 학교의 기하학 복습교사였으나 지금은 평의원이 되었고 많은 훈장을 갖고 있었다.

후작 부인이 두 사람에게 말했다.

"나는 하찮은 서류일지라도 소중하게 간직하는 습관을 가지고 있어요. 그래서 이번에 큰 덕을 보았답니다. 이것은 산세베리나 부인이 내게 여러 가지 소식을 전해 주기 위해 쓴 편지 9통이에요. 당신들은 제노바로 가서 죄수들 가운데 전에 공증인이었던 뷔라티란 사람을 찾아 줘요. 베네치아의 대시인과 같은 이름이에요. 아니면 혹시 뒤라티였나? 발디 백작, 당신은 그 책상에 앉아서 내가 부르는 것을 받아 적어요."

 문득 생각이 나서 몇 자 적는다. 나는 카스텔노보 근처에 별장으로 갈 거야. 한나절쯤 놀러와 주었으면 기쁘겠구나. 이제 이렇게 된 이상 위험은 없을 거야. 어두운 구름은 사라지고 맑은 날이 온 거야. 그렇지만 카스텔노보 저택으로 곧바로 오면 안 돼. 길 근처에서 하인이 기다리고 있을 거야. 나의 하인들은 모두 너에게 순종할 거란다. 물론 도중에는 보시란 이름을 쓰도록 해라. 듣기로는, 너는 카푸친 수도회 수도사처럼 수염을 길렀다는데 파르므 사람들은 유순한 부주교로서의 모습밖엔 모른단다.

 "리스카라, 잘 알았어요?"
 "잘 알았습니다. 그렇지만 이 일 때문에 일부러 제노바까지 갈 필요는 없을 것 같습니다. 파르므의 어떤 사나이를 알고 있는데, 물론 그 사나이는 아직 죄수는 아니지만 조만간 그렇게 될 것이 틀림없는 녀석입니다. 그 녀석은 산세베리나 부인의 필적을 멋지게 흉내낼 수 있습니다."
 이 말을 들은 발디 백작의 아름다운 눈이 휘둥그레졌다. 이제야 눈치를 챈 것이었다.
 "당신이 파르므의 그 사람을 알고 있고, 그의 출세까지 걱정해 주고 있다면……."
 후작 부인이 리스카라에게 말했다.
 "그 사람도 당신을 잘 알 거예요. 그렇다면 그 사람의 애인이나 고해신부나 친구들 중에 산세베리나 후작 부인에게 매수된 사람이 있을지도 모르죠. 이 장난이 며칠 늦어진다 해도 위험한 짓은 하고 싶지 않아요. 두 시간 후에 양처럼 유순하게 출발해요. 제노바에 도착하기 전까지는 아무도 만나지 말고, 그리고 일을 마치면 지체말고 돌아와 줘요."

리스카라 기사는 마구 웃더니 광대처럼 콧소리를 내어 "여행 준비를 해야겠다."라고 말하더니 뛰쳐나갔다. 실은 발디를 부인하고 단둘이만 남겨 두고 싶었던 것이다.

그로부터 닷새 후, 리스카라의 도움을 받아 후작 부인에게로 돌아온 발디 백작은 온몸이 상처투성이였다. 60리쯤 되는 길을 가로질러 당나귀를 타고 험한 산을 넘었기 때문이었다. 그는 두 번 다시는 먼 여행을 하지 않겠다고 말하고 있었다.

발디는 후작 부인으로부터 부탁받은 편지 사본 세 통을 가지고 왔으며, 비슷한 필적의 편지 대여섯 통도 같이 가지고 왔다. 후자는 훗날 쓸 일이 있을 것을 예상하고 리스카라가 작성한 것이었다. 그 중 한 통에는 대공이 밤마다 공포에 떤다는 것과 그 애첩 발비 후작 부인이 불쌍할 정도로 말라빠져서 의자에 잠시만 앉아 있어도 쿠션 위에 불집게 같은 자국이 남는다는 등의 내용이 적혀 있었다. 그 편지들은 누가 보아도 산세베리나 부인이 썼다고 믿을 만했다.

"이젠 틀림없어요."

후작 부인이 말했다.

"그 파브리스라는 친구는 볼로냐 아니면 그 근처에 있을……."

"나는 병중입니다."
발디 백작이 부인의 말을 가로챘다.
"부탁이니 제발 먼 여행은 하지 않도록 해주시오. 하다못해 몸이 다 나을 때까지만이라도 며칠쯤 쉬도록 해주시오."
"저에게 맡겨 주십시오."
리스카라는 그렇게 말한 후 후작 부인에게 귓속말을 했다.
"좋아요. 그렇게 해요."
그녀는 몹시 기뻐하며 말했다.
"마음놓으세요. 당신은 가지 않아도 돼요."
후작 부인이 경멸하는 듯한 어조로 발디에게 말했다.
"감사합니다."
발디는 매우 고마워하며 말했다. 이 대화처럼 리스카라는 혼자 역마차에 올라탔다. 그는 볼로냐에 도착해서 채 이틀도 지나기 전에 파브리스가 마리에타와 사륜 마차를 타고 가는 것을 보았다.

'놀랍군! 미래의 대주교가 뻔뻔스럽게도 말야. 이걸 산세베리나 공작 부인에게 알려 주면 얼마나 기뻐할까.'

리스카라는 뒤를 밟는 것으로 손쉽게 그의 거처를 확인할 수 있었다.

다음날 아침 파브리스는 제노바에서 작성된 그 편지를 받았다. 너무 짧다고는 생각했으나 이상하게 여기지는 않았다. 공작 부인과 모스카 백작을 만날 수 있다고 생각하니 참을 수 없이 기뻤다. 그래서 뤼도빅의 만류에도 불구하고 역마차를 세내어 전속력으로 달려갔다. 리스카라는 약간 거리를 두고 그뒤를 따라갔다.

  리스카라는 파르므에서 60리쯤 떨어진 카스텔노보 근처에 있는 역에 도착했을 때 통쾌함을 느꼈다. 감옥 앞의 넓은 광장에는 수많은 군중들이 모여 있었는데, 우리의 주인공이 이곳에서 말을 갈아탈 때 쥐를라 백작이 보낸 경관 둘이 그를 붙잡았던 것이었다.

  리스카라의 작은 눈은 기쁨으로 빛났다. 그는 이 작은 마을에서 일어난 사건을 일일이 확인한 후에 이 소식을 라베르시 후작 부인에게 알렸다. 그러고 나서 마을 안을 돌아다니면서 진기한 성당을 구경하거나 그 고장에 남아 있다고 전해지는 파르미자니노의 그림을 찾는 척했다.

  마침내 마을의 경찰서장을 만나게 되었다. 그 사나이는 이 평의원을 보자 깜짝 놀라 경의를 표했다. 리스카라는 이 경찰서장에게 애써 체포한 정치범을 곧바로 파르므의 감옥으로 보내지 않느냐고 나무랐다. 리스카라는 냉담하게 덧붙였다.

  "그저께부터 저 사내를 따르는 무리들이 그를 찾고 있다는 소리를 들었소. 자칫 잘못하면 그 무리들과 우리 헌병들이 충돌하지도 모를 일이오. 그 반역자들은 열다섯 명쯤 되고 말을 타고 있다고 하오."

  "더 말씀하실 것 없습니다. 잘 알았습니다!"

  경찰서장은 자신 있다는 표정으로 이렇게 외쳤다.

15장

 두 시간 후 파브리스는 수갑이 채워진 채로 이륜 마차에 올라 파르므의 성채로 향했다. 8명의 헌병들이 그를 호송했는데, 그들이 통과하는 마을에서 더 많은 헌병들이 보충될 예정이었다. 경찰서장도 이 중대한 죄수를 호송하는 행렬에 끼어 있었다.
 오후 7시쯤 이륜 마차는 파르므 마을의 모든 꼬마들과 30명의 헌병에게 둘러싸여 아름다운 산책길을 가로질렀고 몇 달 전에 파우스타가 살고 있었던 작은 저택 앞을 지나 드디어 성채 정문에 나타났다.
 마침 그때 파비오 콘티 장군과 그의 딸은 밖으로 외출을 하려던 참이었다. 사령관의 마차는 파브리스를 호송하는 소형 마차가 지나갈 수 있게끔 도개교의 바로 앞에 멈추어 섰다.
 장군은 곧 큰소리로 성채 문을 닫게 하고, 서둘러 입구의 사무실에 가서 무슨 일인가 알아보려고 했다. 그는 체포된 죄수의 신분을 알게 되자 매우 놀랐다. 죄수는 오랫동안 작은 마차에 꽁꽁 묶여 있었던 터라 몸이 뻣뻣하게 굳어 있었다. 헌병 넷이 죄수를 들어서 취조실로 운반했다.

'그 유명한 파브리스 델 동고가 잡혔구나.'

사령관은 생각했다.

'최근 일 년 동안 파르므 상류사회의 화젯거리란 저 녀석 이야기뿐이었지!'

장군은 궁정이나 공작 부인의 저택 등지에서 몇 번쯤 파브리스를 만났으나 죄수를 모르는 척하고 있었다. 자신의 신상이 위태로워질 것을 염려했던 것이다.

그는 감옥의 서기에게 명령을 내렸다.

"카스텔노보 경찰서장께서 인도해 오신 죄수에 대한 상세한 보고서를 올리도록 하라."

바르보네란 서기는 가뜩이나 수염투성이 얼굴과 군인다운 태도로 무서워 보이는 자였는데, 평소보다 더 한층 엄숙한 모습을 하고 있어서 마치 독일의 간수처럼 보였다. 그는 상관이 육군장관이 되지 못하는 것이 산세베리나 공작 부인의 방해 때문이라고 믿고 있던 터라 죄수에게 더욱 불손한 태도를 보였다. 말을 할 적에도 'Voi'라고 불렀는데 이것은 이탈리아에서는 하인들에게나 쓰는 말이었다.

"나는 신성한 로마 성당의 성직자이다."

파브리스가 그 서기를 향해 엄숙하게 말했다.

"이곳 교구의 부주교란 말이다. 또한 가문을 보아서라도 정중한 대접을 받고 싶다."

"나는 그런 거 몰라!"

서기가 불손하게 말대꾸를 했다.

"아니면 증명서를 꺼내서 훌륭한 직함이 있음을 증명해 보란 말야."

그런 증명서가 있을 리 없었으므로 파브리스는 더 이상 말을 하지 못했다. 파비오 콘티 장군은 이 서기의 곁에 서서 글을 적는 것을 지켜보고 있었으나 죄수 쪽을 바라보지는 않았다. 죄수가 파브리스 델 동고라는 것을 확인시켜 주고 싶지 않았기 때문이었다.

마차 속에서 기다리고 있던 클레리아 콘티는 갑자기 보초병들의 대기소에서 큰소리가 나는 것을 들었다. 죄수에 대한 길고 무례한 보고서를 작성하던 바르보네가 파브리스의 옷을 벗기려고 했던 것이다. 바르보네는 옷을 벗겨서 지레티 사건 때 입은 상처 수와 상태를 확인하려 했다.

"그럴 수 없다."

파브리스는 쓴웃음을 지으면서 말했다.

"당신의 요구대로 할 수 없는 상태가 아닌가. 수갑이 채워져 있으니."

"뭐라고!"

장군이 이제껏 몰랐다는 듯이 소리쳤다.

"죄수에게 수갑을 채웠는가! 성채 안인데! 이건 규칙 위반이네. 특별 명령이 없는 이상은. 자, 수갑을 풀어!"

파브리스가 그를 바라보았다.

'이 사람은 재미있는 위선자로군! 내가 수갑으로 인해 고통받고 있다는 것을 한 시간 전부터 알고 있었으면서!'

헌병들이 그의 수갑을 풀었다. 헌병들은 방금 전에 파브리스가 산세베리나 공작 부인의 조카인 것을 알았기 때문에 극히 정중하게 그를 대했다. 이는 그 불손한 서기와 좋은 대조를 이루었다. 서기는 가만히 있는 파브리스에게 호통을 쳤다.

"자, 어서! 지레티를 죽일 때 생긴 상처를 보여라."

파브리스는 벌떡 일어나 서기에게 주먹을 날렸다. 바르보네는 의자에서 굴러 떨어져 장군의 발 밑에서 뒹굴었다. 헌병들이 파브리스의 양팔을 잡아챘다. 파브리스는 가만히 있을 수밖에 없었다. 장군과 그 옆에 있던 헌병이 당황해서 서기를 일으켜 주었으나 얼굴이 피투성이였다.

약간 멀리 떨어져 있던 헌병 두 명은 사무실 문을 닫으려고 뛰어갔다. 죄수가 탈옥할지도 모른다는 생각을 했던 것이다. 지휘를 하고 있던 헌병대장은 성채 안에 있는 이상 델 동고 가문의 자손이라도 탈옥할 수 없을 거라고 생각하면서도 창가를 가로막았다. 이는 소동을 진압시키기 위한 것이기도 했으나 헌병으로서의 본능이기도 했다. 열려 있는 창문의 정면에 장군의 마차가 서 있었다. 클레리아는 사무실 안에서 벌어지고 있는 좋지 않은 일에 끼어들고 싶지 않아서 마차 안에서 잔뜩 웅크리고 있었다. 그러다가 소동이 가라앉자 마차의 창문 너머로 헌병에게 물어보았다.

"무슨 일이에요?"

"파브리스 델 동고의 아들이 건방진 바르보네를 후려갈겼습니다!"

"뭐라고요! 잡혀온 사람이 델 동고 씨란 말이에요?"

"그렇습니다."

헌병대장이 말했다.

"이렇듯 큰 소동을 치르는 것도 그 청년이 훌륭한 귀족이기 때문입니다. 아가씨께서는 알고 계시는 줄 알았습니다."

클레리아는 마차 창문에서 떨어질 생각을 하지 못했다. 테이블을 둘러싸고 있던 헌병들이 자리를 바꿀 때마다 죄수의 모습이 조금씩 보였다. 그녀는 생각했다.

'코모 호수에서 만났을 때엔 설마 이런 꼴이 되리라고는 생각할 수도 없었다…… 나에게 손을 내밀어 모친의 마차에 태워 주려고 했다. 그때 공작 부인도 함께 있었는데! 두 사람의 사랑은 그때부터였을까?'

독자들에게 말하고 싶은 것은 라베르시 후작 부인과 콘티 장군이 마음대로 쥐고 흔들던 자유당 내부에서는 파브리스와 공작 부인이 심상치 않은 사이라고 믿고 있었다는 것이다. 그래서 자신들이 증오하는 모스카 백작을 여자에게 속아넘어간 사내라고 웃음거리로 만들곤 했다.

'이제 그는 체포되어 적의 포로가 되었다! 모스카 백작이 아무리 천사 같은 사람이라 해도 속으로는 델 동고 씨가 체포된 것을 기뻐하고 있을 것이 틀림없어.'

병사들의 대기실에서 왁자지껄한 웃음소리가 터졌다.

"야코포."

그녀는 겁먹은 목소리로 헌병대장에게 물었다.

"무슨 일이지요?"

"장군께서 죄수에게 바르보네를 때린 이유를 물었답니다. 그랬더니 파브리스는 서슴지 않고 '저자는 나를 죄인 취급하는데 그렇다면 나를 그렇게 대해도 좋다는 증명서와 직함을 보여라.'라고 되받았답니다. 그래서 다들 웃었지요."

글을 쓸 줄 아는 간수가 바르보네와 교대했다. 클레리아는 바르보네가 그 흉측한 얼굴에서 흐르는 피를 손수건으로 닦는 것을 보았다. 그는 심한 욕설을 퍼붓고 있었다.

"네놈을 죽여 버릴 테다. 네놈의 사형 집행은 내 손으로 한다."

그는 사무실의 창문과 장군의 마차 사이에 서서 파브리스를 노려보면서 더욱 사납게 욕설을 퍼부었다.

"네가 할 일이나 해라."

헌병대장이 말했다.

"아가씨 앞에서 그렇게 말하는 놈이 어디 있어!"

바르보네는 고개를 들고 마차 안을 바라보았다. 클레리아는 그 눈을 보고 무서운 나머지 비명을 질렀다. 그렇듯 잔인한 표정을 눈앞에서 본 것은 난생처음이었다.

'이 사람은 델 동고 씨를 죽이고 말 거야! 돈 체사레께 알리지 않으면 안 돼.'

돈 체사레는 그녀의 숙부로서 마을에서 가장 존경을 받고 있는 신부 중 한 사람이었다. 그는 형제인 콘티 장군으로부터 이 감옥의 회계와 주임 부속사제의 직을 얻었다.

장군이 마차로 되돌아와서 딸에게 물었다.

"집으로 돌아가겠니? 아니면 궁정의 뜰에서 기다려 주겠니? 시간이 많이 걸릴 것 같지만, 전하께 자세히 보고하지 않으면 안 되니……."

파브리스는 세 사람의 헌병에게 둘러싸여 사무실에서 나와 감옥으로 끌려가고 있었다. 클레리아는 마차의 창문을 통해서 그를 바라보았다. 죄수는 그녀 옆을 지나가고 있었다. 그때 그녀는 부친의 물음에 대답했다.

"따라가지요."

파브리스가 그 목소리를 듣고 얼굴을 드는 순간 소녀와 시선이 마주쳤다. 그녀의 우수에 찬 표정이 그에게 감동을 주었다.

'더 예뻐졌구나! 코모 호수에서 만났을 때와 비교하면! 더구나 저 생각이 깊어 보이는 얼굴! 이 소녀가 공작 부인과 비교되는 것도 당연한 일이다. 천사처럼 깨끗한 얼굴이다!'

피투성이가 된 관리 바르보네는 꿍꿍이속이 있어서 마차 옆을 서성거리고 있었다. 그는 파브리스를 연행해 가는 헌병들에게 기다리라는 신호를 보내고는 마차 뒤를 돌아 장군이 앉아 있는 쪽으로 갔다.

"죄수는 성채 안에서 폭력을 썼습니다. 규칙 제157조에 의거해 사흘 동안 수갑을 채워 놓아야 됩니다."

"저리 꺼져라!"

장군은 고함을 쳤다. 아무래도 이 죄수의 체포는 좀 껄끄러운 문제였다. 그로서는 공작 부인이나 모스카 백작을 자극하고 싶지 않았다. 더욱이 백작이 이 사건을 어떻게 받아들일 것일까 하는 것도 문제였다. 사실 지레티를 죽인 것 따위는 문제가 되지 않았다. 음모에 의해 중대한 사건으로 꾸며진 것이었다.

그 짧은 대화가 오고가는 사이에 파브리스는 당당한 태도를 보이며 서 있었다. 그 얼굴은 기품이 있었고, 섬세하고 우아한 입술은 경멸을 담은 미소를 짓고 있었다. 그 모든 것이 그를 둘러싸고 있는 헌병들의 거친 모습과는 무척 대조적이었다. 그러나 이는 모두 외면에 불과했을 뿐, 파브리스는 내심 클레리아의 뛰어난 아름다움에 정신을 잃고 있었다. 눈이 그 놀라움을 말해 주고 있었다.

그녀는 생각에 잠겨 있느라 마차의 창문에서 고개를 빼는 것도 잊고 있었다. 파브리스는 정중한 미소를 지으면서 그녀에게 인사를 했다. 그리고 잠시 사이를 두고서 말했다.

"제 기억에는 예전에 호숫가에서 당신을 뵌 적이 있는 것 같습니다. 그때도 헌병들과 함께 있었지요."

클레리아는 얼굴이 빨갛게 상기되어 아무 대답도 하지 못했다.

'이 거친 사람들 사이에 있으면서도 어쩌면 저렇게 기품이 있을까?'

그녀는 파브리스가 말을 걸어 왔을 때 이런 생각을 하고 있었던 것이다.

그녀는 격한 동정과 감격을 느끼고 있었기 때문에 적당한 대답을 생각할 만큼 이성적이지 못했다. 그리고 아무 말도 할 수가 없다는 것을 깨닫고는 더욱 얼굴을 붉혔다.

마침 그때 성채 대문의 빗장이 열리는 소리가 들렸다. 사령관의 마차는 1분도 지체하지 않았다. 그 소리는 천장에 부딪쳐 너무나 크게 울렸기 때문에 설사 클레리아가 대답을 했더라도 파브리스는 듣지 못했을 것이다.

마차는 도개교를 건너자마자 곧장 달리기 시작했다. 달리는 마차 안에서 클레리아는 생각했다.

'그는 나를 이상한 여자라고 생각했을 것이다! 그뿐만 아니라 비열한 여자라고 생각했을지도 몰라. 그는 죄수이고 나는 사령관의 딸이라고 해서 답례를 하지 않은 것으로 생각했을 것이다.'

이렇게 생각하니 정답고 부드러운 마음씨의 아가씨는 절망에 빠지게 되었다.

'우리가 처음 만났을 때와 비교하면 더욱 잘못된 거야. 그의 말처럼 나는 헌병과 함께 있었고, 죄인의 입장이었어. 그런데 그는 나를 도와주었지. 그래, 참으로 형편없는 일을 저지르고 말았어. 예의도 모르고 은혜도 모르는 행동이었어. 아아, 불쌍하게도! 지금 그는 불행한 일을 당했고, 모든 사람들로부터 배신을 당할 거야. 그때 그는 파브리스 델 동고라는 이름을 기억해 주겠느냐고 물었다. 지금쯤 나를 얼마나 경멸하고 있을까! 친절하게 한마디 말해 주는 것쯤은 아무것도 아니었는데! 그는 나로 인해 상처를 받을 거야. 그때 그의 모친께서 친절하게 마차를 태워 주시지 않았더라면 먼지투성이의 길을 걸어 헌병을 따라가야 했을 거야. 아니면 더욱 싫은 일이지만 헌병 말 뒤에 얹혀져서 끌려갔을 거야. 그때 아버지는 체포당한 상태여서 나는 의지할 사람 하나 없었어! 그래, 엉뚱한 짓을 저지르고 말았어. 그는 얼마나 괴로울까! 그의 고귀함과 나의 천박함은 얼마나 대조적인가? 어쩌면 그리도 훌륭한지! 천한 적들에게 포위된 영웅의 자태였다! 공작 부인이 사랑하는 것도 당연한 일이다. 몹쓸 사건에 휘말려 지금부터 어떤 무서운 꼴을 당할지 모를 때에도 저렇듯 멋지니 행복할 때는 얼마나 더 멋진 모습일까!'

성채 사령관의 사륜 마차는 한 시간 이상이나 궁정의 뜰에 서 있었으나, 클레리아는 긴 시간이라고 느끼지 않았다.

"전하의 의향은 어떠신가요?"

클레리아가 물었다.

"말로는 투옥하라고 하셨지만 눈빛은 사형을 말씀하시더구나."

"뭐라고요! 사형이라고요!"

클레리아가 소리쳤다.

"너는 가만히 있어!"

장군이 심기가 불편한 듯 말했다.

"어린것에게 쓸데없는 말을 해버렸구나!"

그 무렵 파브리스는 파르네세 탑으로 통하는 380개의 계단을 오르고 있었다. 파르네세 탑은 큰 탑의 옥상에 세워진 새로운 감옥으로, 놀랄 만큼 높이 솟아 있었다. 파브리스는 급격하게 뒤바뀐 자신의 운명에 대해서는 한번도 신중하게 생각하지 않았다. 그는 이런 생각만 하고 있었다.

'그 아가씨의 눈은 얼마나 아름다운가! 어쩌면 그렇게도 표정이 풍부한가! 그리고 얼마나 깊은 동정심인가! 그녀는 마치 이렇게 말하는 것 같았다. 인생이란 불행의 연속이니 어떤 처지에 빠지더라도 비관하지 말라고, 이 세상은 불행으로 가득 차 있는 것이 아니냐고 말이다. 그 아름다운 눈동자는 줄곧 나를 바라보고 있지 않았는가. 마차가 그렇게 요란한 소리를 내면서 달리고 있을 때까지도!'

파브리스는 자신이 불행한 상황에 처해 있다는 사실을 잊고 있었다.

클레리아는 아버지의 뒤를 따라 여러 저택의 거실을 돌아다녔다. 연회가 시작되기 전까지는 그 누구도 '대죄수'의 체포 소식을 알지 못했다. 궁정 사람들이 그 가련하고 분별 없는 젊은이를 '대죄수'라고 부르기 시작한 것은 그로부터 두 시간 뒤의 일이었다.

그날 밤 사람들은 클레리아의 얼굴이 그 어느 때보다 생기가 넘친다는 인상을 받았다. 사실 이 아가씨한테 부족한 것은 자신의 주위에 대한 관심이나 생기였다. 그녀의 아름다움이 산세베리나 공작 부인과 비교될 때 결국 공작 부인이 유리한 위치를 차지하게 되는 것은 이 아가씨의 아무것에도 관심이 없는 듯한 태도와 모든 것에 초연한 듯한 자세 때문이었다. 영국이나 프랑스 같은 허영심 많은 나라에서라면 정반대의 판정이 내려졌을는지도 모른다. 클레리아 콘티는 구이도의 그림 속 미녀처럼 가냘픈 느낌이 드는 아가씨였다. 만일 희랍적인 아름다움의 기준에서 말한다면 용모가 너무 뚜렷하다는 비판을 받을 수도 있다. 예를 들면 그녀의 매력적인 입술도 조금은 고지식한 느낌이 들었다.

티끌 하나 없는 순수함과 기품 있는 영혼을 뚜렷하게 드러내는 그 얼굴은, 보기 드문 독특한 아름다움을 지니고 있으면서도 희랍 조각의 얼굴과는 전혀 다른 느낌이었다. 반대로 공작 부인은 다들 이상적으로 생각하는 미인 타입이었다. 그 전형적인 롬바르디아 태생의 얼굴은 레오나르도 다빈치가 그린 에로디아드 초상화의 관능적인 미소와 달콤한 애수를 연상시켰다.

공작 부인이 생기와 재기가 넘쳐흐르며, 대화를 나눌 때도 그 어떤 주제에라도 열중하는 성격이라면 클레리아는 주위 사람들을 경멸하기 때문인지 혹은 무엇인가 사라진 공상을 더듬기 때문인지 침묵을 지켰으며 감정을 잘 표현하지 않았다.

오랫동안 주위 사람들은 그녀가 종교에 한평생을 바칠 거라고 생각했다. 그녀는 스무 살임에도 불구하고 무도회에 가는 것을 싫어했다. 부친에게 이끌려 무도회에 가긴 했지만 그것은 유순한 성품으로, 부친의 출세를 방해하고 싶지 않았기 때문이었다.

속물적인 장군은 이를 불만스럽게 생각했다.

'우리 군주국에서 가장 아름답고 정숙한 아가씨를 하늘이 내려주시기는 했지만 나의 출세에는 아무 소용이 없을 것이다. 내 생활은 너무 쓸쓸하다. 딸하고 둘뿐이니 말이다. 나는 나를 뒷받침해 줄 가족이 필요하다. 사교계에서 나가서 내 실력, 특히 장관 자리를 원하고 있는 나의 능력을 지지해 주고 출세의 발판을 마련해 줄 가족이 필요하다. 그런데 내 딸은 아름답고 현명하고 신앙심이 두텁다지만, 궁정에 든든한 기반이 있는 청년들이 말을 걸면 곧바로 싫은 내색을 한다. 오히려 그 상대를 정중하게 쫓아내고서야 비로소 명랑한 얼굴이 된다. 적어도 다른 구혼자가 나타나기까지는 말이다. 궁정에게 가장 잘생겼다는 발디 남작이 구애를 해도 싫다고 했었지. 그 다음에는 궁정에서 가장 돈이 많다는 크레셴치 후작이 구애를 했지만 딸은 그가 불행의 씨앗이 될 거라고 거절을 했었다.'

장군은 어느 날인가는 이렇게 생각했다.

'내 딸의 눈은 확실히 산세베리나 공작 부인보다 아름답다. 특히 보다 깊은 표정을 지을 때는 더욱 그렇다. 물론 흔히 볼 수 있는 것은 아니지만 말이다. 그러나 그 아름다운 표정을 사람들이 언제 볼 수 있겠는가? 궁정에서는 그런 표정을 보이는 적이 없으니 말이다. 나하고 단둘이 산책을 하다 불결한 백성의 불행을 보고 안타까워할 때나 그런 표정을 지을 뿐이다. 딸에게 몇 번이나 일렀는지 모른다. 오늘 밤의 사교계에서는 그 아름다운 표정을 조금이라도 보여 주라고 말이다. 그런데 아무 소용이 없는 일이었다. 사교계에 나와 같이 가주기는 해도 여전히 그 생기 없고 초연한 얼굴을 하고 있을 뿐이다. 마치 나에게 복종하고 있다는 표시처럼 말이다.'

이와 같이 장군은 무슨 수를 써서라도 훌륭한 사윗감을 얻고 싶어했다. 그러나 그의 투덜거림 또한 사실 그대로였다.

궁정 사람들이란 자신의 마음을 들여다볼 생각이 없기 때문에 다른 사람의 일에는 매우 예민하게 마련이다. 그들은 산세베리나 공작 부인이 클레리아에게 말을 걸 때면 이 아가씨가 자신의 공상을 그만두고 다른 것에 흥미를 가진 것처럼 할 수 없다는 것을 깨달았다. 클레리아는 회색이 조금 섞인 금발 머리였는데, 지나치다 싶을 만큼 창백한 얼굴색과 조화를 이루어 보면 볼수록 아름답게 느껴졌다. 뛰어난 관찰자라면 그 이마만을 보고서도 그녀의 뛰어난 기품이 속된 것에 대한 완전한 무관심에서 기원했다는 것을 깨닫게 될 것임에 틀림없다. 어떤 것에 대해 관심을 갖는 것이 불가능하다는 것이 아니라 전혀 흥미가 없다는 것이다.

그녀는 부친이 성채의 사령관이 되어 높은 집에 살게 된 것이 기뻤다. 적어도 불행하지는 않았다. 큰 탑의 옥상에 있는 사령관 관저까지 가려면 끔찍할 정도로 많은 계단을 올라가야 하지만 도리어 그 덕분에 반갑지 않은 방문객을 멀리할 수 있었다. 이 실제적인 이유로 인해 클레리아는 수도원에 있는 것 같은 자유를 맛볼 수 있었다. 그것은 한때 동경했던 종교 생활에서의 이상적인 행복과 흡사했다. 그녀는 소중한 고독과 마음속까지 모두 한 젊은 남자에게 맡겨 버리고, 남편으로 인해 자신의 내면적인 생활 전체가 무너질지도 모른다는 생각만 해도 일종의 공포를 느꼈다. 고독은 그것이 비록 행복이 되진 못한다 해도 고통만은 피할 수 있게 해주었다.

파브리스가 성채에 갇힌 날에 산세베리나 공작 부인은 내무대신인 쥐를라 백작 집의 연회에서 클레리아를 만났다. 모든 사람들이 그녀들 주위로 몰려들었다. 그날 밤은 클레리아의 아름다움이 공작 부인을 압도했다. 이 아가씨의 눈이 너무나 깊이 있고 신비로웠기 때문에 도리어 버릇없게 보일 정도였다. 그 눈 속에는 동정심이 어려 있었고, 분노도 깃들어 있었다. 공작 부인의 쾌활함과 재치 있는 의견을 듣고 있으려니, 클레리아는 고통스런 나머지 공포심을 느낄 지경이었다.

'가엾게도 이분은 얼마나 슬퍼하고 괴로워할까. 잠시 후면 이분의 애인인 관대하고 기품 있는 청년이 투옥되었다는 사실이 알려지겠지! 더욱이 대공의 눈빛은 그 청년을 사형에 처하겠다고 말했다지! 아아, 절대 권력이여! 이탈리아는 언제 너로부터 해방될 것인가? 뻔뻔스럽고 비열한 자들만이 넘쳐나니! 나는 간수의 딸이다! 델 동고 씨에게 답례를 하지 않은 것으로 간수 딸의 명예를 지켰다! 그는 나의 은인인데도! 지금쯤 나를 어떻게 생각하고 있을까? 감방에서 홀로 조그만 등잔불을 바라보면서⋯⋯.'

그러고 나서 클레리아는 내무대신의 거실을 비추고 있는 화려한 등불을 원망스럽게 바라보았다.

소문난 두 미녀의 대화에 끼어들고 싶었던 궁정의 관리들은 이렇게들 소곤거렸다.

"두 사람이 이렇게 활발하고 치밀하게 이야기를 주고받는 일은 처음 있는 일이오. 공작 부인은 늘 수상에 대한 적의를 무마시키고자 애써 왔으니, 클레리아에게 놀랄 만큼 멋진 결혼을 주선할 생각인지도 모르오."

이 억측은 지금까지 한 번도 본 적이 없는 광경으로 인해서 발생한 것이었다. 아름다운 소녀의 눈이 공작 부인의 눈보다 더욱 빛을 발하고 있었으며, 정열적이라고 말할 수 있을 정도 였기 때문이었다. 공작 부인도 매우 놀라고 있었다. 그녀는 고독한 소녀에게서 새로운 매력을 발견하고 황홀해하고 있었 다. 부인은 한 시간 전부터 경쟁 상대한테서는 좀처럼 느낄 수 없는 기쁨을 맛보고 있었다.

'도대체 무슨 일이지?'

공작 부인은 생각했다.

'클레리아가 이토록 아름답게 보이는 것은 처음이다. 가슴 이 떨릴 정도야. 감정을 드러내고 있어서 그런 걸까? 그렇다 면 이루어질 수 없는 사랑 때문에 괴로워하고 있는 게 틀림없 어. 이 소녀는 겉으로는 활기를 띠고 있지만 속으로는 깊은 고통을 감추고 있어…… 그렇지만 그런 사랑이라면 더 침묵 하게 마련 아닌가? 사교계의 인기를 독점해서 그 바람둥이의 마음을 돌이켜 보려는 것일까?'

공작 부인은 근처의 젊은이들을 살펴보았다. 어느 누구에 게서도 색다른 표정은 찾을 수 없었다. 다들 자신만만한 얼굴 로 변함없는 웃음을 띠고 있었다.

'이건 묘한데.'

공작 부인은 짐작이 들어맞지 않자 기분이 좀 상했다.

'모스카 백작님은 어디 있는 걸까? 그분이라면 쉽게 알아 낼 텐데. 아니, 내가 잘못 짚은 게 아닌가? 클레리아는 마치 나를 진기한 사람처럼 바라보고 있다. 그 뻔뻔스러운 부친한 테서 무슨 명령을 받은 것은 아닐까? 이 기품 있는 소녀의 마 음만큼은 금전적인 문제에 결코 꺾이지 않으리라 생각했는

데. 파비오 콘티 장군이 백작에게 어떤 제안을 하려는 것일까?'

10시쯤, 공작 부인의 친구가 다가와서 귓속말을 속삭였다. 공작 부인의 얼굴이 새파래졌다. 클레리아는 그녀의 손을 꼭 쥐어 주었다.

"고마워요, 이제 알았어요. 당신은 참으로 아름다운 마음씨를 가지고 있군요!"

공작 부인은 냉정해지려고 애를 쓰면서 말했다. 그렇게 말할 수 있는 것이 고작이었다. 그녀는 저택의 여주인에게 살짝 웃으며 작별 인사를 했다. 여주인은 자리에서 일어나 거실의 출입구까지 전송해 주었다. 이 정중함은 훌륭한 왕녀에게나 나타내는 것이었기에 공작 부인에게 있어서는 지금의 입장을 참혹하게 비꼬는 것처럼 생각되었다. 그럴수록 쥐를라 부인에게 미소를 지어 보려고 했으나 말은 한마디도 할 수가 없었다.

클레리아는 눈물이 가득 고인 눈으로 사교계의 유명인사들이 모여 있는 거실 가운데를 지나가는 공작 부인을 전송하고 있었다.

'가여운 저분이 마차에서 혼자가 되면 얼마나 괴로울까? 함께 따라가겠다고 하면 실례가 되겠지. 더구나 나는 그럴 만한 용기도 없어…… 무서운 감옥 안에 갇혀 작은 등잔불을 바라보고 있을 죄수는 이렇듯 공작 부인에게서 사랑을 받고 있다는 것을 안다면 몹시 위로가 되겠지! 그렇다고는 하지만 그는 얼마나 무서운 고독 속을 헤매고 있을까! 그런데도 나는 이렇게 빛이 찬란한 거실 속에 있다니! 아아, 정말 싫다! 그에게 한마디라도 소식을 전해 줄 수 없을까? 말도 안 돼! 그런 짓을 하면 아버지를 배반하는 거야. 아버지는 두 무리 사이에 끼어 몹시 난처하실 거야! 만일 공작 부인의 원성을 사게 되면 아버지는 어떻게 되실까? 그 부인은 수상을 움직이고 있고, 수상은 이 나라의 거의 대부분을 좌우지하셔! 대공도 성채에서 일어나는 일에 관심을 갖고 계시고, 이 사건에 대해서만은 몹시 엄하시다. 공포심 때문에 참혹한 일을 저지르실 수도 있어…… 어쨌든 파브리스(클레리아는 이젠 델 동고 씨라고 부르지 않았다)는 정말 불쌍하다! 이것은 돈벌이가 되는 좋은 지위를 놓치느냐 차지하느냐 하는 그런 문제가 아니다. 거기에 공작 부인도…… 사랑이란 정말 괴로운 정열이다. 그런데도 세상의 거짓말쟁이들은 모두 사랑이 행복의 원천인 것처럼 말하고 있어! 사람들은 나이 많은 여자들이 이젠 사랑할 수도, 사랑받을 수도 없다고 동정하지…… 그러나 나는 지금 본 광경을 평생 잊지 못할 것이다. 순식간에 표정이 달라져 버렸어! 그렇게 아름답고 생기가 넘치던 공작 부인의 눈이 W후작의 치명적인 한마디를 듣자마자 어쩌면 그렇게도 슬픔에 가라앉은 어두운 눈이 되어 버렸던가! 파브리스는 틀림없이 사랑받기에 충분한 사람이다.'

클레리아는 이렇듯 생각에 온통 마음을 빼앗기고 있었기 때문에 주위에서 친밀하게 말을 걸어오는 것이 그 어느 때보다 더욱 거슬렸다. 그녀는 그곳을 빠져나가려고 열려 있는 창으로 다가갔다. 그 창은 얇은 천의 커튼으로 절반 가량 가려져 있었다. 그곳으로 도망치면 아무도 따라오지 못하리라 생각한 것이었다. 창 앞의 뜰에는 작은 오렌지나무들이 심어져 있었다. 오렌지나무는 겨울이 되면 지붕을 만들어 주어야 했다. 클레리아는 상쾌한 오렌지꽃 향기를 맡자 조금 마음이 가라앉는 것 같았다.

'기품 있는 남자라고 생각하긴 했지만 훌륭한 부인을 저렇듯 사랑으로 미치게 할 수도 있다니…… 그녀는 대공의 유혹도 멋지게 물리쳤다. 그럴 마음만 있었다면 이 나라의 여왕도 될 수 있었는데…… 부친의 말에 따르면 군주의 집착은 대단해서 자유로운 몸이 되면 언제라도 부인과 결혼하고 싶다고 털어놓았다고 하지 않았던가! 그렇지만 부인은 긴 세월 동안 파브리스를 사랑하고 있다! 코모 호수에서 두 사람을 만난 것은 5년 전의 일이다. 그렇다. 벌써 5년이나 되었다.'

그녀는 깊은 생각에 잠겼다.

'그 시절에도 나는 몹시 감동을 받았다. 아직 어려서 많은 것을 모르고 있었는데도. 두 부인이 얼마나 황홀하게 파브리스를 바라보고 있었던가…….'

클레리아는 자신에게 말을 걸던 청년들이 발코니에 가까이 오지 않는 것을 기뻐했다. 그 중 한 사람인 크레센치 후작은 오려고 하다가 트럼프 테이블 옆에서 멈춰 섰다.

'성채 안의 내 방, 그 하나밖에 없는 창문 아래에 저런 오렌지나무가 있다면 조금은 위로가 될 텐데! 하지만 파르네세 탑의 큰 벽돌만 바라보고 있지 않으면 안 되니…… 아아!'

그녀는 몸을 부르르 떨었다.

'어쩌면 그는 그곳에 갇혀 있을지도 모른다! 빨리 돈 체사레를 만나야겠다! 그분은 아버지처럼 엄격하지는 않아. 성채에 돌아간대도 아버지는 아무 말도 안 해주실 것이 틀림없어. 그렇지만 돈 체사레라면 무엇이든지 가르쳐 주시겠지…… 돈이 있으니 오렌지나무를 조금 사서 새장이 있는 방의 창문 밑에 심으면 파르네세 탑의 그 육중한 벽을 조금은 가릴 수 있을 거야. 저 벽에게 햇빛을 빼앗긴 사람들 중에 내가 아는 사람이 있다고 생각하면 저 벽이 얼마나 미워지는지 모른다. 이것이 그와의 세 번째 만남이다. 한번은 궁정에서 있었던 대공비의 생일 축하 무도회에서였고, 그리고 오늘은 세 사람의 헌병에게 둘러싸인 모습을 보았고, 또 한번은 코모 호수 근처에서…… 그로부터 벌써 5년이 지났다. 그때는 장난꾸러기 소년 같았다! 헌병을 노려보는 그 얼굴이란! 그분의 모친과 고모에게는 무엇인가 비밀이 있었던 것 같았다. 무엇인가 특수한 사정이 있었다. 나는 그냥 그도 헌병을 무서워한다고만 생각…….'

클레리아는 몸을 떨었다.

'어쩌면 나는 이렇게도 바보 같을까! 공작 부인은 그때 이미 파브리스를 사랑하고 있었던 것이다…… 그는 재미있는 이야기로 우리를 웃게 만들었다. 그래서 부인들은 안절부절못하면서도 나에게 친절하게 대해 주었다. 그런데도 오늘 나는 그의 인사에 답례조차 할 수 없었다니…… 아아, 무지와 소심함! 이 두 가지 성품은 죄를 짓게 하는구나! 나는 벌써 스물인데…… 수녀원에 가려고 생각하는 것도 당연한 일이다. 나 같은 것은 세상을 등지고 숨어사는 편이 낫다! 그는 내가 간수의 딸로 적격이라고 생각하셨을 거야. 그는 나를 경멸하고 있을 것이니 공작 부인에게 편지를 쓸 수 있게 되면 건방진 여자라고 쓰겠지. 그렇게 되면 공작 부인은 어린것이 음흉하다고 생각할 것이다. 어쨌든 오늘 밤은 그녀의 불행을 몹시 동정하고 있는 것으로 받아들여졌을 것이니……'

 정신을 차려 보니 누군가가 다가오고 있었다. 그 사람은 클레리아가 있는 창가의 발코니 쪽으로 오려 하고 있었다. 그녀는 자책을 하던 중이었지만 누군가가 방해하자 몹시 속상했다. 더구나 그녀의 공상 중에는 즐거운 무언가가 있었다.

 '방해자가 왔군. 반가운 척을 해야겠지.'

 이렇게 생각한 그녀는 불만에 찬 눈으로 상대방을 향해 고개를 돌렸다. 그러자 대주교의 겁먹은 얼굴이 보였다. 대주교는 사람들의 눈에 띄지 않게 몰래 발코니로 다가온 것이었다.

 '지위도 높으신 분이 예의를 모르시는구나. 나 같은 가련한 소녀를 방해하러 오시다니. 나는 조용한 분위기밖에는 아무 것도 바라는 것이 없는데.'

 그녀는 조용히 절을 했으나 불만에 찬 태도는 여전했다. 대주교가 말했다.

 "아가씨, 무서운 소식을 알고 있나요?"

 소녀의 눈빛이 순식간에 변했다. 그렇지만 아버지로부터 몇 번이고 당부의 말을 들었기 때문에 아무것도 모르는 척 태연한 얼굴로 대답했으나 그 눈빛은 정반대의 말을 하고 있었다.

"아무것도 모릅니다, 대주교님."

"나의 부주교 주임인 파브리스 델 동고가 볼로냐에서 조제프 보시란 가명을 쓰다가 체포되었습니다. 그는 지레티라는 자의 죽음에 대해서는 아무런 잘못이 없습니다. 내가 그러한 것처럼요. 그는 당신이 살고 있는 성채의 감옥으로 끌려갔습니다. 마차에 묶여서 끌려 왔다고 하더군요. 바르보네라는 관리가, 옛날에 자기 형제를 죽였다가 특사로 나온 그자가 파브리스에게 폭력을 행사했답니다. 그런데 나의 젊은이는 아무 말도 못하고 모욕을 받을 사람이 아닙니다. 그는 그 괘씸한 상대를 때려눕혔습니다. 그 때문에 수갑을 차고 지하로 20자나 들어간 독방에 갇혔다고 합니다."

"수갑은 채우지 않았습니다."

"아, 알고 있었나요!"

대주교가 말했다. 절망의 기색이 노인의 얼굴에서 사라졌다.

"이런 발코니에서는 마음대로 이야기할 수 없습니다. 부탁이 있습니다. 이 주교 반지를 직접 돈 체사레에게 전해 줄 수 없겠습니까?"

소녀는 반지를 받기는 했으나 잃어버리지 않으려면 어떻게 해야 할지 몰랐다.

"엄지손가락에 끼우면 됩니다."

대주교는 손수 반지를 끼워 주었다.

"반지를 전해 줄 거라고 믿어도 좋을까요?"

"예, 대주교님."

"덧붙여 지금부터 하는 이야기는 비밀로 해주십시오. 비록 이야기를 듣고서 사정이 난처하다 생각되더라도……."

"물론입니다."

갑자기 정색을 하고 안색이 어두워지는 늙은 신부를 보고 그녀는 겁에 질리면서 대답했다.

"대주교님께서 말씀하시는 것이니 부당한 것은 아니겠지요."

"돈 체사레에게 전해 줘요. 나의 뒤를 이어받을 사람을 잘 부탁한다고. 또한 그를 체포한 헌병들은 성무일도서를 가지러 갈 시간조차 주지 않았을 것이니 돈 체사레의 것을 빌려 달라고 전해 줘요. 내일 심부름꾼을 대주교관으로 보내면 다른 것을 주겠다고 하고요. 그 예쁜 손가락에 낀 반지도 델 동고 군에게 주라고 전해 줘요."

대주교의 말은 파비오 콘티 장군이 딸을 마차에 태우러 왔기 때문에 중단되고 말았다. 그때 대주교는 멋진 방법을 써서 얼버무렸다. 즉, 새로운 죄수에 대한 이야기는 하지 않으면서도 대화에 도덕적이고 정치적인 교훈을 적절히 섞었던 것이다. 예를 들면 궁정에서는 어떤 훌륭한 인물이라 할지라도 장기간 쌓아온 지위가 위태로워질 순간이 있으며, 또 정치적 대립에서 비롯된 반감을 개인적인 증오와 혼동하는 것은 생각이 얕아도 그 정도가 심한 것이라는 이야기 같은 것들이었다. 대주교는 뜻밖의 체포 소식을 듣게 된 슬픔 때문에 이성을 잃고 있었기 때문에 이렇게 말하기도 했다.

"물론 현재의 지위를 지키는 것도 좋은 일이지만 사람들이 절대로 잊을 수 없을 만한 짓을 해서 후에까지 원한을 남긴다면 그것이야말로 생각이 얕은 것이 아니겠소?"

딸과 함께 마차에 오른 장관이 말했다.

"그것은 협박이었다. 나 같은 사람을 협박하다니!"

20분 동안 아버지와 딸 사이에 오간 말은 그것뿐이었다.

클레리아는 대주교의 반지를 받았을 때, 아버지에게 대주교의 부탁에 대해 다 털어놓을 생각이었다. 그러나 아버지가 무서운 기세로 협박이란 말을 쓰는 것을 보고 아버지로부터 저지를 당할 것이 틀림없다고 생각했다. 그녀는 그 반지 위에 왼손을 올려놓고 힘을 주었다. 그리고 내무대신의 저택에서 성채까지 오는 동안 아버지를 속이는 것이 죄가 될지도 모른다는 생각을 했다. 경건하고 소심해서 언제나 평온했던 그녀의 가슴이 격하게 두근거렸다. 그러나 성문 요새에서 보초병이 다가오는 마차를 향해 "정지!"라고 고함칠 때까지도, 아버지에게 저지당하지 않을 만한 말을 찾지 못하고 있었다. 그처럼 그녀는 아버지가 저지할까 봐 겁을 내고 있었다. 클레리아는 사령관 관저로 통하는 380개의 계단을 다 올라갈 때까지도 말을 꺼내지 못했다.

그녀는 대주교의 부탁을 숙부에게 전했으나, 숙부는 심하게 꾸중을 하면서 아무것도 도와줄 수 없다며 거절했다.

16장

"큰일났다."

장군은 동생인 돈 체사레를 보자마자 소리쳤다.

"공작 부인은 10만 에퀴의 돈을 써서 나를 조롱하고 죄수를 구출하려 할 것이다."

우리는 파브리스를 파르므 성채의 꼭대기에 있는 독방에 남겨 놓을 수밖에 없다. 엄한 감시로 인해 도망갈 수가 없으니 잠시 후에 모습이 약간 변한 그를 만나도록 하자. 지금 시급한 것은 궁정의 상황이다. 궁정에서 복잡한 이면 공작이 판을 치고 있으며, 한 불행한 여인이 파브리스의 운명을 어떻게든 바꿔보려고 노력하고 있으니 말이다. 파브리스는 파르네세 탑의 감옥으로 가는 380개의 계단을 오를 때 어떤 사실을 깨달았다. 즉, 이때까지 자신의 운명을 그렇게 두려워했음에도 불구하고 실제로 그런 운명이 닥쳐오자 별 생각이 들지 않는다는 점이었다.

공작 부인은 쥐를라 백작의 야회에서 돌아오자, 손짓으로 시중드는 하인들을 물러가게 했다. 그리고 옷을 입은 채로 침대에 엎드렸다.

"파브리스는……."

그녀는 소리쳤다.

"적의 수중에 있다. 그들은 나에 대한 원한으로 독을 먹일지도 모른다!"

이런 정세 판단 다음에 오는 절망의 순간을 어떻게 묘사할 수 있을까? 여하튼 그녀는 이렇듯 이성적이지 못하고, 당장의 흥분으로 정신을 잃고, 더욱이 저도 모르는 사이에 젊은 죄수를 미친 듯이 사랑하는 여인인 것이다. 뜻 모를 소리를 외치고 분노로 경련을 일으키고 있었으나 눈물은 한 방울도 나오지 않았다. 그녀는 이런 모습을 보이고 싶지 않아서 하인들을 물러가게 한 것이었다. 혼자가 되면 울음을 터뜨려 보려 했지만 격한 슬픔을 부드럽게 식혀 줄 눈물은 조금도 나오지 않았다. 이 자존심 강한 여인은 분노와 한탄 그리고 대공에 대한 열등감에 사로잡혀 있었다.

"모욕이다!"

그녀는 쉴 새 없이 부르짖었다.

"더구나 파브리스의 목숨을 빼앗으려 한다! 그런데도 복수를 할 수 없다니! 기다려라, 대공! 네가 나를 죽이려 하는구나. 좋다, 너에게는 권력이 있으니. 그러나 언젠가는 너의 목숨을 받아낼 것이다. 가엾은 파브리스, 그런 짓을 한다 해도 너에게는 아무런 도움도 되지 못하는구나! 내가 파르므를 떠나기로 작정했던 그날하고는 너무나 처지가 다르구나! 그때 나는 불행하다고 믿고 있었다. 이런 불행이 있는 줄도 모르고선! 화려한 생활을 아낌없이 버리면 될 줄 알았는데. 아아! 나도 모르는 사이에 자신의 운명을 영원히 달라지게 하는 사건에 말려들고 있었던 것이다. 만일 저 백작이 비굴한 궁정 관리의 근성 때문에 대공이 기세 좋게 써준 결정적 편지에서 '부정한 재판'이란 말을 빠뜨리지만 않았어도 우리는 위험에서 벗어날 수 있었는데. 대공에게 소중한 파르므를 들먹여서 자존심을 자극할 수 있었던 것은 내 재치라기보다는 운이 좋았다고 말할 수밖에 없다. 그때는 이곳을 떠나겠다고 협박했지. 그때는 자유로웠다! 그런데 지금은 완전한 노예다! 지금 나는 더러운 쓰레기장 같은 곳에 있고 파브리스는 성채에 갇혀 있다. 그 성채는 수많은 사람들이 죽음을 기다리는 곳이었다. 그런데도 이제는 이 보금자리에서 떠나겠다고 위협해서 그 호랑이를 조종할 수도 없으니! 대공은 나의 사랑이 갇혀 있는 저 더러운 탑을 내가 떠나지 못한다는 것을 알고 있음이 틀림없다. 자존심에 상처를 받은 지금이라면 그의 마음은 이상한 생각을 일으킬지도 모른다. 그리고 그 참혹한 방법들은 그의 허영심을 더욱 부추길 것이다. 만약 그가 다시 서툰 수작을 부리면서 '제발 당신의 노예인 나의 소원을 들어 주오. 그렇지 않으면 파브리스는 죽을 것이오.'라고 말한다면 어떻게 하지? 그럼 나는 유디트(아시리아의 대장을 죽여 이스라엘 백성을 구한 여인—옮긴이)가 될 것이다. 하지만 나는 죽어 버리면 그만이지만 파브리스는 암살범으로 몰리게 된다. 대공의 대를 이을 자식과 저 얼빠진 파렴치한 사형 집행인 라시는 파브리스를 공범으로 몰아 사형시켜 버릴 것이다."

공작 부인은 비명을 질렀다. 아무런 해결책이 없는 함정에 빠진 것 같았고, 이는 더 큰 고통을 가져왔다. 혼란해진 그녀의 머릿속은 별다른 뾰족한 수를 찾을 수가 없었다. 그녀는 10분쯤 미친 사람처럼 몸부림쳤다. 이윽고 피로에서 오는 졸음이 공포와 자리를 바꾸었다. 완전히 탈진했던 것이다.

몇 분 후 그녀는 깜짝 놀라며 벌떡 일어나 침대 위에 앉았다. 눈앞에서 대공이 파브리스의 목을 치는 것이 아닌가? 공작 부인은 핏발 선 눈으로 사방을 둘러보았다. 그리고 눈앞에 대공도, 파브리스도 있지 않은 것을 확인하고는 또 침대에 쓰러졌다. 위험하게도 기절하기 직전이었다. 너무 몸이 쇠약해져 자세를 바꿀 힘도 없었다.

"차라리 죽어 버릴 수 있다면! 하지만 그건 너무나 비겁하다! 불행한 파브리스를 포기하다니! 미칠 것 같구나! 자, 실제 문제로 되돌아가자. 전혀 대비하지 못한 이 끔찍한 상황을 냉정하게 생각해 보자. 왜 그런 부질없는 짓을 했을까. 제 발로 절대군주의 궁정으로 들어가다니! 그것도 폭군의 궁정에 말이다! 그는 희생자의 눈빛 하나하나가 자신의 권력에 대한 위협이라고 생각한다. 어째서 밀라노를 떠날 때에 백작이나 나는 그것을 몰랐을까. 나는 단순히 안락하고 재미있는 궁정 생활만을 상상하고 있었다. 저 화려했던 으젠 공의 시대와 비슷한 생활을 할 수 있으리라 상상했는데!

부하들의 얼굴을 모두 알고 있는 절대군주의 권력이 어떤 것인지 먼 곳에서는 알 길이 없었다. 전제주의도 외관은 다른 정치 제도와 다를 것이 없었다. 예를 들면 재판관도 버젓하게 있다. 그렇지만 그들은 라시 같은 무리들이었다. 그 잔혹한 사람은 대공의 명령이라면 자신의 아버지를 사형에 처한다 해도 아무렇지 않게 생각할 것이다. 그것이 의무라고 말할 뿐이겠지…… 라시를 매수해야 하다니! 분하지만 도저히 어쩔 수가 없구나! 그에게 무엇을 주어 매수한단 말인가? 10만 프랑쯤이면 될까? 소문에는 그자가 신의 노여움으로 인한 암살 사건에서 간신히 살아났을 때 대공이 위로를 해주기 위해 1만 스캥의 금화를 작은 상자에 넣어 보냈다고 하던데! 어쩌면 아무리 많은 금화를 바친다 해도 그를 매수할 수 없을지 몰라. 그 뻔뻔스럽고 천한 사내는 누구에게나 경멸을 받아 왔으나 지금은 두려움과 존경을 함께 받고 있다. 내무대신이 될지도 몰라. 가능한 일이다. 그렇게 되면 이 나라의 거의 모두가 굽실거리며 절을 해야 하겠지. 마치 그 사내가 대공 앞에서 그러는 것처럼. 이 싫증나는 땅에서 도망가지 못할 바에야 어떻게 해서든지 파브리스를 돕지 않으면 안 된다. 이렇게 혼자서 절망에 빠져 있어서는 안 된다! 자, 진격이다. 불행한 여자여! 의무를 이행하라. 사교계에 나가라. 이젠 파브리스를 잊은 것처럼 행세하라. 파브리스, 사랑하는 너를 잊어버린 척해야 한다니!"

공작 부인은 울음을 터뜨렸다. 드디어 그녀는 울 수가 있었다. 한 시간쯤 인간적인 약점에 몸을 맡기자 점점 생각이 뚜렷해지기 시작했다.

'하늘을 나는 마법의 양탄자를 손에 넣자.'

그녀는 생각했다.

'그것으로 파브리스를 성채에서 구출하자. 그리고 어디든지 살기 좋은 고장으로 함께 도망치자. 다시는 쫓기지 않을 장소, 예를 들면 파리 같은 곳으로. 처음엔 1천2백 프랑으로 생활하자. 파브리스 아버지의 집사가 꼬박꼬박 보내 주는 그 돈으로. 나의 재산을 모두 긁어모으면 10만 프랑은 될 것이다!'

공작 부인은 파르므에서 3백 리나 떨어진 고장에서의 생활을 사소한 것까지 상상하면서 크나큰 기쁨을 느꼈다.

'그곳이라면 파브리스도 이름을 숨기고 군대에 들어갈 수 있을 것이고…… 용감한 프랑스 연대에 들어가게 되면 젊은 발세라(파브리스를 말함—옮긴이)는 머지않아 명성을 떨칠 수 있을 것이다. 결국 그도 행복해지는 것이다.'

이 즐거운 꿈이 새로운 눈물을 자아냈으나 이번엔 매우 기분 좋은 눈물이었다. 그녀는 오랫동안 달콤한 상상에 빠져 있었다. 그만큼 무서운 현실을 정면으로 직시하는 것이 겁이 났던 것이다.

새벽녘의 빛이 정원의 나뭇가지 끝에 하얀 윤곽을 그릴 때에야 그녀는 겨우 용기를 냈다.

'몇 시간이 지나면 나는 전쟁터에 나가야 한다. 어떤 행동을 해야 할 것인가. 화가 나는 일이 생길지도 모르고, 대공이 파브리스 일을 꺼낼지도 모르는데, 내가 과연 평정심을 잃지 않을 수 있을까? 그러니 지금 각오를 단단히 하지 않으면 안 된다.

만약 내가 정치범으로 몰리면 라시는 이 저택의 모든 것을 압류할 것이다. 빌미가 될 만한 서류들은 평상시 하던 대로 이 달의 첫째 날에 백작과 함께 태워 버렸다. 그런 분이 수상이라니 참 우스운 일이지. 값나가는 다이아몬드가 세 개 있으니, 예전에 그리앙타에서 내 배를 몰았던 플젠스를 내일 제네바로 보내서 안전한 곳에 맡기자. 만일 파브리스가 탈출할 수 있게 된다 해도(그녀는 '신이여, 살려 주소서!'라고 말하며 십자가를 그었다) 델 동고 후작은 겁쟁이라서 군주의 경찰로부터 쫓기는 사람에게 빵을 주는 것은 범죄라고 생각할 것이다. 그러나 다이아몬드가 있으면 파브리스는 빵을 구할 수 있을 것이다.

백작하고는 만나지 않겠다. 이렇게 된 이상 백작하고 같이 있을 수는 없다. 딱한 양반! 그는 결코 나쁜 사람은 아니다. 다만 마음이 약한 것뿐이다. 너무나 속된 사람이어서 우리 같은 마음의 높이까지 이를 수 없는 것이다. 불쌍한 파브리스! 네가 잠시라도 나와서 우리의 재난을 함께 생각해 주면 좋으련만!

백작은 너무 사소한 것에까지 신중을 기하기 때문에 내 계획에는 방해가 된다. 더욱이 그를 이 재난 속에 끌어들여서는 안 된다…… 저 폭군은 허영심만으로 나를 감옥에 처넣을지도 모른다. 내가 반역을 꾀했다고 주장하겠지…… 증거쯤이야 간단히 조작할 수 있다. 그래서 나도 저 성채에 보내지면,

그리고 돈을 써서 파브리스를 만날 수 있다면 우리 둘은 죽음을 향해 용감하게 뛰어들 수도 있을 것이다! 하지만 바보 같은 생각이다. 저 라시는 나를 독살하라고 대공을 꼬드길 것이다. 내가 달구지에 실려 사형장으로 끌려간다면 파르므 사람들은 나를 조금이라도 동정해 줄까? 이런, 왜 나는 이렇게 소설 같은 공상만 하고 있을까? 아아! 슬픈 운명의 여자이니 이런 극단적인 생각을 해도 좋지 않을까! 다만 명확한 것은 대공은 나를 죽이지 않을 거라는 점이다. 감옥에 붙들어 두는 것이 더 쉬울 테니까. 그저 내 집 어느 곳에든지 불온 문서를 살짝 끼워 놓으면 그것으로 충분한 것이다. 저 불쌍한 L에게 한 것처럼…… 그렇게 되면 그다지 악당이 아닌 재판관 셋과 거짓 증인 열둘이면 충분하다. 무엇보다도 훌륭한 증거 서류가 갖추어져 있으니. 그래서 나는 음모를 꾸민 죄로 사형을 선고받게 된다. 그러면 대공은 최대의 관용을 베풀어, 즉 궁정에 출입했었다는 점을 고려해서 10년형으로 감형할 것이 틀림없다. 그렇지만 나는 라베르시 후작 부인이나 다른 적들에게 거침없이 싫은 소리를 할 만큼 격한 성질이니 깨끗하게 독을 마실 것이다. 그러면 적어도 세상 사람들은 나의 결백을 믿어 줄 것이다. 하지만 친절한 척하면서 라시가 독방으로 찾아와 대공이 넣어 주시는 것이라며 스트리키니네 작은 병이나 페루즈 아편을 주겠지.

그렇다. 모스카 백작과의 결별을 세상에 알려야 한다. 위험한 일에 끌고 들어가서는 안 되니까. 그러면 염치없는 여자가 되는 거다. 그토록 순정으로 사랑해 주셨지만! 완벽한 사람이고 사랑을 할 수 있을 만한 감정이 남아 있긴 하지만, 여하튼 어리석은 일이다. 대공은 아마 구실을 만들어서 나를 감옥에 처넣을 것이 틀림없다. 그렇지 않으면 내가 파브리스에 관한 여론을 돌려놓을지도 모르기 때문이다. 백작은 명예심이 있으니 궁정을 떠나겠지. 궁정의 그 잘난 척하는 무리들은 미친 짓이라고 호들갑스럽게 입을 놀려댈 것이 틀림없지만. 편지를 쓰게 했던 그날 밤에 대공의 권위를 모질게 꺾어 주었으니 그 분풀이로 대공은 무슨 짓을 할지 모른다. 군주로 태어난 인간이라면 그날 밤의 모멸감을 평생 잊을 수 없을 것이다. 그리고 백작도 나하고 사이가 벌어지게 되면 파브리스를 위해 활동하기가 용이해진다. 그렇지만 백작이 나의 처사에 절망한 끝에 복수를 하려 한다면…… 아니, 그런 일은 있을 수 없다. 그 사람은 대공처럼 근본부터 비열한 사람이 아니니까. 백작은 파렴치한 영장에 고민하면서 서명을 할지는 몰라도 명예만은 지키는 분이다. 그리고 복수할 이유도 없지 않은가? 나는 5년 동안이나 그를 사랑했고 부정한 행동을 한 적도 없다. 그러니 이렇게 말해야겠다. 당신을 사랑했지만 이젠 그 정열이 식었다고. 이젠 사랑하지 않는다고. 그렇지만 당신의 마음은 잘 알고 있고 여전히 존경하고 있으니 언제든지 마음을 털어놓을 수 있는 친구가 되어 달라고 하자. 신사라면 이런 진실한 고백에 반발하지 않게 마련이다.

　새로운 애인을 만들자. 적어도 세상이 그렇게 믿도록 하자. 그 애인에게는 이렇게 말하자. 대공께서 파브리스의 경솔함을 벌하시는 것은 당연한 일이라고. 그렇지만 축제일이 되면 동정심 많은 군주이시니 틀림없이 그를 석방시켜 주실 거라고 말이다. 그것으로 반년은 벌 수 있다. 새로운 애인을 신중하게 고른다면 저 악덕 판사이자 파렴치한 사형 집행인인 라시가 되겠으나…… 그렇게 되면 그자는 고상한 사람이라도 된 듯 거만을 떨겠지. 실제로도 나는 그를 상류사회에 끼워 준 셈이니까. 아아, 그리운 파브리스! 용서해 다오! 그런 일은 도저히 할 수 없어. 싫어! 그자의 몸뚱이는 지금도 P백작과 D의 피를 뒤집어쓰고 있는 것 같아! 그자가 옆에 오면 두려움에 기절할지도 몰라. 아니 그보다도 칼을 집어 그자의 심장을 찌를 것이다. 그러니 도저히 할 수 없는 일을 부탁하지는 말아 다오!

그렇다. 파브리스의 일을 잊은 척하는 것이 제일이다. 그리고 대공을 원망하는 듯한 모습을 절대로 보이지 말자. 평상시처럼 쾌활한 척을 하면 저 더러운 무리들에게는 더한층 사랑스럽게 보일 것이 틀림없다. 그렇게 한다면, 첫째로 내가 기꺼이 군주의 말을 따르고 있는 것처럼 생각될 것이고, 둘째로 내가 그 무리들을 멸시하는 것은 고사하고 그들의 작은 장점이라도 찾아내어 마음에 들려고 하는 줄 알 것이기 때문이다. 예를 들자면, 쥐를라 백작이 쓴 모자의 조그마한 하얀 깃털 장식을 예쁘다고 칭찬해 주는 것이다. 그런 것을 리용에 사람을 보내서 가져올 정도이니 말이다.

라베르시 부인의 사람들 중에서 애인을 고를까? 모스카 백작이 떠나면 이들은 여당이 된다. 실권이 그쪽으로 옮겨갈 것이다. 파비오 콘티 장군은 수상이 될 것이고, 그들 중 하나가 성채의 사령관이 될 것이다. 그런데 상류사회에서 자라 재주도 있고 일 처리 솜씨도 뛰어난 모스카 백작에게 익숙해진 군주는 참 난처하겠구나. 저 소처럼 미련하기만 하고 평생 동안 고민해 온 중대한 문제라고는 대공의 병사에게 입힐 제복의 단추를 일곱 개로 할 것인지 아홉 개로 할 것인지 따위밖에 없는 사람과 함께 국사를 잘 다스릴 수 있을까? 나를 질투하는 자들은 다들 짐승 같은 자들이다. 그래서 네 운명이 위태롭게 되었단다! 그런 짐승들이 너와 나의 운명을 결정하려고 한단다! 그러니 백작이 사직을 하게 놔두면 안 된다! 치욕을 참고서라도 궁정에 남아 주지 않으면 일이 난처해진다! 그는 언제나 사직하는 것이 최대의 희생이라고 생각하고 있다. 그래서 거울에 비친 자신의 모습이 나이 들었다고 느낄 때마다 그 희생을 내밀려고 했다. 그러니 완전히 교제를 끊자. 그게 좋겠다. 그리고 그가 이 나라에서 떠나려고 하는 것을 만류할 수단이 없어지면, 그때는 화해를 청하자. 물론 최대의 우정을 표시하면서 말이다. 그렇지만 대공의 편지에서 '부정한 재판'이란 문구를 삭제하는 비겁한 행동을 했으니 몇 달 동안이라도 떠나 있지 않고는 속이 풀리지 않는다. 그 결정적인 밤에는 눈치를 살필 필요가 없었던 것이다. 그저 내가 부르는 대로 받아서 적기만 했으면 좋았을 텐데. 그 문구만은 꼭 적었어야 했는데. 고생해서 얻어 낸 말이었는데. 그렇지만 그는 비굴한 궁정 관리들의 관습에 지고 말았다. 그는 다음날 나에게 이렇게 말했지. 편지만 있으면 되는 것이니 대공에게 지나친 일에 서명하도록 강요할 수는 없다고. 하지만 그런 자들,

파르네세 가문의 허영과 원한으로 똘똘 뭉친 그 괴물들을 상대로 원하는 것을 얻으려면 빼앗는 수밖에 없는 법이야.'

그렇게 생각하니 또다시 화가 치밀어 올랐다.

'대공은 나를 기만한 것이다. 그것도 매우 비겁한 방법으로. 그자를 용서할 수 없어. 재주도 있고 분별력도 있지만 그는 야비한 사람이다. 우리 둘 다 여러 번 눈치를 챈 일이지만 그는 다른 사람한테서 경멸을 당할 때 야비해진다. 확실히 파브리스의 죄는 정치와는 전혀 관계가 없다. 이 즐거운 나라에서 매년 다섯 번은 발생하는 단순한 살인 사건이고, 백작도 정확한 정보를 수집해 본 결과, 파브리스는 무죄임이 분명하다고 말했다. 지레티는 용기 없는 사나이가 아니었다. 국경이 가까워지자 여자에게 연정을 품게 만든 적을 없애 버리려 한 것이다.'

여기서 공작 부인은 파브리스가 유죄인지를 검토해 보았다. 그녀의 생각으로는 조카같이 신분이 높은 귀족이 배우나 부랑아에게서 받은 무례함을 응징한 것쯤은 큰 죄가 되지 않는다고 생각했지만, 절망적인 기분임에도 불구하고 파브리스의 무죄를 증명하기 위해 힘든 싸움을 하지 않으면 안 되겠다고 생각했던 것이다.

'파브리스는 무죄다. 피에트라네라와 똑같은 사정에 처했던 것이다. 파브리스는 언제나 호주머니에 무기를 가지고 있었다. 그런데 그날은 성능이 나쁜 단발총만 가지고 있었다. 그것도 인부에게서 빌린 것을.

대공을 증오한다. 그는 나를 기만했을 뿐만 아니라 가장 비

열한 수단을 썼다. 편지를 쓰고도 그 애를 볼로냐에서 체포하다니…… 기필코 복수를 해 줄 것이다.'

장시간의 절망적인 고민에 지쳐 있던 공작 부인은 새벽 5시쯤에 하녀들을 불렀다. 하녀들은 비명을 질렀다. 화려한 의상에 다이아몬드까지 걸친 채 눈을 감고 창백한 얼굴로 침대 위에 누워 있는 부인이 시체처럼 보여서 놀랐던 것이다. 종이 울렸다는 점을 기억하지 못했다면 하녀들은 부인이 기절한 것으로 생각했을 것이다. 핏기 없는 볼에서는 이따금 눈물이 흘러내렸다. 하녀들은 부인의 손짓을 보고 침대에 제대로 눕혀 달라고 하는 것을 알아차렸다.

백작은 쥐를라 장관의 야회 뒤에 두 번이나 부인을 방문했으나 계속 거절을 당했다. 그래서 일신상의 일로 상의를 하고 싶다는 내용의 편지를 썼다. 백작은 '지독한 모욕을 받고서 비겁하게 그 자리에 머물러 있을 수 있겠습니까?'라고 물었다. 그리고 이렇게 덧붙였다.

'그 청년은 무죄입니다. 혹 죄가 있다고 해도 나에게 통지조차 하지 않고 체포한다는 일이 있을 수 있나요? 내가 보호자라는 것을 확실히 알고 있는데!'

공작 부인은 다음날이 되어서야 그 편지를 읽었다.

백작에게는 정의감이란 것이 없었다. 뿐만 아니라 자유주의자의 정의감(최대 다수의 행복을 추구하는 일)이란 것은 사람을 속이는 것이라고 생각하고 있었다. 그는 무엇보다도 모스카 델라 로베레 백작식의 행복을 찾아야 한다고 믿고 있었다. 그러나 그에게는 훌륭한 명예심이 있었기 때문에 진심으로 사직 이야기를 꺼낸 것이었다. 그는 이제까지 공작 부인에게 거짓말을 한 적이 없었다. 그러나 그녀는 그 편지에 전혀 관심을 기울이지 않았다. '파브리스의 일을 잊은 척' 하기로 굳게 결심했기 때문에 무슨 일에나 무관심하게 되었다.

다음날 정오쯤에 백작은 겨우 저택으로 들어갈 수 있었다. 벌써 열 번이 넘도록 산세베리나 저택에 찾아왔던 것이다. 그는 공작 부인을 보고 깜짝 놀랐다.

'마흔 살 같구나. 어젯밤에는 그렇게도 화려하고 아름다웠는데! 클레리아 콘티와 긴 이야길 하고 있을 때만 해도 다들 몹시 젊어 보이고 매력적이라고 칭송했는데.'

공작 부인의 목소리와 말투도 이상했다. 정열도, 분노도 모두 잃어버린 듯한 목소리는 백작을 몹시 안타깝게 만들었다. 지난 날 임종을 앞둔 친구가 마지막 성찬을 받은 뒤 그와 이야기를 나누려 했을 때의 광경이 떠올랐다.

몇 분인가 지난 후 공작 부인은 말을 할 수 있게 되었다. 그녀는 백작을 바라보았으나 눈에는 생기가 없었다.

"헤어져요."

작은 목소리였으나 발음은 정확했다. 그녀는 부드럽게 말하려고 애를 썼다.

"헤어져요. 무슨 일이 있더라도! 신도 알고 계시지만 5년 동안 나는 당신에게 추궁당할 만한 짓은 한번도 한 적이 없어요. 당신 덕분에 화려한 생활을 할 수 있었어요. 그리앙타의 저택에 있었다면 매우 지루한 생활을 했을 텐데…… 나도 당신을 행복하게 해드리려고 노력해 왔어요. 당신을 사랑하기 때문에 프랑스에서 말하는 것처럼 합의 하에 헤어지자고 하는 거예요."

백작은 무슨 영문인지 몰랐다. 부인은 몇 번이고 되풀이하지 않을 수 없었다. 그는 죽은 사람처럼 창백해져서는 그녀의 침대 옆에 무릎을 꿇었다. 그리고 뜨거운 사랑에 빠진 문인이 충격과 절망에 빠졌을 때 생각해낼 것만 같은 말들을 애절하게 쏟아내기 시작했다. 그는 사직을 하고 그녀를 따라 파르므에서 천 리나 떨어진 어느 먼 곳으로 가서 은신하고 싶다고 되풀이해서 말했다.

"어떻게 이곳을 떠날 수 있겠어요. 파브리스가 여기에 있어요!"

그녀는 조금 몸을 일으키며 부르짖었다. 그러나 파브리스란 이름을 듣고 백작이 괴로움을 느끼는 것 같아 그녀는 잠시 후에 그의 손을 가볍게 쥐고 말을 이어 갔다.

"백작님, 나는 서른이 지나면 바랄 수 없는 정열이나 흥분을 가지고 당신을 사랑했다고는 말하지 않겠어요. 그런 나이는 이미 지났으니까요. 내가 파브리스를 사랑하고 있다고 누군가가 당신에게 일러바쳤을지도 모르겠군요. 고약한 궁정에서는 그런 소문이 퍼져 있으니까요."

고약하다는 말을 할 때 그녀의 눈이 처음으로 이글이글 빛났다.

"신 앞에서, 그리고 파브리스의 목숨을 걸고 맹세해도 좋아요. 파브리스와 나는 다른 사람들이 눈뜨고 볼 수 없다고 생각하는 그런 관계가 아니에요. 그렇다고 마치 누나처럼 그 아이를 사랑하고 있다고도 말할 수 없어요. 말하자면 본능적으로 그 아이가 사랑스러운 거예요. 그 아이의 순진하고 뛰어난 용기가 마음에 드는 거예요. 그 아이도 그 용기에 대해서는 자각하고 있을 정도예요. 이런 숭배의 기분은 파브리스가 워털루에서 돌아왔을 때부터 생긴 것 같아요. 그 무렵의 파브리스는 아직 어려서 아이 같았어요. 열일곱이나 되었는데도 그 아이는 자신이 정말로 전투에 참가한 것인지 아닌지에 신경을 곤두세우고 있었어요. 대열을 이룬 병사들을 공격해 본 적이 없는데도 과연 그것이 전투에 참가한 것인가 하고 말이에요. 그런 중대한 문제를 그 아이와 함께 의논하는 동안 점점 그 아이가 뛰어난 인물로 여겨졌어요. 그 아이의 고상한 영혼을 알 수 있었어요. 아마 그 아이와 똑같은 일을 훌륭한 교육을 받은 젊은이가 겪었다면 교묘한 거짓말을 늘어놓았을 거예요! 결국 그 아이가 행복해지지 않으면 저도 행복해질 수 없어요. 이것이 나의 진실한 마음이에요. 진실이 아니라고 한다 해도 나는 그것밖에는 모릅니다."

백작은 이 솔직하고 친밀한 어조에 용기를 얻어 상대의 손에 입을 맞추려고 했다. 그녀는 무섭다는 듯이 그 손을 빼내었다.

"이젠 끝났어요."

그녀는 냉정하게 말했다.

"나는 서른일곱 살의 여자예요. 늙었지요. 더구나 늙어 간다는 사실 때문에 점점 마음이 약해지고 있어요. 아마 묘지에 묻힐 날도 멀지 않았을 거예요. 사람들은 죽는 게 무섭다고 말하지만 나는 그 순간을 원하고 있는 것 같아요. 늙어 간다는 징조일까요? 심한 충격을 받아 마음이 엉망이 되었어요. 그래서 이젠 사랑도 할 수 없어요. 백작님, 이제 당신은 예전에 사랑했던 어느 분의 그림자로밖에 여겨지지 않아요. 이런 이야기를 하는 것은 다만 감사의 뜻에서 그러는 거예요."

"나는 어떻게 되는 건가요."

백작이 말했다.

"스칼라극장에서 처음으로 뵈었을 때보다 지금 더 당신을 사랑하고 있는 나는 어떻게 되는 건가요."

"제 말을 좀 들어줄 수 없을까요? 사랑 타령은 지긋지긋해요. 속물적이라고요. 자, 기운을 내요."

그녀는 살며시 웃으려 했으나 그럴 수가 없었다.

"아무쪼록 현명한 사람, 판단력이 뛰어난 사람처럼 처신해 주세요. 사람들이 생각하는 당신, 수 세기 동안 이탈리아에서 가장 수완 좋고 훌륭한 정치가가 되어 주세요."

백작은 일어나서 아무 말 없이 주위를 맴돌았다.

"못합니다."

그는 간신히 말했다.

"나는 너무나 큰 정열의 아픔으로 슬퍼하고 있습니다. 그런데 당신은 이성적으로 들으라고 하십니다. 나에겐 이제 이성이란 없습니다!"

"정열이란 말도 그만 하세요. 부탁이에요."

그녀는 냉정하게 말했다.

두 시간 동안 이야기하자 그녀의 목소리에서 얼마간의 감정이 느껴졌다. 백작은 절망하면서도 상대를 위로하고자 애썼다.

그러나 부인은 백작에게서 희망적인 이야기를 들어도 아무 대답도 하지 않다가 이렇게 부르짖었다.

"그는 날 속였어요. 비열하기 짝이 없는 방법으로 날 속였다고요."

그랬더니 일순간 죽은 사람처럼 창백했던 얼굴에 생기가 돌아왔다. 그러나 그렇게 흥분을 하고 있음에도 불구하고 그녀에게는 두 팔을 움직일 힘조차 없다는 것을 백작은 알아차렸다.

'이거 큰일인데! 병이 난 것일까? 이 상태라면 심각한 병이겠지.'

걱정이 된 백작은 이 나라에서, 아니 이탈리아에서 가장 유명한 의사 라조리를 부르자고 권했다.

"당신은 나의 절망이 어떤 것인가를 그 낯선 자에게 보여주고 싶나요? 그렇게 해서 나를 배반하려는 거지요. 그러면서도 친구라고 생각하세요?"

그녀는 낯선 눈빛으로 백작을 바라보았다.

'끝이구나.'

백작은 절망적으로 생각했다.

'이제 그녀는 나를 사랑하지 않는다! 뿐만 아니라 나를 최소한의 명예도 모르는 사람으로 여기고 있어.'

"좋습니다."

백작은 안절부절못하면서 초조하게 말을 이었다.

"나는 무엇보다도 우리를 절망시킨 그 체포 사건의 진상을 조사하려고 합니다. 그런데 이상한 것은 아무것도 확실한 것을 알 수 없다는 점입니다. 그 근처에 주둔하고 있는 헌병에게 물었더니 그 죄수는 카스텔노보 쪽에서 왔다고 합니다. 그리고 호송 마차를 따라 가라는 명령을 받았답니다. 그래서 브루노를 파견했습니다. 그는 아시다시피 충실하고 열성적인 사람입니다. 그에게 파브리스가 어떻게 해서 체포되었는지 알기 위해 각 역참을 따라가라고 했습니다."

공작 부인은 파브리스의 이름을 듣자 몸을 떨었다. 그녀는 말을 할 수 있게 되자 백작에게 말했다.

"용서하세요. 지금 말씀하신 이야기가 몹시 마음에 걸려요. 모두 말씀해 주세요. 사소한 일일지라도."

"좋습니다."

백작은 조금이라도 부인을 위로해 보려고 가벼운 말투로 이야기를 계속했다.

"또 다른 믿을 수 있는 사람을 브루노한테 보내서 볼로냐까지 다녀오라고 할 생각입니다. 아마도 우리의 젊은이는 그 거리에서 체포된 것 같습니다. 그의 마지막 편지는 언제 보낸 것입니까?"

"닷새 전, 화요일이에요."

"우체국에서 뜯어보았습니까?"

"개봉된 흔적은 없었고, 몹시 질이 나쁜 종이였어요. 주소의 서명은 여자 글씨였고, 받는 사람은 내 하녀의 친척인 세탁소 노파로 되어 있었어요. 그 노파는 연애 편지라고 생각했고, 케키나는 우편료만 줘서 보냈어요."

 백작은 갑자기 사무적인 태도로 공작 부인과 이것저것을 얘기하면서 볼로냐에서 체포된 날짜를 추정해 보려 했다. 워낙 처신을 잘하는 백작은 진작에 이런 방법을 썼어야 했다는 것을 깨달았다. 불행한 공작 부인은 그 이야기에 빠져들었다. 그리고 다소 기분도 좋아진 것 같았다. 만일 백작이 사랑에 눈이 멀지 않았더라면 이 방에 들어온 순간 이런 간단한 방법을 생각해냈을 것이다.

 공작 부인은 브루노에게 새로운 여러 가지 지령을 전달해야만 한다면 백작을 내보냈다, 그러기 전에 대공이 편지에 서명을 했을 때 이미 판결이 났던 것인가, 아닌가 하는 이야기가 나왔다. 그녀는 이 기회를 놓치지 않고 백작에게 따끔하게 말했다.

 "당신이 쓰고 대공이 서명한 그 편지에서 당신이 부정한 재판이란 문구를 삭제한 것을 탓하지는 않겠어요. 궁정의 관리로서는 어찌할 수 없는 본능이었을 테니까요. 당신은 자기도 모르는 사이에 친구보다는 군주의 이익을 지켜 주었어요. 당신은 내가 요구하는 대로 무엇이든 잘해 주셨어요. 그것도 오랜 세월 동안 말이에요. 그렇지만 그 성격까지 바꿀 수는 없었어요. 당신은 수상으로서의 훌륭한 능력을 가지고 있지만 그 본능에도 끌리고 있어요. 당신은 부정이란 단어를 빠뜨림으로써 나를 파멸시키고 말았어요. 그렇지만 비난하는 건 아니에요. 그건 본능일 뿐 당신에게 나쁜 마음이 있어서 그런 것은 아니니까요."

그녀는 어조를 바꾸어 위압적으로 말했다.

"잘 들어 둬요. 파브리스가 체포되었다 해도 그다지 고통스럽지는 않다는 걸요. 그렇기 때문에 이 나라를 떠나지 않을 것이고, 대공을 존경하고 있다는 걸요. 당신이 하실 말씀 같기는 하지만, 저도 당신에게 할 말이 있습니다. 지금부터 저는 제가 해야 할 일을 스스로 해나가려고 해요. 그리고 당신과 합의 하에 헤어지고 싶어요. 옛날 친구로 남고 싶어요. 저를 예순 살이나 된 늙은이라고 생각해 주세요. 내 몸 속의 젊은 여자는 죽었어요. 더 이상 자신감에 차 있지도 않고, 더 이상 사랑을 할 수도 없어요. 그렇지만 당신을 이 사건에 끌어들여 더 불행하게 만든다면 나는 고통을 느낄 거예요. 나는 젊은 애인을 사귀게 될지도 몰라요. 당신이 괴로워하는 것을 보고 싶지는 않아요. 파브리스의 행복을 걸고 맹세해요."

그렇게 말하고 나서 그녀는 잠시 동안 말을 끊었다.

"나는 단 한 번도 당신을 배반하지 않았어요. 5년 동안 말이에요. 긴 세월이지요."

그녀는 미소를 지으려고 애를 썼다. 창백한 볼이 떨렸다. 그러나 입술은 움직이지 않았다.

"그런 것을 생각하거나 원한 적도 없었다는 것을 맹세합니다. 그것을 아셨다면 나를 혼자 있도록 해주세요."

백작은 몹시 낙담하여 산세베리나의 저택을 나왔다. 공작부인은 그와 깨끗하게 헤어질 작정이었다. 그는 이처럼 슬픈 사랑에 빠진 것은 처음이었다. 이것을 지적하는 이유는 이탈리아 이외의 지역에서는 전혀 찾아볼 수 없는 일이기 때문이다. 집에 돌아온 백작은 여섯 명의 하인들에게 편지를 준 뒤 카스텔노보와 볼로냐로 보냈다.

'이것으로는 부족하다.'

불행한 백작은 생각했다.

'잘못하면 대공이 심심풀이로 그 아이를 처형해 버릴지도 모른다. 그 망할 편지 사건 때 공작 부인이 함부로 말한 것에 대한 복수로. 그때에는 공작 부인이 절대로 넘어서는 안 될 한계를 넘으려 한다고 생각했다. 그러기에 원만하게 수습하려는 생각으로 부정한 재판이란 문구를 빼버린 것이다. 어리석은 짓을 했구나. 그 문구만 있었더라면 대공을 누를 수 있었는데…… 그런데 그런 무리들이 무엇인가에 눌린다는 일이 있을 수 있을까? 그렇지만 내 평생 가장 큰 실수를 하고 말았다. 나중에 중대한 사건이 될 만한 것을 적당하게 처리한 것이다. 어쨌든 훌륭한 수완을 발휘하여 이 실책을 만회하지 않으면 안 된다. 그러나 내 체면을 손상시켰음에도 불구하고 아무런 성과를 얻지 못한다면 대공 곁을 떠나 버리자. 그는 훌륭한 정치를 동경하고 롬바르디아의 입헌군주가 되고자 하고 있으나 나만한 인물을 발견할 수는 없을 것이다. 파비오 콘티는 멍청한 사람이고, 라시의 재주란 겨우 권력에 방해가 되는 인물을 합법적으로 처형할 수 있는 것뿐이다.'

파브리스에 대한 처분이 간단한 구류 이상이 될 경우 사직하겠다고 굳게 다짐한 후 백작은 생각했다.

'부인의 충동적인 행동 때문에 상처를 입은 대공의 허영심으로 인해 나의 행복이 짓밟힌다 하여도 내게는 명예가 있다.

여하튼 내가 자리에 연연하지 않는 이상 오늘 아침까지도 불가능하다고 생각되던 일들을 감행할 수 있을 것 같다. 예를 들면 파브리스의 탈옥을 도와주는 것 같은…… 그렇다!'

 백작은 탄성을 질렀다. 뜻밖의 행복을 느꼈을 때 그렇듯 그의 눈이 커졌다.

 '공작 부인은 탈옥 이야기를 꺼내지 않았다. 이것이 그녀가 내게 솔직하지 못한 첫 번째 경우일까? 헤어지자고 한 것도 나로 하여금 대공을 배반해 달라는 것이 아니었을까? 틀림없이 그렇다!'

 백작의 눈은 본래의 맑은 빛을 되찾고 있었다.

 '라시 법관은 유럽에서 우리의 체면을 짓밟아 버리는 듯한 판결을 내리면서 대공한테서 돈을 받고 있다. 그러나 그자는 군주의 비밀을 나에게 팔 수도 있을 만한 사람이야. 그자에게는 여자와 고해신부가 있다. 여자는 너무나 천박해서 이야기할 만한 대상이 되지 않는다. 다음 날이 되면 나를 만났다고 채소 장수들에게 소문을 낼 것이다.'

 한 줄기 희망이 보이자 다시 생기를 얻은 백작은 대성당을 향해 걸어가기 시작했다. 그는 발걸음이 가벼워진 것에 놀라 살짝 웃었다.

 '사직을 하는 거다!'

 대성당은 이탈리아의 다른 성당들처럼 한 거리에서 다른 거리로 빠져나가는 통로로 쓰이기도 했다. 백작은 멀리서 본당을 가로질러 가는 부주교의 모습을 확인했다.

 "마침 잘 만났습니다."

백작이 부주교에게 말했다.

"나는 관절염을 앓고 있어 대주교님의 방에까지 올라갈 수가 없습니다. 말씀 좀 전해 주십시오. 대주교님께서 제의실까지 와주신다면 감사하겠다고 말입니다."

대주교는 그 전갈을 받고 얼마나 기뻐했는지 모른다. 수상을 만나서 파브리스의 이야기를 속시원하게 하고 싶었던 것이다. 그러나 수상은 그의 이야기가 하소연에 불과하다는 것을 알고 별로 귀담아 듣지 않았다.

"성 요한 성당의 사제인 두나니는 어떤 인물입니까?"

"재능은 적은데 야심은 큰 자입니다."

대주교가 대답했다.

"거기에다 염치가 없고 몹시 가난한, 말하자면 결점투성이의 사나이랍니다."

"놀랐습니다. 신부님! 마치 타키투스(로마의 역사가—옮긴이)처럼 말씀하시는군요."

백작은 웃으면서 그 자리를 떠났다. 그리고 돌아오자마자 두나니를 불러들였다.

"당신은 나의 둘도 없는 친구 라시 장관의 고해신부로서 그의 영혼을 인도하고 계신다고 하더군요. 그런데 그는 나에게 무언가 할 말이 없을까요?"

그렇게만 말하고 그는 두나니를 돌려보냈다.

17장

 백작은 벌써 사직을 한 것 같은 기분이었다.
 '계산을 해보자. 사람들은 내가 대공의 노여움을 사서 쫓겨났다고 할 테지. 여하튼 그렇게 되면 나는 몇 마리의 말을 부릴 수 있을까?'
 백작은 자신의 재산을 계산해 보았다. 수상이 되었을 때 8만 프랑의 재산이 있었고, 현재는 모두 합쳐 보아도 50만 프랑이 못 되었다.
 '이것으로는 연금 2만 리브르밖에 안 된다. 나는 참 바보로군! 파르므의 그 누구도 내 연금이 5만 리브르 이상이라고 생각할 텐데…… 나의 가난한 생활을 보면 어딘가에 재산을 감추고 있을 거라고 말할 것이다. 빌어먹을! 석 달만 더 수상 자리에 눌러앉아 있을 수만 있다면 이 재산을 두 배로 늘릴 수 있을 텐데…….'

이런 생각을 하다가 백작은 공작 부인에게 편지를 쓰기 시작했다. 지금의 둘 사이에 실례가 되지 않도록 그 편지는 숫자나 계산으로 메웠다.

우리 세 사람, 즉 파브리스와 당신과 나, 이렇게 셋이 나폴리에서 살게 될 경우 우리에게는 연금 2만 리브르밖에 없습니다. 파브리스와 내가 함께 쓸 말을 사는 것이 어떻겠습니까?

수상이 그 편지를 보내자마자, 사법장관 라시의 내방이 전해졌다. 대신은 무례한 태도로 이 방문객을 맞이했다.
"자네가 어떻게 내가 보호하고 있는 자를 볼로냐에서 체포하고, 목을 칠 준비를 하면서도 나에게 일언반구도 하지 않을 수가 있나? 적어도 내 후임으로 들어설 자는 알고 있나 보지? 그게 누군가? 콘티 장군인가, 아니면 자네인가?"
라시는 당황했다. 상류사회의 관습을 잘 모르기 때문에 백작의 말이 진심인지 아닌지 분별할 수가 없었다. 그는 새빨개지면서 잘 알아듣지 못할 소리를 조금 지껄였다. 백작은 상대가 당황해하고 있는 모습을 재미있다는 듯이 보고 있었다.

갑자기 라시는 용기를 얻어 마치 피가로가 알마비바 백작에게 속임수를 들켰을 때처럼 뻔뻔스럽게 말했다.
"백작 각하, 이리저리 복잡한 말씀은 드리지 않겠습니다. 제가 제 고해신부에게 고해하듯이 각하의 질문에 대답한다면 무엇을 주시겠습니까?"

"성 요한 훈장(이것은 파르므의 훈장이었다)이나 돈을 주겠다. 단, 그에 상응하는 가치가 없으면 인정할 수 없다."

"그렇다면 성 요한 훈장을 원합니다. 귀족이 될 수 있으니."

"뭐라고! 자네는 아직도 귀족이 그렇게 부러운가?"

"제가 만일 귀족으로 태어났더라면······."

라시는 여느 때처럼 뻔뻔스러움을 노골적으로 드러내면서 대답했다.

"처형된 자들의 가족들에게서 미움은 받았을지라도 멸시는 받지 않았을 것입니다."

"좋다! 멸시받지 않도록 해주마."

백작이 말했다.

"내가 모르고 있는 사실을 이야기해라. 파브리스를 어떻게 할 작정인가?"

"사실인즉, 대공 전하께서는 몹시 난처해하고 계십니다. 전하께서는 백작이 요부 아르미드처럼 아름다운 눈, 좀 심한 말이기는 하지만 전하께서 그렇게 말씀하셨으니까요, 전하의 걱정은 당신 자신도 조금은 정신을 빼앗겼을 만큼 뛰어나게 아름다운 눈에 매혹당한 나머지 백작께서 전하를 버리고 떠나지 않을까 하는 점입니다. 무어라 해도 롬바르디아에서 정치를 하실 수 있는 분은 각하밖에 없으니까요. 그것뿐만이 아닙니다. 이 얘기야말로 각하께는 다시없는 좋은 기회이니 성 요한 훈장을 받아도 마땅하다고 생각합니다.

전하께서는 각하께서 파브리스 델 동고 사건에서 손을 떼거나 하다못해 공적인 자리에서 그 이야기를 꺼내지 않겠다고 약조를 한다면, 당신의 영지에서 60만 프랑의 가치가 있는 땅을 하사하거나 아니면 30만 에퀴의 사례금을 주시겠답니다."

"더 좋은 조건을 바라고 있었는데……."

백작은 계속해서 말했다.

"파브리스 사건에서 손을 뗀다는 것은 공작 부인과 헤어지는 것이 된다."

"그렇습니다! 전하께서도 그런 말씀을 하셨습니다. 확실히 전하께서는 공작 부인을 몹시 원망하고 계십니다. 여기서만의 이야기입니다만…… 그리고 또 하나, 전하의 염려는 각하가 매력적인 여성과 헤어지는 대신 전하의 조카딸인 이소다 공녀를 아내로 맞이하지는 않을까 하는 점입니다. 공녀는 이제 겨우 쉰 살밖에 되지 않았으니 말입니다."

"그대로다!"

백작은 부르짖었다.

"우리 군주께서는 이 나라에서 가장 영리하신 분이다!"

백작은 지금까지 단 한 번도 대공의 조카인 늙은 공녀와의 결혼 같은 것을 생각해 본 적이 없었다. 즉, 궁정 생활의 답답함을 죽도록 싫어하는 사람에게 그것만큼 어려운 일은 없을 것이다.

백작은 의자 곁의 작은 대리석 테이블 위에 있는 담뱃갑을 만지작거리기 시작했다. 그 초조함을 보고 라시는 '됐다!'고 생각했다. 그의 눈이 빛났다.

"부탁입니다. 각하께서 60만 프랑의 토지나 사례금을 받으실 작정이시라면 제발 저에게 이 교섭을 맡겨 주십시오. 열심히 해보겠습니다."

그는 낮은 소리로 덧붙였다.

"사례금의 액수를 더 올리거나, 그렇지 않으면 영지 외에 값나가는 숲을 하나 추가시켜 보겠습니다. 만일 각하께서 감옥에 가둔 어린아이의 일을 전하께 말씀하실 때에 좀더 온건하고 모나지 않게 하신다면, 전하께서는 이 토지를 공작령으로 해주실지도 모릅니다.

너무 끈덕진 것 같으나 전하께서는 잠시 동안은 공작 부인을 원망하실 것입니다. 그렇지만 몹시 난처해하고 계십니다. 저에게도 말씀 못하실 무슨 비밀이 계시는 것이 아닌가 하고 이따금 생각할 때도 있답니다. 사실은 좋은 돈벌이가 있답니다. 큰마음 먹고 또 하나 전하의 극비 정보를 팔겠습니다. 왜냐하면 저는 백작의 적이라고 알려져 있기 때문이지요. 사실 전하께서는 공작 부인을 몹시 증오하고 있기는 하지만 밀라노 공국과의 비밀 외교 정책을 제대로 수행할 수 있는 사람은 각하 외에는 아무도 없다고 믿고 있습니다. 저희들도 역시 같은 의견입니다만…… 전하의 말씀을 그대로 옮겨도 좋을까요?"

라시는 흥분하면서 말했다.

"말은 상황에 따라 그 분위기가 달라지게 마련입니다. 각하께서는 제가 모르는 점도 알아차릴지 모르니까요."

"괜찮으니 어서 말하시오."

백작은 정신을 딴 데 팔고 있는 듯한 얼굴로 금제 담뱃갑으로 대리석 테이블 위를 치면서 말했다.
 "뭐든 말하시오. 고맙게 생각할 테니."
 "그러면 훈장 외에 세습적 귀족 작위 증서를 주십시오. 그렇게 해주신다면 참으로 기쁠 것입니다. 전하께 말씀드렸더니 '너 같은 천한 자가 귀족이라고! 그런 짓을 하게 되면 나는 다음날부터 장사가 안 될 거야. 파르므에서는 이제 아무도 귀족이 되려고 하지 않을 테니까.' 라는 대답이셨습니다. 다시 밀라노 공국의 이야기로 되돌아가자면 그로부터 사흘도 되지 않아 전하께서는 이렇게 말씀하셨습니다. '우리의 비밀 공작을 멋지게 진행시키려면 그 사기꾼이 필요하다. 그 녀석을 내쫓거나, 그 녀석이 공작 부인의 뒤를 쫓아가 버리면 나는 장차 이탈리아 전국에서 사랑을 받는 자유주의적인 군주가 되겠다는 희망을 포기하지 않을 수 없게 되는 거지.' 라고 말입니다."
 이 말을 듣고 백작은 맘을 놓았다. 파브리스가 살 수도 있다고 생각한 것이다.
 라시는 지금까지 수상과 마음 편히 이야기해 본 적이 한 번도 없었다. 그는 행복했다. 머지않아 이 나라 안에서 미천한 자를 일컫는 말이 되어 버린 라시라는 이름을 잊을 수 있을 것만 같았다. 서민들은 미친개를 라시라고 불렀고, 얼마 전에는 한 군인이 동료가 자신을 라시라고 불렀다고 해서 결투를 벌인 적도 있었다. 요컨대 이 불쌍한 이름은 신랄한 소네트가 되어 불려지지 않는 주가 없을 정도였다. 그의 아들은 열여섯의 젊은이였으나 그 이름 때문에 카페에서 쫓겨나기도 했다.

그는 자신의 신분으로 인해 생기는 갖가지 불쾌한 일들을 되새기고 있었기에 저도 모르게 쓸데없는 말까지 지껄이고 말았다.

"저에게도 토지가 있습니다."

그는 자신이 작은 의자를 수상의 팔걸이 의자에 가까이 가져가면서 말했다.

"리바란 곳입니다. 그러니 리바 남작으로 해주셨으면 좋겠습니다."

"좋다!"

수상이 말했다.

라시는 미친 사람처럼 좋아했다.

"그런데 백작 각하, 무례한 말씀이지만 각하의 속셈은 공녀 이소다를 부인으로 맞이하고 싶으신 게지요? 참 좋은 생각이십니다. 전하와 인척이 되시면 이제 노여움을 사실 일도 없고 전하와의 연줄을 만드는 것이니까요. 전하는 이 결혼을 꺼리고 있지만 수완 좋은 누군가가 나선다면 불가능한 일도 아니지요."

"사실은 말일세, 그 일은 벌써 단념하고 있었다네. 자네가 아무리 주선해 준다 해도 안 될 일은 역시 안 되는 것이네. 그러나 만일 내 소원이 이루어져 축복할 결혼이 성립된 뒤에 이 나라에서 가장 훌륭한 신분이 될 수 있다면 30만 프랑을 자네에게 주겠네. 그렇지 않으면 대공을 설득해서 자네를 특별히 출세시켜 주도록 하겠네. 자네도 돈보다는 그쪽이 낫다고 생각하는 듯하니 말일세."

 독자들은 이 이야기가 너무 길다고 생각할 것이다. 그러나 이것도 절반 정도로 줄여서 쓴 것이다. 이 이야기는 두 시간이나 더 계속되었던 것이다.

 라시는 들뜬 기분으로 백작의 저택을 나왔다. 백작은 파브리스를 구출할 수 있다는 희망을 가지게 되었다. 그리고 사직을 할 마음을 굳히게 되었다. 자신의 위신을 높이기 위해 라시나 콘티 장군 같은 무리들을 그 자리에 앉혀야겠다고 생각했다. 어떻게든 대공에게 복수할 수 있을 거라고 생각하니 기뻐서 견딜 수가 없었다.

 '만약 공작 부인을 추방시킨다면 그 대신 롬바르디아의 입헌군주가 되는 꿈은 버려야만 할 것이다.'

 (대공의 이런 꿈은 불가능한 것이었다. 그는 재능이 있었으나 그런 공상을 되풀이하는 동안에 완전히 그 공상에 사로잡히게 된 것이다.)

 백작은 사법장관과의 이야기를 전해 주려고 공작 부인에게 달려갔다. 그러나 그는 저택에 들어가지 못했다. 문지기는 여주인에게서 직접 들은 명령을 매우 거북한 듯 전했다. 백작은 우울한 마음으로 되돌아왔다. 그러자 대공의 심복과 나눈 이야기로 인해 생긴 기쁨도 모두 사라지고 말았다. 더 이상 아무것도 생각하고 싶지가 않아서 저택 안의 회랑을 쓸쓸하게 이리저리 거닐었다. 그러다가 얼마 후에 다음과 같은 편지를 받았다.

 백작님, 우리는 이제 친구 사이니 일주일에 세 번 이상 오시면 안 돼요. 그것도 이 주일 후부터는 한 달에 두 번으로 해야겠어요. 물론 뵙는 것은 무척 기쁜 일일 거예요. 저를 기쁘게 해주시려면 우리가 결별했다는 사실을 세상에 널리 알려주세요. 예전의 저의 사랑에 보답해 주실 의향이 있다면 새로운 애인을 만드세요. 저는 이제부터 화려하게 놀아 볼 생각이에요. 부지런히 사교계에 나갈 겁니다. 아마도 저의 괴로움을 잊게 해줄 만한 남자가 나타나겠지요. 물론 제 마음속의 첫 번째 친구 자리는 언제나 백작님을 위해 남겨 놓을 것입니다. 그렇지만 이제부터는 제가 당신의 지혜에 따라 움직이고 있다는 사람들의 이야기를 듣고 싶지 않아요. 특히 당신의 행동이 저의 영향력과는 전혀 관계가 없다는 것을 세상에 확실히 알리고 싶어요. 백작님, 요컨대 백작님은 최고의 친구일 뿐, 그 이상은 아니라는 것을 알아주세요. 부디 전날의 관계를 회복해 보시려고 하지 마세요. 이제 끝입니다. 언제나 저의 우정을 믿어 주세요.

맨 마지막 말이 백작의 용기를 꺾어 버렸다. 그는 대공에게 보내는, 모든 직위를 사임한다는 내용의 편지를 쓴 다음 그것을 공작 부인에게 보내서 대신 전해 달라고 부탁했다. 그러나 사직서는 넉 장으로 찢겨져 되돌아왔다. 공작 부인은 그 편지의 여백에 '안 됩니다. 절대로 안 됩니다!' 라고 써놓았다.

가엾은 백작의 슬픔과 절망감을 형용하기란 정말 어려운 일이다.

'그녀가 말하는 그대로다! 모두!'

그는 되풀이해서 생각했다.

'내가 경솔해서 부정한 재판이란 문구를 빠뜨린 것이 불행의 씨앗이 되었다. 그로 인해 파브리스가 죽을지도 모른다. 그러면 나는 정말 끝장이다.'

대공이 부르기 전까지는 궁정에 들어가고 싶지 않았던 백작은 라시에게 성 요한 훈장을 내리고, 세습적 귀족의 칭호를 제수하는 작위 증서를 썼다. 그리고 반 쪽 가량의 보고서를 붙여서 대공에게 이것을 요구하는 국가적 이유를 설명했다. 그는 자학적인 기쁨을 느끼면서 그 서류들의 사본을 공작 부인에게 보냈다.

그는 별의별 생각을 하면서, 사랑하는 여인이 지금부터 어떤 일을 꾸밀지 추측해 보려고 애썼다.

'그녀인들 그런 것까지 알 수는 없을 것이다.'

백작은 끝내 이렇게 생각했다.

'한 가지 분명한 것은 그녀는 한번 말을 한 이상 이를 이행할 것이라는 점이다.'

그를 더욱 괴롭힌 것은 그럼에도 공작 부인을 미워할 수 없다는 점이었다.

'그녀의 사랑을 받은 것만으로도 고마운 일이 아니었는가. 고의로 한 것은 아니지만 무서운 결과를 초래할 크나큰 과오를 내가 범했기 때문에 이제는 사랑할 수 없다고 한다면 그것으로 더 이상 할 말은 없지 않는가.'

다음날 아침 백작은 공작 부인이 사교계에 나가기 시작했다는 것을 알았다. 그녀는 전날 밤 여러 연회에 모습을 나타냈던 것이다.

'만일 연회에서 그녀와 마주친다면 어떻게 해야 할까? 어떻게 말을 걸어야 좋을까? 하물며 어떻게 모른 척할 수가 있겠는가!'

다음날은 괴로운 하루였다. 도시 전체에 파브리스가 사형에 처해진다는 소문이 떠돌았다. 거기에다 대공은 파브리스의 신분을 고려해 참수형에 처한다는 것이었다.

'내가 그 아이를 죽인 것이다. 공작 부인은 두 번 다시는 나를 만나 주지 않을 것이다.'

그렇게 잘 알고 있으면서도 그는 가만히 있을 수 없어 그녀의 집 앞으로 세 번이나 찾아갔다. 단, 사람의 눈을 피해 걸어서 갔다. 절망하고 있었기 때문에 편지를 쓸 용기도 없었다. 라시를 부르려고 두 번이나 사람을 보냈으나 이 사법장관은 나타나지 않았다.

'그 녀석이 나를 배반했구나!'

다음날이 되자, 세 가지 소문이 파르므의 상류사회와 부르주아 사회를 시끄럽게 했다. 파브리스의 사형이 확정되었다는 것이었는데, 더구나 이 정보에는 묘한 부록이 붙어 있었다. 공작 부인이 그다지 슬퍼하지 않는다는 것이었다. 그녀는 이 젊은이를 위해서 체면상의 겉치레 슬픔밖에 보이지 않고 있으며, 그것도 파브리스 체포 때 몸살이 나서 창백해진 안색을 슬픔 때문에 그런 척하며 교묘하게 이용하고 있다는 것이다. 부르주아들은 그 이야기를 듣고 궁정의 귀부인이 몹시 냉정하구나 하고 생각했다. 그리고 그녀가 젊은 파브리스의 혼을 달래기 위해, 그리고 남의 눈도 있고 해서 모스카 백작과의 관계를 끊었다고 떠들어댔다.

"부도덕하다!"

파르므의 얀센주의자들은 이렇게 수군거렸다.

그런데 벌써 공작 부인은 궁정에서 잘생긴 청년들의 숭배를 받는 것을 즐기고 있다는 것이었다. 그리고 가장 기묘한 것은 라베르시 부인의 현재 애인인 발디 백작과 담소를 나눌 때 유난히 유쾌해 보였고, 그 청년이 벨레자의 저택에 자주 가는 것을 놀려대더라는 것이었다.

부르주아나 하층민들은 파브리스의 사형에 대해 분개하고 있었다. 이 선량한 사람들은 모스카 백작의 질투 때문이라고 생각했다. 궁정의 사교계에서도 백작의 일은 매우 좋은 얘깃거리가 되었는데, 이는 바로 백작을 비웃기 위한 것이었다.

더욱이 세 번째 소문이란 다름이 아니라 백작의 사직에 대한 것이었다. 여자에게서 버림받은 이 남자는 놀림의 대상이 되었다. 쉰여섯의 나이에 그전부터 젊은 청년에게 마음을 주고 있던 인정 없는 여인에게서 버림을 받은 슬픔 때문에 훌륭한 지위를 내던진다는 것이었다.

대주교만이 통찰력보다는 오히려 직관으로 백작이 명예를 위해 수상의 지위를 버리는 것이라고 생각했다. 백작의 비호 아래에 있는 청년을 백작에게는 아무 해명도 없이 참수형에 처하려고 하는 나라였기 때문이다.

백작이 사직한다는 말을 듣고 파비오 콘티 장군은 오랜 관절염이 다 나은 듯한 기분이 들었다. 이 부분에 대해서는 온

국민들이 파브리스의 처형 날짜와 시간을 알아보려고 떠들썩해 있을 때, 가엾은 파브리스는 성채에서 무엇을 하고 있었는가를 이야기할 때에 하기로 하자.

다음날 백작은 볼로냐로 파견했던 충실한 부하 브루노를 만났다. 백작은 이 사나이가 사무실로 들어오는 것을 보자 가슴이 뜨거워졌다. 공작 부인과 뜻을 모아 이 사나이를 볼로냐에 파견했던 무렵의 행복했던 모습이 문득 떠올랐기 때문이었다.

브루노는 아무것도 발견하지 못했다. 뤼도빅의 모습도 찾을 수 없었다. 그럴 수밖에 없는 것이 뤼도빅은 카스텔노보 경찰서장에 의해 시립 감옥에 갇혀 있었던 것이다.

"또다시 볼로냐에 다녀와 주겠는가?"

백작이 브루노에게 말했다.

"가엾은 공작 부인은 파브리스가 체포된 경위에 대해 자세하게라도 알았으면 좋겠다고 하시네. 카스텔노보 초소의 지휘를 맡고 있는 헌병대장을 만나 주었으면 좋겠네. 아니, 그럴 것 없네!"

백작은 말을 끊었다.

"곧바로 롬바르디아로 출발해 주게. 그리고 우리의 연락원들에게 돈을 충분히 나누어주게. 내가 원하는 것은 그들에게서 될 수 있는 대로 많은 정보를 모으는 것이니까."

브루노는 이 임무의 목적을 납득하고 곧바로 수표를 만들기 시작했다. 백작이 최후의 지시를 하고 있을 때 한 통의 편지가 도착했다. 뜻은 모호했으나 꽤 훌륭한 문장으로 쓰여진 그 편지는 겉으로 보기에는 마치 친구가 보낸 것처럼 보였다. 그러나 그 편지를 보낸 사람은 대공이었다. 백작이 사임할 것이라는 소문을 들은 대공이 모스카 백작을 친구라고 부르면서 현재의 지위에 그대로 머물러 달라는 부탁을 하고 있었다. 우정과 조국의 위기가 걸려 있다는 투의 부탁이었으며, 또한 군주의 명령 비슷한 것이었다. 덧붙여서 한 나라의 국왕이 훈장을 두 개나 보냈는데 그 중 하나는 자신이 갖고 나머지 하나는 백작에게 보낸다고 씌어 있었다.

"이 철면피 같은 작자는 참아줄 수가 없다!"

백작이 화가 나서 고함을 치자 브루노는 깜짝 놀랐다.

"그런 뻔한 속임수로 나를 유혹하다니. 이것은 그와 내가 어떤 얼빠진 녀석을 걸어 넘기기 위해 써먹곤 하던 그 문구가 아닌가!"

그는 함께 동봉되어 온 훈장을 사양했다. 그리고 답장에다가 자신의 건강 상태를 말하고, 대신의 일을 언제까지고 맡아 볼 자신이 없다고 썼다. 백작은 몹시 화가 나 있었다. 그때 라시 장관이 찾아왔다. 백작은 무서운 기세로 응대했다.

"귀족을 만들어 주었더니 벌써 거만을 떨기 시작하는구나! 어제 무슨 까닭으로 나에게 인사하러 오지 않았나! 당연히 해야 할 의무라고 생각하는데 자네 생각은 어떤가? 이 거만스런 인간!"

라시는 어떤 말을 들어도 동요하지 않는 사람이었다. 대공에게 매일 그런 대접을 받아왔기 때문이다. 그러나 남작이 되고 싶은 마음에 교묘하게 변명을 했다.

"어제는 하루 종일 전하의 심부름으로 책상 앞에 있었습니다. 그래서 궁정을 빠져나오지 못했습니다. 저는 여느 사법장관들처럼 심한 악필인데도 전하께서는 많은 외교문서를 옮겨 쓰도록 명하셨습니다. 그런데 그 문서들이 모두 어리석고 쓸데없는 것뿐이어서 전하의 목적이 나를 붙잡아 두려는 것이구나 하고 생각했습니다. 겨우 일이 끝난 것이 5시였는데 배가 몹시 고팠고 전하께서도 바로 집으로 돌아가 오늘 밤은 절대로 외출하지 말라고 명하셨습니다. 사실 전하께서 부리시는 낯익은 밀정 둘이 한밤중까지 저의 집 근처를 살피고 있었습니다. 오늘 아침에야 겨우 마차를 불러 대성당의 입구까지 간 다음 마차에서 몰래 빠져나오자마자 이곳으로 온 것입니다. 지금은 백작 각하의 마음에 드는 일이 저의 가장 열렬한 소망입니다."

"좋아! 이 하잘것없는 미천한 관리 녀석! 적당히 얼버무려 넘기려고 하지만 난 그렇게 쉽게 속지 않는다. 그저께 너는 파브리스 이야기를 하지 않았어. 나는 너의 책임감이라든가 비밀에 대한 서약을 존중해 주었지만, 너 같은 녀석에게는 비밀이란 결국 빠져나가려는 구실에 지나지 않는 것이다. 오늘은 사실을 말해야 해. 그 청년을 배우 지레티의 살해범으로 사형에 처한다고 하는 우스꽝스런 소문은 도대체 어떻게 된 건가?"

"그 소문에 대해서는 제가 가장 정확하게 설명할 수 있습니다. 그 소문은 전하의 명령으로 제가 퍼뜨린 것이니까요. 더 말씀드리자면, 어제 온종일 전하께서 저의 발을 묶어 놓은 것도 아마 각하께 연락을 취할 수 없도록 하기 위한 것일 겁니다. 전하께서는 저를 멍청이로 여기시진 않기 때문에 제가 훈장을 여기에 가져와서 각하께 옷깃에 달아 달라고 청할 것쯤은 미리 알고 계셨기 때문일 것입니다."

"내 물음에 대답해!"

백작이 소리쳤다.

"이러쿵저러쿵 이유를 붙이지 마!"

"전하께서는 델 동고 씨에게 사형 판결을 내리고 싶으시겠지만, 잘 아시는 바와 같이 20년형밖에 언도하지 못했으며, 그것도 판결 다음날에 12년형으로 감형시켰습니다. 그리고 매주 금요일은 빵과 물만 주도록 하고 그밖에 종교적인 여러 가지 의무가 가해지고 있습니다."

"나는 감옥에 넣는 것만으로 충분하리라고 생각하고 있었기에, 처형당한다는 소문을 듣고 깜짝 놀랐다. 자네가 팔란차 백작을 재빨리 처형시켰던 일이 생각나서……."

"그때 훈장을 받았어야 했습니다!"

라시는 조금도 당황해하지 않고 의젓하게 말했다.

"유리한 상황일 때 더 강력하게 나갔어야 했는데. 더구나 그는 죽기를 바라고 있었습니다. 그때는 저도 좀 어리석었습니다. 그런 쓰디쓴 경험이 있으니 충고를 드립니다만, 각하께서도 저와 같은 경우가 되시지 않도록 주의하십시오."

상대방은 이러한 비교가 몹시 괘씸하게 여겨졌다. 백작은 라시를 발로 차 버리고 싶은 것을 꾹 참았다.

라시는 법률가 같은 사고방식과 철면피의 완전한 자신감을 보이면서 말을 계속했다.

"먼저 델 동고 씨의 처형은 문제가 되지 않습니다. 전하는 절대로 그런 일을 하실 수 없을 것입니다. 옛날과는 다르니까요! 더군다나 저로 말하면, 각하 덕분에 귀족이 되고 이제 남작의 작위를 받고자 하니 그런 일에 동의할 수는 없지 않겠습니까. 각하께서도 잘 아시는 바와 같이 사형 집행인에게 명령을 내릴 수 있는 사람은 저밖에 없습니다. 맹세하겠습니다만 라시는 델 동고 씨에 대해서 그런 명령을 내리지 않겠습니다."

"그렇게 하는 것이 좋아."

백작은 상대를 무서운 표정으로 노려보면서 말했다.

라시는 웃으면서 말을 이었다.

"저의 직책은 정식 사형 집행에 한하는 것이니, 만일 델 동고 씨가 복통을 일으켜서 죽는 경우가 있다고 해도 제발 제 잘못으로 돌리지는 말아 주십시오! 이유는 알 수 없지만 전하께서는 산세베리나를 몹시 원망하고 계시니."

(사흘 전이라면 라시는 공작 부인이라 불렀을 것이나 그도 지금은 그녀와 백작이 헤어진 것을 알고 있었다.)

백작은 라시 같은 자가 존칭을 뺀 채로 그녀의 이름을 부르는 것을 듣고 몹시 놀랐다. 순간 시원한 느낌이 들기도 했지만 곧 증오가 가득한 시선으로 라시를 노려보았다. 백작은 생각했다.

'그리운 사람이여! 나의 사랑을 나타내기 위해서는 당신이 하자는 대로 따를 수밖에 없습니다.'

"사실을 말하자면……."

백작은 사법장관에게 말했다.

"공작 부인의 어리광을 다 들어줄 수는 없지만 어쨌든 파브리스라는 분별 없는 녀석은 그녀가 소개한 사람이다. 우리의 일을 방해하지 않고 나폴리에 얌전히 있었으면 좋았을 것을…… 그런 관계로 내가 재임하고 있을 때 그 아이를 사형당하게 하고 싶지 않아. 자네가 그 아이를 감옥에서 끌어내 준다면 일주일 후에는 남작이 되는 걸세. 어떤가?"

"각하, 그렇다면 제가 남작이 되는 데 무려 12년이나 걸리지 않습니까? 전하는 몹시 화가 나 있고 공작 부인에 대한 증오는 어찌나 큰지 그것을 숨기기조차 어려울 정도랍니다."

"전하는 참 사려가 깊으시군! 증오를 숨기실 필요까지야 있겠나? 다만 나는 사람들로부터 비겁하다거나 질투를 한다든가 하는 비난을 받기 싫을 뿐이야. 공작 부인을 이 나라에 데리고 온 것도 내가 아니냐? 만일 파브리스가 감옥에서 죽으면 자네는 남작이 될 수 없을 뿐더러 암살당할지도 몰라. 이런 쓸데없는 이야기는 그만두기로 하지. 사실은 나의 재산을 계산해 보았는데 겨우 2만 리브르의 연금밖에 안 된단 말이야. 이것을 믿고 경건한 마음으로 대공께 사직서를 낼 작정이야. 나폴리 국왕이 써주실지 모르지. 큰 도시로 가면 지금의 기분을 가라앉힐 수 있을 것 같다. 파르므 같은 조그만 나라에서는 바랄 수 없으니 말이다. 혹 자네의 주선으로 이소다 공녀와의 결혼이 이루어질 가망이 보인다면 이대로 남겠지만……."

이야기는 이와 같이 끝이 없었다. 라시가 자리에서 일어나려 하자, 백작은 아무렇지도 않은 듯한 모습으로 말했다.

"자네는 파브리스가 나를 배신했다고 사람들이 떠들어대는 것을 들었을 것이네. 즉, 그가 공작 부인의 애인이라고 말야. 나는 이 소문을 납득할 수가 없네. 그 증거를 보이기 위해 자네에게 부탁할 것이 하나 있네. 이 지갑을 파브리스에게 전해 주게."

"그렇지만 각하!"

라시는 당황해하면서 지갑을 바라보았다.

"많은 돈이 들어 있군요. 그런데 규칙상……."

백작은 상대를 멸시하듯이 말을 계속했다.

"자네에게는 큰돈일지 모르지. 자네 같은 부르주아라면 옥중의 친구에게 돈을 넣어 줄 때 10스캥만 되어도 파산하지 않을까 걱정할걸. 그러나 나는 이 6천 프랑을 파브리스가 받아 주기를 원하네. 제발 이 차입의 일은 전하께 알리지 말게."

라시가 당황해서 아무 말도 못하는 사이에 백작은 그의 등을 밀고 문을 닫았다.

"저런 녀석들은 거만한 태도를 보여줘야 권위를 알게 마련이거든."

이렇게 말하고 나서 이처럼 훌륭한 백작은 여기에다 쓰기 어려울 만큼 우스꽝스럽고 민망한 행동을 했다. 즉, 그는 책상으로 달려가서 공작 부인의 작은 초상화를 들어올리고 뜨거운 입맞춤을 퍼부었던 것이다.

"용서하시오, 그리운 사람. 당신을 친구처럼 부른 저 뻔뻔스런 녀석을 이 손으로 창밖에 내던지지 않고 참고 참은 것은 단지 당신의 분부를 따르기 위해서였소. 때가 되면 꼭 혼을 내줄 것이오!"

백작은 가슴속이 죽은 사람처럼 차디차게 식어 가는 것을 느끼면서 초상화를 향해 오랫동안 중얼거리고 있었으나 이윽고 재미있는 것이 생각나서 어린아이같이 서두르기 시작했다. 즉, 훈장을 가득히 단 제복을 내오도록 해서 이소다 노공녀를 방문한 것이었다.

그녀를 방문하는 것은 정초의 인사 때뿐이었다. 개들에 둘러싸인 그녀는 화려하게 차려 입고 있었으며 마치 궁정에 나갈 때처럼 다이아몬드로 장식하고 있었다. 백작은 공녀가 외출하려는 것이 아닐까 싶어 몹시 황송스럽게 생각했으나 파르므의 공녀는 언제나 이런 차림으로 있어야 한다는 대답이었다. 백작은 예의 불행이 있은 후 처음으로 유쾌한 기분을 맛보았다.

'오기를 잘했다. 서둘러 사랑 고백을 해야지.'

공녀는 유명한 수상이 일부러 방문을 해주자 몹시 기뻤다. 늙은 아가씨에게 있어서 이런 방문을 받는 것은 좀처럼 없는 일이었다. 백작은 먼저 군주의 집안과 평범한 귀족과는 너무나 신분이 다르다고 솜씨 좋게 인사말을 올렸다.

"상황에 따라서는 그렇지도 않지요."

공녀가 말했다.

"예를 들면 프랑스 국왕의 공주라면 왕위에 오를 가능성이 전혀 없지만 파르므에서는 그렇지도 않습니다. 그러니 우리 파르네세 가문 사람들은 언제나 위엄을 갖추고 있지 않으면 안 되지요. 보시는 바와 같이 지금은 공녀에 불과하지만 언젠가는 내가 당신을 수상으로 임명하는 일이 전혀 없다고는 할 수 없지요."

 백작은 뜻밖에 엉뚱한 말을 듣고 또다시 기분이 좋아졌다.
 백작은 사랑의 고백을 받고 얼굴이 새빨개진 이소다 공녀의 저택에서 나오다가 궁정에서 여러 가지 사무를 맡아보는 관리와 마주쳤다. 대공이 급한 일로 백작을 찾고 있다는 것이었다.
 "나는 병중이오."
 백작은 대공에게 반발할 기회가 온 것을 기뻐하며 말했다. 그러면서도 한편으론 화가 났다.
 '나를 이렇게 절망시켜 놓고 또 부려먹으려 하다니! 그러나 대공이여! 잘 기억해 두어라. 지금 세상에서는 신의 섭리만으로는 훌륭한 군주가 될 수 없다는 것을! 훌륭한 군주는 재능도 있어야 하고, 큰 인물이 아니면 안 된다는 것을!'
 병중이라고는 하나 몹시 건강해 보이는 백작을 보고 의아해하는 관리를 내쫓은 백작은 파비오 콘티 장군에게 큰 영향력을 행사하는 관리 둘을 찾아가는 것도 재미있는 일이라고 생각했다. 백작은 성채 사령관이 개인적인 원한 때문에 어느 중대장을 페루즈 아편으로 죽여 버렸다는 비난을 들었던 터라 심히 이를 걱정하고 의기소침해 있었던 것이다.
 백작은 공작 부인이 일주일 전부터 돈을 뿌려서 성채 안에 연락원을 두려고 한다는 것을 알고 있었다. 그러나 백작의 생각으로는 성공할 가능성이 거의 없어 보였다. 이 사건은 모든 사람들의 관심사가 되어 있었기 때문이었다.

가엾은 그녀가 얼마만큼의 무리를 하면서까지 매수하려고 애를 썼는지에 대해서는 이야기하지 않겠다. 그녀는 자포자기하고 있었으며, 충성스러운 사람들이 그녀를 돕고 있었다. 그러나 전제군주가 통치하는 이 작은 궁정에서 완벽하게 수행되고 있는 직무 하나를 뽑으라면, 그것은 바로 정치범을 엄중하게 가두어 두는 일이었다. 그렇기 때문에 공작 부인은 많은 돈을 뿌렸지만 이 성채의 관리들 중에서 여덟 명이나 아홉 명 가량을 면직시키는 정도의 효과밖에는 얻을 수 없었던 것이다.

18장

 이와 같이 공작 부인이나 백작은 옥중의 젊은이를 위해 헌신적으로 활동했지만 그다지 효과는 없었다. 대공은 아직도 분노에 가득 차 있었고 일반인이나 궁정의 관리들도 파브리스를 안 좋게 생각하고 있었기 때문에 오히려 꼴 좋다며 기뻐하고 있었다. 파브리스가 너무나 행복했기 때문이라는 것이었다.
 공작 부인은 많은 돈을 썼지만 성채 내부와 접촉하려던 계획은 실현되지 않았다. 파비오 콘티 장군은 라베르시 후작 부인이나 리스카라 기사로부터 매일 새로운 충고를 받았다. 장군의 약한 마음은 이런 식의 채찍질을 받고 있었다.
 이미 말한 것처럼 파브리스는 여기에 끌려온 날 '사령관 관저'에 갇혔다. 1세기 전에 반비텔리가 설계한 그 관저는 둥근 탑의 옥상에서 180피트나 높이 솟아 있었고, 작지만 짜임새

있게 만들어져 있었다. 낙타 등의 혹같이 큰 탑 위로 솟아 나온 이 관저의 창문을 통해 파브리스는 넓은 평야와 저 멀리의 알프스를 볼 수 있었다. 성채 밑으로 흐르는 파르므 강을 눈으로 쫓으니 그 급류는 마을에서 40리 가량 떨어진 곳에서 오른쪽으로 돌아 포 강에 합류하고 있었다.

푸른 평야 한가운데에 하얀 여러 개의 점을 늘어놓은 것같이 보이는 이 큰 강의 왼쪽 둑 저쪽에 이탈리아의 거대한 북쪽 벽을 이루고 있는 알프스의 높은 산정들이 하나하나 뚜렷이 보였다. 8월이었지만 그 봉우리는 아직도 눈에 덮여 있었고 타는 듯한 평야의 한복판에 말할 수 없이 상쾌한 기분을 되살려 주고 있었다. 그 봉우리의 모양을 자세하게 볼 수 있었지만 실은 파르므의 성채에서 30리 이상이나 떨어진 곳이었다. 사령관 관저에서 바라볼 수 있는 웅대한 경치의 남쪽만은 파르네세 탑에 의해 가려져 있었다. 그 탑에서는 파브리스가 들어갈 방의 준비를 서두르고 있었다.

독자들도 기억하겠지만, 이 두 번째 탑은 큰 탑 옥상에 세워진 것으로, 테세우스 왕의 아들 히폴리투스의 경우와는 달리 젊은 계모의 유혹을 물리칠 수 없었던 왕자를 유폐했던 곳이었다. 계모는 서너 시간도 못 되어 죽었지만 왕자는 17년 후에 아버지가 죽어 그 대를 이을 때가 되어서야 자유의 몸이 될 수 있었다.

한 시간 후에 파브리스는 이 파르네세 탑으로 갔다. 파르네세 탑은 외관이 몹시 흉했고, 높이는 큰 탑 옥상에서 50척 가량으로 여러 개의 피뢰침을 달고 있었다. 자기 부인에게 화가

난 그 대공은 이 감옥이 사방에서 잘 보이도록 한 뒤에 기묘하게 이 탑이 옛날부터 이곳에 있었던 것처럼 믿게 하려고 했다. 그래서 파르네세 탑이란 이름을 붙인 것이었다.

이 탑의 건설에 대해 이야기하는 것은 금지되었다. 그러나 파르므 사람들은 시내든 시외의 평야에서든 석공의 손에 의해 하나하나의 돌들이 쌓여서 그 오각형의 건물이 되어 가는 광경을 볼 수 있었다. 이 탑을 오래된 것처럼 보이게 하려고 폭 두 자, 높이 넉 자의 출입구 위에 그 유명한 알렉산드르 파르네세 장군이 앙리 4세를 파리에서 몰아내는 장면을 조각했다.

전망이 좋은 장소에 세워진 파르네세 탑의 첫째 층은 가로와 세로의 폭이 40보 정도는 되었다. 내부에는 짧고 굵은 원형의 기둥이 여러 개 세워져 있었다. 이 넓은 방의 높이가 겨우 열다섯 자밖에 되지 않았기 때문이다. 그곳은 경비병들의 대기소로 쓰이고 있었다. 그리고 방 중앙에는 둥근 기둥을 돌아 올라가는 나선형 계단이 있었다. 그것은 매우 가벼운 철제의 가는 계단으로 전체가 비쳐 보이도록 되어 있었다.

파브리스가 호위 군사들의 몸무게로 흔들거리는 이 가느다란 계단을 올라가자 높이가 스무 자 이상이나 되는 넓은 방들이 줄지어 있었다. 방의 한가운데에는 그 젊은 왕자가 인생의 꽃이라고 할 만한 17년의 세월을 보내기 위해 마련해 놓은 사치스럽기 짝이 없는 가구들이 놓여 있었다. 간수들은 새 죄수에게 한쪽 구석에 있는 실로 놀랄 만한 예배당을 보여 주었다. 벽과 둥근 천장은 모두 검은 대리석으로 덮여 있었고, 검은색 천장과 잘 어울리는 둥근 기둥이 검은 벽을 따라 줄지어 서 있었다. 벽에는 하얀 대리석으로 만들어진 큰 해골이 여러 개 걸려 있었다. 그것은 품위 있게 조각된 것으로 엇갈린 두 개의 뼈 위에 놓여 있었다.

'이것은 죽일 수도 없는 증오에서 우러난 것들이다.'

파브리스는 생각했다.

'그런데 이런 것들을 왜 내게 보여 준단 말인가?'

또다시 원주를 돌아서 가벼운 철제 계단을 오르면 감옥의 3층이 나온다. 높이가 열다섯 자쯤 되는 3층 방에는 일 년 동안의 파비오 콘티 장군의 노력이 잘 나타나 있었다. 먼저 장군의 지시에 의해 이 방의 모든 창문에는 튼튼한 쇠막대가 장치되었다. 이곳은 그 왕자의 하인들이 쓰던 곳으로, 큰 탑의 옥상 돌계단으로부터 30피트 이상이나 높은 곳이었다. 건물의 중앙에 만들어진 어두운 복도를 지나지 않고는 방에 들어올 수 없도록 되어 있었다.

어느 방에든 창문은 둘밖에 없었다. 파브리스는 이 좁은 복도에 둥근 천장까지 닿는 굵은 쇠막대가 박힌 문이 세 개나 우뚝 서 있는 것을 보았다. 장군이 최근 2년 동안 매주 대공을 뵐 수 있었던 것도 실은 장군의 이 뛰어난 발명품의 투시도·단면도·입체도의 덕이었다. 정치범들이 이 독방에 갇히어지면 학대를 받고 있다는 것을 세상에 호소할 수도, 더욱이 외부와 연락을 취할 수도 없었으며 조금만 몸을 움직여도 바로 알아볼 수 있도록 되어 있었다.

장군은 각 방마다 떡갈나무 판자를 깔게 했는데, 이 판자와

바닥 사이에는 석 자의 공간이 있었다. 이것이야말로 장군의 주요한 발명품이었다. 이 발명품 덕으로 내무대신의 지위를 탐낼 수도 있었던 것이다. 그는 이 판자 위에다 창문 쪽은 빼고 다른 쪽은 모두 새로운 벽을 세웠다. 이 새로운 판자 방은 소리가 잘 울렸다. 창문 쪽을 제외한 나머지 세 곳은 독방 자체의 벽과 판자 사이에 넉 자의 좁은 통로가 생겼기 때문이었다. 이 감방은 네 겹의 호두나무·떡갈나무·전나무의 합판으로 이루어졌으며, 수많은 볼트와 못을 박아 단단하게 만들어져 있었다.

파브리스가 들어간 곳도 일 년 전에 이렇게 만들어진 방이었다. 파비오 콘티 장군의 걸작이라 할 수밖에 없는 방이었는데, '절대 복종의 방'이라는 이름까지 붙어 있었다. 파브리스는 쇠막대가 가로질러 있는 창문으로 다가갔다. 황홀한 경치가 보였다.

지평선 북서의 한쪽 모서리는 아름다운 사령관 관저 옥상에 있는 둥근 지붕 아래 복도에 가려져 있었다. 그 관저는 3층 건물이었는데 1층은 사령부 사무실이었다. 파브리스의 눈에 가장 먼저 띈 것은 3층에 있는 어느 방의 창문이었다. 아름다운 새장 속에 새들이 있었다. 파브리스는 새들이 석양의 마지막 빛을 향해 보내는 노랫소리에 귀를 기울였다. 한편 간수들은 그의 주위를 오가고 있었다. 그 새들이 있는 창문은 파브리스가 있는 곳에서 23피트쯤밖에 떨어져 있지 않았으며, 5~6피트 가량 낮게 자리잡고 있었기 때문에 손쉽게 새들을 내려다볼 수 있었다.

그날 밤은 달이 밝았다. 파브리스가 방에 들어왔을 때 달은 지평선 오른쪽에서 떠오르고 있었다. 8시 반밖에 되지 않았기 때문에 왼쪽 지평선에서는 오렌지빛의 저녁놀이 몬테비소의 봉우리를 비롯해서 니스에서 체니스 산맥과 토리노 방면으로 뻗어나간 알프스 봉우리마다의 윤곽을 뚜렷이 드러나게 하고 있었다. 파브리스는 자신의 불행은 생각지도 않고 그 감동적인 광경에 취해 황홀감에 빠져 있었다.

'이렇게 아름다운 곳에서 클레리아 콘티가 살고 있다! 명상적이고 진지한 사람이니 누구보다도 저 경치를 즐기고 있을 것이다. 마치 파르므에서 백 리나 떨어진 깊은 산속에 있는 것처럼 느껴진다.'

파브리스는 두 시간이 지나도록 창가에 서서 황홀한 지평선에 넋을 잃기도 하고, 또 아름다운 사령관 관저 쪽을 이따금 바라보기도 하다가 갑자기 소리쳤다.

"이것이 감옥이란 말이냐? 그렇게 무서워하던 장소란 말이냐?"

우리 주인공은 감옥에 들어와서 분통을 터뜨린다거나 화를 내는 것은 고사하고 기쁨에 매혹되어 버린 것이었다.

갑자기 일어난 소동으로 인해 그의 생각은 현실 쪽으로 되돌아왔다. 우리 같은 모양의, 더욱이 소리가 잘 울리는 목조 방이 흔들흔들 진동하고 있었다. 개 짖는 소리와 사람의 고함 소리가 그 기괴한 소리에 섞여 들려왔다.

'벌써 탈출할 기회가 온 것일까?'

파브리스는 얼마 후 웃음을 터뜨렸다. 감옥 안에서 웃을 수 있었던 사람은 그가 최초일 것이다. 간수들은 사령관의 명령에 따라 영국산 개를 데리고 왔었다. 이 성미 고약한 개들은 중요한 죄수를 지키는 임무를 띠고 있었으며, 파브리스 방 둘레에 교묘하게 만들어진 공간에서 밤을 지내도록 되어 있었다. 개와 간수는 이 독방의 바닥과 판자 사이에 있는 석 자 남짓한 공간에서 잠을 자도록 되어 있었기 때문에 죄수가 조금만 움직여도 소리가 들렸다.

그런데 파브리스가 여기에 들어왔을 때 '절대 복종의 방'을 점거하고 있던 큰 쥐들이 여기저기로 도망치기 시작했다. 개는 스파니엘과 영국산 폭스의 잡종으로 볼품은 없지만 몹시 날렵했다. 처음에 개는 판자 아래의 바닥에 매어져 있었으나 쥐가 그 옆을 지나가자 몹시 날뛰기 시작했고 결국 개줄에서 머리를 빼내었다. 여기서 일대 격전이 시작되었고 그 소란으로 모처럼만의 몽상에서 깨어나게 되었던 것이다.

개의 날카로운 이빨에서 벗어난 쥐는 목조 우리 안으로 도망치려 했다. 개가 그뒤를 쫓아 바닥에서 파브리스의 작은 방으로 올라오는 여섯 개의 계단을 올라왔다. 거기서 또다시 처참한 싸움이 시작되었다. 작은 방이 바닥부터 통째로 흔들거렸다.

파브리스는 미친 사람처럼 웃기 시작했고 너무 웃어서 눈물까지 나왔다. 간수인 그릴로도 웃으면서 문을 닫았다. 쥐를 쫓는 개는 가구들의 방해도 받지 않았다. 왜냐하면 그 방에는 아무 가구도 없었기 때문이었다. 이 사냥개의 도약을 방해한 것은 구석에 있던 철제 난로뿐이었다. 개가 쥐를 처치하고 난 뒤 파브리스는 그 개를 불러 쓰다듬어 주었다.

'장차 담을 넘을 때 이 개한테 들킨다 해도 짖어대지는 않겠지.'

그러나 이런 책략은 실은 허세를 부리는 것에 불과했고 지금의 심정은 그저 개하고 어울려 노는 것에서 기쁨을 맛볼 수 있었다. 무엇인지 모를 마음의 변화가 그의 가슴속에 남모를 기쁨을 가져다 주었던 것이다. 파브리스는 개와 한바탕 어울려 논 다음에 간수에게 물었다.

"이름이 뭔가?"

"그릴로입니다. 규칙으로 인정되는 일이라면 무엇이든지 도와 드리지요."

"그릴로, 나는 지레티라는 사나이가 길 한복판에서 나를 죽이려고 했기 때문에 그것을 막았네. 그리고 그 녀석을 죽여 버렸지. 그런 일이 또 벌어진다고 해도 나는 죽일 수밖에 없을 거야. 그렇지만 자네의 수고를 빌리고 있는 이상은 즐거운 생활을 하고 싶네. 상관의 허락을 얻어 산세베리나 저택까지 내의를 가지러 가줄 수 없겠나? 그리고 아스티산 네비올로를 몇 병 사다 주었으면 좋겠는데."

네비올로는 피에몬테의 알피에리(이탈리아의 시인—옮긴이)의 고향에서 제조되는 거품 있는 와인으로서, 간수는 물론 애주가들에게 인기 있는 술이었다. 열 명쯤 되는 간수들이 파브리스의 목조 우리 안으로, 왕자의 2층 방에 있던 금으로 칠한 오래된 가구를 나르고 있었다. 그들은 네비올로란 말을 황송스러운 듯 머릿속에 새겨 넣었다. 어떤 대접을 받든지간에 파브리스의 방은 감옥살이의 첫날밤으로는 몹시 비참한 것이었다. 그러나 그는 단순히 맛좋은 포도주가 없어서 아쉽다는 표정을 하고 있었다.

"좋은 사람 같은데······."

간수들이 물러가면서 말했다.

"바라건대 높으신 분들이 돈이나 많이 넣어 주시길······."

지금까지의 소동은 마무리가 되었고 파브리스는 혼자 남게 되었다.

'여기가 감옥이라니. 믿어지지 않는다.'

그는 트레비스에서 몬테비소 산맥에 걸쳐 있는 긴 지평선과, 끝없는 알프스의 눈을 이고 있는 봉우리와 별들을 바라보며 생각에 잠겼다.

'더구나 이것이 감옥에서의 첫날밤인가! 클레리아 콘티가 이 높고 고독한 장소를 좋아하는 이유를 알 수 있을 것 같다. 여기에 있으니 저 발아래 세상의 괴로움이나 욕심에 찬 악의들에서 천 리도 더 떨어진 먼 곳에 있는 것 같다. 창 밑의 저 새장 속의 새들이 그녀의 것이라면 혹 그녀를 만날 수 있을지도 모르지······ 나를 보면 부끄러워할까?'

그는 이런 것들을 곰곰이 생각하다가 밤이 깊어서야 잠이 들었다.

감옥에서 지낸 최초의 밤은 조금도 초조감을 느끼지 못한 채 지나갔으나 다음날부터 이야기 상대라고는 폭스종 개밖에 없었다. 간수인 그릴로는 여전히 호의적인 눈빛을 하고 있었지만 새로운 명령을 받고 나서부터는 말을 하지 않았다. 거기에다 내의도, 네비올로도 가져다 주지 않았다.

'클레리아를 만날 수 있을까?'

파브리스는 눈을 뜨자마자 생각했다.

'저 새들은 그녀의 것일까?'

새들은 작은 소리로 지저귀기 시작했다. 이 높은 장소에서 들려오는 것이라고는 그 새소리뿐이었다. 이 높은 곳을 지배하고 있는 크나큰 침묵은 파브리스에게 이상할 만큼의 기쁨에 가득 찬 신기한 만족감을 느끼게 했다. 맞은편의 새들이 쉴 새 없이 활기차게 지저귀면서 아침 인사를 하고 있는 소리에 그는 황홀한 듯 귀를 기울이고 있었다.

'그녀가 저 새를 기르고 있다면 언젠가는 저 창가에 모습을 나타내겠지. 창문 바로 밑의 저 방에!'

끝없는 알프스 산의 중턱 근처를 향해 파르므의 성채가 요새처럼 솟아 있는 것을 바라보면서도 눈길은 마호가니와 레몬나무 판자로 만들어진 호화스런 새장으로 쏠렸다. 황금색의 철망을 친 새장은 몹시 밝은 방의 중앙에 매달려 있었다. 나중에 안 사실이지만 그 방은 관저의 3층에서 11시에서 4시까지 응달이 지는 단 하나의 방이었다. 파르네세 탑이 햇빛을 가렸던 것이다.

'만일 그 순진하고 명상적인 얼굴이 나를 발견하고 얼굴을 붉히는 것이 아니라, 흔해 빠진 넓적한 얼굴의 하녀가 나타나서 새를 손질한다면 얼마나 실망할까! 그렇지만 클레리아를 볼 수 있다고 해도 그녀는 나를 볼 수 없지 않을까? 관심을 끌기 위해서는 좀 대담한 짓을 하지 않을 수 없을 것 같다. 이런 경우에 놓여 있으니 조금쯤은 무리한 일이긴 해도 용서받을 것이다.

더욱이 여기는 세상으로부터 멀리 떨어져 있고, 우리 둘뿐이 아닌가? 나는 죄수이고, 콘티 장군이나 미천한 관리들은 주인인 양 행세를 하고 있지만…… 그러나 그 아가씨는 재치도 있고, 모스카 백작이 말하듯 기품이 높은 사람이니 그 아버지의 직업을 경멸하고 있을 게 틀림없다. 그러니 저렇듯 외롭게 살고 있는 것이 아닐까. 숭고한 괴로움 아닌가! 요컨대 나는 그녀와 전혀 모르는 사이도 아니다. 어제 저녁까지만 해도 우아하고 정숙하게 인사를 받아 주지 않았는가! 코모 호수 근처에서 만났을 때 파르므의 아름다운 그림을 보러 가겠으니, 내 이름 파브리스 델 동고를 꼭 기억해 달라고 말했었다. 그녀는 그 일을 잊어 버렸을까? 어린 나이였으니까 말이야.'

파브리스는 깜짝 놀라면서 지금까지의 생각을 멈췄다.

'나는 분노를 잊고 있지 않은가! 나는 옛날에 몇 명 있었다는 천하의 호걸일까? 그렇게 감옥에 끌려가는 것을 무서워하고 있었는데 끌려와서는 슬픔도 잊고 있다니! 지금이야말로 공포심이 불행 그 자체보다 더 나쁜 것이라고 말할 수 있지 않은가. 이런, 이 감옥살이가 슬프다고 생각하기 위해 논리를 따져야 하다니! 블라네스 신부님이 말한 것처럼 열 달 혹은 10년쯤 계속될지도 모르지. 이 방 전체가 너무나 신기해서 괴로움도 잊고 있었던가? 아마 지금의 이 기분은, 내 의지가 아니고 논리에도 맞지 않으니 어느 순간 사라져버릴지도 모른다. 그런 후에 무서우리만큼 크나큰 슬픔에 빠질는지도 모를 일이다. 어쨌든 감옥에 처박혔어도 논리를 따지기 전에는 슬퍼지지 않는다는 것은 이상한 일이다! 나에게 비상함이 있는 것일까?'

파브리스의 공상은 성채의 목수로 인해 중단되고 말았다. 그 남자는 창문 차양의 치수를 재러 왔다. 그 방에 실제로 죄수를 넣은 것이 처음이어서 중요한 부분의 공사가 빠져 있었던 것이다.

'이젠 저 황홀한 경치도 볼 수 없게 되는구나!'

파브리스는 그렇게 생각하며 그 서운함을 빌미로 슬픔에 잠겨보려 했다. 그러다가 그는 갑자기 목수를 향해 소리쳤다.

"그럼 저 예쁜 새도 더 이상 보지 못하는 건가?"
"아가씨께서 귀여워하시는 새 말인가요?"

상대는 친절하게 대답했다.

"무엇이든 보이지 않게 되지요."

목수도 죄수와 이야기를 주고받는 것은 엄하게 금지되어 있었다. 그러나 이 남자는 죄수가 아직 젊은 나이인 것에 연민을 느꼈다. 그래서 차양이 창문턱 위에 놓일 것이므로 겨우 하늘이나 조금 볼 수 있게 될 거라는 사실을 가르쳐 주었다.

"정신 수양을 위해서입니다. 즉, 죄수의 마음에 효과적인 슬픔을 주입해서 잘못을 뉘우치게 하는 거지요."

그리고 목수는 장군이 발명한 것 중에 유리를 떼어내고 기름 바른 종이를 붙이는 것도 있다고 말했다.

파브리스는 이 설교식의 말투에 흥미를 느꼈다. 이탈리아에서는 그런 식의 이야기가 드물었기 때문이었다.

"심심풀이로 새 한 마리가 있었으면 좋겠는데. 나는 새를 매우 좋아하거든. 클레리아 콘티 아가씨의 하인한테서 한 마리를 얻을 수는 없을까?"

"아니, 아가씨를 아십니까?"

목수가 깜짝 놀라 말했다.

"이름을 그렇게 분명하게 말씀하시다니."

"유명한 미인이시라 누구나 알고 있네."

"아가씨는 이곳에서 매우 외롭게 지내십니다."

목수가 말했다.

"새들을 상대하며 지내시거든요. 오늘 아침에는 오렌지나무를 나리가 계신 창 밑에 있는, 탑의 입구에 놓도록 하셨습니다. 처마가 없다면 나리도 보실 수 있었을 텐데."

그 대답 속에서 파브리스는 고마운 정보를 얻을 수 있었다. 그는 인심 좋게 목수에게 돈을 집어 주었다.

"한꺼번에 법을 두 개나 어겼습니다."

목수가 말했다.

"나리께 여러 말씀을 드린 것과 돈을 받은 것 말입니다. 모레 차양을 하러 올 때 호주머니에 새를 넣어 가지고 오겠습니다. 혹 다른 사람이 보면 새를 날려버리면 됩니다. 또 가능하면 성경책도 가지고 오겠습니다. 성무일도를 할 수 없으면 곤란하실 테니까요."

'역시 내가 생각한 대로였다.'

파브리스는 목수가 사라지자 깊은 생각에 빠졌다.

'새는 그녀의 것이었다. 그러나 모레부터는 새를 볼 수도

없게 된다!'

이렇게 생각하니 그의 눈은 슬픔의 눈물로 흐려졌다. 그런데 드디어 말로 표현할 수 없을 만한 기쁨이 찾아왔다. 그토록 기다렸던 클레리아가 정오쯤에 새를 돌보려고 나타난 것이었다.

파브리스는 숨을 죽이고 창문의 굵은 쇠창살에 바싹 몸을 붙였다. 그녀는 그가 있는 쪽을 일부러 바라보지 않으려고 했다. 그러나 누군가가 자신을 지켜보고 있다는 것을 의식하는 사람처럼 거북스러워 보였다. 그녀가 그가 있는 쪽을 바라보고 싶었다 해도, 전날 죄수가 파수병의 대기소에서 끌려가고 있을 때 입가에 떠올렸던 그 묘한 미소를 도저히 잊을 수가 없었다.

그녀는 자신의 일에 열중하는 것처럼 보였다. 그러나 그 방의 창문으로 다가온 순간 얼굴이 발그레해져 있다는 것을 알 수 있었다. 창문의 쇠창살에 달라붙어 있던 파브리스는 어린애처럼 쇠창살을 두들겨 볼까 하고 생각했으나 그런 짓을 하게 되면 소리를 내는 결과가 된다는 것을 깨달았다. 그러니 그런 경솔한 짓을 하겠다고 생각한 것조차 어리석은 일이 아닌가!

'소리가 나면 깜짝 놀라 일주일쯤은 오지 않을 것이다.'

나폴리나 노바라 시절에는 이런 세심한 생각을 하지 못했을 것이었다.

그의 눈은 열심히 소녀의 모습을 뒤쫓고 있었다.

'틀림없이 그녀는 이쪽 창에 눈길도 한 번 주지 않고 가버

릴 것이다. 이렇게 정면으로 마주 보고 있는데도!'

그녀는 방 안쪽으로 들어갔다가 다시 나왔다. 파브리스는 높은 곳에 있었기 때문에 잘 볼 수 있었다. 그녀는 여전히 걷고 있었지만 더 이상 참지 못하고 파브리스 쪽을 한 번 바라보고 말았다. 그러자 파브리스는 인사를 해도 될지 모른다는 생각이 들었다.

'여기는 우리 둘뿐이다.'

그는 용기를 냈다. 소녀는 인사를 받자 그 자리에 우뚝 선 채 눈을 밑으로 내렸다. 이윽고 파브리스는 그 눈이 조용히 위를 바라보는 것을 보았다. 그녀는 정중하면서도 차가운 답례를 보냈다. 그러나 자신의 눈빛까지 숨길 수는 없었다. 아마 그녀 자신은 그것을 알아차리지 못했을 것이다. 그녀의 눈빛은 동정을 나타내고 있었다. 그리고 그녀의 얼굴뿐만 아니라 목덜미까지 장밋빛으로 붉게 물들어 있었다. 그녀는 새장이 있는 방으로 들어올 때 더위 때문에 숄을 벗었던 것이다. 파브리스도 정신없이 그녀의 인사에 답하자 소녀는 더욱 당황해서 어쩔 줄을 몰랐다.

'공작 부인도 나처럼 이렇게 잠시나마 파브리스를 볼 수 있다면 얼마나 기뻐하실까?'

그녀는 공작 부인을 생각했다.

파브리스는 혹 그녀가 방을 나갈 때 또 한번 인사를 할 수 있을지 모른다고 생각했다. 그러나 클레리아는 그런 정다운 듯한 태도를 보이지 않으려고 익숙하게, 한 새장에서 다른 새장으로 옮겨가면서 돌보고 있었다. 마치 맨 나중에 출입문에서 가장 가까운 새를 돌보도록 정해진 것처럼.

드디어 그녀는 나가 버렸다. 파브리스는 그녀가 사라진 출입문을 하염없이 바라보고 있었다.

이 일이 있은 뒤로 그는 어떻게 하면 그녀를 계속 볼 수 있을까 하는 것만 생각했다. 사령관 관저 쪽으로 향한 창이 무자비한 차양으로 가로막힐지라도 말이다.

전날 밤, 잠들기 전에 그는 가지고 있던 금화의 대부분을 목조 감방의 쥐구멍 속에 숨겨놓느라 진땀을 뺐다.

'오늘 밤은 시계를 숨겨야지. 시계 태엽의 톱니를 날카롭게 갈면 나무는 물론 쇠도 자를 수 있다고 들은 적이 있다. 그렇다면 차양도 잘라낼 수 있을 것이 아닌가!'

시계를 숨기는 데 두 시간이나 걸렸으나 그는 조금도 길다고 생각하지 않았다. 자신의 목공 지식을 모두 동원해서 목적을 달성시킬 수 있는 방법을 궁리했기 때문이었다.

'잘만 되면 차양 판자의 한쪽, 창틀에서 가장 가까운 부분을 네모나게 잘라낼 수 있을지도 모른다. 필요에 따라 그 판자 조각을 떼었다 붙였다 하면 된다. 가진 돈을 모두 다 그릴로에게 주고 이 장치를 못 본 척해 달라고 부탁하자.'

지금 파브리스는 이 계획의 실행에 자신의 모든 행복을 걸었다. 다른 일은 아무것도 생각지 않았다.

'그녀의 얼굴만 볼 수 있다면 나는 행복하다……'

그러나 그는 생각을 고쳐먹었다.

'아니다. 내가 보고 있을 때 그녀도 나를 볼 수 있게 해야 한다.'

날이 샐 때까지 그의 머릿속은 목공에 대한 생각으로 가득 차 있었다. 파르므의 궁정 일이나 대공의 분노 등에 대해서는 전혀 생각하지 않았다. 공작 부인이 얼마나 고통스러워하고 있을까 하는 것도 신경 쓰지 않았다.

그는 애타게 동이 트기만을 기다렸으나 목수는 나타나지 않았다. 아마도 이 감옥에서 자유주의자로 주목을 받게 된 것 같았다. 그를 대신해서 까다로운 얼굴을 한 다른 목수가 들어왔다. 그 사나이는 파브리스가 아무리 다정하게 말을 걸어도 냉담하고 퉁명스럽게 대답할 뿐이었다.

공작 부인이 파브리스에게 연락을 취하기 위해 꾸민 계획들 중에서 몇 가지가 라베르시 후작 부인의 앞잡이들에게 들통나고 말았다. 파비오 콘티 장군은 라베르시 부인으로부터 매일 주의를 받아서 몹시 자존심이 상해 있기도 했고 걱정이 되기도 했다.

원주가 있는 1층에서는 여덟 시간마다 여섯 명의 파수병이 교대하면서 파수를 섰다. 더욱이 사령관은 복도를 막는 세 개의 쇠로 된 문에도 각각 한 명의 간수를 배치했다.

그릴로만이 죄수를 만날 수 있었으나 이 사나이도 가련하게 일주일에 한 번밖에는 파르네세 탑 밖으로 외출할 수 없는 난처한 처지가 되었다. 그는 이런 처지에 분개하고 있었다.

파브리스는 그의 불만을 듣고 좋은 생각이 떠올라서 "이 돈으로 거품이 잘 나는 네비올로라도 사서……."라고 말하면서 돈을 쥐어 주었다.

"그런데 말입니다! 아무리 괴로움을 풀어 주는 술일지라도 받아서는 안 된다고 명령받고 있답니다. 그러니 사양치 않을 수 없는 것이나, 이왕 주신 것이니 받겠습니다. 그렇지만 저는 아무 도움도 드릴 수 없습니다. 나리께는 아무 말도 할 수 없도록 되어 있답니다. 나리께서는 몹시 중대한 죄를 범하신 게로군요. 이 성채가 나리로 인해 떠들썩하니까요. 공작 부인께서 자꾸 계책을 꾸미시기 때문에 동료 셋의 목이 달아났습니다."

파브리스는 몹시 중대한 문제, 즉 창문 차양이 정오까지 달아질까 하는 것 때문에 오전 내내 안절부절못하고 있었다. 그는 15분마다 울리는 성채의 시계 소리를 헤아렸다. 11시 45분을 알리는 종소리가 울렸으나 아직 차양은 운반되지 않았다.

클레리아가 나타나서 새를 돌보았다. 궁지에 몰리자 파브리스는 더욱 담대해졌다. 이 기회를 놓치면 영원히 그녀를 만날 수 없을지도 모르기 때문에 클레리아에게서 눈을 떼지 않은 채 손짓으로 차양을 잘라 내는 시늉을 되풀이했다. 감옥 안에서의 모반과 같은 그런 몸짓을 본 그녀는 인사도 하는 둥 마는 둥 곧 모습을 감추었다.

'이럴수가!'

파브리스는 놀랐다.

'어쩔 수 없는 급한 처지에서 한 몸짓을 무례한 것이라고 생각할 만큼 그녀는 이해심이 없는 사람이란 말인가? 나는 그녀가 새를 돌보고 있을 때 비록 차양이 쳐진다 해도 가끔 감옥의 창문 쪽을 봐 달라고 부탁할 생각뿐이었는데. 사람의 지혜와 힘으로 할 수 있는 일이라면 무슨 짓을 해서라도 그녀를 바라볼 작정이라고 알리고 싶었는데. 아아! 이런 무례한 짓을 해버렸으니 내일은 새를 돌보러 오지 않겠지?'

그날 밤, 파브리스는 이런 걱정을 하느라 뜬눈으로 밤을 지샜고 이 걱정은 현실이 되었다. 다음날 세 시가 되도록 클레리아는 모습을 보이지 않았다. 그때 파브리스 방에는 커다란 차양이 두 개나 쳐진 뒤였다. 인부들은 밧줄과 도르래를 이용해서 방 창문에 박힌 쇠창살 밖에서부터 탑의 옥상에 있던 차양을 끌어올렸다. 클레리아는 자신의 방 창문 뒤에 숨어서 인부들의 작업 모습을 비통한 기분으로 지켜보고 있었다. 그녀는 파브리스의 불안을 느낄 수가 있었다. 그러나 스스로 다짐했던 일을 어길 용기는 없었다.

클레리아는 자유주의자였다. 그녀는 어렸을 때 아버지의 거실에서 오가던 자유주의 이야기에 귀를 기울였다. 비록 아버지 파비오 콘티가 출세욕밖에 없는 사람이었어도 말이다. 그후로 그녀는 궁정 사람들의 성격을 경멸하고 혐오하게 되었다. 결혼을 싫어하는 이유도 바로 그 때문이었다. 파브리스가 감옥에 들어온 후부터는 양심의 가책을 받았다.

'아버지를 배반하려고 하는 사람에게 마음을 주다니! 나를 향해 창문을 잘라 내는 동작을 하지 않았던가.'

이런 생각을 하던 그녀였지만 곧 비통한 심정이 되었다.

'하지만 사람들은 곧 사형이 집행될 거라고 얘기하고 있다. 어쩌면 내일 집행될지도 모른다! 이 나라의 지배자들은 가혹한 짓을 하는 사람들뿐이니 무슨 짓을 할지 모른다! 저렇게 씩씩한 표정을 하고 있던 눈이 얼마 후에는 영원히 감겨 버리게 될지도 모른다! 아아, 공작 부인은 얼마나 슬퍼하실까? 벌써 절망에 빠져 계신다고들 하던데. 내가 그녀라면 저 용감한 코르데(프랑스 혁명가 장 폴 마라를 암살한 여인—옮긴이)처럼 대공을 암살하려 했을 것이다.'

이와 같이 옥에 갇힌 지 사흘째 되는 날은 파브리스에게는 몹시 화가 치미는 하루였다. 그 이유는 오로지 클레리아가 나타나지 않았기 때문이었다.

'차라리 이렇게 될 바에는 그녀를 사랑한다고 말했어야 했는데.'

그는 마음속으로 고함을 지르고 있었다. 이제야 자신의 감정을 깨달았기 때문이었다.

'그렇다. 감옥에 갇힌 것을 두려워하지 않고, 블라네스 신부님의 예언대로 느끼지 않는 것이 내가 용맹하기 때문이 아니다. 나 같은 것에게 어찌 그런 명예가 있을 수 있겠는가! 다만 동정에 가득 찬 그 눈길 때문이다. 헌병에게 끌려서 대기소를 나왔을 때 클레리아가 보여 준 그 부드럽고 동정에 가득 찬 눈길 말이다. 그 눈동자의 부드러운 빛이 나의 과거를 말끔히 잊게 해주었을 뿐이다. 이런 장소에서 그토록 부드럽고 사랑스런 눈빛을 보리라고 그 누가 상상할 수 있겠는가. 더욱이 바르보네나 사령관의 보기 싫은 얼굴에 싫증이 났던 그때에 말이다! 저 더럽고 추한 무리들 속에서 푸른 하늘을 본 듯했었다. 그러니 그 아름다움을 사랑하고 찾으려 하는 것은 어쩔 수 없는 일이 아닌가! 이 감옥에서 어떤 일로 고통을 받는

다고 하더라도 아무렇지도 않게 태연할 수 있는 것은 나에게 용기가 있어서가 아니다.'

파브리스는 가능성이 있는 여러 가지 상황을 생각하다가 자신이 석방될 때를 생각하게 되었다.

'공작 부인의 사랑이 깜짝 놀랄 만한 일을 가능하게 해 줄 것이다. 그래도 나는 입으로만 감사의 예를 드릴 수밖에 없을 것이다. 이곳은 두 번 다시 끌려오고 싶지 않은 곳이다. 그런데 일단 이 감옥에서 나가게 되면 서로 살아가는 처지가 다르니 두 번 다시 클레리아를 만날 수 없게 된다! 가만 있자! 실제로 이 감옥의 어디가 마음에 들지 않는단 말인가? 만일 클레리아가 화를 내어 나를 몹시 심하게 대하지만 않는다면 모든 것은 더 바랄 것이 없지 않은가!'

아름다운 이웃집 소녀를 만나지 못한 채 해가 저물자 그는 기가 막히게 멋진 일을 생각해냈다. 죄수가 감방에 들어올 때 지급되는 철제 십자가를 써서 창의 차양에 구멍을 내기 시작했고, 결국 성공했던 것이다.

'무모한 짓이 아닐까?'

그는 그 일을 시작하기 전에 생각했다.

'목수들이 내 앞에서 말하지 않았던가. 내일부터는 칠장이들이 와서 페인트칠을 한다고 말이다. 만약 그들이 차양 판자에 구멍이 뚫린 것을 발견하면 무엇이라고 말할까? 하지만 이 무모한 짓이라도 하지 않으면 내일 그녀를 볼 수 없다. 무엇이란 말인가! 우유부단한 행동으로 인해 내일 또 그녀를 볼 수 없게 되고 말지 않겠는가!'

파브리스의 무모한 행동은 보상을 받게 되었다. 열다섯 시간이나 일을 한 끝에 비로소 클레리아를 볼 수 있었던 것이다. 그를 더욱 기쁘게 한 것은, 그녀가 이쪽에서 훔쳐보고 있는 것도 모르고 오랫동안 이쪽 창문의 차양을 뚫어지게 바라보았다는 점이다. 그는 그녀의 눈빛 속에 깊은 동정이 깃들어 있는 것을 볼 수 있었다. 그녀는 새를 돌보는 것도 잊어버리고 파브리스의 창문 쪽만을 바라보며 몇 분 동안이나 움직이지 않고 있었다.

그녀는 큰 혼란을 느끼고 있었다. 공작 부인의 크나큰 불행을 생각하면 동정심이 생겼지만, 한편으로는 공작 부인이 미웠다. 그녀는 깊은 우울에 빠져 있었고 그것의 원인을 알 수 없자 스스로에게 화가 나기 시작했다.

파브리스는 그녀가 그곳에 서 있는 동안 참을 수 없어 두서너 번 차양을 흔들어 볼까 생각했다. 그는 자신이 그녀를 바라보고 있다는 것을 그녀에게 알리지 않는 한 자신은 행복해질 수 없다는 생각이 들었다.

'그러나 이렇게 훔쳐보고 있는 것을 그녀가 알면, 조심성과 수줍음이 많으니 틀림없이 내 눈이 미치지 않는 곳으로 도망칠 거야.'

그 다음날은 몹시 즐거웠다(사랑이란 어떤 하찮은 일도 기쁨으로 바꾸고야 만다!). 그녀가 커다란 차양을 슬픈 눈으로 바라보고 있을 동안 그는 뚫린 구멍을 통해 철사를 내보일 수 있었다. 그것으로 신호를 보내자 그녀는 이를 알아차린 것 같았다. '제가 여기서 당신을 바라보고 있습니다.'란 뜻을.

그후 얼마 동안 파브리스는 열심히 일을 했다. 커다란 차양에서 손바닥 크기만한 판자 조각을 잘라 내려 했던 것이다. 그렇게 하면 필요할 때 붙여 놓을 수 있었으며, 그도 그녀를 볼 수 있고, 그녀도 그를 볼 수 있었다. 이는 몸짓으로나마 자신의 심중을 상대에게 전할 수 있다는 뜻이기도 했다.
  그러나 시계 태엽에 십자가로 톱니 자국을 낸, 이 작은 톱의 소리를 듣고 의심쩍어 들어온 그릴로가 몇 시간 동안이나 떠나질 않았다. 파브리스는 점점 어려운 조건이 생길수록 클레리아의 완고한 태도가 점점 누그러져 가는 것처럼 생각되었다. 파브리스는 가는 철사를 밖으로 내밀어 그의 존재를 알려도 그녀가 전처럼 눈길을 아래로 내리거나 새를 돌보는 듯이 하지 않는 것을 확인할 수 있었다. 그녀는 시계가 11시 45분을 알리면 어김없이 새장이 있는 방에 나타났다. 파브리스는 어김없이 그 시각에 그 방에 나타나는 것은 자신을 만나기 위해서가 아닌가 하고 혼자 흡족하게 생각하고 있었다. '왜 그럴까?' 라는 지금 이 순간에는 어울리지 않는 물음이었다. 사랑을 하게 되면 눈빛 하나에서조차 자그마한 의미를 잡아내서 끝없는 결론을 내리는 법이기 때문이다. 예를 들면 클레리아는 파브리스의 얼굴이 보이지 않게 되면서부터는 새장에 들어서자마자 그가 있는 쪽 창문으로 시선을 던지는 것이었다. 그녀는 매일매일을 우울하게 보내고 있었다. 그것은 파브리스가 불원간 사형을 받게 된다는 것을 파르므에서는 모르는 사람이 없기 때문이었다.
  '그만이 이 사실을 모르고 있어.'

클레리아는 이 사실을 떨쳐버릴 수가 없었다. 그러니 그녀가 파브리스에게 지나친 관심을 보인다고 스스로를 책망할 마음의 여유가 있었겠는가.

'그는 사형당할 것이다! 그것도 자유를 위해! 배우 하나쯤 찔러 죽인 것으로 델 동고 가문 사람이 사형된다니 말도 안 되는 일이다. 저 아름다운 남자에게는 사랑하는 여자가 있다!'

클레리아는 슬픔에 젖어 있었다. 자신이 파브리스의 불행에 대해 어떤 종류의 관심을 가지고 있는가는 분명하게 의식하지 못하고 있었지만 말이다.

'그가 사형을 당하면 나는 수녀원으로 숨어 버릴 것이다. 그리고 평생 동안 그런 궁정의 사교계에는 절대로 나가지 않을 것이다. 몸서리쳐진다. 신사의 가면을 뒤집어쓴 살인자들!'

파브리스가 감옥에 끌려간 지 여드레 되는 날, 클레리아에게는 몹시 부끄러운 일이 일어났다. 그녀는 슬픔에 잠겨 죄수가 갇혀 있는 방의 창문을 가리고 있는 커다란 차양을 뚫어지게 쳐다보고 있었다.

그날은 그가 그곳에 있다는 신호가 없었다. 그런데 갑자기 차양의 판자가 손바닥보다 조금 클 정도로 떨어져 나갔다. 그곳으로 그는 재미있다는 듯이 그녀를 바라보고 있었다. 자세히 보니 그의 눈이 그녀를 향해 인사를 하지 않는가?

그녀는 뜻밖의 일을 당하자 어쩔 줄을 몰라 허둥지둥 돌아서서 새를 돌보는 시늉을 했다. 그러나 몸이 떨려서 그만 물

그릇을 엎어 버리고 말았다. 파브리스는 그녀가 몹시 당황했다는 사실을 알 수 있었다. 그녀는 그 자리에 더 머물러 있을 수 없어 뛰듯이 도망쳤다. 이 순간은 파브리스의 일생에서 가장 멋진 시간이었다. 그는 자유의 몸이 되도록 해주겠다고 해도 '싫다!'고 거절했을 것이다.

그 다음날은 공작 부인에게 절망적인 날이었다. 사람들은 파브리스가 살아날 가망이 없다고 믿고 있었다. 클레리아는 그에 대해 짐짓 냉정함을 가장할 만큼의 용기조차 없었다. 그녀는 새장이 있는 방에서 한 시간 반 동안이나 파브리스의 신호를 빠짐없이 바라보고, 적어도 마음속 깊이 그의 일을 걱정하고 있다는 표정으로 몇 분이고 그 신호에 응해 주었다. 때로 잠시 몸을 숨기는 일이 있었지만 그것은 흐르는 눈물을 감추기 위해서였다. 그녀의 여성적인 심성으로는 이런 통신 방법이 아쉽게만 느껴졌다. 서로 이야기를 주고받을 수만 있다면 어떻게든지 공작 부인에 대한 그의 생각을 확인할 수 있을 텐데! 클레리아는 이젠 자신의 마음을 속이지 않았다. 그녀는 산세베리나 부인을 미워하고 있었다.

어느 날 밤, 파브리스는 고모에 대해 진지하게 생각해 보았다가 깜짝 놀라고 말았다. 고모의 얼굴이 생각나지 않았기 때문이었다. 더구나 그녀에 대한 추억도 낯설었고, 쉰 살은 먹은 여자처럼 생각되었다.

'아아! 사랑한다는 말을 고모에게 하지 않은 것은 얼마나 잘한 일인가!'

어째서 고모가 그렇게 아름답다고 생각했는지 그 까닭을

알 수 없을 정도였다. 이와는 달리 마리에타의 인상은 그다지 달라지지 않았다. 그 까닭은 공작 부인에게는 자신의 영혼을 송두리째 바치고 있는 것처럼 생각했지만, 마리에타에게는 자신의 영혼 한 조각을 바쳤다고도 생각해 본 적이 없었기 때문이었다.

A공작 부인이나 마리에타는 새끼비둘기 같은 가냘픔과 순진함만이 매력의 전부였다. 그러나 클레리아 콘티의 고상한 모습은 그의 영혼을 송두리째 빼앗고 어떤 전율마저 느끼게 했다.

그는 사령관의 딸과 함께 하지 않는 한 이 세상에서 행복을 찾을 수 없고, 또 이 세상에서 가장 불행한 사나이가 되는 것도 그녀의 손에 달려 있다는 것을 분명히 깨닫고 있었다.

매일같이 그는 그녀 가까이에서 맛보고 있는 이 기묘하고 즐거운 생활이 그녀의 변화로 인해 갑자기 끊겨 버리지는 않을까 하고 두려워하고 있었다. 이러한 두려움에도 불구하고 그녀는 감옥에 들어온 뒤로 두 달 동안이나 그를 행복으로 채워 주고 있었다.

그 무렵 파비오 콘티 장군은 일주일에 두 번씩 대공에게 이렇게 보고했다.

"맹세컨대, 죄수 델 동고는 그 누구하고도 이야기할 수 없는 상태로, 너무나 큰 절망에 몸부림치거나 잠을 자는 것으로 소일하고 있습니다."

클레리아는 하루에 두세 번씩 새를 돌보려고 왔으나 어떤 때는 얼마 있지 못하고 나가 버리는 일도 있었다. 만일 파브리스가 이처럼 흥분하고 있지만 않았더라면 그녀의 사랑을 눈치챘을 것이나, 가엾게도 그는 그 점에 대해서는 전혀 깨닫지 못하고 있었다.

클레리아는 새장이 있는 방에 피아노를 들여놓게 했다. 그 악기 소리로 자신의 존재도 알리고 아울러 창 밑을 지나는 보초병의 관심을 다른 데로 보내려고 피아노를 연주했다. 그러면서도 눈은 파브리스의 소리 없는 질문에 응답을 하고 있었다.

그러나 한 가지 질문만은 답을 해주지 않았다. 그녀는 파브리스의 질문이 집요해지면 달아나 버렸고 한나절이 넘도록 모습을 나타내지 않을 때도 있었다. 그 질문이란 바로 파브리스가 자신의 감정을 노골적으로 고백하는 것이었다. 그녀는 이 점에 있어서만은 매우 엄격했다.

이와 같이 파브리스는 좁은 감옥 속에 처박혀 있기는 했으나 몹시 분주한 나날을 보내고 있었다. 너무나 중대한 문제에 대한 해답을 찾으려고 골몰하고 있었던 것이다.

'그녀는 나를 사랑할까?'

그는 끊임없이 관찰을 하고, 그 결과를 의심해 보고 한 끝에, 드디어 다음과 같은 결론에 이르렀다.

'의식적인 동작은 사랑하지 않는다고 말하고 있으나 무의식적인 눈의 표정은 애정을 갖고 있음을 자백하고 있는 것 같다.'

클레리아는 결코 사랑을 자백해서는 안 된다고 생각하고 있었다. 그 위험을 피하기 위해 파브리스가 노골적으로 강요해 오면 몹시 화를 내고 무정하게 거절하는 것이었다. 가엾은 죄수가 궁리해 낸 통신 방법은 점점 클레리아의 동정심을 불러일으켰다. 파브리스는 난로 속에서 찾아낸 귀중한 석탄 조각으로 손바닥에 글씨를 써서 그녀에게 뜻을 전달하려고 했다. 한 자 한 자씩 써서 단어를 만들려는 것이었다. 이 방법은 말하고 싶은 것을 정확하게 전달해 준다는 점에서 좋은 수단이 될 수 있었을지도 모른다. 그러나 그의 창은 클레리아의 창에서 23피트쯤 떨어져 있었다. 게다가 사령관저의 앞을 지나는 보초병의 머리 위에서 신호를 주고받는 것은 너무나 큰 모험이었다.

파브리스는 사랑을 받고 있는지 아닌지 알지 못해서 불안해했다. 만일 그에게 조금이나마 사랑의 경험이 있었다면 그런 불안은 없었을 것이다. 그러나 지금까지 그의 마음을 사로잡은 여인이 없었기에 어쩔 수 없는 일이었다. 더욱이 그가 알았다면 절망의 구렁텅이에 빠질 만한 비밀이 있었으니, 그것은 클레리아 콘티가 크레센치 후작이라는, 궁정에서 가장 돈이 많은 사람과 결혼한다는 소문이 퍼져 있었던 것이다.

19장

 파비오 콘티 장군은 모스카 수상이 재직 기간 중에 이처럼 까다로운 사건에 휘말려 실각할 지경에 이르자 미친 사람처럼 야심을 불태웠다. 그리고 끊임없이 딸을 다그쳤다.
 "빨리 사윗감을 정하지 않으면 내 출세에 지장이 있다. 스무 살이나 되었으니 우물쭈물해서는 안 돼! 네가 쓸데없는 고집을 부리는 바람에 나는 고독한 처지에 빠져 있다. 이제는 더 이상 참을 수 없어."
 클레리아는 처음엔 이와 같은 화풀이에서 빠져나가려고 새장이 있는 방으로 피신했었다. 그곳까지 가려면 불편한 목조의 좁은 계단을 오르지 않으면 안 되었기 때문에 관절염을 앓고 있는 사령관은 이곳에의 출입을 꺼리고 있었다.
 몇 주일 전부터 클레리아의 심정은 너무나 혼란스러웠다. 자신도 어떻게 했으면 좋을지 모르겠기에, 아버지에게 확답을 한 것은 아니지만 거의 약조가 된 것 같은 상황이 되어 버렸다.

장군은 어느 날 몹시 화가 나서는 클레리아에게, 파르므에서 가장 쓸쓸한 수녀원에 보내서 실컷 고생을 하게 해줄 테니 결혼하고 싶을 때까지 그곳에 처박혀 있거라 하고 고함을 쳤다.

"너도 알다시피 우리 집안은 전통 있는 가문이기는 하나 1년에 6천 리브르밖에 수입이 없다. 그런데 크레센치 후작의 재산은 연금 10만 에퀴 이상이라고 들었다. 궁정에서는 누구나가 그를 따뜻한 사람이라고 말하고 있다. 그는 다른 사람에게서 비난을 받을 만한 일을 한 적이 없다. 잘생긴 젊은이이고, 대공의 신임도 두텁다. 그런 사람의 청혼을 거절한다는 것은 미친 짓이다. 이것이 처음 청혼을 거절하는 거라면 참을 수도 있겠지만, 너는 벌써 궁정에서 잘 나가는 사람들의 청혼을 대여섯 번이나 거절하지 않았느냐! 틀림없이 너는 바보다. 내가 퇴역이라도 해보아라. 어떻게 될 거 같으냐? 만일 내가 아파트 3층에서 살게 되면 나의 적들은 얼마나 기뻐하겠느냐! 몇 번이고 수상이 될 거라는 소문이 났던 내가 말이다! 안 된다! 이젠 참을 수 없다. 너를 너무나 제멋대로 길러서 내가 노망든 영감 노릇을 하다니! 그래, 크레센치 후작이 싫다면 그 이유나 말해 보아라. 그는 너를 좋아하기 때문에 지참금 없이도 결혼을 하겠다고 한다. 그리고 자기가 죽으면 연금 3만 프랑의 토지도 남겨 주겠다고 한다. 이 정도의 돈만 있다면 나도 훌륭한 저택을 가질 수 있지 않느냐! 어서 납득이 갈

만한 대답을 해다오. 그렇게 할 수 없다면 두 달 후에 그와 결혼해야 한다."

이 말을 듣고 클레리아는 한 가지 일이 마음에 걸렸다. 그것은 수녀원에 처넣는다는 협박이었다. 그렇게 되면 성채에서 떠나야 한다. 때마침 파브리스의 목숨이 위험에 처해 있는 지금 말이다. 거리에서도, 궁정에서도 그의 사형이 머지않아 집행된다는 말이 들려왔다. 그녀로서는 파브리스에게서 멀리 떨어지는 일이란 절대로 있을 수 없다고 생각했다. 더욱이 그가 생명을 빼앗길까 봐 이렇게 불안해하고 있는 시기에! 그녀는 수녀원을 좋아했지만 파브리스를 버리고 떠날 수는 없었다. 그의 목숨이 위태롭다는 것이 최대의 불행이었고, 지금 이 순간만큼은 최대의 재앙이었다.

파브리스의 곁을 떠나지 않는다고 해서 행복해지기를 바랄 수 있는 것도 아니었다. 요컨대, 그녀는 파브리스가 공작 부인의 사랑을 받고 있다는 것을 알고 있었기 때문에 참을 수 없는 질투에 고민하고 있었다. 그토록 세상 사람들의 찬미를 받고 있는 공작 부인의 뛰어난 점들을 생각하지 않을 수 없었다. 그래서 파브리스에게 혹시라도 분별 없는 짓을 하게 될까 봐 오직 신호로만 대화를 한 것이었다. 이런 신중함이 오히려 공작 부인에 대한 파브리스의 마음을 알아보는 데 장애가 되고 있었다. 이렇게 해서 그녀는 매일매일 파브리스의 가슴속에 자기가 아닌 딴 여자가 자리잡고 있다고 생각하면서 끔찍한 고통을 느꼈다. 그리고 자신의 본심이 들킬까 봐 더욱더 조심하게 되었다. 그러나 그가 자신의 진실함을 고백해 올 때면 얼마나 행복한 느낌이 들던지! 클레리아에 있어서 그녀의 생활을 좀먹고 그녀를 고민으로 몸부림치게 하는 의혹이 풀린다면 얼마나 기쁜 일일까!

파브리스는 신중한 사람은 아니었다. 나폴리에서는 그가 너무나 쉽게 애인을 갈아치운다는 소문도 있었다. 클레리아는 세속수녀의 자격으로 궁정에 드나들게 되면서부터(정숙한 아가씨로서 몸가짐을 조심하기 위해 자신이 먼저 물어 본 적은 없었지만) 자신에게 사랑을 고백했던 청년들의 평판을 들을 수가 있었다. 그런데 그런 청년들과 비교해 보았을 때도 파브리스는 애정 문제에서 가장 변덕이 심한 사람 같았다. 그녀는 생각했다.

'지금 파브리스는 감옥에 갇혀 있고 외롭다. 그래서 유일한 말상대이자 여자인 나를 유혹하고 있는 것이다. 이것보다 간단한 일이 또 있을까? 아니, 이것보다 더 속이 뻔히 들여다보이는 일이 있을 수 있을까?'

이렇게 생각하니 클레리아는 한심한 생각이 들었다. 이제 파브리스가 공작 부인을 사랑하지 않는다고 그녀에게 털어놓는다 해도 그녀가 이를 믿을 수 있겠는가? 혹 그 말을 믿는다 해도 그의 그런 마음이 영원할 거라고 믿을 수 있겠는가?

더욱 그녀를 절망시키는 것은 벌써 파브리스가 높은 지위에 있는 성직자라는 점이었다. 언젠가는 영원히 서약을 하고 하느님의 종이 될 것이 아닌가? 그의 앞날에는 화려하고 훌륭한 지위가 기다리고 있지 않은가? 나에게 조금이라도 분별력이 남아 있다면 그에게서 달아나야 한다.

가엾은 클레리아는 이렇게 생각하는 것이었다.

'아버지께 어디든 먼 곳에 있는 수녀원에 넣어 달라고 청해야 하지 않을까? 그런데도 한심한 것은, 요즘 내가 지금 하고 있는 일은 모두 수녀원에 갇히지나 않을까 하는 두려움에 영향을 받는다는 것이다. 그런 이유로 본심을 숨기지 않으면 안 되고, 크레센치 후작의 친절과 도움을 기뻐하고 있는 것 같은 그런 굴욕적인 연기를 하지 않으면 안 된다.'

클레리아는 이성적이었다. 지금까지 한 번도 양심에 꺼리는 일을 한 적이 없었다. 그런데 지금 그녀의 행동은 미친 사람과 같았다. 그녀가 얼마나 괴로워하고 있었는가를 상상할 수 있을 것이다. 자신의 일을 잘 알고 있는 만큼 그 괴로움은 더 컸다.

그녀가 사랑하는 사람은 궁정에서 가장 아름다운 부인으로부터 열렬한 사랑을 받고 있으며, 그 부인은 어느 모로 보나 클레리아보다는 뛰어난 사람이었다. 그는 지금 애인이 없다고 하더라도 진정한 사랑을 할 줄 모르는 사람이었다. 그에 비해 자신은 일생에 단 한 번밖에 사랑을 할 수 없는 여자라는 것을 너무나 잘 알고 있었다.

때문에 클레리아는 고통에 찢겨진 마음으로 매일 새장이 있는 방을 찾아갔다. 자신도 모르는 사이에 그 방에 들어서면 불안도, 가책도 다 사라져 버렸다. 그리고 가슴을 두근거리면서 파브리스가 차양 판자에 만든 일종의 엿보는 창이 열리기를 기다렸다. 종종 파브리스는 간수 그릴로가 방에 있는 바람에 그녀와 손짓으로 이야기를 나눌 수 없었다.

어느 날 11시쯤 파브리스는 성채에서는 듣기 힘든 이상한 소리를 들었다. 밤이 어두웠기 때문에 그는 창가에 바싹 붙어 네모 판자를 떼낸 다음 그 밖으로 고개를 내밀었다. 그러자 그 소리가 확실하게 들렸다. 그것은 둥근 큰 탑의 첫 번째 뜰에서 사령관 관저와 파스리스의 방이 있는 파르네세 감옥으로 통하는 큰 계단, 즉 '3백 계단'이라고 불리는 계단 쪽에서 들려왔다.

이 계단은 올라가는 도중, 꼭 180번째 계단에서 그때까지 남쪽이던 방향을 북쪽으로 바꾼다. 그곳에 간단한 철교가 걸려 있고 다리 한가운데에는 파수병이 있다. 파수병은 여섯 시간마다 교대를 한다. 누군가가 이 다리를 건널 때면 파수병은 몸을 일으켜 몸을 비켜서지 않으면 안 되었는데, 이곳을 지나지 않고서는 사령관 관저나 파르네세 탑에 접근할 수 없다.

사령관은 열쇠를 하나 가지고 다녔는데, 이 열쇠로 태엽 장치를 두 번만 돌리면 1백 피트의 아래 뜰로 떨어졌다. 이 장치는 어느 누구도 감히 사령관 관저에 얼씬할 수 없었던 것이다. 더구나 다른 계단이란 없었고, 매일 밤마다 부관이 우물의 줄이란 줄은 다 거둬서 사령관 침실을 통해야만 들어갈 수 있는 방에 갖다 놓도록 되어 있었다.

파브리스는 성채에 끌려들어온 날 이런 점들을 모두 파악했다. 그릴로도 여느 간수들과 마찬가지로 이 감옥의 튼튼함과 안전함을 자랑삼아 몇 번이고 설명했던 것이었다. 그렇기 때문에 그는 탈옥에 대해서는 크게 기대를 걸고 있지 않았다. 그렇지만 블라네스 신부가 했던 말이 생각났다.

'사랑을 하는 남자가 애인에게 다가가려는 욕망은 남편이 아내를 지키는 것보다 더 강하게 마련이다. 죄수는 문단속을 하는 간수보다 더 뛰어난 탈옥 방법을 생각하게 마련이다. 그러므로 사랑을 하는 남자와 죄수는 어떠한 장애물이 있다 하더라도 성공할 것이다.'

그날 밤 파브리스가 들은 소리는 많은 사람들이 철교를 건너는 소리였다. 그 다리는 예전에 달마티아 출신 노예가 파수병을 밀어 안마당으로 떨어뜨리고 탈옥에 성공한 일이 있어서 '노예의 다리'라고 불리고 있었다.

'나를 데리러 왔구나. 나를 데리고 가서 목 졸라 죽이려는 건지도 모른다. 그렇지만 저들에게도 단점은 있을 것이다. 그 틈을 타서 탈옥해 버리자.'

그는 무기를 움켜쥐었고, 금화를 숨긴 장소에서 이를 끄집어내기 시작했다. 그러다가 갑자기 동작을 멈췄다.

'인간은 재미있는 동물이다! 확실히 그렇다! 사람들이 이런 꼴을 보고 뭐라고 하겠느냐! 혹 나는 탈옥할 생각을 하고 있는 것일까? 파르므로 되돌아가면 무엇을 할 것인가? 어떻게 해서든지 다시 클레리아 곁으로 돌아오려고 하지 않겠는가? 좋다! 혼란이 일어나면 그것을 이용해 사령관 관저로 숨어 들어가자. 클레리아와 이야기할 수 있을지도 모른다. 혼란의 틈을 이용해서 그녀의 손에 입맞춤을 할 수 있을지도 모른다. 콘티 장군은 허영도 많고 의심도 많아서 자기 집에 파수병을 5명이나 세워 두고 있다. 건물 네 구석에 한 명씩, 그리고 나머지 한 명을 입구에다 세워 놓았다. 그렇지만 다행히

오늘 밤은 캄캄하다.'

 파브리스는 발소리를 죽이고 간수 그릴로와 그 개가 무엇을 하고 있는지 보러 갔다. 간수는 밧줄 네 개로 판자에 매단 가죽에 누워 잠을 자고 있었다. 폭스종 개는 눈을 뜨더니 파브리스에게 다가와 재롱을 부렸다. 우리의 죄수는 살금살금 계단을 다시 올라와서 자기 목조 우리로 되돌아왔다. 그 소란으로 인해 파르네세 탑 아래의 입구 앞이 너무 시끄러워서 그릴로가 눈을 뜰지도 모른다고 생각했기 때문이다.

 파브리스는 무기를 손에 쥐고 오늘 밤 한바탕 큰 소동이 벌어지겠다고 생각했다. 그런데 갑자기 아름다운 교향곡이 들려왔다. 그것은 누군가가 장군이나 그 아가씨에게 바치는 세레나데였다. 파브리스는 미친 사람처럼 웃어댔다.

 '그것도 모르고 단검이나 찌르려고 했다니! 이런 곳에서 세레나데가 연주되다니! 죄수 하나를 잡으러 여든 명을 보내거나, 반란을 일으키는 것과 맞먹을 정도의 큰 사건이 아닐까!'

 음악은 훌륭했다. 파브리스는 기분이 좋았다. 벌써 몇 주 전부터 기분이 울적했던 참이었다. 듣다 보니 감격의 눈물이 흘러나왔다. 황홀감에 빠진 그는 마음속으로 아름다운 클레리아를 향해 매우 달콤한 말을 속삭였다. 그런데 다음 날, 그녀는 대단히 슬픈 표정이었다. 얼굴이 창백했으며 그를 바라보는 시선에서 언뜻 노기마저 보였으므로 그는 세레나데에 대해 물어 보아서는 안 된다고 생각했다. 어쩐지 무례한 짓을 하는 것 같았기 때문이다.

 클레리아의 괴로움에는 이유가 있었다. 그 세레나데는 크레센치 후작이 그녀에게 바친 것이었기 때문이었다. 이렇게 굉장한 일을 한 것은, 말하자면 정식으로 혼담이 매듭지어졌다고 하는 표시였다. 세레나데 소동이 있었던 날 밤 9시까지도 클레리아는 필사적으로 저항하였으나, 곧 수녀원에 보내 버린다고 하는 아버지의 위협에 굴복하고 만 것이다.

'아! 이제 그와는 만날 수 없게 된다.'

그녀는 울면서 생각했다. 아무리 그녀의 이성이 이렇게 타일러도 소용이 없었다.

'나를 불행하게 할 뿐인 남자와는 만나서는 안 된다. 공작부인의 애인을 만나서는 안 된다. 나폴리에 알려진 애인만 열 명이 넘는다는 바람둥이를 만나서는 안 된다. 재판을 잘 피하여 성직에 눌러앉으려는 야심가를 만나서는 안 된다. 그가 성채에서 풀려 나온 다음 그를 만난다면 죄를 짓는 것이다. 하긴 그는 원래 바람기가 있는 사람이니 그런 유혹은 생기지 않겠지만 말이야. 뻔하지 않는가. 그에게 나는 어떤 존재인가? 지루한 옥살이에서 몇 시간쯤 덜 지루하기 위한 장난감에 불과하지 않은가?'

이렇게 생각을 하다가도 클레리아는 파브리스의 미소를 떠올렸다. 그가 감옥의 사무소를 나와서 파르네세 탑으로 향할 때 주위의 헌병들을 바라볼 때의 그 미소 말이다. 그녀의 눈에서 눈물이 넘쳐흘렀다.

'사랑하는 당신, 당신을 위한다면 어떤 일이라도 하겠습니다! 확실히 당신은 나를 파멸시키겠지만 그것이 나의 운명입니다. 오늘 밤 나는 저 세레나데를 들음으로써 내일 낮에 한

번 더 당신의 눈을 볼 수 있습니다.'

파브리스가 그녀의 냉담함에 절망한 날은 그녀가 젊은 죄수를 위해 큰 희생을 치른 다음날, 그의 결점을 다 알면서도 자기의 인생을 희생한 다음날이었다.

손짓만의 안타까운 대화밖에 안 된다 하더라도 파브리스가 조금이라도 클레리아의 마음을 두드리려 했다면, 그녀는 더 이상 눈물을 참고 견딜 수 없었을 것이며, 그녀의 마음을 모두 고백했을지도 모른다.

그러나 그는 소심했다. 클레리아의 마음을 상하게 할까 봐 겁이 났던 것이다. 그녀는 너무나 무서운 벌을 내릴 수 있는 사람이었다. 이는 다시 말하면 파브리스는 사랑을 하면 연인으로부터 받을 수 있는, 그런 감정을 느껴본 적이 없었다. 그는 그런 감정을 눈곱만큼도 느껴보지 못했던 것이다.

클레리아와 다시 친해지기까지는 세레나데 소동이 있던 날로부터 1주일이나 걸렸다. 클레리아는 자기의 본심을 드러낼까 봐 불안한 나머지 더욱 엄격하게 행동했다. 그러므로 파브리스는 그녀와의 사이가 날로 나빠진다고 생각되었다.

어느 날, 파브리스가 투옥되고 나서 외부와 아무 연락도 없으나 그렇다고 쓸쓸하다고 생각하는 일도 없이 3개월을 보냈을 때의 일이었다. 그릴로는 오전 늦게까지 그의 방에 머물러 있었다. 파브리스는 그릴로를 쫓아낼 좋은 방법이 생각나지 않자 이를 완전히 단념하고 있었다. 시계가 12시 반을 치고 나서야 그는 차양에서 한 자도 안 되는 작은 뚜껑 두 개를 열 수가 있었다.

클레리아가 새장이 있는 방의 창가에 서 있었다. 그 눈은 꼼짝 않고 파브리스의 창을 주시했고, 굳어진 얼굴은 심한 절망감을 나타내고 있었다. 그녀는 파브리스를 발견하자, 큰일이 났다는 신호를 보냈다. 그리고 피아노 앞으로 달려가 당시 유행하는 오페라 구절을 노래하는 체하면서 그에게 말했다. 그 말은 절망감이나 창 밑을 지나는 보초병에게 발각돼서는 안 된다는 염려에서 가끔 끊겼다가 이어지곤 했다.

"아! 아직 살아 계셨군요! 어떻게 신에게 감사드려야 할까요! 당신이 여기에 끌려오던 날 무례한 관리를 벌주었지요? 그 바르보네가 성채에서 사라졌다가 그저께 밤에 또다시 모습을 나타냈습니다. 어제부터 당신을 독살하려 하고 있음에 틀림없습니다. 그 사나이는 당신의 식사를 만드는 특별 주방에 가서 기웃거리고 있습니다. 확실한 것은 아무것도 모릅니다만, 하녀 말로는 그 잔인한 남자가 주방에 온 것은 당신의 목숨을 빼앗으려는 것이랍니다. 당신의 모습이 보이지 않아 걱정하였습니다. 벌써 돌아가셨나 하고 생각했답니다. 다시 연락을 드릴 때까지는 아무것도 드시지 마세요. 무리를 해서라도 초콜릿을 조금 올리겠습니다. 혹 실을 갖고 계시거나 내의를 찢어서 가는 끈을 만들 수 있다면, 오늘 밤 9시에 창 밑의 오렌지나무까지 그것을 내려 주십시오. 그 끈에 밧줄을 매달면 끌어 당기세요. 밧줄에 빵과 초콜릿을 달아 놓겠어요."

파브리스는 난로 속에서 발견한 부스러기를 소중히 모아 두었다. 클레리아의 근심에 힘을 얻어 서둘러서 손바닥에 하나씩 글자를 써서 다음과 같은 말을 적었다.

"당신을 사랑합니다. 당신을 만날 수 있기 때문에 제 목숨이 소중한 것입니다. 먼저 종이와 연필을 보내 주십시오."

예상대로 클레리아는 크게 걱정하고 있었으므로 '당신을 사랑합니다.'라는 대담한 말을 듣고도 주고받는 이야기를 끊어 버리려 하지 않았다. 그저 불편한 기색을 보일 뿐이었다.

파브리스는 재치를 발휘해 이렇게 덧붙였다.

"오늘은 바람이 지나치게 불어서, 노래로 전해 주시는 말이 잘 들리지 않습니다. 피아노 소리가 말소리를 방해하고 있습니다. 독이라고 말씀하셨는데 그것은 무슨 뜻입니까?"

그 말을 듣고 소녀의 얼굴에 심한 공포의 표정이 떠올랐다. 그녀는 황급히 책을 뜯어, 그 종이에 잉크로 큰 글자를 썼다. 파브리스는 매우 기뻐했다. 그토록 받아들여지지 않던 통신 방법이 3개월의 노고 끝에 겨우 받아들여진 것이다.

너무나도 멋지게 성공한 이 방법을 중지시킬 생각은 없었다. 그는 편지를 쓰고 싶었다. 그러므로 클레리아가 잘 보이도록 글씨를 썼음에도 잘 보이지 않는 척을 했다.

그녀는 새장이 있는 방을 나와 아버지한테로 급히 가지 않으면 안 되었다. 아버지가 찾으러 오는 것을 제일 겁내고 있었기 때문이었다. 의심 많은 아버지는 새장이 있는 방의 창에서 죄수의 창을 막은 차양까지의 거리가 너무 가깝다고 생각할지도 모른다.

실은 클레리아는 조금 전에 파브리스가 보이지 않았으므로 걱정된 나머지 종이 조각에 작은 돌을 싸서 차양 위로 던져 볼까 생각할 정도였다. 파브리스의 감시인이 그 방에 없다면 그것은 틀림없이 확실한 연락 방법이 될 수 있었다.

파브리스는 급히 내의를 찢어 가는 끈을 만들었다. 그날 밤 9시경 창 밑의 오렌지 화분을 가볍게 두들기는 소리가 들렸다. 만들어 낸 끈을 밑으로 내렸다가 다시 끌어올려 보니 길고 가는 끈이 매달려 있었다. 한 끼를 넘길 수 있는 초콜릿과 한 묶음의 종이와 한 자루의 연필이 달려 올라왔다. 이 종이와 연필은 그를 무한히 기쁘게 했다.

다시 줄을 내렸으나 아무것도 없었다. 보초가 오렌지나무에 가까이 온 것 같았다. 그러나 그는 기쁨에 취해 있었다. 서둘러서 클레리아에게 긴 편지를 썼다. 다 써서는 곧 줄에 묶어 내려뜨렸다. 그대로 3시간 이상이나 기다렸으나, 그녀가 편지를 가져가지 않으므로 몇 번이나 끌어올려서는 또 고쳐 썼다.

오늘 밤 안에 이 편지를 발견해 주지 않으면 어떻게 하나? 아직 독약의 일로 머리가 꽉 차 있어 다른 것은 생각할 틈이 없다면 또 몰라도, 아침이 되어 평소같이 냉정해지면 편지를 받아 주지 않을 것이다.

사실 클레리아는 어쩔 수 없이 아버지를 따라 마을로 내려가지 않으면 안 되었다. 그날 밤 12시 반경에 장군의 마차가 돌아오는 소리가 들렸으므로 파브리스는 그녀가 돌아온 것을 대강 짐작할 수 있었다.

그는 그 말발굽소리를 알고 있었다. 장군이 탑의 옥상을 가로질러 가자 보초들이 그에게 받들어 총을 했다. 그 소리가 들린 지 얼마 후 파브리스는 팔에 감겨 있던 줄이 잡아당겨짐을 느꼈다. 얼마나 기뻤겠는가! 그 줄에 무언가 무거운 것이 매달아진 것 같았다.

상대방이 두 번 줄을 잡아당겼다. 줄을 끌어올리라는 신호였다. 그 짐을 끌어올릴 때 창 밑에 튀어나온 창틀을 넘기는 데 꽤 애를 먹었다. 겨우 끌어올려 보니 잔뜩 물이 담긴 병이 숄로 싸여져 있었다.

오랫동안 외톨이로 지낸 청년은 기쁨에 젖어 그 숄에 입을 맞추었다. 그러나 그가 숄 속에 작은 종이쪽지가 핀으로 끼워져 있는 것을 발견했을 때의 기쁨, 오랫동안 기다려 왔던 일이 실현되자 얼마나 감격했는가는 글로 묘사할 수 없을 정도였다.

이 물 외에는 아무것도 마시지 않도록 하세요. 또 이 초콜릿 외엔 아무것도 잡수시지 마세요. 내일은 어떻게 해서라도 빵을 보내드리지요. 빵의 둘레에 잉크로 작게 십자의 표시를 찍어 두겠어요.

무서운 이야기지만 말씀드리지 않으면 안 되겠어요. 바르보네는 당신을 독살할 임무를 받은 모양입니다. 그리고 연필로 쓴 당신의 편지에서 말씀하신 그런 문제는 저를 불쾌하게 할 뿐이라는 것을 어째서 이해 못하십니까?

만약 우리에게 절박해진 무서운 위험이 없었다면 편지 같은 건 써 보내지 않았을 것입니다. 아까 공작 부인을 뵈었습니다. 부인도, 백작님도 모두 안녕하십니다. 그렇지만 부인은 무척 수척해지셨더군요. 그럼, 이젠 제발 그런 이야기는 쓰지 말아 주세요. 저를 화나게 하는 일은 안 하시겠죠?

클레리아는 공작 부인 이야기를 쓸 때 양심의 가책을 받았다. 궁정의 사교계에선 산세베리나 부인과 발디 백작이 가까운 사이라는 소문이 나 있었다. 이 미남자는 라베르시 후작 부인의 애인이었다. 확실한 것은 이 남자가 6년 동안 어머니처럼 보살펴주고, 사교계에서 훌륭한 위치를 차지하도록 해주었던 후작 부인을 매우 치졸한 방법으로 차버렸다는 것이었다.

클레리아는 편지를 다시 쓰지 않으면 안 되었다. 그 편지는 심술궂은 무리들이 퍼뜨리고 있는 공작 부인의 새로운 연애 소문을 암시하고 있었기 때문이었다.

'왜 비열한 짓을 하는가!'

그녀는 부르짖었다.

'파브리스가 사랑하는 사람을 헐뜯다니!'

다음날 날이 새기 전에 그릴로가 파브리스의 방에 와서 무거운 보따리를 놓고 아무 말 없이 나가 버렸다. 보자기에는 큰 빵이 들어 있었다. 빵의 둘레에는 펜으로 표시한 십자표가 있었다. 파브리스는 그 표시에 입을 맞췄다. 그는 사랑에 빠져 있었다.

빵 옆에는 종이로 감싼 것이 있었는데 그 속에는 금화 6천 프랑이 들어 있었다. 마지막으로 파브리스는 훌륭하게 장정된 성무일도서를 발견했다. 여백에 그녀의 필적으로 이렇게 씌어 있었다.

독약을 주의하세요! 물이든, 포도주든, 무엇이든지 주의하세요. 초콜릿만 먹고, 다른 사람이 가져다 주는 식사는 개에게 주세요. 또 의심하고 있다는 것을 눈치채게 해서는 안 돼요. 적은 또 다른 방법을 생각해낼지도 모르니까요. 부디부디 마음을 놓지 마세요. 실수를 하지 마세요.

파브리스는 급히 이 소중한 편지들을 찢었다. 클레리아에게 화가 미치지 않도록 하기 위해서였다. 그는 성무일도서에서 몇 장을 찢어내어 그것으로 꽤 많은 수의 알파벳을 만들었다. 포도주에 숯가루를 타서 그것으로 글자를 한 자 한 자씩 정성 들여 썼다. 11시 45분경 클레리아가 새장이 있는 방 창문에 나타났을 때 알파벳 카드는 이미 말라 있었다.

'그녀가 이 알파벳 카드를 허락해 줄까?'

그러나 다행히도 그녀는 젊은 죄수에게 독살 계획에 대해 알려 주어야 할 것이 많았다. 파브리스를 위해 요리된 음식을 하녀들이 기르는 개가 먹고 죽었던 것이다. 클레리아는 카드 사용을 꺼리기는커녕 오히려 잉크로 된 카드를 갖고 있었다. 이 방법으로 시작된 대화는 처음엔 꽤 귀찮았으나 그래도 한 시간 반이나 계속되었다. 클레리아는 그 시간 동안만 새장이 있는 방에 있을 수 있었던 것이다. 두세 번쯤 파브리스는 금지된 말을 했다. 그녀는 대답하지 않았다. 그리고 그를 외면하고 잠시 새를 돌보는 척했다.

파브리스는 그녀에게 그날 밤에 물을 보낼 때 잉크로 쓴 알파벳 카드를 보내 달라고 했다. 그녀는 부탁을 들어주었고,

이제는 더 또렷하게 의사를 전할 수 있게 되었다. 파브리스는 긴 편지를 쓰는 것도 잊지 않았다. 다만 애정 문제는 언급하지 않도록 주의했다. 적어도 그녀의 마음을 상하게 하지는 않으려고 한 것이다. 그 방법은 성공했고 그녀는 편지를 받아 주었다.

이튿날 알파벳에 의한 대화를 하면서 클레리아는 그를 나무라지 않았다. 그녀는 독살의 위험이 조금은 줄어들었다고 말했다. 관저의 주방에서 일하고 있는 처녀들의 환심을 사려는 청년들이 바르보네를 흠씬 두들겨 패주었다는 것이었다. 바르보네는 두 번 다시 주방에 나타나지 못할 것이었다.

클레리아는 파브리스를 위해 아버지 몰래 해독제를 훔쳐 두었다고 털어놓았다. 다음에 그 해독제를 보내 주겠으며, 음식이 조금이라도 맛이 이상하면 토해 버려야 한다고 말했다.

클레리아는 돈 체사레에게 자세히 물어보았으나 파브리스에게 체키노 금화 6천 프랑을 보낸 사람이 누구인지는 알아내지 못했다. 어쨌든 이것은 아주 좋은 징조였다. 감시가 해이해졌다는 증거였으니까 말이다.

독살 사건 때문에 파브리스는 그녀와의 관계를 진전시킬 수 있었다. 그녀로부터 사랑의 고백을 들은 것은 아니지만, 격의 없이 지낼 수 있는 생활의 행복을 맛보게 되었다. 두 사람은 매일 아침마다, 때로는 저녁에도 서로 알파벳 대화를 주고받았다. 밤 9시가 되면 클레리아는 긴 편지를 받았고, 가끔 짧은 답장을 써서 보냈다.

그녀는 신문과 책도 보내 주었다. 그리고 마침내 그릴로를 포섭했다. 그릴로는 클레리아의 하녀로부터 매일 빵과 포도주를 건네 받아서 파브리스에게 가져다 주었다. 그릴로는 젊은 몽세뇌르를 독살하려고 한 사람들과 성채 사령관의 사이가 좋지 않은 모양이라고 판단했다. 그리고 속으로 매우 기뻐했는데, 이는 다른 동료들도 마찬가지였다. 감옥 안에서는 이런 말이 떠돌고 있었다.

'몽세뇌르 델 동고는 바라만 봐도 돈을 주신다.'

파브리스의 안색은 대단히 나빠졌다. 운동을 하지 못해서 건강이 나빠진 것이다. 그러나 이렇게 행복한 것은 평생 처음이었다. 클레리아와의 대화도 다정했고 때로는 명랑하기도 했다. 클레리아의 경우에도, 슬픈 미래를 걱정하거나 양심의 가책을 느끼지 않는 때는 파브리스와 이야기할 때뿐이었다.

어느 날 그녀는 자신도 모르게 이런 말을 하고 말았다.

"당신의 세심함에 감탄하고 있어요. 제가 사령관의 딸이기 때문에 당신은 자유를 되찾고 싶다는 말을 하지 않는군요."

"그건 어리석은 꿈을 꾸려 하지 않기 때문입니다."

파브리스가 대답했다.

"파르므로 돌아가면 다신 당신을 뵐 수 없게 되겠지요? 더구나 내 마음속 전부를 당신에게 말할 수 없게 되면 삶은 끔찍한 고통일 뿐일 거예요. 물론 전부라는 말은 틀린 말이지요. 당신은 전부 다 이야기하는 걸 허락하지 않으니까요. 그러나 당신이 아무리 나를 차갑게 대한다 해도, 당신과 매일 만날 수 없는 생활은 이 감옥보다 훨씬 가혹한 형벌이 될 것입니다. 지금처럼 행복했던 적은 한번도 없었습니다. 감옥에서 행복이 기다리고 있었다니 재미있지 않습니까?"

"그렇게 단순한 문제가 아니에요."

클레리아가 진지한 표정으로 말했다.

"뭐라고요?"

파브리스가 당황해하며 말했다.

"모처럼 차지한 당신의 마음 한 조각을 잃게 되는 것인가요? 그것만이 내 인생의 유일한 기쁨인데도 말입니까?"

"네! 그래요."

그녀가 대답했다.

"사교계에서는 매우 훌륭한 신사로 통하신다지만, 저에게는 당신의 성실성을 의심할 만한 이유가 있어요. 그렇지만 오늘은 이런 이야기를 하고 싶지 않아요."

두 사람의 대화는 묘한 이야기로 시작되는 바람에 매우 어색해졌다. 그들의 눈에는 몇 번씩이나 눈물이 고였다.

라시 사법장관은 여전히 이름을 바꾸려 하고 있었다. 자기의 이름이 싫어서 견딜 수가 없었다. 리바 남작이 되고 싶은 것이었다. 모스카 백작 쪽에선 여러 수법을 동원해서 이 악덕 재판관의 남작을 향한 욕망을 부채질했다. 그리고 한편으론 롬바르디아의 입헌군주가 되고 싶어하는 대공의 욕망을 부추기고 있었다. 백작이 생각하기에는, 이것만이 파브리스의 죽음을 연장할 수 있는 유일한 길이었다.

대공은 라시에게 이렇게 지시했다.

"15일은 절망을 주고, 15일은 희망을 갖게 하라. 이를 끈기 있게 반복하면 교만한 그녀의 콧대를 꺾을 수 있다. 사나운 말을 길들일 때도 부드럽게 하다가 호되게 하는 것을 반복하는 법이다. 이 독한 방법으로 그녀를 길들여라."

15일마다 파르므에서는 파브리스의 사형 집행이 가까워졌다는 소문이 났다. 그 소문을 들은 공작 부인은 절망의 구렁텅이에 빠졌지만, 백작을 파멸의 동반자로 삼아선 안 된다고 굳게 다짐하고 있었기 때문에 한 달에 두 번밖에 만나지 않았다. 그에게 매정하게 구는 대가로 그녀 자신은 끊임없는 절망에 빠져 하루하루를 보내고 있었다.

모스카 백작은 뛰어난 미남인 발디 백작이 그녀와 빈번하게 접촉하는 것을 보고 강렬한 질투심을 느꼈지만 참을 수밖에 없었다. 그러면서도 그녀의 모습이 보이지 않으면 답장을 받을 수 없는 편지를 쓰곤 했다. 그 편지는 미래의 리바 남작의 욕망을 부추겨서 얻은 정보를 담은 것이었다. 그녀는 파브리스에 대한 무서운 소문들을 견디어 내기 위해 모스카 백작 같은 재간 있고 똑똑한 남자에 의지하지 않으면 안 되었을 것이다. 무능한 발디 백작과 함께 있을 때면 혼자서 모든 일을 처리해야 했으므로 언제나 불안하고 고통스러웠다. 그리고 백작은 아무리 작은 희망이 생겼다 해도 그런 상황에서는 이를 알릴 수 없었다.

군주 라뉴체 에르네스트 4세는 아름다운 롬바르디아의 입헌군주가 되고 싶다는 분에 넘치는 희망 때문에 참으로 복잡한 어떤 공작을 계속해 왔다. 모스카 백작은 교묘한 구실들을 대어 그와 관련된 모든 서류를 롬바르디아의 중심부에 있는 사로노 근방의 자기편 공관에 보관하라고 대공을 설득시켰다. 이 극히 위험한 서류 중에서 20건 이상이 대공에 의해 만들어졌거나 대공이 서명한 것이었다. 때문에 파브리스의 목숨이 더 기다릴 수 없을 정도로 위태로워지면 그 서류들을 대공을 파멸시킬 수 있는 권력자에게 넘겨줄 거라고 대공을 협박할 작정이었다.

모스카 백작은 미래의 리바 남작의 행동에 대해선 안심하고 있었으나 걱정되는 일은 독살에 관한 것이었다. 바르보네의 독살 미수 사건으로 간담이 서늘해진 그는 급기야 무모한 일을 감행했다.

즉, 어느 날 아침 성채 앞까지 가서 파비오 콘티 장군을 불러냈다. 장군은 문 위의 성벽까지 내려왔다. 백작은 그 위를 함께 걸으면서 다정하지만 뼈가 있는 인사를 건넨 후 이렇게 위협을 했다.

"만약 파브리스가 의문의 죽음을 당하면 내가 의심을 받을 거요. 내가 질투를 느껴 그를 죽였다고 할 거요. 난 그런 웃음거리가 되기 싫소. 절대로 그런 일이 있어선 안 되오. 그가 병으로 죽는다 해도 나는 의심을 면키 위해 이 손으로 당신을 죽일 것이오! 이것을 명심하시오."

파비오 콘티 장군은 자신의 용기를 뽐내면서 꽤 당당하게 대답했지만, 백작의 눈빛이 뇌리에서 지워지지 않았다.

얼마 후 라시 장관이 마치 백작과 짜기라도 한 듯이 그로서는 이상할 정도로 무모한 짓을 했다. 하층민들이 욕처럼 사용하는 이름을 벗어 던질 가능성이 보이자, 그 이름에 대한 사회 전체의 경멸은 그를 더욱더 괴롭혔다. 그래서 파비오 콘티 장군에게 파브리스를 12년형에 처한다는 공식 판결문을 보내 버렸다.

 이 절차는 법률에 의하면 파브리스가 투옥된 다음날에 처리되었어야 할 것이었으나, 모든 것이 비밀주의인 파르므에서는 사법관이 군주의 지시를 기다리지 않고 이런 짓을 한 것은 전대미문의 일이었다. 공식 판결문이 법무국에서 나와 버리면, 공작 부인의 공포심을 15일마다 불러일으켜 그녀의 교만한 콧대를 꺾어 버리겠다는 대공의 희망이 사라져 버리는 것이 아닌가.

 파비오 콘티 장군은 라시 장관으로부터 공식 판결문을 받기 전날, 말단 서기인 바르보네가 밤늦게 성채로 들어오다가 죽도록 두들겨 맞았다는 이야기를 듣고 파브리스를 없애 버리려는 계획이 허사가 되었다고 판단했다. 그래서 그 다음의 배알 때 피고인의 공식 판결문이 넘어왔다는 것을 보고하지 않았다. 이 신중한 처사 덕분에 라시는 분별 없는 짓의 보답을 받지 않았던 것이다. 백작은 바르보네의 어설픈 계획이 개인적인 원한에서 비롯되었다는 것을 알게 되었으며, 공작 부인은 안도의 한숨을 내쉬었다. 그래서 백작은 경고의 의미로 이 서기를 한번 손봐주는 것으로 그쳤던 것이다.

 파브리스를 뜻밖에 기쁘게 한 것은 135일간 비좁은 철창 속에서 지내던 어느 목요일에, 감옥의 부속사제 돈 체사레가 파르네세 탑 옥상에서의 산책을 위해 그를 데리러 온 일이었다. 파브리스는 갑자기 맑은 공기를 마시자 10분도 못 가서 어지러움을 느꼈다. 돈 체사레는 이 일을 구실 삼아 매일 반

시간씩의 산책 허가를 받아 주었다. 이는 감옥을 관리하는 사람의 실책이었다. 우리의 주인공은 산책 덕분에 곧 체력을 회복했고 나중에 그것을 악용했기 때문이다.

그후로도 몇 번이고 세레나데가 연주되었다. 규칙에 까다로운 사령관이 그런 일을 허락한 것은 다름이 아니라, 그 음악이 크레센치 후작과 클레리아의 결혼과 연관 있는 것이었기 때문이었다.

장군은 딸의 성격을 걱정하고 있었다. 어딘지 모르게 딸과 자신 사이에 결속력이 없다고 느꼈고, 혹시라도 나중에 딸이 엉뚱한 짓이라도 할까 봐 불안했다. 딸이 수녀원으로 숨어 버릴지 모른다. 그렇게 되면 자신도 어쩔 수가 없었다.

게다가 그는 이 음악이 지하 감옥에 갇혀 있는 가장 악질적인 자유주의자들에게도 들리기 때문에 어떤 신호가 감추어져 있을지도 모른다고 걱정하고 있었다. 악사도 근심거리였다. 그래서 연주가 끝나자마자 그들을 사령관 저택의 그 천장이 낮은 큰방에다 가두고서 자물쇠로 잠갔다. 그 방은 낮에는 사령부 사무실로 쓰이는 곳이었다. 완전히 날이 밝은 후에야 문을 열어 주었고, 사령관 자신이 직접 '노예의 다리'에 나가 자신이 보는 앞에서 악사들의 소지품을 검사하게 한 다음에야 풀어 주는 것이었다. 그리고는 악사들 중에 죄수들과 내통하는 자가 발각되면 즉각 목을 매달겠다고 몇 번이고 위협을 했다. 다들 그가 대공의 신용을 잃을 것을 두려워하는 만큼 쉽게 사람을 죽일 수 있는 사람이라고 생각했다. 그래서 크레센치 후작은 감옥에서 밤을 지내기를 싫어하는 악사들에게 보통의 세 배나 되는 보수를 줄 수밖에 없었다.

공작 부인은 갖은 노력 끝에 파브리스에게 보내는 편지를 악사에게 부탁했으나, 결국 공포심을 이겨내지 못한 그 악사는 편지를 사령관에게 건네주고 말았다. 그 편지에는 파브리스가 옥에 갇힌 지 다섯 달이 되었는데도 밖에 있는 친구들은 그 어떤 노력으로도 그와 연락할 방도가 없음을 한탄하는 내용이 적혀 있었다.

매수당했던 악사는 성채에 들어서자마자 파비오 콘티 장군 앞에 꿇어 엎드려 낯선 신부가 이 편지를 델 동고 씨에게 전해 달라고 너무나도 집요하게 부탁하기 때문에 거절할 수 없었다고 자백했다. 그러나 자신이 지켜야 할 의무를 잘 알고 있기 때문에 이 편지를 장군께 바치는 것이라고 말했다.

장군은 몹시 흡족해했다. 술수가 뛰어난 공작 부인이 어떤 수단으로 자기를 속일지 몰라 언제나 근심이 떠나지 않았었는데 이제 꼬투리를 잡은 것이었다. 장군은 의기양양하게 그 편지를 대공에게 보였다. 대공도 만족했다.

"나의 엄격한 정책 덕분에 그녀에게 드디어 복수를 했다! 콧대 높은 그녀가 다섯 달 동안이나 괴로워했다니! 꼴 좋다! 어쨌든 조만간 단두대를 만들어야겠다. 그러면 그 여자는 틀림없이 델 동고의 아들놈이 사형당하는 줄로 알고 미쳐 날뛸 것이다."

20장

 어느 날 밤 새벽 한 시쯤 파브리스는 창가에 기대어 차양 구멍 밖으로 머리를 내밀고는 파르네세 탑 위의 별과 끝없이 펼쳐진 지평선을 바라보고 있었다. 포 강의 하류와 페라레 쪽의 넓은 평원을 무심코 바라보고 있을 때 문득 매우 작으나 강렬한 불빛을 발견했다. 어딘지는 모르나 어느 탑 위에서 비추고 있는 것 같았다.

 '저 빛은 평야에서는 보이지 않을 것이다. 멀리 떨어진 곳에 신호를 보내는 것이 틀림없다.'

 얼마 후 그는 그 불빛이 짧은 간격을 두고 꺼졌다 커졌다 한다는 것을 알아차렸다.

 '한 처녀가 이웃 마을의 연인에게 신호를 보내고 있는 것이 아닐까?'

 이렇게 생각하면서 가만히 세어 보니 불빛은 아홉 번 깜박였다.

'이것은 I이다. 알파벳의 아홉 번째 글자는 I이다.'
잠깐 쉬고 나서 다시 열네 번 깜박였다.
'이번엔 N이다.'
또 잠깐 사이를 두고 한 번 깜박였다.
'이것은 A이다. 그렇다면 INA가 된다.'
이와 같이 불빛이 깜박이는 일이 계속되어, 드디어 다음과 같은 문장이 만들어졌을 때 그가 얼마나 놀라고 얼마나 기뻐했는지 모른다.

Ina pensa a te.

이것은 '지나는 너를 생각한다(Gina pense à toi!)'는 뜻이 틀림없었다. 그는 곧바로 램프를 깜박여서 이에 응답했다.

파브리스는 당신을 사랑합니다!

통신은 아침까지 계속되었다. 그날은 투옥된 지 173일째 되는 날이었다. 그는 불빛을 통해 벌써 넉 달 전부터 이 신호가 매일 밤마다 계속되어 왔다는 것을 알았다. 그러나 다른 사람이 볼 염려가 있고, 그 의미도 쉽게 간파될 수 있는 것이라서 그날 밤부터 다른 암호를 만들기 시작했다. 빠른 속도로 세 번 깜박이면 공작 부인을, 네 번이면 대공을, 두 번이면 모스카 백작을, 천천히 두 번 깜박였다가 빠르게 두 번 깜박이면 탈옥을 뜻하는 것이었다. 그리고 수도사들이 쓰던 옛날 알파벳을 쓰기로 했다. 통상적으로 쓰는 알파벳의 순서를 바꾸어 혼란을 주기 위해서였다. 예를 들면 A는 10번, B는 3번이었다. 즉, B를 나타내려면 등불을 세 번 깜박이고, A를 나타내려면 열 번 깜박이면 된다. 단어의 구분은 잠시 불을 끄는 것으로 정했다.

다음날은 새벽 한 시에 연락을 하기로 했다. 그날 공작 부인은 시내 중심가에서 4분의 1마일쯤 떨어진 곳에 있는 그 탑으로 올라갔다. 죽은 줄만 알았던 파브리스가 살아서 신호를 보내는 것을 보고 그녀는 눈물을 흘렸다. 그녀는 손수 등불을 깜박여 가며 말했다.

'나는 너를 사랑하고 있다. 건강에 유의하고 희망을 가져라. 감옥 안이지만 몸을 단련해라. 힘이 필요할 때가 올 것이다.'

공작 부인은 생각했다.

'파우스타의 음악회 이후 저 아이를 만나지 못했다. 그때는 사냥꾼 복장을 하고 거실 출입구에 서 있었는데. 그때는 그가 이렇게 될 줄은 꿈에도 생각지 못했는데……'

공작 부인은 파브리스에게 '대공의 호의' 덕분에 곧 자유를 찾게 될 거라는 신호를 보냈다(이것은 비밀 신호가 발각되었을 때를 생각하여 일부러 그렇게 한 것이었다). 그리고 다시 애정에 가득 찬 말을 보냈다. 그녀는 그와 이야기할 수 있는 그곳을 떠날 수가 없었다! 파브리스를 도와준 일로 인해 집사가 된 뤼도빅이 거듭 만류한 끝에 부인은 날이 밝은 뒤에야 신호를 그만둘 수 있었다. 의심을 받을 수 있었던 것이다. 파브리스는 머지않아 석방될 것이라는 신호를 몇 번이고 받고 나서 몹시 우울해졌다. 다음날 클레리아는 파브리스의 우울함을 눈치채고 그 이유를 물었다.

"나는 공작 부인을 실망시킬 거예요."

"당신이 싫다는 일을 그분이 요구하실 리 없지 않나요?"

클레리아는 호기심에서 이렇게 되물었다.

"고모는 내가 이곳에서 빠져나오기를 바랍니다. 하지만 나는 그러지 않을 겁니다."

클레리아는 대답을 할 수 없었다. 그녀는 파브리스를 바라보며 눈물을 흘렸다. 만약 그가 좀더 가까운 곳에서 그녀와 이야기를 했더라면 숨김없는 사랑의 고백을 들을 수 있었을 것이다. 이를 확신할 수 없어서 그는 매번 절망의 나락으로 떨어지지 않았던가. 그는 확신하고 있었다. 클레리아의 사랑이 없는 삶은 쓰라린 슬픔과 끔찍한 고통의 연속일 뿐이라는 것을 말이다.

사랑을 알지 못했던 옛날에는 즐겁게 생각되던 것들이 지금에 와서는 그것을 위해 살 만큼의 가치가 있는 것은 아니라는 생각이 들었다. 때문에 만약 클레리아와 헤어져야만 할 운명이라면 자살할 생각도 하고 있었다. 당시 이탈리아에서는 자살이 매우 드문 일이었지만 말이다.

다음날 그는 그녀로부터 매우 긴 편지를 받았다.

진실을 아셔야만 해요. 당신이 이곳에 오신 후 파르므 사람들은 머지않아 당신이 처형당할 것이라고 믿었습니다. 당신의 형기가 12년이라는 것은 사실이지만, 불행히도 최고의 권력자가 당신을 증오하기 있기 때문입니다. 이것은 의심할 수 없는 엄연한 사실입니다. 저도 당신이 독살될까 봐 얼마나 마음을 졸였는지 모릅니다. 그러니 당신은 어떤 방법을 써서라도 이 감옥에서 빠져나가야 합니다.

제가 당신을 위해 저의 의무를 저버렸다는 것을 잊지 말아 주세요. 제 입으로 말해서는 안 될 일까지 이렇게 말씀드리는 것을 생각해서 부디 얼마나 위험한 상황인지를 알아주세요. 달리 살아날 방도가 없는 막다른 지경에 이르면 도망치셔야 해요. 이 성채에서 보내는 하루하루가 당신에겐 생명을 내건 위험입니다. 궁정에는 목적을 위해 태연히 범죄를 저지르는 무리들이 있다는 것을 잊지 말아 주세요.

지금까지는 수완이 뛰어나신 모스카 백작님이 그들의 계략을 막아 왔습니다. 그런데 그들은 백작님을 파르므에서 쫓아낼 만한 방법을 찾아냈습니다. 바로 공작 부인의 절망을 이용하는 것입니다. 젊은 죄수의 죽음이 공작 부인의 절망일 것임은 너무나 당연하지 않습니까? 이 말만으로도 당신은 자신의 입장을 충분히 이해하실 것입니다. 당신께서는 저에게 호감을 가지고 있다고 하셨습니다. 그런데 우리 사이에 이 감정이 자리잡으려면 도저히 넘을 수 없는 장애들이 있다는 것을 유념하셔야 합니다. 우리는 젊을 때 만났고, 둘 다 괴로운 상황에 있었기 때문에 서로 손을 내민 것뿐입니다. 당신의 고통을 위로하기 위해 운명은 저를 이토록 참혹한 곳에 놓아둔 것일까요.

 그렇지만 만약 당신이 평생 이룰 수 없는 환상 때문에 이 무서운 위험 속에서 자신의 목숨을 지킬 수 있는 기회를 아깝게 놓치고 만다면 저는 평생을 후회하며 살지 않으면 안 됩니다. 당신과 허물없이 신호를 주고받는 돌이킬 수 없는 실책을 저질러 버린 탓에 제 마음은 평생 평온하지 못할 것입니다. 어린애같이 알파벳 놀이를 한 것이 도리어 당신에게 맹목적이고 위험한 환상을 품게 했다면 제가 아무리 바르보네의 독살 사건을 구실로 변명하려 해도 용서받지 못할 것입니다. 당신을 일시적인 위험에서 구하려고 한 것이 도리어 당신을 더 무섭고 더 위험한 곳에 제 자신의 손으로 떠밀어 넣은 것이 됩니다. 만일 저의 불찰이 당신으로 하여금 공작 부인의 충고를 거역하게 만들었다면 저는 영원히 용서받지 못할 것입니다. 거듭 말씀드리는 저의 심정을 헤아려 주세요. 여기서 도망치세요. 이것은 명령입니다!

 편지는 매우 길었다. 그 속의 몇몇 문장, 특히 '명령입니다!' 란 말은 파브리스로 하여금 장밋빛 희망을 꿈꾸게 했다. 그녀의 말투는 조심스러웠지만 그 속의 감정은 너무나 다정했다. 그러나 파브리스는 이 같은 마음속의 미묘한 망설임 같은 것에 전혀 경험이 없었기 때문에 그 속에 숨겨진 의미를 깨닫지 못했다. 그는 그 안에서 우정이나 호의밖에 읽지 못했다. 그렇기 때문에 그녀가 모든 것을 알려 주었음에도 불구하고 그는 자신의 계획을 변경하지 않았다. 설혹 그녀가 말하는 위험이 진실이라 해도 매일 클레리아를 만날 수 있는 행복을 위해서라면 다소 위험을 무릅쓰는 것도 좋다고 생각했다.

 설령 볼로냐나 피렌체로 도망칠 수 있다고 해도 어떤 생활을 할 수 있을 것인가? 한번 성채에서 도망치면 파르므에서는 살 수 없을 것이다. 혹 대공의 마음이 변해 석방된다고 해도(이 가능성은 희박한 것이었다. 적들의 입장에서 볼 때 파브리스는 모스카 백작을 실각시킬 수 있는 수단이었던 것이다) 당파들 사이의 반목으로 인해 클레리아와는 멀어질 수밖에 없게 된다.

 파르므에서 산다 해도 무슨 보람이 있을 수 있단 말인가. 한 달에 한두 번 사교 모임에서 만날 수 있다 하더라도 그런 곳에서 그녀에게 무슨 말을 할 수 있단 말인가. 지금처럼 매일 몇 시간이고 누릴 수 있는 두 사람만의 친밀함을 되찾을 수는 없을 것이다. 알파벳을 써서 대화를 나누는 것에 비하면 사교 모임에서의 대화란 얼마나 하찮은 것인가!

 '위험을 무릅쓰는 것만으로 이 즐거운 생활, 다시없을 이 행복을 누릴 수 있다면 무슨 문제가 되겠는가! 더욱이 내 사랑의 증거를 보여 줄 수 있는 좋은 기회가 아닌가!'

 파브리스는 클레리아의 편지를 읽고 한 번 만나 달라고 부탁할 수 있는 기회를 얻게 되었다고만 생각하고 있었다. 이것이야말로 그가 애타게 바라고 있던 일이었다. 지금껏 그녀와는 단 한 번, 그것도 극히 짧은 시간 동안 이야기를 나눈 적밖에 없었다. 바로 그가 이 감옥에 도착한 날의 일이었다. 그로부터 2백 일이 지났다.

파브리스는 클레리아를 만날 방법을 생각해냈다. 친절한 돈 체사레 신부는 매주 목요일 낮에 파르네세 탑 옥상을 30분 동안 산책할 수 있도록 허가해 주었다. 그러나 그날 외에는 파르므 사람들의 눈에 띌까 봐 걱정하는 사령관의 입장을 난처하게 만들 우려가 있기 때문에 해가 진 뒤에야 산책할 수 있었다.

독자들도 기억하고 있겠지만, 파르네세 탑 옥상에 올라가려면 예배당에 붙어 있는 작은 종루의 계단을 올라가야만 한다. 그 검은 대리석으로 만들어진 음산한 예배당 말이다.

그릴로는 파브리스를 이 예배당까지 데리고 가서 종루 계단의 문을 열어 주었다. 원래는 간수도 같이 따라가도록 되어 있으나 날이 추워지기 시작했으므로 파브리스를 혼자 올라가게 했다. 그러고 나서 옥상으로 통하는 종루 계단의 문을 자물쇠로 잠가 버리고 방으로 돌아와 몸을 녹였다.

'해가 저문 뒤에 클레리아가 그 예배당까지 와줄 수는 없을까? 하녀를 대동하고서라도.'

파브리스가 클레리아에게 보낸 긴 답장에는 이 비밀 상봉 계획을 실현시키려는 의도가 담겨져 있었다. 한편 마치 다른 사람의 일을 이야기하듯 매우 태연한 태도로 성채를 떠날 수 없는 이유를 털어놓고 있었다.

저는 알파벳을 통해 당신과 대화를 나눌 수 있는 기쁨을 위해서라면 매일 목숨을 위협받는다 해도 두렵지 않습니다. 그런데도 당신께서는 볼로냐 피렌체로 도망치라고 하시다니!

제가 당신 곁에서 사라져 버리길 바라시는 겁니까? 하지만 그것은 불가능한 일이라는 것을 알아주세요. 설사 제가 그런 약속을 한다고 해도 쓸모없는 일입니다. 저는 그 약속을 지킬 수 없을 테니까요.

 이렇게 비밀히 만나 줄 것을 요구한 결과, 클레리아는 닷새 동안 모습을 드러내지 않았다. 닷새 동안 그녀는 파브리스가 구멍을 통해 이쪽을 볼 수 없을 때만을 골라서 새장이 있는 방에 들어갔다. 파브리스는 절망했다. 그는 그녀가 모습을 감추자, 그녀의 부드럽고 정다운 눈빛에 자기 혼자서 분에 넘치는 희망을 품었을 뿐, 클레리아는 역시 자신에게 단순한 호의 밖에는 없다고 결론을 내렸다.
 '그렇다면 목숨을 지킬 필요가 뭐 있겠는가! 차라리 대공이 내 목숨을 가져갔으면 좋겠다. 이 성채를 떠나지 않을 이유가 하나 더 생긴 것이다!'
 이런 심정이었던 파브리스는 매일 밤 등불 신호에 응하는 것이 귀찮기만 했다. 공작 부인은 뤼도빅이 매일 아침마다 갖고 오는 통신 보고서를 보고 파브리스가 미쳐 버리지 않았나 생각했다.
 '저는 도망치고 싶지 않습니다. 여기서 죽을 겁니다.'
 이 닷새 동안이 파브리스에게는 몹시 괴로운 나날이었으나 클레리아에게는 그보다 훨씬 괴로운 시간이었다. 그녀는 고상한 정신의 소유자로서는 하기 어려운 생각을 하고 있었던 것이다.

'성채에서 멀리 떨어진 수녀원으로 도망쳐야겠다. 내가 성채 안에서 없어졌다는 사실을 그릴로나 다른 간수들로부터 듣게 되면 그도 탈주할지 모른다. 그러나 수녀원에 들어가면 이젠 영원히 그를 만날 수 없다. 그를 볼 수 없다니! 더욱이 그는 예전에 공작 부인에게 품었던 감정이 지금은 모두 사라져 버렸다는 것을 보여 주지 않았던가! 일곱 달 동안이나 감옥에 갇혀 있고, 그 때문에 건강이 몹시 나빠졌는데도 그는 자유가 싫다고 말하고 있다. 그 이상으로 감동적인 사랑의 증거를 보여 줄 수 있는 청년이 또 있을까? 궁정에 퍼져 있는 소문처럼 그가 바람둥이였다면 감옥에서 빠져나가기 위해 여자 스무 명을 울리는 것쯤은 아무렇지도 않게 생각할 것이 아닌가. 언제 독살될지 모르는 감옥에서 빠져나가기 위해 무서운 짓이라도 저지를 것이 아닌가?'

클레리아는 용기가 없었다. 수녀원으로 들어가지 않은 것은 그녀의 잘못이었다. 그렇게 했더라면 크레센치 공작과의 혼담도 자연스럽게 깨져 버렸을 것이다. 그러나 그녀는 잘못된 길로 들어서고 말았다. 어떻게 저렇게 상냥하고 정직한 젊은이를 저버릴 수 있단 말인가? 구멍을 통해 그녀의 모습을 보는 그런 사소한 기쁨 때문에 무서운 위험에 몸을 내던지고 있지 않은가!

닷새 동안 클레리아는 자기 자신에 대한 경멸감까지 뒤섞인 무서운 번뇌에 시달리다가 결국 검은 대리석의 예배당에서 만나 달라는 파브리스의 편지에 대한 회답을 쓰기로 했다.

그녀는 단호하게 거절했다. 그러나 그후 그녀는 마음의 안정을 잃어버렸다. 독약을 먹고 죽어 가는 파브리스의 모습이 자꾸만 눈앞에 떠올랐다. 그녀는 매일 예닐곱 번씩 새장이 있는 방으로 가서 자신의 눈으로 파브리스가 살아 있는 것을 확인하지 않고는 불안해서 견딜 수 없었다.

'만일 그가 감옥 속에서 주저주저하다가 모스카 백작을 실각시키려는 라베르시 일당의 잔인한 계획의 희생양이 된다면, 그것은 내가 수녀원에 숨지 않았기 때문이다!'

그래서 소심하면서도 자존심이 강한 이 소녀가 간수 그릴로에게 거절당할지 모를, 아니 그릴로에게 수상하다고 의심을 받아도 변명할 길이 없을 만한 큰일을 부탁하게 된 것이다. 그녀가 그릴로를 불러 놓고 자신의 마음이 들여다보일 정도로 떨리는 목소리로 말한 내용은 이러했다. 파브리스는 조만간 자유의 몸이 될 것이며, 산세베리나 공작 부인은 이런 기대를 갖고 석방 계획을 추진하고 있다. 그래서 몇 가지 일에 대해 파브리스의 의견을 들어야만 하니…… 클레리아는 이런 말을 하면서 파브리스의 차양에 난 구멍을 묶인해 달라고 부탁했다.

그릴로는 슬쩍 웃더니 잘 알았습니다 하고 대답했다. 그리고는 더 이상 아무 말도 하지 않았기 때문에 클레리아는 그에게 고마움을 느꼈다. 그의 태도로 미루어 보아 최근 몇 개월 동안의 일들을 모두 알고 있는 것처럼 보였다.

간수가 방에서 나가자 클레리아는 파브리스에게 긴급 신호를 보냈다. 그리고 방금 자신이 한 일을 파브리스에게 이야기했다.

"당신은 독살되기를 바라십니다."
그녀가 말했다.
"조만간 저는 아버지 곁을 떠나 어디 먼 곳의 수녀원으로 갈 것입니다. 그것이 당신에 대한 저의 의무입니다. 그렇게 되면 당신은 자신을 구출할 계획을 반대하지 않으시겠지요. 당신이 그 감옥 속에 있는 한 저는 항상 공포에 떨어야 하고 머리가 어지러운 생각에 시달리게 될 것입니다. 저는 지금까지 그 어느 누구도 불행하게 한 적이 없습니다. 하지만 지금 저는 당신의 죽음을 부르는 원인이 되었습니다. 전혀 모르는 사람의 일이라도 죽어 가는 모습을 볼 수 없을 텐데 하물며 당신이 언제 살해당할지 모른다고 생각할 때 저의 심정이 어떻겠는가를 헤아려 주세요.

당신께서 말도 안 되는 억지를 쓰고 계시기 때문에 듣기 싫은 소리도 많이 했지만 그것은 꽤 오랫동안 매일같이 만나 온 당신에 대한 저의 염려의 표시라고 생각해 주세요. 때때로 당신이 죽지 않고 살아 있다는 표적을 보여 주었으면 하고 바랄 때가 한두 번이 아니었습니다.

이 근심걱정을 잊으려고 수치를 무릅쓰고 아버지 부하의 호의에 매달린 것입니다. 거절할지도 모르고 배반당할지도 모르지만 말이에요. 아니, 차라리 그가 아버지에게 이 사실을 고해 바치는 편이 더 나을지도 모르겠어요. 그렇게 되면 아버지께서는 저를 수녀원으로 보내실 것이고, 당신의 어처구니 없는 행동의 공범자가 되지는 않을 테니까요.

내 말을 믿으세요. 이런 상태는 오래 지속되지 않아요. 그러니 제발 고집을 꺾고 공작 부인의 말씀대로 하세요. 나쁜 사람, 이제 만족하셨나요? 저로 하여금 저의 아버지를 배반해 달라고 당신에게 간청하고 있으니까 말이에요. 그릴로에게 감사의 표시로 사례를 해주세요."

파브리스는 외곬의 사랑에 빠져 있었기 때문에 클레리아가 마음속의 이야기를 슬쩍 내비치기만 했는데도 불안해했다. 때문에 그녀로부터 이런 말을 듣고도 자신이 그녀의 사랑을 받고 있다고는 생각하지 못했다.

그는 그릴로를 불러 지금까지의 호의에 흡족할 만큼 사례를 하고 이후에도 차양에 뚫은 구멍을 이용할 수 있도록 묵인해 주면 매일 체키노 금화 한 닢씩을 주겠다고 약속했다. 그릴로는 매우 기뻐했다.

"정말 솔직하게 말씀드리는 겁니다. 몽세뇌르, 매일 이렇게 마른 음식만 드셔도 되시겠습니까? 독약을 피하는 간단한 방법이 있습니다. 꼭 비밀로 해주셔야 합니다. 간수란 원래 모든 것을 다 봐야만 하지만, 본 것에 대해 알려고 하면 안 되는 법이거든요."

간수는 이에 대해 긴 이야기를 한 뒤에 말했다.

"개를 서너 마리 데리고 오겠습니다. 그러니 식사를 개에게 조금씩 먹여 보셔서 독의 유무를 가려내세요. 포도주는 제 몫을 드리겠습니다. 제가 병마개를 딴 것 이외에는 절대로 입을 대지 마세요. 그런데 몽세뇌르께서 저를 영원히 파멸시키시려 하신다면 이 이야기를 아가씨께 하시기만 하면 됩니다. 여자는 역시 여자니, 만일 아가씨와의 관계가 내일이라도 깨지게 되면 모레쯤에는 모든 이야기를 아버지에게 털어놓아 복수를 하실 것이 아닙니까? 그분의 아버지는 간수의 목을 매다는 것을 좋아하십니다. 그분은 이 감옥에서 바르보네 다음으로 심보가 사나운 사람입니다. 그분은 독약의 조제 방법도 알고 있습니다. 그렇기 때문에 개를 서너 마리 데리고 오겠다는 생각을 해낸 저를 증오하실 겁니다."

사랑을 호소하는 세레나데가 또 연주되었다. 그릴로는 파브리스의 질문에 무엇이든 대답을 해주긴 했지만, 조심스럽게 행동함으로써 아가씨를 힘들게 하지 말아야겠다고 다짐하고 있었다. 그는 아가씨가 파르므에서 가장 돈이 많은 크레센치 후작과 곧 결혼할 생각이면서도, 감옥 벽 사이로 잘생긴 몽세뇌르 델 동고 신부와의 사랑을 속삭인다고 생각하고 있었다. 파브리스가 세레나데에 대해 물었을 때 그는 무심코 이렇게 말하고 말았다.

"곧 결혼을 한답니다."

이 간단한 말이 파브리스에게 얼마나 큰 충격을 주었을지 쉽게 상상할 수 있을 것이다. 그날 밤 그는 등불 신호가 오자 몸이 아프다는 대답만을 보내고 누워 버렸다. 다음날 아침 6시에 클레리아가 새장이 있는 방에 모습을 나타내자 그는 지금껏 볼 수 없었던 냉랭한 말투로, 크레센치 후작을 사랑하여 곧 결혼한다면서 어째서 그런 사실을 털어놓고 말하지 않았느냐고 물었다.

"그것은 사실이 아니기 때문입니다."

그녀는 불안해하면서 대답했다. 그러나 이 대답은 매우 애매한 것이었다. 파브리스는 좋은 기회라고 생각하고 또다시 만나 줄 것을 청했다. 자신의 결백을 의심받게 되자 클레리아는 곧바로 승낙을 하고 말았다. 자신이 그런 행동을 하면 그릴로가 그녀를 영원히 경박한 여자라고 생각할 것이 틀림없다고 파브리스를 원망하면서도 이를 허락하고 만 것이다.

그날 밤이 되자 그녀는 하녀를 데리고 검은 대리석의 예배당으로 갔다. 그녀는 예배당의 중앙에 있는 밤새 불을 켜놓는 등불 앞에 멈춰 섰다. 하녀와 그릴로는 30보 가량 떨어진 출입구 쪽에 서 있었다.

클레리아는 떨고 있었으나 마음속으로는 괜찮은 대답을 생각해 두고 있었다. 돌이킬 수 없는 사랑의 고백 같은 것은 하지 않겠다고 결심했으나, 정열의 힘은 어쩔 수 없는 것이었다. 그의 진실을 알고 싶다는 욕망은 쓸데없는 체면이나, 사랑하는 사람에게 헌신함으로써 그의 마음을 불편하게 할지도 모른다는 걱정마저도 사라지게 만들었다.

파브리스는 클레리아의 아름다움에 온통 마음을 빼앗겼다. 여덟 달 동안 이렇게 가까운 거리에서 볼 수 있었던 사람이라곤 간수들뿐이었다. 그러나 크레센치 후작의 이름을 듣자 화가 치밀었다. 더욱이 클레리아가 조심스러운 대답만 하고 속 시원하게 말하지 않았기 때문에 더 마음이 상했다. 클레리아 자신도 의심을 풀기는커녕 더욱 깊어질 뿐이라고 생각했다. 그렇게 생각하니 몹시 괴로웠다.

"당신은 제가 저의 의무라고 생각하는 일들을 모두 저버려야만 만족을 하시겠어요?"

그녀는 원망스러운 어조로, 글썽이며 말했다.

"작년 8월 3일까지만 해도 저는 제 환심을 사려는 남자들을 경멸했습니다. 궁정 사람들에 대한 저의 경멸은 정도가 지나친 것이었지요. 저는 이곳 궁정에서 즐거운 일로 생각하는 모든 것에 기분이 상하곤 했습니다. 그런데 8월 3일, 이 감옥에 들어온 죄수만은 보통 사람과는 다른 미덕을 보여 주었습니다. 처음에는 잘 알지도 못하고 질투의 고통을 느꼈습니다. 저도 잘 알고 있는 어느 부인의 아름다움이 날카로운 비수가 되어 제 가슴을 찔렀습니다. 그것은 죄수가 그 부인을 사랑하고 있다고 믿고 지금도 조금은 그렇게 믿고 있기 때문이었습니다.

크레센치 후작은 자신과 결혼해 달라고 수없이 많이 졸랐습니다. 그는 큰 부자입니다만 저희 집안은 가진 것이 없습니다. 저는 제 마음을 쫓아 거절을 계속했고, 아버지는 몹시 화가 나서 저를 수녀원으로 보내 버린다고 말하게 되었습니다. 저는 제가 이 성채를 떠나게 되면 그 죄수의 생명을 지켜 줄 수 없게 된다고 생각했습니다. 그 죄수의 운명을 모른 체할 수는 없었으니까요. 제가 조심한 덕분에 그 죄수는 자신의 생명이 위협받고 있다는 것을 눈치채지 못했던 것입니다.

저는 아버지를 배반하지도, 제 비밀도 발설하지 않으리라고 다짐하고 있었습니다. 그런데 뛰어난 활동력과 재능과 굳센 의지력을 가지고 있는 그 부인은 죄수의 신상을 염려하여 탈주를 권해 온 것 같았습니다. 죄수는 이를 거절했으며 저에게 말하기를, 저의 곁을 떠나기 싫어 성채에서 빠져나가지 않겠다고 했습니다. 그때 저는 중대한 과실을 범했습니다. 저는 닷새 동안 고민에 고민을 거듭했습니다. 곧장 수녀원으로 숨어 버렸어야 했음에도 불구하고 말입니다. 그렇게 했더라면 크레센치 후작과의 혼담도 깨끗이 깨져 버렸을 것입니다. 그런데도 이 성채를 떠날 용기가 없었습니다. 그래서 이렇게 파멸하고 말았습니다. 저는 바람둥이 사내에게 마음이 끌린 겁니다. 그가 나폴리에서 어떤 생활을 했는지 잘 알고 있으니까요. 그런 그의 성격이 변화되었다는 것을 어떻게 믿을 수 있겠습니까?

그는 괴로운 감옥에 갇혀 있었고, 자신이 볼 수 있는 유일한 여자를 유혹했을 뿐입니다. 심심풀이 상대로 말입니다. 그 여자와 말을 주고받으려면 다소 모험을 할 수밖에 없었기 때문에 그 모험이 마치 진실한 사랑의 정열로 잘못 인식되었던 겁니다.

그 죄수는 사교계에서 용기 있는 사람으로 인정되고 있는 사람인 만큼, 자신이 사랑한다고 믿고 있는 사람을 만나기 위해 큰 위험을 무릅씀으로써 자신의 감정이 일시적인 것이 아님을 증명하려 하고 있습니다. 그러나 큰 도시의 사교계에서 여러 유혹을 받게 되면 또다시 옛날의 자신으로 되돌아갈 것입니다. 즉, 놀이와 연애만을 쫓는 속된 사교계 사람이 될 것입니다. 그리고 감옥에서 만났던 그 가엾은 여자는 수녀원에서 늙어 죽겠지요. 바람둥이 사내한테서 버림을 받고 그런 사내에게 자신의 사랑을 고백한 것을 죽도록 후회하면서⋯⋯."

이 기억해 둘 만한 고백은 주요 부분만을 여기에 옮긴 것이다. 그러나 이 고백은 몇 번이나 파브리스에 의해 제지를 받았다. 그는 정신을 잃을 만큼 사랑에 빠져 있기 때문에 클레리아를 만나기 전까지 한번도 사랑을 해본 일이 없다고 굳게 믿고 있었다. 그리고 자신의 운명은 오직 그녀를 위해 살도록 정해져 있다고 믿고 있었다.

독자들은 그가 어떤 사랑의 말들을 했을지 상상할 수 있을 것이다. 그가 말하고 있을 때 하녀가 자신의 주인에게 다가와 열한 시 반이나 되었으므로 장군이 언제 돌아올지 모른다고 알려 주었다. 이별은 괴로웠다.

"이것이 마지막일지 모릅니다."

클레리아가 파브리스에게 말했다.

"라베르시 부인의 승리라 할 수 있는 그런 조치가 취해지면 당신은 바람둥이가 아니라는 슬픈 증거를 보일 수 있게 되겠지요."

클레리아는 흐느끼면서 파브리스 곁을 떠났다. 하녀 앞에서, 더구나 그릴로 앞에게 눈물을 보인 것이 부끄러웠다. 다음의 비밀 상봉은 장군이 사교계의 야회에 나간다고 할 때까지는 불가능했다. 그런데 파브리스가 투옥되고 궁정의 사람들이 이 사건에 흥미를 갖게 되자, 장군은 관절염을 핑계로 관저에 들어박혀 있는 것이 현명하리라 생각했다. 또한 어떤 정책상의 사정으로 시내로 나갈 때에도 마차에 오를 시간이 되어서야 마지못해 결심을 하는 때가 많았다.

대리석 예배당에서 비밀 상봉이 있었던 그날 밤 이후 파브리스의 생활은 꿈 같은 행복의 연속이었다. 그러나 한편으로 자신의 행복을 가로막고 있는 장애물이 많다고도 느끼고 있었다. 여하튼 그의 정신을 잃게 하는, 천사 같은 사람으로부터 사랑을 받고 있다는 기쁨은 전혀 예상치 못한 최고의 기쁨이었다.

그 비밀 상봉의 날로부터 사흘째 되는 날, 등불 신호는 여느 때와 달리 자정이 되기 전에 끝이 났다. 신호가 보이지 않는다고 생각한 순간 파브리스는 크나큰 납덩이에 머리를 세게 얻어맞을 뻔했다. 그 납덩이는 차양 구멍으로 날아와 창문의 창호지를 뚫고 방 한가운데로 떨어졌다. 납덩이는 크기에 비해 가벼웠다. 파브리스가 납덩이를 열어 보니 공작 부인의 편지가 들어 있었다. 그녀는 대주교를 설득해서 그의 주선으로 성채 수비병 한 사람을 자기편으로 만들었다. 돌 던지기가 장기인 그 수비병은 사령관 관저의 네 구석에 세워진 보초병들의 눈을 속이고 납덩이를 던졌거나, 아니면 적당히 눈감아 주도록 매수했을 것이다.

밧줄을 사용해서 도망쳐야 한다. 이 특별한 방법을 설명하자니 몹시 떨리는구나. 이 편지를 써야 할지 말아야 할지 거의 두 달 동안이나 망설였단다. 지금의 정황으로 보아 전망은 점점 더 절망적으로 되어 가고 있다. 최악의 사태가 벌어질 것 같다.

그건 그렇고, 바로 등불 신호를 해서 이 위험한 편지가 네 수중에 무사히 들어갔다는 것을 알려다오. P와 B와 G를 수도사가 쓰는 알파벳으로 보내 다오. 즉, 네 번과 열두 번 그리고 두 번이다. 그 신호를 볼 때까지 나는 마음을 놓을 수 없을 것 같다. 나는 탑에 있다가 N과 O, 즉 일곱 번과 다섯 번으로 응답하겠다. 이 신호를 받은 후에는 다른 신호를 보내지 말아라. 그리고 부디 내가 보낸 이 편지를 잘 읽어 다오.

파브리스는 바로 지시된 대로 신호를 보냈다. 신호를 보내고 나니 바로 약속대로의 응답이 있었다. 그런 뒤 그는 편지를 계속해서 읽었다.

최악의 사건이 일어날 것 같다. 내가 가장 믿고 있는 세 사람이 분명히 그렇게 말했단다. 성경에 손을 얹고, 나에게 아무리 쓰라린 고통을 안겨 주는 것일지라도 진실만을 말하겠다고 맹세하고 이런 경고를 해주었단다.

그 세 사람으로 말하자면, 첫 번째 사람은 페라레에서 너를 밀고하려 한 외과 의사를 단검으로 죽이겠다고 말한 사람(뤼도빅—옮긴이)이고, 두 번째는 네가 베르지라테에서 돌아오던 길의 산 속에서 노래를 부르며 말을 끌고 가던 하인을 총으로 사살하는 편이 더 신중했을 거라고 말한 사람(모스카 백작—옮긴이)이란다. 세 번째는 네가 잘 모르는 사람으로, 도적이었으나 지금은 나의 친구가 된 사람(페란테 팔라—옮긴이)이다. 실행력이 강하고 너만큼 용기가 있단다. 때문에 특별히 부탁해서 이후에 진행되는 절차에 대한 조언을 받았단다.

세 사람은 모두 한결같이 앞으로 11년 4개월을 독약 걱정을 하면서 살아가는 것보다는, 되든 안 되든 운명을 하늘에 맡기고 결행해 보는 것이 낫다고 말했단다. 그러나 한 사람과 의논할 때 다른 두 사람의 의견을 들었다는 말은 하지 않았단다.

너는 한 달간 밧줄을 방에 매달아 놓고 오르내리는 연습을 해야 한다. 얼마 후 축제일이 되어 성채의 병사들에게 위로주가 나올 때 이 계획을 감행하도록 해라. 명주와 삼으로 된 가는 밧줄을 세 개 보내겠다. 하나는 길이가 80피트(1피트 : 30.48cm)인데 방 창문에서 오렌지나무까지의 39피트를 내려가는 데 쓰고, 두 번째는 300피트인데—무거워서 다루기 힘들 것이다—탑을 180피트 정도 내려오는 데 써라. 세 번째도 300피트인데 이것은 성벽을 내려올 때 써라. 나는 매일 동쪽 벽, 즉 페라레를 향한 벽을 연구하고 있단다. 지진으로 쪼개진 틈에 나무를 대서 그 부분이 빗면을 이루고 있다. 그 도적의 말로는 그곳을 내려가는 것이 그다지 어렵지 않다는구나. 벽의 빗면을 미끄러져 내려온다고 해도 가벼운 상처밖에는 입지 않을 것이라고 보증을 했단다. 수직으로 된 부분은 가장 밑의 28피트뿐이란다. 그쪽 벽이 감시가 가장 소홀한 곳이다.

내가 말한 세 번째 사람은 세 번이나 탈옥을 한 경험이 있다. 네가 속해 있는 귀족 계급을 증오하고 있으나 사귀어 보면 호감이 가는 사람이란다. 이 사람은 마치 너처럼 몸이 날쌘데 자기가 탈옥한다면 차라리 서쪽의 벽면을 타고 내려오겠다고 했단다. 즉, 너도 잘 아는 그 파우스타가 살던 조그마한 저택의 정면 쪽의 벽이란다. 이쪽이 좋다고 주장하는 까닭은 벽면이 거의 수직에 가깝거나 여기저기에 가시덤불이 자라고 있기 때문이란다. 이 가시덤불에는 손가락만한 가지가 뻗어 있어서 상처를 입을 염려가 있지만, 대신 네 몸을 잘 지탱해 줄 것이다. 오늘 아침에도 나는 성능이 좋은 망원경으로 서쪽 벽면을 조사했단다. 내려오기 좋은 장소는 2~3년 전에 벽의 위쪽 난간에 새로운 돌을 올려놓은 곳이다. 그 돌에서부터 20피트 가량은 수직으로 되어 있다. 그러니 그곳까지는 천천히 내려오지 않으면 안 된다(이런 무서운 지시를 하면서 내 가슴이 얼마나 떨리는지 모르겠다. 하지만 용기란 위험하다는 것을 알면서도 그 중 가장 덜 불행한 것을 선택하는 것을 말하는 것이다). 그곳을 지나면 80~90피트 정도는 가시덤불이 울창하게 자라고 있고, 이따금 풀숲에서 새들이 날아가기도 한단다. 그 다음 30피트 정도는 잡초들뿐이다. 지면이 가까워지면서 20피트쯤 가시덤불이 있고 마지막 25~30피트는 새로 단장한 벽이란다.

 이 지점을 고르게 된 이유는 난간에 새로 올려놓은 돌 바로 밑에 목조의 작은 오두막이 있기 때문이란다. 어느 병사가 정원으로 쓰려고 지은 것인데, 성채의 공병대장이 철거하라는 명령을 내렸단다. 오두막의 높이는 16피트이고, 지붕에는 짚을 덮었는데 그 지붕이 탑의 벽과 붙어 있단다. 내 마음에 든 것은 바로 이 지붕이란다. 만일의 경우, 네가 떨어진다 해도 이 지붕이 충격을 완화시켜 줄 것이기 때문이다. 여하튼 그곳까지 내려오면 그리 감시가 심하지 않은 구역에 들어온 거다. 만일 누군가가 너를 체포하려 한다면 총을 쏘면서 몇 분만 버켜다오. 페라레 시절부터 네 편인 뤼도빅과 용감한 사내, 바로 그 도적이 사다리를 타고 성벽을 넘어 너를 도우러 갈 것이다.

그 성벽은 25피트밖에 안 되고 경사가 져 있단다. 나는 무장한 사람들을 데리고 이 성벽 밖에서 너를 기다릴 것이다.

이 편지와 같은 방법으로 대여섯 통의 편지를 더 보낼 작정이다. 같은 말을 여러 번 되풀이하는 것 같지만, 모든 절차에 대한 약속을 확실하게 하기 위한 것이다. 하인을 총으로 사살하는 편이 더 신중했을 거라고 말한 사람—훌륭한 분이시고 지금은 몹시 후회하고 계신단다—은 네가 팔을 부러뜨릴 정도의 가벼운 상처만 입고 탈주할 수 있을 거라고 말했단다. 그리고 이런 일에 풍부한 경험이 있는 그 도적은 네가 침착하게 내려오면 살갗을 살짝 긁힐 정도의 상처로 자유를 얻을 수 있다고 했단다. 가장 어려운 문제는 밧줄을 마련하는 것이다. 나도 이 주일 동안 이 엄청난 계획을 이리저리 궁리해 보면서 그것에 대해서도 심각하게 생각하고 있단다.

나는 네가 한 그 어처구니없는 말, 즉 '저는 도망치고 싶지 않습니다.'라는 말에는 대답하지 않겠다. 하인을 총으로 사살하는 편이 더 신중했을 거라고 말한 사람은 네가 감옥에서 너무 고생을 해서 미쳐 버린 모양이라고 안쓰러워하더구나. 여하튼 네게 진실을 말해 주마. 우리는 위험이 눈앞에 닥칠 것을 염려하고 있다. 그래서 너의 탈출 날짜를 빠른 시일 내로 정할지도 모른다. 그 위험이 닥치면 너에게 불빛으로 '성에 불이 났다'라고 신호를 보내겠다. 그러면 너는 '내 책들도 탔습니까?' 라고 답해다오.

 이 편지는 아직도 더 자세한 이야기를 담은 5~6쪽을 남겨두고 있었다. 몹시 얇은 종이에 매우 작은 글씨로 씌어진 편지였다.
 '멋진 계획이다.'
 파브리스는 생각했다.
 '백작이나 공작 부인께 영원히 감사해야 할 은혜를 입었다. 두 분은 나를 겁쟁이라고 생각할지 모르지만, 나는 절대로 도망치지 않을 것이다. 행복의 절정에 있는데 도망칠 녀석이 어디 있단 말인가! 숨을 쉴 만큼의 공기도 없을 것 같은 답답하고 싫증나는 망명지에 뛰어들다니! 피렌체에 가서 한 달쯤 지나면 무엇에 재미를 붙이고 살아간단 말인가? 틀림없이 변장을 하고 그녀를 만나기 위해 이 감옥 앞을 서성거리게 될 것이다.'
 다음날 파브리스는 놀라운 일을 겪었다. 열한 시경에 창문의 구멍을 통해 아름다운 경치를 바라보면서 그녀가 나타나기를 들뜬 기분으로 기다리고 있을 때 그릴로가 숨을 헐떡이며 감방으로 뛰어들어왔다.
 "빨리! 빨리! 침대에 누우세요. 아픈 것처럼요. 판사 세 사람이 올라오고 있습니다. 심문하러 오는 겁니다. 대답을 하시기 전에 잘 생각하셔야 합니다. 그 사람들은 꼬투리를 잡으려고 오는 것이니까요."
 이렇게 말하면서 그릴로는 서둘러 차양에 뚫린 구멍을 가리고, 파브리스를 침대에 눕힌 후 두서너 장의 외투를 덮었다.

"아파 죽겠다고 하면서 될 수 있으면 말씀을 하지 마세요. 몇 번이고 질문을 되풀이하게 해서 생각할 시간을 버셔야 합니다."

판사 셋이 들어왔다.

'이자들은 판사 같지 않고 모두 탈옥수 같구나.'

파브리스는 그들의 품위 없는 얼굴을 보며 생각했다. 검은색의 긴 옷을 입은 그들은 심각한 표정으로 고개를 끄덕여 인사를 했다. 그리고 아무 말도 없이 묵묵히 방안에 있던 세 개의 의자에 앉았다.

"파브리스 델 동고 씨."

그 중 가장 나이가 많은 판사가 말했다.

"당신에게 이 소식을 전하는 것은 우리에게도 괴로운 일입니다. 우리는 당신의 아버지이자 롬바르디아 베네치아 왕국의 부집사장이며, 대훈장의 수훈자인 델 동고 후작 각하의 서거를 알리러 왔습니다."

파브리스의 눈에서 눈물이 흘렀다. 판사는 계속해서 말했다.

"모친이신 델 동고 후작 부인께서는 서면으로 이 소식을 전하려 하셨으나 온당치 못한 생각을 써넣으셨기 때문에 재판소는 어제 심의회를 통해 편지를 발췌하기로 결정했습니다. 그 발췌 부분을 지금 보나 서기가 읽겠습니다."

낭독이 끝나자 판사는 누워 있는 파브리스에게 다가와서

그의 모친이 쓴 편지를 보이며 방금 낭독된 부분을 확인시켰다.

파브리스는 그 편지 속에서 '부당한 투옥'이라든가, '죄도 되지 않는 일에 대한 참혹한 형벌' 등의 글귀를 발견했다. 그는 판사가 찾아온 이유를 알아차렸다. 그는 악덕 법관들에 대한 경멸감을 느끼면서 다만 이렇게 말했다.

"나는 병자입니다. 몸이 쇠약합니다. 누워 있는 것을 이해하세요."

판사들이 나가자 파브리스는 오열했다. 그리고 생각했다.

'나는 위선자일까? 아버지를 사랑하지도 않았었는데 슬픔의 눈물을 흘리다니.'

클레리아는 그날도, 그리고 그 다음날도 몹시 우울해했다. 파브리스를 몇 번 불러내기는 했지만 조금밖에 이야기할 수 없었다. 처음으로 가까이에서 이야기했던 날로부터 닷새가 지난 날 아침에 그녀는 대리석으로 된 예배당에서 만나자고 전했다.

"이야기할 시간이 조금밖에 없어요."

그녀는 예배당에 들어서면서 말했다. 그녀는 몸이 너무 떨려서 하녀의 부축을 받아야만 했다. 하녀를 출입구 쪽으로 보낸 후 그녀는 겨우 알아들을 수 있을 정도로 약한 목소리로 말했다.

"꼭 약속해 주세요. 공작 부인이 시키시는 대로 지시하는 날 틀림없이 도망치겠다고 약속해 주세요. 그렇지 않으면 저는 내일 아침 수녀원으로 가겠습니다. 그리고 두 번 다시 당신과 말을 하지 않겠습니다."

파브리스는 아무 말 없이 서 있었다.

"약속해 주세요."

클레리아는 흥분된 어조로 눈물을 글썽이면서 말했다.

"그렇지 않으면 우리가 서로 말을 주고받는 것도 이것이 마지막이 됩니다. 당신으로 인해 저의 삶은 고통으로 가득 차 버렸습니다. 제가 여기에 있기 때문에 당신은 여기에 계시려 하시고, 매순간마다 언제 죽을지 모른다는 공포에 시달리고 계시지 않습니까?"

클레리아는 서 있을 힘도 없어서 옆에 있는 큰 팔걸이 의자에 기대지 않을 수 없었다. 그 의자는 그 옛날 탑 속에 유폐된 왕자를 위해 예배당 중앙에 놓여진 것이었다. 그녀는 자신이 곧 정신을 잃을지도 모른다고 생각했다.

"무엇을 약속하라는 것입니까?"

파브리스가 슬픔에 목이 메어 말했다.

"알고 계시잖아요."

"그럼 맹세하지요. 저는 일부러 무서운 불행 속으로 뛰어들어 이 세상에서 가장 사랑하는 사람으로부터 멀리 떨어져 살아가겠습니다."

"더 분명히 말해 주세요."

"공작 부인의 지시에 따라 지정된 날에 지시된 대로 탈주할 것을 맹세합니다. 그러나 당신으로부터 멀리 떨어지게 되면 저는 어떻게 될까요?"

"어떤 일이 일어나더라도 꼭 탈주한다고 맹세하세요."

"내가 여기서 떠나면 크레셴치 후작과 결혼하실 작정입니까?"

"오! 제 마음을 그렇게도 모르시나요…… 여하튼 어서 맹세하세요. 그렇지 않으면 잠시도 마음을 놓을 수 없어요."

"좋습니다. 어떤 일이 일어나더라도 산세베리나 부인이 지정하는 날에 꼭 이 성채에서 탈출하겠다고 맹세합니다."

상대로부터 맹세를 받아내자 클레리아는 완전히 지친 나머지 고맙다는 말을 하고 곧바로 돌아서지 않을 수 없었다.

"저는 내일 아침에 떠날 준비를 하고 왔습니다."

그녀가 말했다.

"당신이 끝까지 남아 있겠다고 고집할 경우를 대비해서였습니다. 이렇게 당신을 뵙는 것이 마지막이 될 뻔했습니다. 성모님께 맹세를 했거든요. 그러면 저는 제 방을 나설 수 있게 되는 대로 난간으로 가서 그 새로 놓은 돌을 살펴보겠습니다."

다음날 보니 그녀의 안색이 몹시 창백했기 때문에 그의 마음이 찢어지는 듯했다. 그녀는 새장이 있는 방에서 그에게 이렇게 말했다.

"이제 헛된 꿈을 꾸는 것은 그만두세요. 우리의 관계에 죄가 있는 만큼, 둘 다 불행해질 것입니다. 당신의 탈주가 들통나서 모든 것이 허사가 되거나, 아니면 그것이 최악의 경우가 아닐 수도 있습니다. 하지만 신중을 기해서, 할 수 있는 데까지는 해봐야 하겠지요.

큰 탑 밖으로 나가려면 길이 200피트 이상의 밧줄이 필요한데. 공작 부인의 계획을 들은 후 있는 줄을 모두 이어 봤지만 50피트밖에는 되지 않았습니다. 사령관의 명령으로 성채 안에서 발견되는 끈이란 끈은 모두 그날 안으로 불태워지고, 우물의 밧줄조차 매일 밤마다 다른 데로 치워 버립니다. 그 밧줄은 너무 약해서 물을 길어 올릴 때도 종종 끊어지곤 하는데도 말이에요.

제가 신의 용서를 받을 수 있도록 기도해 주세요. 저는 아버지를 배반하고 아버지를 고통스럽게 만들 일을 하려 하고 있습니다. 저는 나쁜 딸입니다. 아무쪼록 신께 용서를 빌어 주세요. 만일 당신이 살아난다면 평생 신의 영광을 찬양하겠다고 약속해 주세요.

제가 생각한 방법은 이렇습니다. 일주일 뒤에 저는 외출을 합니다. 크레센치 후작 누이의 결혼식에 참석하기 위해서입니다. 그날 밤 안으로 돌아올 것입니다만 구실을 만들어 될 수 있는 대로 늦게 돌아오겠습니다. 그렇게 되면 바르보네도 세밀히 조사하진 않을 것입니다. 후작 누이의 결혼식에는 궁정의 귀부인들이 많이 참석하시겠지요. 산세베리나 부인도 오실 거고요. 그 중의 한 분에게 제게 밧줄을 감춘 보따리를 전해 달라고 연락을 해주세요. 밧줄은 너무 부피가 크지 않도록 촘촘히 감아야겠지요. 저는 어떤 어려움이 있더라도, 죽음이 저를 기다리고 있더라도 기필코 그 보따리를 이 성채 안에 가지고 들어오겠습니다. 이제는 두 번 다시 당신을 뵐 수 없게 되겠지요. 저의 장래가 어떻게 되든 당신을 도울 수 있다면 저는 행복할 것입니다. 당신의 누이동생과 같은 마음으로요."

 그날 밤 파브리스는 성채 안으로 밧줄을 들여올 수 있는 기회가 왔음을 공작 부인에게 알렸다. 그러나 이상하게도, 그는 이 사실을 백작에게 알리지 말아 달라고 부탁했다. 공작 부인은 생각했다.

 '그는 이상해졌다. 감옥에 갇히자 사람이 달라졌다. 무엇이든 비관적으로만 생각하게 되었다.'

 다음날 누군가가 또 납덩이를 던져 최악의 위험이 닥쳤음을 알려왔다. 그의 목숨은 밧줄을 들여올 사람의 손에 달렸다는 것이었다. 파브리스는 급히 그 소식을 클레리아에게 전했다. 그 납덩이 속에는 서쪽 벽에 대한 상세한 도면이 들어 있었다. 그 벽을 따라 탑에서부터 예정된 장소로 내려갈 계획이었다. 편지는 그곳에서라면 도망치기가 쉬울 것이라고 말하고 있었다. 성벽의 높이가 23피트밖에 안 되고 감시도 소홀하기 때문이다. 그 도면 뒷면에는 멋진 필적으로 쓴 훌륭한 시가 적혀 있었다. 어느 용감한 사람이 파브리스의 탈출을 격려하는 시였다. 남은 11년의 형기 동안 영혼을 썩히고 육체를 쇠약케 할 수는 없다고 용기를 불어넣어 주고 있었다.

 여기서 잠시, 이 대담무쌍한 계획에 대한 이야기를 접어두고 어떤 사건에 대한 이야기를 해야겠다. 그래야만 공작 부인이 파브리스에게 이 위험하기 짝이 없는 탈주를 권하게 된 이유를 이해할 수 있기 때문이다.

 라베르시 일당은 권력을 차지하지 못한 당파들이 그렇듯이 통일과 단합이 부족했다. 리스카라 기사는 라시 장관을 미워하고 있었다. 예전에 어떤 중요한 소송에서 진 이유가 라시 장관 때문이라고 원망하고 있었는데, 사실 잘못을 저지른 것은 리스카라 본인이었다.

리스카라는 투서를 통해 대공에게 파브리스의 공식 판결문이 성채 사령관에게 보내졌다는 사실을 일러바쳤다. 당수인 라베르시 후작 부인은 그 실태를 듣고 극도로 화가 나서 곧바로 사법장관에게 달려가 비난을 퍼부었다. 그녀는 이 사내가 모스카 백작에게서 뭔가를 얻어낼 꿍꿍이를 가지고 있다는 것을 간파했다.

라시는 뻔뻔스러운 태도로 궁정에 나갔다. 대공의 발길질을 당하는 게 고작일 거라고 생각했던 것이다. 대공에게는 자기처럼 유능한 법률가가 반드시 필요했다. 그런데 그는 자신의 후임으로 물망에 오를 만한 인물들을, 즉 하나는 판사였고 또 하나는 변호사였는데, 그들을 자유주의자로 몰아서 국외로 추방시켜 버렸던 것이다.

대노한 대공은 욕을 퍼부으면서 한 대 패주려고 라시 앞으로 달려왔다.

"실은 그 일은 서기관이 어리석었기 때문에……."

라시는 태연하게 대답했다.

"이 절차는 법률로 정해져 있습니다. 즉, 델 동고 씨가 감옥에 들어간 다음날에 이 절차는 끝나 있지 않으면 안 되었던 것입니다. 그래서 자기 일에 열성적인 서기관이 뭔가 실수가 있었나 보다 하고 늘 하던 대로 저의 서명을 집어넣은 것입니다."

"그런 서툰 거짓말에 내가 속을 것 같은가."

대공은 험악한 기세로 고함쳤다.

"모스카한테 매수당했다고 말해! 그 덕분에 네가 훈장을 받은 거고! 얻어맞는 것으로 끝나리라 생각하면 큰 오산이다. 재판에 회부할 테다. 실컷 고통을 주고 나서 파면시킬 거야."

"저를 재판에 회부하실 수 있을까요?"

그는 차분하게 말하는 것이 대공의 화를 가라앉힐 수 있는 유일한 방법임을 알고 있었다.

"법률은 제 편입니다. 그리고 전하께서는 법률을 자유자재로 다룰 만한 후임을 구하실 수 없을 겁니다. 전하께서는 저를 파면시킬 수 없습니다. 대공께서는 무척 엄격하게 일을 처리하실 때는 피를 보기도 하시지만, 반면 이성적인 이탈리아 사람들한테서 존경도 받고 싶어하십니다. 이 존경이야말로 전하의 야심에서 꼭 필요한 요소입니다. 그러니 결국 전하께서는 엄격하게 일을 처리하려 할 때 저를 부르실 것입니다. 저는 여느 때와 다름없이 겁 많고 성실한 재판관들에 명해 전하의 뜻에 맞는 판결을 내리게 할 것입니다. 이 나라에서 저처럼 전하께 도움이 되는 사람이 또 어디에 있겠습니까? 있다면 찾아보십시오!"

이렇게 말하고 라시는 도망쳤다. 발길질 대여섯 번에 자로 한 번 얻어맞은 것으로 끝난 것이다. 궁정을 빠져나온 그는 리바의 영지로 출발했다. 대공이 화가 치민 나머지, 혹 자객을 보낼 염려가 있었기 때문이었다. 한편 이 주일도 못 가서 전령을 보내 파르므로 불러들일 것도 확실하기 때문이었다.

시골에 있는 동안 그는 백작과 연락을 취할 방법을 모색했다. 남작에 집착하고 있던 그는, 이 귀족이라는 칭호를 너무나 숭고하게 여겼기 때문에 자신은 절대로 귀족이 될 수 없다고 믿고 있었다. 반면 자신의 가문을 자랑스러워하던 백작은 1천4백 년 이전에 주어진 칭호가 아니라면 대수롭지 않게 생각했다.

사법장관의 예상은 들어맞았다. 시골로 내려온 지 일주일이 채 되지 않았을 때 대공의 측근이 찾아와 즉시 파르므로 되돌아가도록 권했다.

대공은 웃음으로 그를 맞아들였고, 그런 후 심각한 표정으로 지금부터 이야기할 비밀을 꼭 지키겠다는 맹세를 성서에 손을 얹고 하게 했다. 라시는 심각한 표정으로 맹세를 했다. 그랬더니 대공은 파브리스 델 동고가 이 세상에 살아 있는 한 군주로서 한시도 마음을 놓을 수가 없다며 부르짖었다. 그리고 이렇게 덧붙였다.

"공작 부인을 추방할 수도 없고, 그렇다고 내 눈앞에서 얼쩡거리는 것을 봐줄 수도 없다. 그 여자의 눈은 나를 비웃고 있어. 그걸 생각하면 살고 싶은 생각이 없을 지경이다."

라시는 대공이 실컷 지껄이게 한 후 당황한 척하면서 말했다.

"전하의 뜻대로 하겠습니다. 그러나 몇 가지 어려운 장애물이 있습니다. 델 동고 가문의 사람을 지레티 같은 녀석을 살인한 죄로 사형을 시킨다는 것은 과히 보기 좋은 모습이 아닙니다. 사실 12년의 형기를 받은 것도 저희들로서는 대단한 성공인 셈입니다. 게다가 공작 부인은 상기냐의 고적 발굴 작업에 참여했던 인부 셋을 찾아낸 모양입니다. 지레타란 놈이 델 동고를 공격했을 때 구덩이 밖에서 이 광경을 목격한 사람들이랍니다."

"그 증인은 지금 어디에 있는가?"

대공이 언짢은 표정으로 물었다.

"피에몬테에 숨어 있는 것 같습니다. 그러니 전하를 암살하려 했다고 덮어씌우지 않는 한은……."

"그 방법은 좋지 않아."

대공이 말했다.

"다른 사람들도 그렇게 하고 싶을지 모르지 않나."

라시는 어쩔 수 없지 않느냐는 듯 말했다.

"그렇지만 이것만이 최선의 방법입니다."

"독약이 있지 않은가?"

"누가 독약을 마시게 할 수 있겠습니까? 저 어리석은 콘티가요?"

"이것이 처음이 아니라는 소문이 있던데……."

"그러려면 그 녀석이 화를 내도록 부추겨야 할 것입니다. 그가 대장을 제거했을 때는 서른 살도 채 안 된 젊은 나이였고, 사랑에 빠져 있었습니다. 그때는 지금처럼 겁쟁이가 아니었지요. 물론 나라를 위해서라면 어떤 어려운 일이라도 해야 하겠으나…… 지금 형편으로는 바르보네란 사내만이 이 명령을 수행할 수 있을 것 같습니다. 이자는 감옥의 말단 관리로, 델 동고가 감옥에 갇히던 날 그를 때려눕힌 적이 있습니다."

이것으로 마음을 놓게 된 대공은 몇 시간이고 말을 계속했다. 결국 사법장관에게 한 달의 여유를 주기로 하고 이야기를 매듭지었다. 라시는 두 달을 요구했으나 대공은 이를 들어주지 않았다. 그 다음날 라시는 1천 스캥의 사례금을 받았다. 그는 사흘 동안 궁리한 끝에 이렇게 결론을 내렸다.

'모스카 백작만은 약속을 틀림없이 지킬 것이다. 첫째로, 나에게 남작의 작위를 제수한다 해도 그는 손해볼 것이 없기 때문이다. 둘째로, 백작에게 알리면 그런 범죄에 동참하지 않아도 된다. 이미 선금은 받았지만 말이다. 셋째로, 라시 기사가 된 후 처음으로 받은 그 매질에 대한 복수를 할 수 있다.'

다음날 밤 그는 대공과의 대화를 백작에게 전부 다 이야기했다. 백작은 공작 부인의 마음을 돌리기 위해 은근히 애쓰고 있었다. 여전히 한 달에 한두 번밖에 그녀를 방문할 수 없었으나, 거의 매주마다 파브리스 일로 상의할 기회를 만들었다. 그때마다 공작 부인이 한밤중에 케키나를 데리고 백작 집의 뜰로 와서 잠시 이야기를 나눴다. 그녀는 충실한 마부에게도 이를 알리지 않았으므로 마부는 옆집을 방문하는 것 정도로 생각하고 있었다.

말할 필요도 없이 백작은 사법장관으로부터 그 무서운 계획을 전해듣자마자 곧바로 공작 부인에게 신호를 보냈다. 한밤중이었으나 부인은 케키나를 백작에게 보내서 당장 자신의 저택으로 와 달라고 전했다. 백작은 이런 친근한 태도를 보고 연인처럼 가슴이 두근거렸으나 그래도 공작 부인에게 그 계획의 전부를 말해 줄 수는 없었다. 근심 끝에 그녀가 미쳐 버리지 않을까 걱정되었기 때문이다.

 그는 이 치명적인 정보를 조금이라도 완화시켜서 전달하려고 하였으나 결국은 모든 것을 털어놓고 말았다. 그녀가 알고 싶어하는 것을 비밀로 할 만한 능력이 없었던 것이다.

 그녀의 강한 정신은 아홉 달 동안이나 계속된, 참을 수 없는 괴로움과 싸워 왔기 때문에 튼튼하게 단련되어 있었다. 때문에 그녀는 눈물을 흘리지도, 탄식을 하지도 않았다.

 다음날 밤, 그녀는 파브리스에게 큰 위험을 알리는 신호를 보냈다.

 "성에 불이 났다."

 다행히도 바로 약속된 회신이 왔다.

 "내 책들도 탔습니까?"

 그녀는 그날 밤 편지를 납덩이 속에 넣어 파브리스에게 전했다. 일주일 뒤, 크레센치 후작 누이의 성대한 결혼식이 거행되었다. 이때 공작 부인은 큰 실책을 저지르게 된다. 이 이야기는 다음에 하기로 하자.

21장

  이 불행한 일에 앞서, 벌써 1년 전의 어느 날에 공작 부인은 기묘한 인연으로 동지를 얻게 되었다. 부인은 그 지방에서 달에 홀린 기분이라고 말하는 기분이 들 때면 저녁때 사카에 있는 자신의 저택으로 가곤 했다. 그 저택은 코로르노 너머의 포 강을 내려다볼 수 있는 언덕 위에 있었다. 그녀는 이 땅을 아름답게 가꾸는 일을 낙으로 삼고 있었다. 그 중에서 저택에서 언덕 위로 우거진 울창한 숲을 사랑해서, 그림처럼 아름다운 경치를 찾아 조그마한 길을 여러 개 만들게 하는 중이었다.
  "그러다가 산적에게 납치당합니다, 아름다운 공작 부인."
  어느 날 대공이 말했다.
  "당신이 산책하는 것이 알려지고도 숲 속에 아무도 숨어들지 않기를 바라는 것은 무리입니다."

대공은 백작을 재빨리 흘겨보았다. 그의 질투심을 불러일으키고 싶었던 것이다.

"무섭지 않아요."

공작 부인은 솔직하게 대답했다.

"숲 속을 산책하는 것쯤은 하나도 무섭지 않습니다. 왜냐하면 저는 그 누구에게도 나쁜 짓을 한 적이 없으니까요. 그러니 누가 저를 미워하겠어요."

대공은 그 대답을 괘씸하게 생각했다. 그 대답은 이 나라의 자유주의자들이 흔히 하는 말을 연상시켰기 때문이다.

그런데 공작 부인은 숲 속에서 자기를 미행하고 있는 초라한 사나이의 모습을 발견하자 이내 대공의 말을 떠올렸다. 공작 부인이 다른 길로 접어들자 그 미행자가 너무나 가까운 곳까지 접근해 왔기 때문에 무서운 생각이 들었다. 그녀는 급한 대로 그곳에서 1천 보쯤 떨어진 곳에서 기다리고 있을 사냥터지기를 불렀다. 그 사이에 낯선 미행자는 그녀 앞으로 달려와 무릎을 꿇었다. 젊고 잘생겼으나 옷차림은 몹시 남루해서 여기저기 한 자씩이나 찢어져 너덜거리는 옷을 입고 있었다. 그러나 그의 눈은 강렬한 정열로 빛나고 있었다.

"저는 사형 선고를 받은 의사인 페란테 팔라입니다. 굶주려 있으며 다섯 명의 자식들도 굶어 죽을 지경에 있습니다."

공작 부인은 그가 몹시 야위었다는 것을 깨달았다. 그러나 눈이 아름다웠고 또 깊은 애정에 넘쳐 있었기 때문에 전혀 무서운 범죄자로는 보이지 않았다. 공작 부인은 생각했다.

'팔라지가 대성당에서 바친 〈사막의 요한〉의 눈을 이 사내

의 눈처럼 그렸더라면 좋았을 것을······.'

성 요한을 떠올린 것은 그만큼 페란테가 믿기 어려울 만큼 말랐기 때문이었다. 공작 부인은 지갑 속에 들어 있던 금화 세 닢을 내주면서, 조금 전에 정원사에게 월급을 줘서 가진 것이 이것뿐이라고 말했다. 페란테는 기쁨을 감추지 못하며 고맙다는 인사를 했다.

"저도 예전에는 도시에서 살면서 기품 높은 부인들을 많이 보았습니다. 그런데 시민으로서의 의무를 다한 것이 죄가 되어 사형 선고를 받았고 그후로 줄곧 숲 속에서 숨어살고 있습니다. 부인의 뒤를 따라온 것은 구걸을 하거나, 강탈을 하기 위해서가 아닙니다. 천사 같은 아름다움에 저도 모르게 매혹되었기 때문입니다. 그처럼 아름답고 하얀 손을 본 것도 퍽 오래 전의 일입니다!"

"일어나세요!"

공작 부인이 말했다. 그러나 남자는 무릎을 꿇은 채로 꼼짝 않고 있었다.

"제발 이대로 있게 해주십시오."

페란테가 말했다.

"이렇게 하고 있으면 제가 도적이 아니라는 표시가 됩니다. 그렇기 때문에 마음이 편해집니다. 사실 저는 일을 할 수 없게 된 뒤로 살아가기 위해 도적질을 했습니다. 그러나 지금은 놀랄 만한 미인을 열렬히 사모하고 있을 뿐입니다."

공작 부인은 그가 조금 제정신이 아니지 않나 하고 생각했다. 그러나 조금도 두려운 생각은 들지 않았다. 그 남자의 눈을 보고는 뜨거운 정열에 불타는 선량한 사람이라고 판단했다. 더욱이 그녀는 독특한 얼굴에 호감을 느끼는 사람이었다.

"저는 의사입니다. 파르므의 살라지네란 약제사의 부인과 서로 사랑을 하게 되었습니다. 그 약제사는 저희 둘이 함께 있는 광경을 보고 부인을 내쫓았습니다. 세 명의 아이들도 자신의 자식이 아니라고 의심한 끝에 같이 쫓아내고 말았습니다. 뭐 그리 잘못된 추측은 아니지요. 그후 저와 그녀는 자식 둘을 더 낳았습니다. 그녀와 다섯 아이들은 여기서 10리쯤 떨어진 숲 속에 제가 만든 오두막에서 비참한 생활을 하고 있습니다. 저는 헌병의 눈을 피해 숨어살아야만 하는 데도 그녀는 절대로 제 곁을 떠나지 않겠다고 말하고 있습니다. 저는 사형 선고를 받았습니다. 그것은 당연한 처벌입니다. 정치적인 음모를 꾀했으니까요. 저는 대공을 증오합니다. 그자는 폭군입니다. 저는 돈이 없어 멀리 도망칠 수도 없습니다. 그런데 저는 요즈음 몹시 괴롭습니다. 벌써 자살이라도 했어야 할 몸입니다. 그 까닭은 저에게 다섯 명의 자식을 갖도록 한, 저로 인해서 자신을 파멸시킨 그녀에 대한 사랑이 식어 버렸기 때문입니다. 다른 여자를 사랑하게 되었습니다. 그렇지만 제가 자살을 해버리면 그녀는 말할 것도 없고 다섯 자식은 굶어 죽을 겁니다."

사내는 진지하게 말했다.

"그렇다면 어떻게 살아가고 있습니까?"

공작 부인은 애처로운 생각이 들어서 물어 보았다.

"어미가 실을 잣고 있습니다. 큰딸은 자유주의자 가정에서

양치기를 하면서 얻어먹고 있습니다. 저는 피렌체에서 제노바로 통하는 큰길에서 도적질을 하고 있습니다."

"당신의 자유주의하고 도적질하고는 어떤 관계가 있습니까?"

"저는 돈을 빼앗긴 사람들의 이름을 모두 적어 놓고 있습니다. 언제든지 돈이 마련되면 이를 갚을 생각입니다. 저 같은 미래의 호민관은 위험한 직책상 월 1백 프랑 정도의 보수를 받게 될 것인즉, 저는 일 년 동안에 1천2백 프랑 이상은 빼앗지 않도록 조심하고 있습니다. 아니, 깜박했군요. 사실은 그보다는 조금 더 빼앗고 있습니다. 제 작품의 인쇄비를 마련해야 하기 때문이지요."

"어떤 작품인데요?"

"그것은 《××는 언제 의회와 예산을 가질 수 있을 것인가》라는 작품입니다."

"세상에! 그러면 당신이 당대의 가장 뛰어난 시인이라는 페란테 팔라인가요?"

"유명한지는 모르겠지만 몹시 불행한 녀석입니다. 그것만은 틀림없지요."

"당신처럼 재능 있는 분이 살기 위해 도적질을 해야 하다니!"

"도적질을 하고 있는 덕분에 다소 있는 재능이나마 썩지 않고 있는 것입니다. 지금까지 우리나라의 유명한 작가들은 전부 다 정부나 종교 단체로부터 돈을 받았습니다. 겉으로는 그런 것들을 파괴하려고 하면서도 말입니다. 저는 첫 번째로 목숨을 걸고 이 일을 합니다. 두 번째로 훔치거나 뺏을 때 무서운 괴로움을 맛보며 그런 행위를 반성하고 있습니다. 제가 얼마나 괴로워하고 있는가를 짐작하실 줄로 믿습니다. 저는 제 행위가 정당한 행위인가를 생각합니다. 그리고 호민관을 자처하면서 과연 매달 1백 프랑의 보수를 받을 만큼의 일을 하고 있는가를 회의합니다. 제가 가진 것이라곤 셔츠 두 장과 보시다시피 다 떨어진 옷, 그리고 별로 좋지도 못한 이 무기뿐입니다. 그리고 언젠가는 교수형을 당할 가련한 신세이지요. 때문에 저는 쓸데없는 욕심은 갖고 있지 않다고 자부하고 있습니다. 아이들, 그리고 아이들의 어머니인 여자와 함께 살고 있으면서도 스스로를 불행하다고 생각하게 하는 그 치명적인 새로운 사랑이 없었더라면 그런 대로 행복했을 겁니다. 이제는 가난이 지긋지긋하고 추하게 보입니다. 아름다운 옷, 그리고 희고 부드러운 손이 그립습니다."

그가 이상한 눈빛으로 그녀의 하얀 손을 바라보았기 때문에 그녀는 갑자기 두려운 생각이 들었다. 그녀가 말했다.

"그럼 안녕히! 파르므에서 제가 당신을 위해 할 수 있는 일이 있을까요?"

"가끔 이런 것을 생각해 주십시오. 저 사내의 임무는 군주제가 베풀고 있는 표면상의 허울 좋은 행복에 현혹되지 않도록 백성들에게 경고를 하는 일이지만, 과연 매달 1백 프랑의 보수를 받을 만한 일을 하고 있는지 어떤지…… 그리고 저의 불행이란 사랑에 빠져 있다는 것이라는 것을……."

그는 감회가 새로운 듯이 말했다.

"벌써 2년 가까이 당신을 사랑해 왔습니다. 당신을 놀라게 할까 봐 멀리서 바라보고만 있었답니다."

이렇게 말한 후 그는 도망치는 토끼처럼 재빨리 사라져 버렸다. 공작 부인은 놀라는 동시에 마음을 놓았다.

'헌병도 쫓아갈 수 없겠어.'

"그 사람은 미친 사람입니다."

하인들은 입을 모아 말했다.

"그 사내가 부인을 짝사랑하고 있다는 것은 훨씬 전부터 모두에게 알려져 있습니다. 부인께서 이곳에 나타나시면 틀림없이 숲의 높은 곳에서 부인을 바라보면서 방황한답니다. 그리고 부인께서 이곳을 떠나신 뒤에는 정해 놓고 부인께서 서 계셨던 자리에 와서 앉아 있답니다. 부인의 꽃다발에서 떨어진 꽃을 주워서 몹시 소중한 것인 양 저 더러운 모자에 꽂고 있답니다."

"왜 그런 이야기를 이제까지 하지 않았지?"

공작 부인은 하인들을 나무라는 어조로 말했다.

"부인께서 모스카 백작님께 그 일을 말씀하실까 봐 그랬습니다. 페란테는 좋은 사람입니다! 그 누구에게도 나쁜 짓을 한 적이 없습니다. 우리가 존경하는 나폴레옹을 사랑했기 때문에 사형 선고를 받았을 뿐입니다."

그녀는 이 이상한 일을 백작에게 이야기하지 않았다. 그러나 3년 동안 백작에게 이야기하지 않은 비밀은 이것이 처음이었으므로 무의식중에 말을 꺼냈다가 얼버무린 적이 한두 번이 아니었다.

그녀는 많은 금화를 가지고 사카를 찾아갔으나 페란테는 나타나지 않았다. 그로부터 이 주일 후에 다시 갔더니 페란테가 1백 보쯤 떨어져서 뒤따라왔다. 그러다가 얼마 후 매처럼 빠른 동작으로 그녀 앞으로 달려와 예전처럼 무릎을 꿇었다.

"이 주일 전에는 어디에 있었나요?"

"노비 너머에 있는 산에 갔었습니다. 밀라노에서 기름을 팔고 돌아가는 상인들을 습격하기 위해서였지요."

"이 지갑을 받아요."

그녀는 갖고 있던 지갑을 내밀었다. 페란테는 지갑에서 1체키노를 꺼내더니 경건하게 입을 맞춘 뒤 소중하게 품안에 넣고 다시 지갑을 부인에게 돌려주었다.

"내게 지갑을 돌려주면 또 다른 사람의 돈을 빼앗겠지요."

"예! 옳으신 말씀입니다! 저는 절대로 1백 프랑 이상은 갖지 않기로 결심했습니다. 지금 제 어린 자식들의 어미 되는 사람이 80프랑을 가지고 있습니다. 그리고 제겐 25프랑이 있으니 오히려 5프랑이나 초과했습니다. 제가 지금 체포되어 교수형에 처해진다면 얼마나 후회가 되겠습니까. 그렇지만 이 1체키노의 금화는 당신이 주시는 것이고, 저는 당신을 사랑하기 때문에 받아 두는 것입니다."

그는 꾸밈없고 소박한 말투로 말했다. 공작 부인은 그가 자신을 정말로 사랑하나 보다고 생각했다.

그날, 그는 굉장히 들떠 있었다. 그에게서 6백 프랑을 빌려 간 사람들이 파르므에 있는데 그 돈을 모두 돌려받으면 오두막 수리를 할 수 있다고 말했다. 그의 다섯 아이들이 감기를 앓고 있었던 것이다.

"그 6백 프랑을 내가 대신 갚아 드리지요."

공작 부인은 동정의 표정을 보이면서 말했다.

"그런 일을 하시면 저와 같은 공적(公的) 인간은 반대파에게 어떤 비난을 받을지 모릅니다. 제가 공작 부인한테 매수당했다고 말하겠지요."

동정심을 느낀 공작 부인은 파르므에 그가 숨어 지낼 수 있는 은신처를 제공하겠으니 당분간은 파르므에서 사법권(도적질을 하는 것—옮긴이)을 발동치 않겠다는 것과, 그가 말한 비밀리에 정한 사형 집행(대공을 암살하는 것—옮긴이)을 보류한다고 약속해 달라고 말했다. 페란테는 심각한 표정으로 말했다.

"그렇게 하다가 만일 제가 체포되기라도 한다면 민중을 괴롭히는 악당들이 오래도록 살게 됩니다. 그것도 제 탓으로 말입니다! 하늘나라에서 주님을 만나게 되면 뭐라고 변명할 수 있겠습니까?"

공작 부인은 불쌍한 어린 자식들을 생각하라고 되풀이해서 말했다. 오두막의 습기 때문에 어린아이들이 중병에 걸릴지도 모른다고 말이다. 결국 그는 파르므의 은신처를 받아들였다.

공작 부인의 죽은 남편 산세베리나 공작은 결혼 후 꼭 반나절을 파르므에서 지낸 적이 있었는데 그때 산세베리나 저택의 남쪽 구석에 있는 독특한 은신처에 대해 말한 적이 있었다. 벽은 중세시대의 것으로 두께가 8피트나 되었으며, 그 속을 뚫어 높이 20피트, 폭 2피트의 은신처를 만든 것이다. 그 근처에는 수많은 여행기에서 언급된 바 있는, 12세기에 만들어진 저수지가 있었다. 지기스문트 황제가 파르므를 포위했을 때 만들어진 것으로, 나중에 산세베리나 저택의 부지가 된 것이다.

이 은신처는 거대한 돌 중앙의 철제 축을 돌려 그 돌을 민 다음에 들어가도록 되어 있었다. 공작 부인은 페란테의 광기 어린 행동과 그 자녀들의 애처로운 생활을 동정했다. 그런데 공작 부인이 그의 어린 자식들에게 뭔가를 선물하려고 하면 그가 완강히 거부했다. 그래서 이 은신처를 쓰라고 한 것이었다.

그로부터 한 달 후에 그녀는 또 그를 만났다. 역시 사카의 숲에서였다. 그날따라 그는 진지해 보였고, 자신이 지은 시 하나를 그녀에게 들려주었다. 그 시는 지난 2세기 동안 이탈리아에서 가장 뛰어난 작품이라고 부를 수는 없었지만, 훌륭한 작품임에는 틀림없었다. 그후로 페란테는 그녀를 몇 번이나 만날 수 있었다. 그럴수록 그의 사랑은 점점 격렬해져서 공작 부인은 귀찮아지기 시작했다. 공작 부인은 이 사나이의 정열이 마치 한 가닥 희망에 자신의 모든 것을 건 사랑이 흔히 걷는 길을 걷고 있다는 것을 깨닫고는, 그를 숲으로 쫓아 버렸다. 그리고 다시는 자신에게 말을 걸지 말라고 말했다. 그는 이 명령에 순순히 따랐다. 이때 파브리스가 체포된 것이었다.

그로부터 사흘째 되는 날 밤에 길다란 삼각형의 두건을 뒤

집어쓴 카푸친회 수도사가 산세베리나 저택에 나타나 공작 부인에게 긴급히 연락해야 할 일이 있다고 알려 왔다. 그녀는 절망에 빠져 어찌할 바를 모르고 있었기 때문에 수도사를 불러들였다. 그 수도사는 페란테였다.

"이 마을에서 부정한 사건이 발생했기에 호민관으로서 조사하러 나타났습니다."

사랑에 빠진 그가 말했다.

"한편 공적 입장을 떠나서 개인적으로 행동한다면 산세베리나 공작 부인께 바칠 수 있는 것은 저의 목숨뿐입니다. 그래서 그것을 가지고 왔습니다."

공작 부인은 도적이자 미치광이인 사내에게서 이와 같은 성실하고 헌신적인 태도를 보게 되자 큰 감동을 받았다. 그녀는 이 북부 이탈리아 최고의 시인이라 일컬어지는 사내와 오랫동안 이야기를 나누었다. 그리고 실컷 울었다.

'이 사람이야말로 나의 심정을 이해해 준다.'

그 다음날도 그는 밤 기도를 올리는 시각에 나타났다. 이번에는 하인으로 변장하고 있었다.

"계속 파르므에 있었습니다. 무서운 소문을 들었습니다. 그렇지만 제 입으로 말할 수는 없습니다. 하지만 지금 이 자리에 제가 있습니다. 부인! 제가 부인께 바치려 했으나 거절하신 것에 대해 다시 한 번 더 생각해 주십시오. 당신 앞에 있는 이 사람은 궁정의 허약한 무리들과 다릅니다. 한 남자입니다!"

그는 무릎을 꿇고 자신의 진심을 전하려는 듯 한마디 한마디에 힘을 주었다.

"저는 어제 이런 생각을 했습니다. '부인께서 내 앞에서 눈물을 보이셨다. 그러니 마음이 조금은 가벼워지셨기를'이라고 말입니다."

"그렇지만 당신의 신변이 위험하다는 것을 생각해야지요. 이 도시에 있으면 체포되고 말 거예요!"

"호민관으로서 말씀을 드리겠습니다. 부인! 의무를 다하기 위해서라면 생명의 위험쯤 두렵지 않습니다. 또 사랑에 빠져, 정의감도 잃고만 괴롭고 가엾은 사내는 이렇게 덧붙일 것입니다. '공작 부인! 용감한 파브리스의 생명이 위험에 처해 있습니다. 그러니 당신을 위해 목숨을 돌보지 않을 또 하나의 용감한 사람을 물리치지 마십시오. 여기에 강철처럼 튼튼한 몸과 당신을 불쾌하게 만들지는 않을까 하는 것만을 두려워하는 용감한 영혼이 있지 않습니까?'라고요."

"한 번만 더 사랑의 감정 따위를 이야기한다면 영원히 당신을 보지 않을 거예요!"

그날 밤 공작 부인은 페란테의 자녀들에게 얼마간의 돈을 보낼까 하고 생각했으나 혹 페란테가 절망 끝에 자살이라도 해버리지 않을까 염려되어 그만두고 말았다.

그가 나가자 그녀는 불길한 예감에 사로잡혀 이렇게 생각했다.

'나도 죽을지 모른다. 나는 지금 바로 죽어도 여한이 없다! 다만 가엾은 파브리스의 구출을 부탁할 수 있는 남자다운 남자만 찾을 수 있다면 말이다'

공작 부인은 문득 어떤 생각을 떠올렸다. 그녀는 종이 한 장을 꺼내서 자신이 아는 법률 용어를 다 동원해서 자신이 페란테 부인과 그 자식들에게 매년 1천2백 프랑의 돈을 지급하는 조건으로 2만 5천 프랑을 빌려 쓴다는 것을 확인하는 증서를 작성했다. 그리고 공작 부인은 이렇게 써넣었다.

 페란테 팔라가 의사로서 내 조카인 파브리스 델 동고의 뒷바라지를 맡으며 의형제가 된다는 조건으로 다섯 아이들에게 각각 3백 프랑의 종신 연금을 증여합니다.

 그녀는 서명을 마치자마자 지금으로부터 일 년 전의 날짜를 쓴 다음 그 문서를 안전한 장소에 넣어 두었다.
 그로부터 이틀 뒤, 페란테가 또다시 나타났다. 온 도시가 파브리스의 처형 날이 가까워졌다는 소문으로 술렁이고 있을 때였다. 사람들은 그 슬픈 의식이 성채 안에서 집행될지, 아니면 산책길 나무 밑에서 집행될지를 궁금해하고 있었다. 그리고 그날 밤에는 대부분의 하층민이 단두대가 세워졌는지 아닌지를 확인하려고 성채 문 앞을 어슬렁거렸다.
 페란테는 그 광경을 보고 몹시 걱정되었다. 그래서 가보니 공작 부인은 눈물에 목이 메어 말도 하지 못할 지경이었다. 그녀는 손짓으로 인사를 대신하고 의자를 가리켰다. 이날 페란테는 카푸친회 수도사로 변장해서 꽤나 근사해 보였다. 그는 의자에 앉지 않고 무릎을 꿇은 채로 간절하게 기도를 올렸다. 공작 부인의 흥분이 조금 진정되었을 때 그는 기도를 중단하고 이렇게 말했다.

"또 한번 제 목숨을 당신께 바치겠습니다."

"무슨 말을 하시는 거예요!"

공작 부인은 부르짖었다. 그녀의 험악한 눈빛에는 슬픔과 분노가 드러나 있었다.

"파브리스의 생명을 구하기 위해, 아니면 그의 복수를 위해 이 목숨을 바치려는 것입니다."

"혹 당신이 바치겠다는 그 목숨을 받을 일이 생길지도 몰라요."

그녀가 말했다. 그녀는 상대방의 눈을 똑바로 바라보았다. 순간 그의 눈동자에 기쁨의 빛이 스쳐갔다. 그는 재빨리 일어나 두 팔을 위로 쳐들었다. 공작 부인은 호두나무 판자로 짠 장롱 속의 은밀한 장소에서 그 문서를 꺼냈다.

"읽어보세요."

그녀가 페란테에게 말했다. 그것은 앞서 이야기한 것처럼 그의 자식들에게 주는 증여 증서였다. 페란테는 눈물과 흐느낌 때문에 끝까지 읽을 수가 없었다. 그는 또 무릎을 꿇었다.

"그 증서를 돌려주세요."

공작 부인이 말했다. 그리고 그가 보는 앞에서 그 증서에 촛불을 붙여 불태웠다. 그러고 나서 그녀가 말했다.

"당신이 체포되어 사형을 받는다 해도 내 이름을 말해서는 안 돼요. 당신이 자신의 목숨을 걸었으니까요."

"폭군을 무찌르고 죽는 것이 저의 기쁨입니다. 그러나 당신을 위해 죽을 수 있다면 그것은 더 큰 기쁨입니다. 이 점을 아셨다면 돈 이야기 따위는 하지 마십시오. 제가 믿음을 드리지 못했다는 모욕감을 느낄 테니까요."
 "당신이 위험해지면 나 역시 위험해질 것입니다. 파브리스도 마찬가지이고요. 나를 고통스럽게 만든 어떤 사내가 칼에 찔리고 그래서 칼로 찌른 사람의 신원이 드러나기보다는, 어떤 사내가 독살되기를 바라는 것은 그런 이유에서일 뿐 당신의 용감함을 의심해서가 아닙니다. 마찬가지로 나는 당신에게 이렇게 명령합니다. 당신도 자신의 목숨을 지키세요. 이것은 내게 중요한 이유입니다."
 "말씀하신 대로 신중하게 하겠습니다. 저의 복수는 바로 당신의 복수입니다. 설혹 그렇지 않더라도 틀림없이 말씀하신 대로 거행하겠습니다. 혹 실패하는 일이 있을 수도 있겠지만 최선을 다하겠습니다."
 "파브리스를 죽이려고 하는 장본인을 독살하는 것입니다."
 "잘 알고 있습니다. 저는 17개월 동안 비참한 방랑 생활을 하면서 스스로도 그런 생각을 한 적이 있습니다."
 "만약 내가 독살자의 공범으로 처형될지라도……."
 공작 부인은 당당한 어조로 말했다.
 "내가 당신을 충동질해서 이런 일을 했다고 오해받는 것은 싫습니다. 복수할 때가 무르익을 때까지 나를 만나려고 해서는 안 됩니다. 지금 당장 그 사내가 죽는다면 나에게 유리하기는커녕 도리어 큰 재난이 될지도 모릅니다. 아마 몇 달은 더 살다가 죽어야 할 겁니다. 꼭 그렇게 될 겁니다. 내가 바라는 건 그를 꼭 독살해야 한다는 것입니다. 총으로 쏴 죽이려거든 차라리 살려 두는 것이 더 나아요. 당신도 무사히 빠져 나와 주셔야 해요. 그 이유는 말씀드릴 수가 없군요."

페란테는 공작 부인의 위엄 있는 태도에 매혹당했으며, 그의 눈은 기쁨으로 빛나고 있었다. 전에 말한 바와 같이 그는 매우 말라 있었다. 그렇지만 젊었을 때는 잘생긴 남자였었다는 것을 어렵지 않게 추측할 수 있었으며, 그 자신은 지금도 옛날처럼 미남이라고 생각하고 있었다.

'내가 미친 걸까? 그렇지 않으면 내가 헌신함으로써 언젠가는 공작 부인이 나를 이 세상에서 가장 행복한 사내로 만들어 줄 거라고 기대하는 것일까? 사실 그렇게 되는 말라는 법도 없지 않은가! 나의 머리가 모스카 백작에게 뒤진단 말인가! 이처럼 위급한 상황에서 백작은 아무 쓸모가 없지 않은가 말이다! 파브리스를 탈출시킬 능력도 없지 않은가!'

"당장 내일이라도 죽여 달라고 부탁할는지 모릅니다."

공작 부인은 여전히 위엄 있는 태도로 말했다.

"이 저택 구석에 있는 저수지를 알고 있지요? 당신이 가끔 쓰고 있는 은신처 바로 근처에 있습니다. 그 물을 파르므로 흘려보내는 것도 한 방법이 될 수 있습니다. 잘 들으세요! 이것이 복수의 신호가 될 것입니다. 당신이 파르므에 있다면 직접 목격할 수 있을 것이고 숲 속의 오두막에 있다면 소문을 듣게 되겠지요. 산세베리나 저택의 큰 저수지에서 물이 흘러들었다는 것을 알게 되면 그때 바로 결행해 주세요. 반드시 독살해야 합니다. 그리고 부디 당신의 목숨을 지키세요. 이 사건의 공범자가 나라는 것을 아무도 알 수 없도록 말입니다."
"더 말씀하시지 않아도 잘 알고 있습니다"
페란테는 치밀어 오르는 감격을 억제하지 못하면서 대답했다.
"저는 어떤 방법으로 결행할지 이미 결정해 두었습니다. 그 사내가 지금처럼 미웠던 적은 일찍이 없었습니다. 그가 살아 있는 한 두 번 다시 당신을 만날 수 없기 때문입니다. 그러면 저수지 물이 파르므로 흘러 들어왔다는 신호를 기다리겠습니다."

그는 서둘러 인사를 하고 나갔다. 공작 부인은 그의 뒷모습을 눈으로 전송하고 있었다. 그가 옆방을 거의 다 빠져나갈 무렵 그녀는 그를 불러 세웠다.
"페란테!"
그녀는 부르짖었다.
"멋진 사람."
그는 되돌아왔다. 그는 다시 불러 주기를 바라고 있었던 것 같았다. 이때 그의 표정은 의젓하고 아름다웠다.
"당신 아이들은 어떻게 할 생각인가요?"
"그 아이들은 저보다 더 부자입니다. 부인께서 연금을 주실 테니까요."
"자! 받아요."
공작 부인은 올리브나무로 만든 작은 상자를 건네 주면서 말했다.
"내가 갖고 있는 다이아몬드의 전부입니다. 5만 프랑쯤 될 거예요."

"오오, 부인! 이것은 너무나 큰 모욕입니다!"

모욕감을 느낀 페란테는 몸을 떨었으며, 안색이 몹시 창백해졌다.

"결행의 날까지는 다시 만날 수 없습니다. 받아 주세요. 꼭!"

위엄 있는 공작 부인의 자태에 페란테는 압도당하고 말았다. 그는 작은 보석 상자를 호주머니에 넣고 나갔다.

그가 출입문을 닫자, 공작 부인이 다시 그를 불렀다. 그는 걱정스러워하며 되돌아왔다. 공작 부인은 거실의 중앙에 서 있었다. 돌연 그녀는 그의 품안에 뛰어들었다. 페란테는 이 뜻하지 않은 행복감을 감당할 수 없어 정신을 잃을 지경이었다. 공작 부인은 그의 포옹에서 빠져나오자, 눈으로 출입문을 가리켰다.

'그만이 나를 진정으로 이해해 주었다. 파브리스도 나의 기분을 안다면 그처럼 해주었을 텐데……'

공작 부인의 성격에는 두 가지 특징이 있었다. 한번 원한 것은 절대로 포기하지 않았으며, 한번 결정한 일은 다시 돌이켜 생각해 보지도 않았다. 그럴 경우 첫 남편이었던 피에트라네라 장군의 말을 인용하곤 했다.

'그것은 자기 자신에 대한 모욕이다. 내가 결정했을 때보다 지금이 더 현명하다는 법이 어디 있는가.'

그후로 공작 부인은 옛날의 쾌활한 모습을 되찾았다. 결정적인 각오를 할 때까지는 무엇을 생각하든, 무엇을 보든 대공에 대한 열등감과 무력감과 굴욕감을 느낄 뿐이었다. 그녀 생각으로는 대공은 비열하게도 그녀를 기만했고, 모스카 백작도 설혹 그것이 선의에서 나온 것이라고는 하지만 궁정 관리 특유의 근성을 발휘해서 대공을 도운 것이었다.

그러나 이제 복수를 결정하고 나자 기운이 흘러 넘쳤고, 계획이 하나씩 생각날 때마다 기쁨을 맛보았다. 내 생각에는, 이탈리아 사람들이 복수로 인해 맛보는 환희는 이들의 상상력에서 오는 것 같다. 다른 나라 사람들은 엄밀히 말해 죄를 용서하는 것이 아니라 망각하는 것이다.

공작 부인이 다시 페란테를 만나게 된 것은 파브리스의 옥중 생활이 거의 끝나갈 무렵의 일이었다. 짐작하는 바와 같이 탈주 계획을 세운 사람이 바로 페란테였다. 사카에서 20리 가량 떨어진 숲에는 높이 100피트가 넘는, 중세에 만들어진 탑이 있었다. 페란테는 공작 부인이 또다시 탈주 계획을 꺼내기도 전에, 그 탑 근처에 사다리를 장치하기 위해 뤼도빅과 믿을 수 있는 하인 몇 사람을 보내 달라고 부탁했다. 페란테는 공작 부인 앞에서 사다리를 이용해 탑 위로 올라간 다음, 매듭이 있는 밧줄 하나만을 이용해 땅으로 내려왔다. 그는 세 번이나 이를 되풀이한 후에 자신이 고안한 계획을 설명했다. 일주일 후에는 뤼도빅이 밧줄을 이용해 탑 위에서 내려왔다. 이렇게 해서 이 계획이 채택되었고 곧바로 파브리스에게 통보된 것이었다.

이 계획을 이행하기에 앞서 공작 부인은 죄수가 위태로울 수 있는 데다가 위험 요소들이 너무나 많았기 때문에 페란테가 자기 곁에 있지 않으면 불안해서 견딜 수가 없었다. 즉, 언제나 이 사나이의 용기에 힘입어 자신도 용기를 내고 있었던 것이다. 그 사나이와의 접촉 동기나 계획에 대해서는 백작에게 절대 비밀로 하고 있었다. 백작의 노여움을 살 것을 염려해서가 아니라 백작이 그 계획 자체를 반대했을 때의 혼란스러움을 걱정하고 있었던 것이다.

'참으로 어이없는 일이다! 미치광이며 더욱이 사형 선고를 받은 사나이에게 속마음을 이야기하다니.'

공작 부인은 자신을 향해서 말하는 것이었다.

'그리고 앞으로 어마어마한 일을 할 사람에게 말야.'

페란테가 공작 부인과 함께 거실에 있을 때 백작이 찾아와 대공과 라시 사이에 오고간 밀담의 내용을 전했다. 백작이 나간 후 공작 부인은 지금 당장 대공 암살 계획을 실행하겠다는 페란테를 설득시키느라 애썼다.

"저는 아무 걱정 없습니다."

이 열광자는 이렇게 부르짖었다.

"우리가 하려고 하는 이 일이 정의를 위한 것임을 나는 전혀 의심하지 않습니다!"

"그렇지만 그 보복으로 파브리스가 살해될 거예요."

"그렇지만 그 대신 위험을 무릅쓴 탈주를 면하게 될지도 모릅니다. 그 일은 불가능한 일이 아니고, 쉬운 일입니다만 그는 경험이 없으니까요."

크레센치 후작 누이의 결혼식이 거행되었다. 이 결혼의 축하연에서 공작 부인은 클레리아를 만나 사교계의 귀찮은 아첨꾼들의 의심을 받지 않고 자연스럽게 이야기를 나눌 수가 있었다. 공작 부인은 클레리아와 잠깐 뜰에 나가 이야기하는 척하면서 밧줄이 들어 있는 보따리를 건네 주었다.

밧줄은 대마와 명주를 정성스럽게 꼰 것으로서 여러 매듭이 있었으며 가늘고 부드러웠다. 뤼도빅이 질긴 정도를 시험해 보았는데, 8백 킬로그램 정도의 추를 매달아도 끊어지지 않았다. 이 가는 밧줄을 잘 감아서 4절판 책 크기만한 보따리 서너 개로 만들었다. 클레리아는 보따리를 받고서 파르네세 탑까지 전하기 위해 인간이 할 수 있는 모든 노력을 아끼지 않겠다고 약속했다.

"당신은 너무 온순한 분이어서 염려됩니다. 그리고……."

공작 부인은 정중한 말투로 말했다.

"당신은 그 청년을 잘 알지도 못하면서 왜 이런 친절을 베푸시나요?"

"델 동고 님은 가엾은 분입니다. 제가 꼭 그분을 구출하겠습니다."

그러나 공작 부인은 스무 살 소녀의 재치를 그다지 기대하지 않아 다른 방법도 강구해 놓았으며, 이를 클레리아에게 말하지 않았다. 당연한 일이지만 사령관도 크레센치 후작 누이의 결혼 축하연에 참석했다. 공작 부인의 생각으로는 장군에게 아편을 먹이면 사람들은 그가 뇌졸중으로 쓰러졌다고 생각할 것이 틀림없으니, 그 소동을 잘 이용하면 사령관을 마차로 돌아가게 하는 것보다는 손님이 타고 온 가마에 태워 보내는 것이 현명하다고 믿게 할 수 있을 것이 아닌가? 이 소란스런 상황을 틈타 날렵한 남자들이 축하연에 고용된 하인들 옷을 입고 나타나 친절하게도 장군을 모셔다 드리겠다고 나서는 것이다. 그들은 뤼도빅의 부하로서, 품속에 대량의 밧줄을 감쪽같이 숨기고 있을 것이었다.

공작 부인이 파브리스 구출을 위해 골몰하는 동안 얼마나 불안감을 느꼈을지 짐작할 수 있을 것이다. 사랑하는 조카의 위험은 그녀의 가슴이 감당하기에는 너무나 큰 고통이었으며, 또한 너무나 오랫동안 지속된 고통이었다. 그녀는 이토록 지나치게 신중했던 나머지 하마터면 탈주를 실패로 몰고 갈 뻔했다. 이것에 대해서는 나중에 이야기할 것이다.

모든 일이 공작 부인의 계획대로 진행되었다. 그러나 예상과는 달리 진행된 것이 하나 있었다. 아편의 양이 너무 많았던 것이다. 누구나, 심지어 의사까지도 장군이 뇌졸중으로 쓰러졌다고 믿었다. 클레리아는 아버지를 걱정한 나머지 다른 일은 생각할 겨를이 없어서 공작 부인이 이런 무서운 일을 계획했다는 사실을 눈치채지 못했다. 정신을 잃은 장군을 실은 가마가 성채에 들어섰을 때 대단한 소란이 일어났기 때문에 뤼도빅과 그의 부하들은 무사히 성채 안으로 들어갈 수가 있었다. '노예의 다리'에서 형식적인 조사를 받았을 뿐이었다. 그들은 장군을 침대에 옮겨 놓은 후 사무실로 안내되었고 하인들로부터 극진한 대접을 받았다. 푸짐한 식사는 새벽쯤에야 끝이 났다. 그들은 감옥의 관습대로 완전히 날이 밝을 때까지는 천장이 낮고 넓은 사무실 속에 갇혀 있어야만 한다는 말을 들었다. 다음날 아침에야 사령관 부관이 와서 그들을 풀어 주리라는 것이었다.

무리들로부터 숨겨 가지고 들어온 밧줄을 다 넘겨받은 뤼도빅은 클레리아의 관심을 끌려고 애썼다. 그러다가 겨우 복도를 지나가는 클레리아를 불러 세우고 이층 거실의 어두운 구석에 숨겨 놓은 밧줄 보따리를 보여 주었다. 클레리아는 일이 묘하게 진행되는 것에 몹시 놀랐으며 풀리지 않는 의혹을 품게 되었다.

"당신은 누군가요?"

그녀가 뤼도빅에게 물었다. 그러나 상대가 몹시 애매하게 대답했기 때문에 클레리아는 계속해서 뤼도빅을 몰아세웠다.

"당신을 체포해야겠어요. 당신이나 당신 패거리들이 아버지께 독을 먹인 거죠? 어서 말해요. 무슨 독약인가요? 그것을 알아야 의사 선생님이 해독제를 쓸 수 있어요. 어서 말해요! 말하지 않으면 당신과 당신 패거리들을 체포하겠어요."

"아가씨! 그렇게 염려하실 것 없습니다."

뤼도빅은 품위 있고 정중한 태도로 대답했다.

"절대로 독약은 아닙니다. 무례하게도 장군님께 아편을 먹이기는 했습니다만. 이 일을 부탁받은 하인이 컵 속에 아편을 서너 방울 더 넣는 실수를 저질러 버렸습니다. 참으로 면목 없게 되었습니다. 그렇지만 아가씨! 장군님은 절대로 위험하시지 않으니 안심하세요. 장군께서는 아편을 과용했을 때의 치료를 받으시면 됩니다. 다시 말씀드리면 그 하인은 절대로 사람을 죽게 하는 독은 쓰지 않았습니다. 파브리스를 독살하려고 했던 바르보네가 한 것과는 전혀 다릅니다. 파브리스 님께서 받으신 처사에 대한 복수는 절대 아니라는 것을 알아주세요. 저는 그 실수를 저지른 하인에게 아편이 든 병 이외에는 아무것도 준 일이 없습니다. 이 사실에 대해서는 아가씨에게 맹세를 하겠습니다! 그러나 만일 제가 체포되어 정식으로 심문을 받게 된다면 그때는 모든 것을 부인하겠습니다.

 명심하실 것은 아무에게도 아편 이야기를 해서는 안 된다는 것입니다. 친절하신 돈 체사레 님께도 말해서는 안 됩니다. 그렇게 하신다면 그것은 아가씨 손으로 파브리스 님을 살해하는 것과 다름이 없습니다. 말하자면 어떠한 탈주 계획도 모두 실현 불가능하게 되는 것입니다. 아가씨께서 더 잘 아실 것으로 믿으나, 파브리스 님을 노리는 자들이 있고 그들은 아편 같은 것은 쓰지 않는다는 사실을 잊지 마세요. 더욱이 아가씨께서는 파브리스 님의 독살 계획을 누가 꾸몄으며, 그 계획을 완수하는 데 한 달이라는 기간을 명령한 일, 그리고 그 무서운 명령이 내려져서 벌써 일주일 이상이나 경과되었다는 것을 잘 알고 계시지 않아요? 그러니 아가씨가 저를 체포한다든지 돈 체사레나 그밖의 어느 누구에게라도 오늘의 이 사건을 말씀하신다면 저희들의 계획은 또 한 달 늦어지게 됩니다. 그러니 결국 아가씨 손으로 파브리스 님을 죽이는 결과가 됩니다."

 클레리아는 뤼도빅의 너무나 대담하고 침착한 태도가 두렵게 느껴졌다.

 '옳은 말을 하고는 있지만 상대는 내 아버지에게 독을 마시게 한 사람이 아닌가! 그런 사람과 다정하게 이야기를 주고받

다니! 사랑 때문에 나는 이렇게 많은 죄를 저지르고 있구나!'
 양심의 가책은 말할 기운까지 빼앗아 갔다. 그녀는 겨우 입을 열어서 뤼도빅에게 말했다.
 "당신을 이 거실 속에 가두겠습니다. 그리고 의사한테 가서 아버지는 아편을 드셨을 뿐이라고 말해야겠어요. 아, 곤란한 문제가 있구나. 아편이라는 것을 어떻게 알았느냐고 물으면 무어라고 대답해야 할까? 이 일이 끝나면 당신을 풀어 드리겠어요."
 그렇게 말하고 클레리아는 출입구까지 나갔다가 급히 돌아와 뤼도빅에게 물었다.
 "파브리스는 오늘의 아편 음독 사건을 알고 있나요?"
 "아무깃도 모릅니다. 아가씨! 그분이 아셨다면 절대로 찬성하지 않으셨을 겁니다. 그러니 저희가 이 계획을 알릴 까닭이 없지 않습니까? 저희들은 신중에 또 신중을 기해서 행동하고 있습니다. 목표는 몽세뇌르의 목숨을 구하는 것입니다. 그렇지 않으면 그분은 3주일 이내에 독살당하고 맙니다. 더욱이 이것은 무슨 일이건 하려고 마음만 먹으면 할 수 있는 그 어떤 분의 명령입니다. 다 말씀드리자면 이 역할을 수행토록 명령받은 사람은 저 무서운 라시 장군인 것입니다."
 클레리아는 무서움에 질려 저도 모르게 그 자리에서 떠났다. 그녀는 돈 체사레의 성실성을 믿고 있었기 때문에 다소 염려는 되었으나 조심스럽게 장군은 단순히 아편을 과용했을 뿐이라는 것을 알려주었다. 돈 체사레는 아무것도 묻지 않고 허겁지겁 의사에게 달려갔다.

클레리아는 뤼도빅을 가두었던 거실로 되돌아갔다. 아편 사건에 대한 자세한 이야기를 듣고 싶었던 것이다. 그러나 그는 이미 그 자리에 없었다. 용케 도망친 것이었다. 책상 위에는 체키노 금화가 가득 든 지갑과 여러 종류의 독약을 넣은 작은 병들이 놓여 있었다. 그 독약을 보고 그녀는 몸서리쳤다.

'아버지께 아편밖에 먹이지 않았다는 그 말을 믿을 수 있을까? 공작 부인이 바르보네의 독살 음모에 대한 복수를 아버지께 한 것이 아닐까? 어떻게 해야 하나!'

그녀는 속으로 부르짖었다.

'내가 미쳤지! 아버지께 독을 먹인 무리들하고 내통하고 있다니! 게다가 그 무리들을 놓치고 말다니! 그 사내를 심문했다면 아편 외에 다른 독약을 사용했다는 것을 자백했을지도 모르는데!'

클레리아는 눈물을 흘리면서 무릎을 꿇고 성모 마리아에게 기도를 올렸다.

그 사이에 의사는 돈 체사레로부터 장군은 아편 중독에 지나지 않는다는 말을 듣고 그에 대한 필요한 조치를 취했다. 약을 먹이자 위험스럽게 보이던 증상들이 호전되었다. 장군은 날이 밝을 무렵에 의식을 회복했다. 그가 의식을 회복한 것을 알려준 첫 번째 행동은 부사령관에게 욕을 퍼부은 것이었다. 장군이 의식을 잃고 있는 동안 부사령관이 자기 멋대로 명령을 내렸기 때문이다. 얼마 후 사령관은 수프를 들고 온 요리사가 뇌졸중이란 말을 쓰자 불같이 화를 냈다.

"내가 벌써 뇌졸중을 일으킬 만한 나이란 말이냐? 그런 헛소문을 퍼뜨리고 좋아할 놈들은 저 밉살스런 적들밖엔 없다. 보아라, 내가 사혈 치료(환자의 혈액을 빼내는 치료 방법—옮긴이)를 받기라도 했느냐. 이래도 내가 뇌졸중을 일으켰다고 모략할 테냐!"

탈출 준비에 몰두하고 있던 파브리스는 빈사 상태의 사령관이 성채에 운반될 때 일어났던 그 소란의 영문을 몰라 궁금해하고 있었다. 처음에는 자신의 판결이 번복되어 바로 사형을 집행하려는 것이 아닐까 하고 생각했다. 그러나 아무도 데리러 오지 않았기 때문에 아마도 클레리아가 숨겨 들여온 밧줄 보따리가 들통나서 탈주 계획이 불가능해진 것이 아닌가 하고 생각했다.

다음날 새벽 무렵에 낯선 사내가 방으로 들어오더니 아무 말도 없이 과일 바구니를 놓고 나가 버렸다. 과일 밑에 다음과 같은 편지가 숨겨져 있었다.

저는 양심의 가책을 떨칠 수 없어 고통스럽습니다. 제가 이번 계획에 찬성하지는 않았다 해도, 결국 제가 꾸민 계획이 발단이 된 것이기에 저는 성모 마리아께 맹세할 수밖에 없었습니다. 저는 다행히 성모 마리아의 은덕으로 아버지께서 살아나신다면 앞으로는 아버지의 말씀을 거역하지 않겠다고 맹세했습니다. 후작에게서 청혼이 오면 주저하지 않고 결혼하겠습니다. 그리고 다시는 당신을 만나지 않겠습니다. 다만 지금까지 진행시켜 온 일만은 끝을 내야 하기 때문에 다음 일요일에 당신을 미사 시간에 참석시키도록 부탁해 놓았습니다. 부디 마음의 준비를 해두세요. 이번 모험에서 목숨을 잃게 될지도 모릅니다. 그 미사에서 돌아오실 적에는 될 수 있는 대로 시간을 끌어서 천천히 방으로 돌아오세요. 계획에 필요한 물건들을 그곳에 갖다 놓겠습니다. 혹 당신에게 불의의 사고라도 생기면 저의 마음은 얼마나 고통스럽겠습니까! 당신의 죽음이 저의 탓이라고 원망하시지는 않으시겠지요. 공작 부인께서는 라베르시 부인 일당이 점점 우세해지고 있다고 몇 번이나 말씀하셨습니다. 공작 부인은 눈물을 흘리시면서 이제는 최후의 수단을 결행할 수밖에 없다고 분명히 말했습니다. 당신이 전처럼 이곳에 남는다고 고집하시고 아무 일도 하지 않으신다면 분명히 살해당하실 겁니다. 저는 더 이상 당신을 볼 수 없습니다. 맹세를 했으니까요. 끝으로, 다음 일요일 저녁에 제가 검은색 옷을 입고 창가에 나타나면 그것이 그날 밤 저의 가냘픈 힘으로 할 수 있는 모든 준비가 끝났다는 신호라는 것을 알아주세요. 또 열한 시 넘어서, 열두 시나 오전 한 시경에 저의 창문에 조그만 등불을 켜놓겠습니다. 이것은 결행의 신호입니다. 당신의 수호신께 기도를 올리고 저번에 드린 신부복으로 갈아입으세요. 그리고 도망치세요.

안녕! 파브리스. 당신이 무서운 위험 속에서 탈주를 결행하고 계실 동안 저는 신께 기도를 올리겠습니다. 견딜 수 없는 고통에 눈물을 흘리면서요. 만약 당신이 죽는다면 저도 더 이상 살 수 없다는 것을 믿어 주세요. 오, 제가 지금 무슨 말을 하는 걸까요. 당신이 탈출에 성공하신다 해도 저는 두 번 다시는 당신을 만날 수 없습니다. 일요일의 미사에서 돌아오시면 돈과 밧줄을 싼 보따리와 독약이 마련되어 있을 겁니다. 그것들은 모두 당신을 깊이 사랑하고 계시는 분이 마련하신 것들입니다. 부인은 이 방법밖에 없다고 세 번이나 되풀이해서 말씀하셨습니다. 신의 가호가 있기를. 그리고 성모 마리아의 은총도!

파비오 콘티 장군은 죄수 하나가 탈주하는 꿈에 늘 시달리는, 불안하고 불행한 간수였다. 또 성채 안의 사람들은 전부 다 그를 싫어했다. 그러나 불행을 보게 되면 역시 동정의 마음이 우러나는 것인지, 가엾은 죄수들, 그 중에는 높이 3피트, 폭 3피트, 길이 8피트의 지하 감옥에 쇠사슬로 묶여 있는 죄수들까지도 사령관이 목숨을 건졌다는 소식을 듣고 자신들의 돈을 보아 감사 예배를 올리려고 했다. 이 가엾은 무리들 중 두서너 명은 파비오 콘티의 건강을 축원하는 시까지 지었다. 불행이란 참으로 사람들의 마음을 흔들어 놓는 것인가 보다! 이런 사람들을 비난하는 자는 일 년쯤, 높이 3피트의 지하 감옥에 갇혀서 하루에 8온스의 빵, 그리고 매주 금요일에는 그것도 굶어야 하는 쓰라림을 맛보아야 할 것이다.

클레리아는 예배당으로 기도를 올리러 갈 때 빼고는 아버지의 곁을 떠나지 않았다. 그녀는 사령관이 감사 예배를 일요일까지 연기하고 싶어한다고 사람들에게 이야기했다. 그 일요일 아침, 파브리스는 미사 겸 감사 예배에 참석했다.

그날 밤, 불꽃놀이가 있었다. 그리고 천장이 낮은 관저의 사무실에서는 평소의 네 배 가량의 술이 경비병들에게 베풀어졌다. 누가 보낸 것인지는 모르나 많은 브랜디가 기증되었고, 경비병들은 술통을 비웠다. 술에 취한 경비병들은 평소와 달리 마음이 유순해져서 관저의 모퉁이에서 보초를 서고 있는 동료들을 모른 척할 수 없었다. 이들이 오는 대로 술을 주었다. 그리고 누가 전했는지는 모르나 보초병들도 큼직한 술잔에 가득 담긴 브랜디를 얻어 마셨다. 그럴 때마다 경비병의 대기소 창 밑에는 브랜디 빈 병이 가득 쌓였다(이 사실은 훗날 재판에서 밝혀졌다).

클레리아가 예상한 것보다 요란한 소동은 더 오래 계속되었다. 그래서 파브리스는 새벽 1시경에야 차양을 뜯기 시작했다. 그는 일주일 전부터 새장이 있는 방이 마주 보이는 창문과 다른 쪽 방향의 창문에서 쇠창살 두 개를 잘라 놓았다. 그는 사령관 관저 경비를 맡고 있는 경비병들의 머리 위에서 이 작업을 진행했으나 경비병들은 눈치채지 못했다.

180피트라는 아찔한 높이를 내려가는 데 쓸 밧줄에는 매듭 몇 개를 더 만들어 두었다. 그는 밧줄을 어깨에서 허리 쪽으로 감았다. 부피가 커서 몹시 답답하고 불편했다. 매듭 때문에 몸에 착 붙지 않고 몸에서 18푸스(약 46센티미터—옮긴이)나 튀어나왔다. 파브리스는 생각했다.

'이거 참 불편하군!'

파브리스는 밧줄을 겨우 수습한 후 창에서 사령관 관저가 있는 탑 옥상까지의 35피트를 내려가는 데 쓸 밧줄을 잡았다. 그렇지만 아무리 경비병이 브랜디에 취해 있다고는 하지만 그 머리 위로 내려갈 수는 없기 때문에 전에 말한 바와 같이 그의 방 두 번째 창, 즉 경비병 대기소의 큰 지붕 쪽을 향한 창문으로 빠져나왔다.

파비오 콘티 장군은 말을 자유롭게 할 수 있게 되자, 병자에게 흔히 있는 예민하고 불안한 기분을 누를 수 없어 곧 손수 명령을 내려서 1백 년 전부터 폐옥으로 방치해 온, 이 낡은 대기소에 2백 명의 군졸들을 소집시켰다. 자신에게 독약을 먹인 적들이 그가 자고 있을 때 자객을 보낼 것이니 2백 명의 병사가 자신을 지켜야 한다는 것이었다.

이 뜻하지 않은 어마어마한 수의 경비병들을 발견하고 클레리아가 얼마나 놀랐을 것인지는 상상할 수 있을 것이다. 아버지를 극진히 생각하는 이 딸은 자신이 결코 용서받지 못할 정도로 아버지를 배반했다고 느끼며 고통받고 있었다. 자신이 사랑하는 사람을 구출하기 위한 계획으로 인해 아버지가 독약과 별반 다를 바 없는 것을 먹고 기절하기까지 했다. 그녀는 뜻밖에 2백 명의 경비병들이 증원된 것을 보고 이것이 파브리스의 탈옥 계획에 가담치 말라는 신의 계시일지도 모른다고 생각했다.

한편 파르므에서는 모든 사람들이 이 죄수의 처형이 가까워졌다고 쑥덕거리고 있었다. 주리아 크레센치 양의 결혼 축하연에서도 이 불길한 화제가 오고 갔다. 즉, 파브리스 같은 훌륭한 가문 출신의 젊은이가 대수롭지 않은, 떠돌이 배우 따위를 죽였다는 사건으로 인해 수상의 비호를 받고 있는 데도 투옥되었고, 아홉 달이나 지났는데도 아직 석방되지 않는 것은 분명히 정치적 문제가 얽혀 있다는 증거라는 것이었다. 그러니 더 이상 파브리스를 위해 손을 쓰는 것은 허사이며, 만일 그를 대중 앞에서 처형하는 것이 온당치 않다고 그의 적들이 생각한다면 아마 옥중에서 병사하는 일이 생길 것이라는 것이었다. 파비오 콘티 장군의 지시로 성채의 부서진 자물통을 수리한 일이 있는 어느 열쇠 수리공은, 파브리스는 벌써 오래 전에 죽었으나 정치적 배려로 인해 이것을 널리 알리지 않을 뿐이라고 말했을 정도였다. 이 말이 클레리아의 결심을 재촉했다.

22장

 낮 동안 파브리스는 불길한 생각에 심각하게 빠져 있었다. 그러나 오랫동안 궁리해 온 계획을 결행해야 할 시각으로 점점 더 가까워지는 시계의 종소리를 듣자 용기가 샘솟았고 동작도 활발해졌다.
 공작 부인은 편지에 쓰기를, 갑자기 찬 공기를 쐬게 될 터이니 조심해야 한다든가, 감옥에 오래 갇혀 있었기 때문에 발에 힘이 없어 제대로 걷지 못할까 염려된다고 했다. 만일 그런 현상이 일어나면 180피트나 되는 탑에서 뛰어내려 죽거나 상처를 입는 것보다는 차라리 다시 붙잡혀 감옥으로 되돌아가는 편이 나을 것이라고 충고했다.
 '만약 그럴 경우에는 탑의 난간에 기대어 잠을 자자. 한 시간쯤 자고 나서 다시 시도해 보는 편이 좋을 것이다. 어쨌든 클레리아에게 맹세한 대로 매일 먹는 빵 속에 독약이 들어 있나 없나를 살펴 가면서 공포 속에 사는 것보다는 이 높은 탑에서 떨어져 죽어 버리는 쪽이 훨씬 나을 것이다. 독약을 먹는다면 죽기 전까지 얼마나 끔찍한 고통을 맛보아야 할까! 파비오 콘티라면 방법을 가리지 않고 나를 독살하려 할 것이다. 쥐를 잡는 비소를 쓸지도 모른다!'

자정이 가까워지자 포 강에 있는 짙은 안개가 서서히 도시 위로 퍼졌고 이어서 성채의 큰 탑과 보루를 덮었다. 파브리스는 이 안개로 인해 옥상의 난간에서는 180피트 아래에 있는, 병사들이 가꾼 정원의 아카시아 나무들이 잘 보이질 않았다.

'잘됐어.'

시계가 12시 30분을 알리고 나서 얼마 후 새장이 있는 방의 창문에 등불이 비쳤다. 파브리스는 출발 준비를 완벽하게 갖추고 있었다. 그는 손으로 경건하게 십자를 긋고 사령관 관저까지의 35피트 벽을 내려가기 위해 밧줄을 침대 다리에 붙잡아 맸다.

그는 경비병의 대기소 지붕까지 무사히 내려올 수가 있었다. 그 안에는 앞서 말한 것처럼 증원된 2백 명의 경비병들이 있었다. 공교롭게도 그 경비병들은 밤 12시 45분이나 되었는데도 잠을 자지 않고 있었다. 파브리스는 발소리를 죽이고 움푹 팬 큰 기왓장으로 덮인 지붕 위를 걷고 있었다.

그때 대기소 안에서, 지붕 위에 악마가 있으니 총으로 쏴 죽여야 한다는 소리가 들려왔다. 그런 생각은 신을 모욕하는 것이라고 만류하는 소리도 들리고, 총을 쐈는데 아무것도 잡히지 않는다면 사령관은 쓸데없이 성채를 시끄럽게 했다고 모두 투옥시켜 버릴 거라고 하는 소리도 들렸다.

  이런 소리를 듣고 깜짝 놀란 파브리스는 더 빨리 지나가려고 걸음을 서둘렀기 때문에 기왓장 밟는 소리가 더 크게 났다. 문제는 지붕에서 아래로 밧줄을 타고 내려가면서 창문을 지날 때였다. 다행히 지붕 끝 처마가 튀어나와 있어서 그의 몸과 벽 사이가 4~5피트 정도 떨어지기는 했으나 창문에는 여러 자루의 총검이 삐죽 튀어나와 있었다.

  나중에 몇몇 호사가들은 언제나 무모한 파브리스가 이때도 악마의 흉내를 내보려고 체키노 금화 한 줌을 그들에게 던졌다고 말했다. 분명한 점은 그가 자신의 감방 바닥과 파르네세 탑에서 예의 난간에 이르는 길에 체키노 금화를 뿌려서 만일의 경우 그를 쫓을지도 모르는 경비병들이 돈에 정신을 팔도록 했다는 것이었다.

  파브리스는 큰 탑 옥상에까지 내려와 주위의 경비병들이 평소와 다름없이 15분마다 '이상 없음'을 주고받는 소리를 들으면서 서쪽 난간으로 가서 새로운 돌을 찾았다.

  성 안의 모든 주민들이 증인이 아니었다면 도저히 믿을 수 없는 사실은, 난간을 따라 줄지어 서 있던 보초병들이 파브리스를 발견하지 못했다는 것이다. 앞서 말한 것처럼 안개가 그곳까지 덮쳤던 것이다. 나중에 파브리스가 한 말에 따르면, 그가 옥상에 있을 때 벌써 짙은 안개가 파르네세 탑의 중간까지 퍼져 있었다는 것이었다.

  안개가 조금 엷어지자 그는 경비병 몇 사람이 왔다갔다하는 것을 볼 수 있었다. 또다시 파브리스의 말에 의하면, 그는 마치 초인적인 힘에 떠밀린 것처럼 가까이 서 있던 경비병 두 사람의 사이를 뚫고 나갔다는 것이었다.

그는 침착하게 몸에 감았던 밧줄을 풀었다. 밧줄은 두 번이나 엉켰다. 밧줄을 풀어 난간 위로 늘어뜨리느라 애를 먹었다. 가까운 곳에서 경비병들의 말소리가 들렸다. 파브리스는 이쪽으로 다가오는 자가 있으면 찔러 죽이겠다고 생각하고 있었다.

'조금도 당황하지 않았어요. 엄숙한 의식을 치르는 기분이었어요.'

그는 힘들여 푼 밧줄을 난간 배수구에 단단히 묶었다. 그리고 난간 위에서 신에게 애절한 기도를 올렸다. 그리고 기사도 시대의 영웅들처럼 한동안 클레리아의 모습을 그려보았다.

'내가 많이 달라졌구나. 아홉 달 전에 이곳으로 끌려왔을 무렵만 해도 경박한 바람둥이였는데!'

그는 드디어 그 놀라운 높이에서 밧줄을 타고 내려오기 시작했다. 그는 기계적으로 움직였다. 마치 친구들과 내기를 걸고 밧줄을 타고 내려오는 것처럼 태연했다.

절반쯤 내려왔을 때 갑자기 두 팔의 힘이 빠진 듯싶더니, 순간 잡고 있던 밧줄을 놓친 것 같았다가 다시 움켜잡았다. 아마 상처를 입으며 가시덤불 위로 미끄러지다가 가시덤불에 걸려 다시 줄을 잡은 것 같았다. 그는 때때로 등에서 참기 힘든 통증을 느꼈다. 통증 때문에 숨이 막히는 것 같았다.

밧줄에 매달린 몸이 흔들거리면서 쉴 새 없이 가시덤불에 부딪쳤다. 그로 인해 잠에서 깨어난 새들이 날아오르다가 그 중 몇 마리가 그의 몸을 스쳐 지나갔다. 처음에 그는 자신을 추격해 온 경비병들인 줄로만 알고 싸울 준비를 갖췄다.

겨우 큰 탑 밑까지 내려왔다. 그의 이야기에 따르면, 탑의 중간부터 경사가 져 있어서 큰 도움이 됐다는 것이었다. 즉, 벽에 달라붙어서 내려올 수 있었고, 벽의 틈 사이에 자라난 풀들이 그의 몸을 지탱해 주었다는 것이었다.

경비병들이 가꾼 정원에 오자 그는 아카시아 나무 위에 내려섰다. 이 나무는 위에서 내려다보았을 때에는 4~5피트로밖에 보이지 않았으나 실제로는 20피트 가량 되었다. 그 아카시아 나무 근처에서 잠을 자고 있던 주정뱅이 병사가 그를 좀도둑으로 생각하고 몸을 일으켰다.

파브리스는 나무에서 뛰어내리다가 그만 왼팔을 삐고 말았다. 그는 성벽을 향해 뛰었다. 그러나 그의 말에 따르면, 두 다리에 힘이 하나도 없어서 몹시 흐느적거렸다고 한다. 그래서 위험을 무릅쓰고 그 자리에 주저앉아 남아 있던 브랜디를 한 모금 마셨다. 그리고 자신이 지금 어떤 장소에서 어떤 처지에 놓여 있는가를 잊은 채 몇 분 동안 푹 잠이 들었다. 잠에서 깨자 자신의 감방에 나무가 있는 것을 보고 의아해하며 주위를 돌아보다가 문득 무서운 현실을 깨달았다.

바로 일어서서 성벽 쪽으로 갔다. 큰 계단을 통해 성벽 위로 올라가자 지나가는 길 바로 옆에서 경비병이 코를 골고 있었다. 자세히 보니 우거진 잡초 사이에 커다란 대포가 가로놓여 있었다. 그는 대포에 세 번째 줄을 걸고 다시 성벽을 타고 내려왔다. 줄이 조금 짧았기 때문에 그는 그만 시궁창 속으로 떨어져 버렸다. 물이 한 자 정도 괴어 있는 것 같았다. 그가 일어서서 자신의 위치를 확인하려고 하는 순간, 두 남자가 덤벼들었다. 이젠 끝이구나 하고 생각하는 순간 두 남자가 매우 낮은 음성으로 "나리! 나리!" 하고 부르는 것이 아닌가!

그는 그 남자들이 공작 부인 편이라는 것을 깨닫는 순간 정신을 잃고 말았다. 잠시 후에 정신이 들고 나서 보니 묵묵히 걸음을 재촉하고 있는 몇 사람에 의해 운반되고 있었다.

그는 몹시 불안했다. 그러나 입을 열 기운도 없었고 눈을 뜰 힘도 없었다. 그러다 갑자기 공작 부인의 향기가 느껴졌다. 그는 그 향기로 조금이나마 기운을 되찾았다. 그는 눈을 떴다.

"오오! 사랑하는 고모!"

그는 겨우 이 말만을 한 후 다시 정신을 잃었다.

브루노는 백작에게 충성을 바치는 경찰관 수십 명을 데리고 2백 보 가량 떨어진 곳에서 대기하고 있었다. 백작 자신은 공작 부인이 기다리고 있던 집에서 가까운 조그마한 오두막 속에 몸을 숨기고 있었다. 만일의 경우, 그의 마음을 이해해 주는 몇 사람의 퇴역 장교들과 더불어 검을 쥐고 싸울 것을 각오하고 있었다. 그는 위기에 처해 있는 파브리스의 생명을 무슨 일이 있어도 구해야 한다고 굳게 다짐하고 있었다. 파르므 군주에게 너무 지나친 글귀를 적어 넣도록 강요하는 공작 부인 앞에서 군주의 체면을 유지시켜 주려고 행한 자신의 실책만 없었다면, 파브리스의 특사는 벌써 이루어졌을 것임을 알고 있었던 것이다.

자정부터 공작 부인은 완전 무장을 갖춘 사람들의 호위를 받으면서 성벽 앞을 묵묵히 왔다갔다하고 있었다. 불안해서 앉아 있을 수도, 서 있을 수도 없었다. 파브리스를 뒤쫓는 무리들에게서 그를 구출하기 위해서는 큰 싸움을 벌이지 않을 수 없을 것 같았다. 상상력이 뛰어난 그녀는 여러 가지 방어책들을 이미 준비해 놓고 있었다. 이를 자세히 설명하면 이야기가 너무 길어지고, 또 너무나 무모해서 쉽게 믿을 수도 없을 것이다.

그날 만일의 경우에 죽음을 결사하고 싸우기 위해 모인 사람은 여든 명이 넘었다. 페란테와 뤼도빅이 지휘를 맡았고 모스카 백작도 그들의 적은 아니었다. 백작이 아무런 정보를 얻지 못한 것에서 알 수 있듯이 그들 중 누구 하나도 부인을 배신하지 않았다.

공작 부인은 파브리스를 보자마자 지금까지의 침착함을 모두 잃게 되었다. 그녀는 그를 두 팔로 꽉 끌어안았다. 그리고 자기 몸에 묻은 새빨간 피를 보자 절망하고 말았다. 그것은 파브리스의 손에 난 상처였으나, 공작 부인은 그가 중상을 입은 것으로 착각했던 것이다.

그녀는 부하 한 사람의 도움을 받아 상처를 치료하려고 파브리스의 옷을 벗기려고 했다. 그때 뤼도빅이 공작 부인과 파브리스를 가까운 정원 속에 숨겨 놓았던 마차 안으로 밀어 넣었다. 그리고 마차는 사카 부근에서 포 강을 건너기 위해 전속력으로 달렸다.

페란테는 완전 무장한 스무 명의 부하들을 이끌고 뒤를 지키면서 목숨을 걸고 추적자들을 막겠다고 맹세했다. 백작은 두 시간 가까이 지났는데도 아무런 변동이 없는 것을 확인하고 성채 근처에서 사라졌다.

'무서운 반역 행위를 저질렀군!'

그의 마음속은 기쁨으로 넘쳐흘렀다.

뤼도빅은 재치 있는 방법을 생각해냈다. 공작 부인의 주치의인 젊은 외과 의사가 파브리스와 매우 많이 닮았다는 것을 알고, 그를 딴 마차에 태웠다.

"멀리 도망쳐 주십시오. 볼로냐 방면으로 적당히 도망치다가 일부러 그들에게 붙잡히도록 하십시오. 체포되면 시간을 끌다가 마지막에야 선생님이 파브리스 델 동고라고 말하십시오. 여하튼 시간을 벌어야 합니다. 멋진 실수를 해주세요. 한 달쯤 뒤에 석방되실 겁니다. 그리고 부인께서 50체키노를 사례로 주실 겁니다."

"부인을 위해 하는 일에 돈은 무슨 돈이오!"

젊은 의사는 출발했다. 그리고 몇 시간 뒤에 체포되었다. 파비오 콘티 장군은 몹시 기뻐했고, 라시는 파브리스의 목숨이 위험해졌기 때문에 남작에의 꿈이 사라졌다고 생각했다.

파브리스의 탈주 소식은 오전 여섯 시에야 성채 안에 퍼졌다. 그리고 두려움 끝에 열 시가 되어서야 대공에게 보고되었다.

공작 부인은 정신을 잃은 채 깊은 잠에 빠져 있는 파브리스를 보고 이대로 죽는 것이 아닌가 해서 달리는 마차를 세 번이나 멈추게 했다. 그래도 다들 충실히 일을 수행한 덕분에

네 시를 알리는 종소리를 들으며 작은 배를 타고 포 강을 건 널 수 있었다. 포 강 왼쪽 기슭에서는 마차가 대기하고 있었 다. 일행은 또다시 20리 가량을 전속력으로 달렸다. 그리고 나서 여행증 조사로 한 시간 이상을 허비했다. 공작 부인은 파브리스를 위해 여러 장의 여행증을 마련해 놓았다. 그러나 그날은 그녀가 거의 제정신이 아니어서 오스트리아 경찰관에 게 나폴레옹 금화를 열 닢이나 주었으며 그 손을 꽉 쥐고 눈 물을 흘리기도 했다. 그 경찰관은 두려운 생각이 들어서 검사 를 다시 했다.

다시 마차는 출발했다. 가뜩이나 외국인이라서 의심을 받 는 이 나라에서 공작 부인이 너무나 돈을 마구 뿌리는 바람에 가는 곳마다 의심을 받았다. 뤼도빅이 다시 한번 재치를 부려 서 위기에서 빠져나올 수 있었다. 경찰관에게 공작 부인이 크 나큰 고통을 이기지 못하고 미쳐 버린 것이라고 말한 것이었 다. 즉, 파르므 수상의 아들인 젊은 모스카 백작의 열이 내리 지 않아 파비아의 의사에게 진찰을 받아 보려고 급히 가는 중 이라고 말했다.

포 강을 건너 1백 리쯤 갔을 때 파브리스는 겨우 눈을 떴 다. 한쪽 어깨뼈가 탈골되고 군데군데 살갗이 벗겨져 있었다. 공작 부인은 여전히 많은 돈을 뿌렸기 때문에 일행이 저녁식 사를 한 여관의 주인은 공주의 행차라고 믿고 그 신분에 상응 하는 예를 갖추려고 소란을 피웠다. 그러자 뤼도빅은 주인에 게 소란을 피워서 이 사실을 마을 사람들에게 소문내기라도 한다면 공주가 감옥에 처넣을 것이라고 위협했다.

저녁 여섯 시경, 마침내 일행은 피에몬테 영내에 도착했다. 여기까지만 오면 파브리스는 안전할 수 있었던 것이다. 그는 큰길에서 조금 떨어진 작은 마을로 그를 데려가 두 손의 상처를 치료받게 했다. 그러고 나서 파브리스는 다시 잠이 들었다.

이 마을에서 공작 부인은 비도덕적일 뿐만 아니라 평생 동안 마음의 평화를 무너뜨릴 계획을 감행했다.

파브리스가 탈주하기 몇 주 전의 일이다. 파르므 사람들이 성채 문 앞까지 와서 파브리스를 처형하기 위한 교수대가 세워졌는지 아닌지를 확인하려고 하던 날, 공작 부인은 집사 뤼도빅에게 비밀을 가르쳐 주었다. 그것은 앞서 말한 바와 같이 산세베리나 저택에 속해 있는 13세기(21장에서는 '12세기'라고 했음—옮긴이)에 만들어진 그 유명한 저수지 바닥에서 돌 하나를 빼내는 방법이었다. 어떤 방법을 쓰면 저수지의 돌을 숨겨진 철제 틀에서 빼낼 수 있다는 것이었다.

파브리스가 작은 마을의 여관에서 잠을 자고 있는 동안 공작 부인은 뤼도빅을 불러들였다. 그는 부인이 발광한 것은 아닌가 하고 생각했다. 그처럼 그를 바라보는 그녀의 눈빛이 이상했던 것이다.

"내가 몇 천 프랑의 돈을 줄 것으로 생각할지 모르나……."

그녀가 말했다.

"절대로 그렇지 않아요! 나는 당신을 잘 알고 있어요. 당신은 시인이에요. 그래서 내가 준 돈을 금세 다 써 버릴 게 틀림없어요. 그러니 카살 마조레에서 10리쯤 떨어진 리치아르다의 토지를 주겠어요."

뤼도빅은 너무나 큰 기쁨을 주체하지 못하고 공작 부인의 발 앞에 무릎을 꿇었다. 결코 돈을 받으려고 파브리스를 구출하는 데 협력한 것이 아니며, 자신은 그 옛날에 공작 부인의 마부로 일할 때 한번 도련님을 모셔다 드린 이후부터 존경하게 되었다고 이야기했다. 그는 원래 예의바른 사람이었기 때문에 훌륭하신 귀부인을 지나치게 괴롭혔다고 생각하고 물러갈 것을 허락받으려 했다. 그러자 그녀는 흥분으로 눈빛을 빛내면서 말했다.

"잠깐 기다려요!"

그녀는 이렇게 말한 다음 여관의 좁은 방안을 아무 말 없이 왔다갔다했다. 이따금 뤼도빅을 바라보는 눈이 몹시 날카로웠다. 그녀가 그 이상한 행동을 멈추지 않자 뤼도빅이 먼저 입을 열었다.

"정말 저에게 과분한 상을 주셨습니다. 저로서는 꿈도 꿀 수 없는 과분한 상이지요. 더구나 저는 별로 한 일도 없습니다. 그래서 토지를 받지 못하겠습니다. 그러니 저에게 4백 프랑의 연금을 주실 수는 없겠습니까?"

"지금까지 내가 한번 꺼낸 말을 번복하거나 한번 하려 했던 계획을 변경하는 일을 한 번이라도 보았거나 들은 적이 있나요?"

그녀는 위엄 있게 말했으나 몹시 슬프게 보였다. 그녀는 이렇게 말한 후 또다시 몇 분 동안을 왔다갔다했다. 그러다가 돌연 우뚝 멈춰 서더니 이렇게 부르짖었다.

"파브리스의 목숨을 건지게 된 것은 기적이었어. 그리고 사령관의 딸이 그를 사랑하고 있었기 때문이었어. 그가 매력이 없었다면 벌써 죽었을 거야! 그렇지 않다고 당신은 말할 수 있나요?"

그녀는 슬픈 눈빛으로 뤼도빅 쪽으로 천천히 다가섰다. 뤼도빅은 저도 모르게 조금 물러섰다. 부인이 틀림없이 발광했다고 생각한 것이다. 그렇게 생각하니 리치아르다 토지가 걱정되었다.

"여하튼."

부인은 사람이 달라진 것처럼 부드럽고 명랑하게 말했다.

"내 영지에서 살고 있는 사카 주민들에게 즐거운 하루를 선사하고 싶어요. 오랫동안 기억에 남을 추억이 되도록 말이에요. 그러니 사카에 가서 일을 처리해 줄래요? 위험할까요?"

"크게 염려하실 것은 없습니다. 사카의 주민들 중에 제가 도련님을 따라갔다고 말할 사람은 없을 것입니다. 게다가 솔직히 말씀드리자면 제가 하사받은 리치아르다 땅도 꼭 보고 싶습니다. 제가 지주가 된다 생각하니 이상한 기분이 듭니다."

"기쁘게 생각해 줘서 고마워요. 리치아르다의 소작인은 3~4년간 소작료를 내게 보내지 않았어요. 그러니 그 중 절반은 그 소작인에게 주고, 나머지 절반은 당신이 가져요. 단 조건이 하나 있어요. 사카에 가서 모레가 내 수호신의 축일이라고 말해요. 그리고 도착한 날 밤에 나의 저택을 화려한 조명으로 장식해요. 비용이나 일손은 아끼지 말고요. 오래 전부터 이 일에 쓸 조명 같은 것들을 준비해 놓았으니까요. 이 멋진 축제에 쓰일 물건은 모두 저택의 지하실에 들어 있을 것이고, 호화스런 불꽃놀이에 쓰일 물건들은 모두 정원사에게 맡겨 놓았어요. 포 강 쪽의 테라스에서 불꽃을 쏘아 올려야만 해요. 지하실에는 여든아홉 통의 포도주가 있으니 내 저택 안뜰에 여든아홉 개의 술자리를 만들 수 있을 거예요. 만일 다음 날 포도주가 조금이라도 남아 있다면 당신이 파브리스를 좋아하지 않는 증거라고 생각하겠어요. 술자리와 조명, 불꽃놀이 준비가 모두 끝나거든 기회를 봐서 적당히 도망치도록 해요. 아마 파르므에서는 기분 나빠하겠죠. 내가 노리는 점이 바로 그거예요."

"아마가 아니라 틀림없이 대공은 물론 공식 판결문에 서명을 한 라시 장관도 분개하겠지요. 그리고……."

뤼도빅은 거북해하면서 말했다.

"만일 부인께서 리치아르다의 밀린 소작료 절반을 저에게 주시는 것보다 더 저를 기쁘게 해주시려거든 제발 라시 장관을 골탕 먹일 수 있도록 허락해 주세요."

"당신은 참으로 멋진 사람이로군요!"

공작 부인은 자기도 모르게 소리쳤다.

"그렇지만 라시는 가만히 놔두세요. 나중에 사람들이 지켜보는 가운데서 목을 매달 거니까요. 어쨌든 사카에서 붙들리지 않도록 해요. 당신을 잃게 되면 모든 것이 허사가 되니까."

"마음놓으세요, 부인! 부인의 수호신을 위한 축제가 열린다는 소문이 나면, 경찰이 방해하려고 헌병을 서른 명쯤 보내겠지만 크게 걱정하실 것은 없습니다. 놈들은 마을 중앙에 있는 붉은 십자가 밑에 도착하기도 전에 아마 한 놈도 제대로 말을 타고 있지 못할 겁니다. 사카의 주민들은 만만한 사람들이 아닙니다. 그 옛날에 밀수꾼으로 이름을 떨쳤던 그들이 아닙니까? 그들은 진심으로 부인을 따르고 있습니다."

공작 부인은 묘하게 들뜬 목소리로 말했다.

"사카의 선량한 주민들에게는 포도주를 선물하고 파르므의 못된 사람들에게는 물벼락을 선물하고 싶어. 저택의 조명등을 장치하는 날 밤에 가장 좋은 말을 타고 파르므 저택까지 달려가서 저수지의 물을 파르므로 흘려 보내요."

"참으로 멋진 생각이십니다!"

뤼도빅은 미친 사람처럼 웃어댔다.

"사카의 선량한 주민들에게는 포도주를, 파르므의 썩어빠진 녀석들에게는 저수지의 물벼락을 선사한다니, 멋집니다. 파르므의 녀석들은 도련님께서 저 가엾은 L과 같이 독살되었다고 믿고 있었거든요."

뤼도빅은 몹시 즐거워했다. 공작 부인은 미친 듯이 웃어대는 그를 웃는 얼굴로 바라보고 있었다. 그는 쉴 새 없이 되풀이해서 말했다.

"사카의 주민들에겐 포도주를, 파르므의 녀석들에겐 물벼락을! 부인께서도 잘 아시겠지만 20년 전 저수지 문을 열었을 때 파르므 시내가 한 자도 넘게 물에 잠긴 적이 있었답니다."

"파르므의 녀석들에겐 물벼락을!"

공작 부인도 웃으면서 말을 이었다.

"만일 파브리스가 처형되었더라면 성채 앞 산책길은 구경꾼으로 꽉 찼겠죠? 아마 그들 모두가 그 아이를 대죄수라 불렀겠지…… 그러나 조심해요. 그대가 저수지의 물을 흘려 보냈다거나 내가 지시한 일이라든가 하는 소문이 나지 않도록 말이야. 이 장난에 대해서는 파브리스에게도, 백작에게도 알려서는 안 돼요…… 사카의 선량하고 가난한 백성들을 잊을 뻔했군요. 내 집사에게 편지를 써요. 내가 서명을 하겠으니, 이렇게 써요. 나의 수호신을 위한 축제인 만큼 사카의 가난한 백성들에게 각각 1백 체키노씩 나누어 줄 것, 그리고 조명과 불꽃놀이, 포도주 등은 당신의 지시에 따르도록 할 것, 특히 축제 다음날에는 지하실에 포도주가 남아 있어서는 안 된다고 말이에요."

"난처한 문제가 하나 있습니다. 그것은 돈을 받을 만한 가난한 백성이 없다는 것입니다. 부인께서 그 영지를 다스린 5년 이래로 그곳에는 가난한 사람이 채 열 명도 남아 있지 않습니다."

"그리고 파르므의 녀석들에겐 물벼락을!"

공작 부인은 노래를 부르듯 되풀이했다.

"그럼 이 재미있는 장난을 어떻게 실행할 생각이죠?"

"예! 계획을 다 세워 놓았습니다. 사카를 아홉 시경에 출발합니다. 열 시 반에 저는 카살 마조레 아니면 제가 하사받은 땅 리치아르다로 가는 길목의 여관 '세 악당'에 도착할 것입니다. 열한 시에는 벌써 부인 저택에 있는 옛날의 제 방에 있게 될 것인즉, 열한 시 십오 분에는 파르므의 못된 녀석들에게 물벼락을 선사할 수 있게 됩니다. 그들이 말하는 대죄수의 건강을 축사하기에는 좀 많은 것 같으나 할 수 없지요. 그리고 10분 뒤에는 사카 마을을 빠져나와 볼로냐를 향해 출발할 것입니다. 간 김에 성채를 향해 공손하게 경례도 하고 오지요. 도련님의 용기와 부인의 지혜에 의해 그 성채의 잘난 명성도 보잘것없게 되었습니다. 저는 얼굴이 널리 알려져 있으니 큰길을 피해 들판의 오솔길을 따라 돌아오겠습니다. 그렇게 되면 리치아르다로의 개선은 문제없지요."

뤼도빅은 공작 부인을 보자 소름이 끼쳤다. 부인은 여섯 걸음쯤 떨어진 아무 장식도 없는 벽을 응시하고 있었다. 그 눈빛 속에 깃든 것은 잔인함이었다.

'뭔가 잘못된 것이 아닌가? 그 하사하신 토지 건도 혹 제정신이 아니어서……'

뤼도빅은 생각했다. 그의 얼굴을 본 공작 부인은 그가 하고 있는 생각을 깨달았다.

"자아! 대시인 뤼도빅 씨! 토지 증여의 건을 문서로 작성하면 흡족하겠죠! 종이를 한 장 가져와요."

부인은 지금까지와는 다른 명랑한 어조로 말했다.

뤼도빅은 즉시 공작 부인의 지시대로 했다. 공작 부인은 손수 오늘로부터 일 년 전의 날짜로 긴 증서를 썼다. 그 증서에 의하면 그녀는 뤼도빅에게서 액면 8만 프랑의 돈을 빌려 쓰면서 리치아르다의 토지를 저당물로 잡혔다. 그러나 만 12개월이 경과해도 공작 부인이 8만 프랑을 갚지 못하게 되면 리치아르다의 땅은 그의 소유가 되는 것이었다.

'내게 남아 있는 재산의 3분의 1을 충실한 하인에게 주는 것쯤은 괜찮겠지?'

공작 부인은 이렇게 생각하고 뤼도빅에게 말했다.

"저수지 물벼락 장난이 끝나더라도 카살 마조레에서 이틀 이상 쉬어서는 안 돼요. 토지의 양도가 법적 효력을 가지려면 일 년이 넘어야 하니까 그 전의 일이라고 말해요. 그리고 바로 베르지라테로 와요. 파브리스가 영국으로 가면 당신도 따라가야 하니까요."

다음날 아침 일찍 공작 부인과 파브리스는 베르지라테로 출발했다.

그들은 이 매혹적인 고장에서 머물 곳을 찾았다. 그러나 아름다운 호숫가에서 부인은 괴로운 슬픔을 맛보지 않을 수 없었다.

파브리스는 변해 있었다. 그가 깊은 잠에서 깨어난 그 순간부터 공작 부인은 그의 심중에 알지 못할 이상한 변화가 일어났다는 것을 눈치챘다. 그가 숨기고 있는 알 수 없는 감정은 정말 기괴한 것이었다. 즉, 감옥에서 탈출한 것을 몹시 후회하고 있으니 말이다. 그리고 그 이유를 숨기기 위해 애쓰고 있었다. 그렇지 않으면 대답하기 싫은 질문을 받게 될 것이라고 생각했던 것이다.

"어떻게 된 거니?"

공작 부인이 깜짝 놀란 듯이 말했다.

"너는 굶어 죽지 않기 위해, 쓰러지지 않기 위해 그들이 가져다 준 음식에 뭔가가 들었을지도 모르는데 억지로 먹지 않으면 안 되었던, 그때의 공포를 잊었느냐? 혹 독이 들어 있지 않는가, 이상한 맛이 나지 않는가 하고 두려워하던 것을 잊었단 말이냐?"

"죽음에 대해서는······."

파브리스가 대답했다.

"병사들과 똑같은 생각을 하고 있었습니다. 죽을 수도 있는 것이고, 잘만 하면 피할 수도 있는 것이라고요."

공작 부인은 얼마나 큰 불안과 고뇌를 맛보았을 것인가! 사랑스런 그가, 독특하고 활기찬 그가 그녀 앞에서 깊은 시름에 잠겨 있는 것이다. 그는 이 세상에서 가장 친밀한 여인 앞에 모든 것을 숨김없이 이야기하는 즐거움을 맛보던 그전과는 달리 오히려 그녀를 피하고 고독을 즐기려 하고 있었다. 물론 공작 부인에게는 여전히 다정하고 정중했다. 그녀를 위해서라면 언제든 목숨을 바치려 하는 마음 또한 여전했다. 그러나 그의 마음은 다른 곳에 가 있었다.

두 사람은 때때로 배를 타고 멋진 호수를 40~50리나 저어가는 동안 한마디도 하지 않곤 했다. 그후 두 사람 사이에 오가는 이성적인 대화 같은 것은, 다른 사람이라면 즐거움을 느낄 수 있을지 모르나, 그녀에게는 불행한 지레티와의 격투 사건으로 인해 두 사람이 헤어지지 않을 수 없었던 그 전날의 즐거웠던 일들이 여전히 머릿속에 생생히 떠올랐던 것이다. 파브리스는 당연히 무서운 감옥에서의 아홉 달 생활을 공작 부인에게 소상히 들려주어야 했음에도 그 이야기가 나오면 얼버무려 버리고 단편적인 이야기만을 할 뿐이었다.
'언젠가는 이렇게 될 거라고 생각은 했었으나……'
공작 부인은 슬픔에 잠겨 생각했다.
'내가 너무나 근심을 했기 때문에 늙어 버렸거나 아니면 그 아이가 진정한 사랑에 빠져 있거나 둘 중의 하나일 것이다. 이제 나 같은 것은 그 아이에게는 제2의 존재에 불과하다.'
공작 부인은 모든 괴로움 중에서 가장 큰 이 괴로움 때문에 때로는 비참해지기도 하고, 때로는 무서움을 느낄 정도였다.
'그가 진짜로 미쳤거나, 아니면 겁쟁이였다면 이보다 덜 불행했을 것이다.'
이렇게 후회하는 마음이 드는 순간 부인의 자존심 역시 여지없이 꺾어 버리고 말았다.
'한번 결심하고 결행한 일을 후회하다니, 나는 이젠 더 이상 델 동고 가문의 사람도 아니다. 신의 뜻이다. 파브리스는 사랑을 알게 되었다. 나에게 그가 사랑을 알아서는 안 된다고 말할 권리가 있는가. 우리 사이에 진정한 사랑의 대화가 오간 적이 한 번이라도 있었는가.'
이런 생각을 하자 그녀는 잠을 이룰 수가 없었다. 결국 그녀가 꿈꾸어 오던 대공에의 멋진 복수의 전망이 서는 동시에 마음의 노화와 쇠약이 찾아온 것이었다. 그 증거로 그녀는 파르므에 있을 때보다 지금의 생활이 훨씬 불행하게 느껴졌다. 그러나 파브리스를 사색에 빠지도록 만든 여자가 누구인지에 대해서는 추측해 볼 필요도 없었다.
클레리아 콘티. 신심이 깊은 이 소녀가 경비대 병졸들을 술에 취하도록 만드는 계획에 동의하였으니 이것은 분명 그의 부친을 배반한 것이다. 그런데 파브리스는 클레리아에 대해 한마디도 말하지 않았다! 공작 부인은 절망을 느끼면서 깊은 생각에 잠겼다.

'만일 경비병들이 술에 취하지 않았더라면 내가 짜낸 계획은 허사가 되었을 것이 아닌가. 그렇다면 파브리스를 구한 것은 바로 그녀가 아닌가!'

공작 부인은 애를 쓴 끝에 겨우 그날 밤의 탈출에 대한 자세한 이야기를 파브리스에게서 들을 수가 있었다.

'옛날이었다면 끝없이 이어질 즐거운 화제가 되었을 텐데! 그 즐거웠던 시절이었다면 내가 아무리 하찮은 화제를 꺼내도 그 아이는 피로도 모른 채 생기 있고 명랑하게 이야기를 했을 텐데.'

공작 부인은 만일의 사태에 대비해 파브리스를 마조레 호수의 북쪽 끝에 있는 스위스의 항구 도시 로카르노에 머물도록 했다. 매일 그녀는 배를 호수에 띄워 그와 더불어 호수의 아름다움을 즐겼다. 그러다가 한 번 그의 방에 들어가 보았다. 그런데 그의 방에는 온통 파르므의 풍경 그림이 붙어 있었다. 그는 밀라노나 그 생각하기도 싫을 파르므로 사람을 보내서 그림들을 가져오게 했다. 그의 조그만 거실은 화실로 둔갑하고 수채화 도구로 가득 찼다. 마침 그의 화실에서는 파르네세 탑과 사령관 관저를 그린 세 번째 그림이 완성되어 가고 있었다.

"아직도 모자란 것이 있다면······."

그녀는 울컥 화가 치밀어 말했다.

"너를 독살하려고 했던 그 친절한 사령관의 얼굴을 그리는 것이로구나! 사령관에게 편지를 써서 탈출의 경과를 알려 주고, 성채를 소란스럽게 한 것을 사과하지 그러니!"

가엾게도 그녀 자신은 자신이 핵심을 지적했다는 것을 알지 못했다. 파브리스는 안전한 곳에 도착하자마자 파비오 콘티 장군에게 극히 정중한, 한편으론 조소거리가 되기에 충분한 사과 편지를 보냈던 것이다. 파브리스는 탈출한 것을 사죄하고 그 변명으로 감옥의 말단 관리들이 자신을 독살하려 했기 때문이라고 말했다. 사실 그 편지의 내용은 그에게 아무런 의미도 없는 것이었다. 다만 그 편지가 클레리아의 눈에 띄기만을 바라고 있었던 것이다. 때문에 편지를 쓰면서 그의 얼굴은 흐르는 눈물로 범벅이 되었다.

그는 실로 재미있는 말로 편지의 끝을 맺었다. 자유의 몸이 되고 보니 파르네세 탑의 작은 방이 그리워질 때가 많습니다 하고 쓴 것이었다. 그가 편지에서 가장 말하고 싶은 것이 바로 이것이었다. 그는 클레리아는 이 심정을 알아주기를 바랐다.

편지 쓰기에 재미를 붙인 그는 신학에 관한 책을 여러 권 빌려 준, 친절한 돈 체사레에게 감사의 편지를 썼다. 그로부터 며칠 후 파브리스는 로카르노에 있는 작은 서점 주인이자 유명한 고서 수집가 레이나의 친구인 사람에게 밀라노까지 다녀와 달라고 부탁했다. 이 서점 주인은 파브리스가 돈 체사레 신부한테서 빌려 본 책들의 더 호화로운 판본을 구해 주었다. 이 책들은 편지와 함께 돈 체사레 신부에게 보내졌다. 편지에는 가엾던 죄수가 초조한 감옥 생활로 인해 빌려 주신 책의 여백에 쓸데없는 메모를 남겨 놓은 것을 용서받고 싶으며, 그렇기 때문에 이 책들을 깊은 감사와 함께 보내니 부디 받아 주셔서 신부님의 장서 속에 끼워 주셨으면 고맙겠다고 말했다.

파브리스가 성 제롬의 2절판 여백에 쓴 글을 쓸데없는 메모라고 한 것은 적당히 둘러댄 말이었다. 그는 그 책은 친절하신 신부에게 되돌아갈 테지만 언젠가는 새 책으로 변상해 드려야겠다고 생각하고서 그 여백에 옥중 생활을 자세히 적어 넣었다. 그 생활의 주된 사건이란 '신성한 사랑'이었다 ('신성한'은 쓸 수 없는 다른 말을 대체한 것이다). 어느 때는 이 신성한 사랑이 그를 참기 어려운 절망 속에 밀어 넣기도 했고 어느 때는 한마디의 속삭임이 그를 행복의 절정으로 끌어올리기도 했었다.

이런 일들이 포도주와 초콜릿과 숯검정으로 만든 즉석 잉크로 씌어 있었기 때문에 돈 체사레 신부는 이 책을 서가에 꽂을 때 조금 펼쳐보고 말았다. 만일 그가 책의 여백에 씌어진 말들을 자세히 읽었더라면, 어느 날 죄수가 독약을 마신 것으로 착각하고 이 세상에서 가장 사랑하는 사람에게서 40보도 떨어지지 않은 가까운 곳에서 죽을 수 있는 것을 얼마나 기뻐했는가를 알 수 있었을 것이다. 그러나 친절한 신부가 아닌 다른 사람이 그 메모를 읽게 되었다. 그것은 파브리스가 탈옥한 이후의 일이었다. '사랑하는 사람 곁에서 죽는다!'라는 생각은 갖가지 말로 표현되었고, 다음과 같은 시가 첨가되어 있었다. 이 시의 내용은 이러했다. 온갖 시련을 겪은 후 영혼은 23년 동안 머물러 있던 육체를 떠났지만, 이 세상에 존재했던 자라면 누구나 갖게 되는 행복에 대한 본능을 버리지 못했다. 그래서 영혼은 자유로워지고, 신의 심판으로부터 죄를 용서받을지라도, 하늘나라로 올라가 천사가 되기를 원하지 않는다. 살아 있을 때보다 죽었을 때가 더 행복한 이 영혼은 그토록 긴 세월을 괴로움에 몸부림치던 감옥의 근처에서 가장 사랑했던 사람과 이어지려고 할 것이다. 이 시는 '그리하여 나는 지상에서 천국을 발견할 것이다.'라는 구절로 끝나고 있었다.

파르므 성채에서는 파브리스를 신성하기 짝이 없는 의무를 짓밟아 버린 극악무도한 악인으로 생각하고 있었으나 돈 체사레 신부는 누군가로부터 훌륭한 책을 선물받고 몹시 기뻤다. 실은 파브리스는 심사숙고 끝에 책을 발송하고 난 후 2~3일 사이를 두고 편지를 보냈던 것이다. 그의 이름이 알려지면 책도 편지도 되돌려보낼지도 모른다고 생각했기 때문이다.

돈 체사레 신부는 이 선물에 대해 형에게 말하지 않았다. 그의 형인 사령관은 파브리스의 이름만 들어도 정신나간 사람처럼 울부짖는 형편이었기 때문이다. 파브리스가 탈옥하고 나서 돈 체사레 신부는 옛날처럼 조카딸인 클레리아와 친하게 지내게 되었다. 그는 그녀에게 라틴어를 가르친 적이 있었기 때문에 선물로 받은 아름다운 책을 그녀에게 보여 주었다.

이것이야말로 파브리스가 간절히 바라던 일이었다. 클레리아는 갑자기 얼굴을 새빨갛게 물들였다. 파브리스의 필적을 알아본 것이었다. 그 책의 군데군데에는 종이를 가늘게 꼬아서 만든 끈처럼 길고 가는 노란색 종이가 끼워져 있었다.

진정한 정열에서 우러나온 행동은, 우리의 삶을 장악하고 있는 돈에 대한 속물적인 관심이나 천박한 생각으로 가득한 무미건조한 생활 속에서라도 그 효력을 발휘하는 것이라고 말할 수 있을 것이다.

클레리아는 마치 은혜로운 신의 손에 이끌려지듯, 또한 이 세상의 그 무엇과도 바꿀 수 없는 사람을 그리워하는 마음과 본능에 이끌려서 성 제롬의 헌 책과 새 책을 비교해 보고 싶다고 말했다. 파브리스를 잃고 난 후 절망적인 슬픔에 빠져 있던 그녀가 성 제롬의 헌책 여백에서 예의 그 시를 비롯해서 그녀에 대한 그리움을 토로한 매일매일의 기록을 발견한 순간 얼마나 기뻤겠는가!

시를 처음 읽은 날, 그녀는 그 시를 완전히 외어 버렸다. 그녀는 창가에 기대어 이제는 아무도 없는 쓸쓸한 창문을 바라보며 시를 낭송했다. 전에는 저 차양의 작은 구멍이 자주 열리기도 했건만…… 그 차양은 지금은 떼어져 사령관의 책상 위에 있었으며, 라시가 탈옥죄로 기소된 파브리스를 상대로 벌일 엉터리 재판에서 쓸 증거물이 되어 있었다. 파브리스의 죄는, 라시 자신이 웃으며 이야기한 바로는 '자애로운 대공의 관대한 처사를 거부한' 죄였다.

클레리아가 취한 행동은 그녀 자신에게 씻을 수 없는 양심의 가책이 되었고, 자신이 불행하다고 느끼게 된 후 그 감정을 더욱 커져만 갔다. 그녀는 아버지가 독살당할 뻔한 그날 '두 번 다시 파브리스를 만나지 않겠다.'고 성모 마리아께 했던 맹세를 다시 생각해내고 그 맹세를 되풀이해서 외는 것으로써 얼마간 자신에 대한 책망을 가볍게 해보려고 노력했다.

그녀의 아버지는 파브리스의 탈옥이 원인이 되어 병을 앓게 되었다. 더욱이 대공은 홧김에 파르네세 탑의 간수 전원을 해고시키고 다른 감옥에 가둬 버렸을 때는 사령관도 이제 끝장났다는 생각을 했다. 그나마 장군의 직위를 그대로 유지할 수 있었던 것은 모스카 백작의 도움이 컸다. 백작으로서는 장군이 궁정의 썩은 관리들과 한 무리가 되어 음모를 꾸미는 무서운 적이 되기보다는 성채 안에 조용히 있어 주는 것이 더 바람직했기 때문이었다.

병에 걸린 파비오 콘티 장군이 자신이 면직될 것으로 알고 불안에 떨고 있던 두 주 동안, 클레리아는 파브리스에게 말한 바 있는 희생을 치를 결심을 굳혔다. 그 터무니없는 난동이 벌어졌던 날, 즉 독자들도 알다시피 죄수가 탈출한 날, 그녀는 몸이 아프다고 핑계를 댔었다. 그리고 그 다음날도 병을 빌미로 누워 있었다. 요컨대 그녀는 적절한 대책을 강구했기 때문에 파브리스의 특별 간수였던 그릴로를 제외하고는 아무도 그녀가 공모자란 것을 눈치채지 못했다. 그릴로는 침묵을 지켰다.

그런데 이 점에 대한 근심이 사라지자 클레리아는 더 큰 양심의 가책에 괴로워하지 않으면 안 되었다.

'설사 어떤 이유에서였든지 아버지를 기만하고 배반한 죄는 용서받을 수 없을 것이다.'

어느 날 거의 하루 온종일을 예배당에서 보낸 후 그녀는 눈물을 흘리며 숙부인 돈 체사레 신부에게 함께 장군의 방에 가 달라고 부탁했다. 사령관은 입만 열면 파브리스라는 반역자에 대한 저주를 퍼부었기 때문에 그녀는 겁을 내고 있었다.

그녀는 아버지 앞에 가서 크레센치 후작의 청혼을 거절한 것은 아무리 해도 그 사람이 좋아지지 않았기 때문이며 결혼을 해도 불행하리라는 것을 알기 때문이라고 말했다. 아버지가 무섭게 화를 냈기 때문에 클레리아는 다음 말을 잇는 데 몹시 애를 먹었다. 그녀는 만일 아버지께서 후작의 거액의 재산에 마음이 끌려서 기어코 결혼을 강요하신다면 말씀하시는 대로 따르겠다고 말했다. 장군은 뜻밖의 이야기를 듣고 몹시 놀랐다. 처음에는 귀를 의심했을 정도였으나 결국 기뻐서 어쩔 줄을 몰랐다.

"파브리스 놈이 저지른 괘씸한 일 때문에 면직이 된다 해도 이제 아파트 3층에서 고생할 신세는 면한 것 같구나."

그는 자신의 동생을 보며 말했다.

모스카 백작은 파브리스란 악당의 탈출 소식에 몹시 분개하고 있는 듯 행동하고 있었다. 기회가 있을 때마다 라시가 고안해낸 표현법들을 써서, 대공의 관대한 처사를 거부한, 더구나 원래 천성이 천박했던 젊은이를 욕했던 것이다.

이 멋진 표현은 상류사회에서는 환영을 받았으나 일반 시민들은 동의하지 않았다. 일반 시민들은 아직은 조금이나마 양심을 지니고 있었으며, 파브리스를 큰 죄인으로 생각하고는 있었으나 그렇게 높은 성벽을 뚫고 나온 그의 굳은 의지와 용기에 감탄하고 있었기 때문이다. 궁정 안에서는 한 사람도 그의 용기와 의지를 칭찬하는 사람이 없었다.

이번 실수로 면목이 없어진 경찰 당국에서는 공작 부인에게 매수된 스무 명의 경비병들이 파브리스에게 45피트 길이의 사다리 네 개를 이어서 전해 주었다고 공식적으로 발표했다. 공작 부인은 몹쓸 반역자가 되었고 모두들 그녀의 이름을 말할 때는 깊은 한숨을 내쉬었다. 경찰 측의 주장대로라면 파브리스의 공이라곤 밧줄을 아래로 보내고 그 끝에 매달린 사다리를 끌어올린 것뿐이었다. 경거망동한 짓을 잘하기로 유명한 몇몇 자유주의자들, 그 중에서도 대공에게서 급료를 받고 있는 C라는 의사는 자신의 신변의 위험도 돌보지 않고 이렇게 말했다.

"잔인한 경찰은 반역자 파브리스의 탈옥을 도운 경비병들 중에서 여덟 명을 무참히 총살했다."

파브리스는 자유주의자들에게도 비난을 받았다. 그가 어리석은 짓을 했기 때문에 가엾은 경비병이 여덟 명이나 희생되었다는 것이었다. 이것으로 전제주의 국가에서의 여론은 아무런 쓸모가 없는 것이라는 사실을 잘 알 수 있다.

23장

 모든 사람들이 그를 공격하고 있는 가운데 오로지 란드리아니 대주교만은 그의 젊은 친구를 비호했다. 그는 대공비의 궁정에서도 법률적 교훈을 되풀이했다. 즉 '어떤 재판에서든 부재자의 변명을 들어줄 편견 없는 귀 하나쯤은 열어 두어야 한다'는 것이다.
 파브리스가 탈옥한 다음날, 여러 사람들 앞으로 짧은 시 하나가 배달되었다. 그 시에서는 이 탈출을 세기의 쾌거라고 칭송하면서, 파브리스를 날개를 펴고 지상으로 내려온 천사라고 찬양하고 있었다. 다음날에는 거의 모든 파르므 사람들이 다른 멋진 시를 읊고 있었다. 그 시는 줄을 타고 내려오는 파브리스가 자신의 일생을 회고하는 내용이었다. 이 시는 빼어난 두 행 때문에 파브리스에 대한 여론을 좋게 만들어 주었는데, 어느 정도 수준이 있는 사람들은 그 시가 페란테 팔라의 것임을 쉽게 알아차렸다.

헌데 나는 여기서 서사시적인 문장을 쓸 수밖에 없다. 즉, '사카의 저택을 화려한 조명으로 장식하는 그 무례하기 짝이 없는 대담한 행동이 분별 있는 사람들에게 알려졌을 때, 그들의 마음속에 밀려든 분노의 거친 파도를 재현할 수 있는 생동감 있는 물감을 어디서 찾을 수 있단 말인가'라는 식으로 말이다. 세상 사람들은 전부 다 공작 부인을 비난했다. 진짜 자유주의자들조차 공작 부인의 처사로 인해 여기저기의 감옥에서 고생하고 있는 동지들의 목숨이 위태로워질 것이며, 쓸데없이 군주를 화나게 할 뿐이라고 생각하고 있었다. 모스카 백작은, 그녀의 옛친구들로서도 그녀를 잊는 길밖에 다른 도리가 없다고 말하고 다녔다. 아마도 이 거리를 지나가는 외국인이 있었다면 이 여론의 빗발치는 비난에 매우 놀랐을 것이다.

그러나 복수의 기쁨을 잘 알고 있는 이 나라에서는 사카에서의 화려한 조명과 6천 명 이상의 농민들이 모인 멋진 정원에서의 축제가 엄청난 화젯거리였다. 파르므 사람들은 공작 부인이 농민들에게 1천 체키노씩 나눠주었으며, 서른 명 가량의 헌병이 그날 밤 사카에서 얻어맞았다고 수군거렸다. 즉, 즐거운 축제에서 모두들 술에 흠뻑 취한 뒤 서른여섯 시간이나 지나서야 어리석게도 헌병들이 그곳에 파견되었는데, 날아오는 돌 세례를 피해 다들 도망쳤으며, 그 중 두세 명은 낙마하는 바람에 붙잡혀서 포 강으로 내던져졌다는 것이다.

산세베리나 저택의 저수지 물벼락 작전은 그다지 큰 소동을 일으키지 못한 채 싱겁게 끝이 났다. 밤사이 몇 군데 도로에서 물이 조금 솟았을 뿐이었다. 그저 비가 왔나 하고 생각할 정도였다. 뤼도빅은 미리 저택의 유리창을 깨놓음으로써 그것이 도적의 소행인 것처럼 보이게 했다.

현장에서는 조그만 사다리도 하나 발견되었다. 다만 한 사람, 모스카 백작만이 자기 애인의 수법임을 짐작했다.

파브리스는 가능한 대로 빠른 시일 안에 파르므로 돌아가려고 굳은 결심을 하고 있었다. 그는 대주교에게 보내는 기나긴 편지를 뤼도빅으로 하여금 전하게 했다. 이 충실한 하인은 파비아 서쪽에 있는, 산나자로란 피에몬테령 최초의 마을까지 와서 이 늙은 성직자가 사랑하는 젊은이에게 쓴 라틴어로 된 편지를 부쳤다.

한 가지 해두어야 할 말이 있다. 아무런 조심도 할 필요가 없는 나라의 사람들이라면 이를 공연히 이야기를 지연시키는 것으로 생각하겠지만 말이다. 편지의 어디에도 파브리스 델 동고라는 이름은 쓰여져 있지 않았다. 그에게로 가는 편지는 모두 스위스의 로카르노, 또는 피에몬테의 베르지라테에 머물고 있는 뤼도빅 산 미켈리 앞으로 가게 되어 있었다. 싸구려 봉투, 허술한 봉인, 휘갈겨 쓴 주소, 때로는 요리하는 하녀에게나 도움이 될 만한 추천인의 이름이 적혀 있을 때도 있었다. 어느 편지나 실제로 보낸 날짜보다 엿새 전에 나폴리에서 발송한 것으로 되어 있었다.

뤼도빅은 파비아 근처의 산나자로라고 하는 피에몬테 마을에서 서둘러 파르므로 돌아갔다. 파브리스에게서 특별히 부탁받은 중요한 일을 수행하기 위해서였다. 그것은 다름이 아니라 페트라르카의 14행시가 적힌 비단 손수건을 클레리아 콘티에게 전하는 것이었다. 이 짧은 시 중에서 한 단어만이 다른 말로 바뀌어 있었다.

클레리아가 그 손수건을 탁자 위에서 발견한 것은, 자신이 세계 제일의 행운아라고 기뻐하던 크레센치 후작의 감사의 말을 들은 지 이틀째 되는 날이었다. 그러므로 파브리스로부터 그녀를 그리워하고 있다는 증거를 받은 그녀의 심정이 어떠했겠는가! 이것을 길게 설명할 필요는 없을 것이다.

뤼도빅은 성채 안의 일을 좀더 자세히 조사해 오기로 했었다. 크레센치 후작과의 결혼이 확정되었다는 슬픈 소식을 전한 사람이 바로 그였다. 성채에서는 날마다 크레센치 후작이 클레리아를 위해 열어 주는 축연이 벌어지고 있었다. 결혼이 확정적이라는 증거는, 엄청난 재산가인 북부 이탈리아 사람들이 흔히 그렇듯 몹시 인색한 이 후작이 돈을 펑펑 써가면서 준비를 하고 있다는 점이었다. 그러나 사람들 사이에서는 결혼 상대자가 지참금 한푼 없는 가난한 소녀라는 점이 이야깃거리가 되어 가고 있었다. 파비오 콘티 장군은 이런 이야기를 듣고 몹시 자존심이 상해서 값이 30만 프랑이나 나가는 토지를 사들였다. 빈털터리인 그가 현금으로 땅을 산 걸 보면, 그 돈은 말할 것도 없이 후작에게서 나왔을 것이다. 장군은 이 토지를 결혼하는 딸의 지참금으로 주겠다고 공언하고 있었다. 그러나 인색하고 극히 합리적인 크레센치 후작에게는 1만 2천 프랑의 매매 증서 비용이나 그 외의 자잘한 지출이 쓸데없는 낭비처럼 여겨졌다.

한편 후작은 매우 호화찬란한 벽걸이를 리옹에 주문했는데, 이는 시각적 효과나 색의 조화를 고려한 것으로 그 도안을 볼로냐의 유명한 화가 팔라지가 한 것이었다. 그 벽걸이는 후작 저택의 1층에 자리잡은 열일곱 개의 거실을 장식하는 데 쓸 작정이었다. 이 벽걸이에는 크레센치 가문을 상징하는 문장이 들어 있었는데, 이 가문은 985년에 로마의 집정관이었던 크레센치우스의 후손이었다.

　그 외에도 벽걸이와 시계와 샹들리에를 파르므로 운반해 오는 데 35만 프랑의 비용이 들었다. 원래 저택에 있었던 거울들 외에 새 거울들을 들여오는 데는 20만 프랑을 지불했다. 2층과 3층의 경우에는, 거장 코레지오와 이 지방 출신으로는 가장 유명한 화가인 파르미자니노의 그림으로 가득 채워져 있는 두 거실을 빼고, 나머지 방에서는 피렌체와 로마와 밀라노에서 온 유명한 화가들이 벽화를 그리느라 정신이 없었다. 스웨덴의 조각가 포켈베르크, 로마의 테레라니, 밀라노의 마르케지 등이 일 년 전부터 유명한 위인 크레센치우스의 위업을 나타내는 열 개의 부조를 제작하고 있었다.

　천장을 거의 차지하고 있는 벽화에도 그의 생애와 관련된 내용이 그려져 있었다. 밀라노의 하이에즈가 그린 이 천장 벽화는, 크레센치우스가 천국에서 프란체스코 스포르차, 로렌초 일 마니피코, 로베르 2세, 호민관 콜라 디 리엔치, 마키아벨리, 단테 등 중세의 위인들로부터 영접을 받는 장면을 담고 있었으며 모든 사람들의 찬사를 받았다. 혹시 뛰어난 옛 위인들에 대한 찬사는 지금의 권력자에 대한 비웃음이 아닐까.

이 호화스런 준비는 파르므의 귀족들이나 부르주아들의 관심을 온통 끌고 있었다. 그래서 파브리스는 뤼도빅이 카살 마조레의 관리에게 대필을 시켜서 보내온 20쪽 이상의 긴 편지 속에서 이 순진한 감탄을 읽었을 때 마음이 아팠다.
'나는 가난하다!'
파브리스는 생각했다.
'4천 루블의 연금밖에 없다! 그런 내가 이렇듯 호강을 할 수 있는 클레리아를 사랑한다는 것은 너무나 뻔뻔스런 일이 아닌가.'
그 긴 편지 속에 뤼도빅이 서툰 글씨로 쓴 대목이 꼭 한 군데 있었다. 그날 밤에 예전에 간수였던 그릴로를 만났다는 것이었다. 그 가엾은 사나이는 투옥되었다가 지금은 석방되어 사람들의 눈을 피해 숨어살고 있었다. 그 사내가 1체키노만 달라고 부탁하기에 공작 부인이 주는 것이라고 하고 4체키노를 주었다고 했다. 최근에 석방된 예전 간수들은 12명이나 되었는데, 자신들 대신 채용된 간수들을 성채 밖에서 만날 기회만 생긴다면 칼로 인사를 드려야겠다고 벼르고 있다고도 했다.
그릴로의 말에 의하면, 거의 매일 밤마다 성채 안에서는 사랑의 세레나데가 연주되고 있으며 클레리아 콘티는 몹시 얼굴이 창백하고 자주 병을 앓는다는 것이었다. 뤼도빅은 그 밖에도 여러 가지 일들을 그릴로가 해주었다고 편지에 쓰는 바람에, 곧장 로카르노로 되돌아오라는 편지를 몇 통이나 받게 되었다. 그는 돌아왔고, 파브리스에게 더 자세한 이야기를 해

줌으로써 그를 더욱 우울하게 만들었다.

　파브리스가 불쌍한 공작 부인을 무척 다정하게 대했을 것이라는 걸 능히 짐작할 줄 믿는다. 그는 부인 앞에서 클레리아 콘티의 이름을 입에 담느니 차라리 죽어 버리는 것이 훨씬 낫다고 생각할 정도였다. 공작 부인은 파르므를 참을 수 없도록 증오하고 있었다. 그러나 파브리스는 파르므를 회상케 하는 모든 것이 고귀해 보였고, 이에 감동을 받았다.

　공작 부인은 한순간도 복수를 잊은 적이 없었다. 지레티 사건이 일어나기 전에는 얼마나 행복했던가. 그런데 지금은 어떠한가! 그녀는 무서운 행동을 기다리면서도 파브리스에게는 그에 대해 한마디도 내비치지 않으려고 조심하고 있었다. 예전에 페란테와 그 일을 꾸밀 때만 해도 그에게 이 복수에 대해 알려 주면 얼마나 기뻐할까 하고 생각했음에도 말이다.

　그러니 두 사람 사이의 대화가 어떤 것인지 쉽게 짐작할 수 있을 것이다. 두 사람 사이에는 우울한 침묵이 흐르고 있었다. 공작 부인은 두 사람 사이를 좀더 즐거운 것으로 만들어 보려고 이따금 조카를 놀려주기도 했다.

　백작에게서는 매일같이 편지가 왔다. 백작은 부인에게 편지를 보내면서 예전에 부인을 처음 사랑하기 시작했을 때의 기분을 다시 느끼게 된 것이 틀림없었다. 그의 편지에는 언제나 스위스 작은 마을의 우체국 소인이 찍혀 있었던 것이다. 몹시 애처로운 것은 이 남자는 자신의 감정을 드러내지 않으려고 일부러 명랑하고 재미있게 글을 쓰려고 고심하고 있음에도 불구하고, 정작 편지를 읽는 여자는 아무 흥미 없이 눈으로 훑어보고 만다는 것이었다.

그녀의 관심은 다른 곳에 있었다. 아무리 높은 지위에 있는 애인이 복종을 맹세해 온다고 한들 아무 소용이 없었다. 사랑하는 사람에게서 냉담한 대접을 받고 있는 그녀의 가슴은 갈기갈기 찢겨지는 것만 같았다.

이 두 달 동안, 그녀가 백작에게 답장을 보낸 것은 단 한 번뿐이었다. 그것도 백작으로 하여금 대공비의 기분을 알아봐 달라고 부탁하는 편지였다. 불꽃 사건 같은 우롱하는 듯한 행동을 한 지금에도 자신의 편지를 기꺼이 받아 줄 것인지 알고 싶었던 것이다. 백작의 판단 여하에 따라 대공비에게 전달될 편지에는 공석으로 남아 있는 대공비의 시종관 자리를 크레센치 후작의 결혼 선물로 내려 줄 것을 부탁하는 글이 쓰여져 있었다.

공작 부인의 편지는 걸작이라고 불릴 만했다. 존경과 애정이 훌륭한 문체로 표현되어 있었고, 또 궁정 관리 특유의 문장 중에서 대공비를 불쾌하게 만들 만한 대목은 하나도 없었다. 그래서 대공비의 답장에는 공작 부인의 부재를 안타깝게 생각하는 우정이 깃들어 있었다.

나와 내 아이는 당신이 갑자기 떠난 뒤로 좋은 연회를 즐긴 적이 없습니다. 공작 부인은 내가 궁정 관리들을 임명할 때 조언을 해주던 사람이 당신 자신이라는 사실을 잊었나요? 후작의 직책 문제를 부탁하시는 이유를 그렇게 자세히 말하다니, 당신의 희망이 내 선택의 가장 큰 이유가 된다는 사실을 망각했나 보군요.

　내가 결정할 만한 일인 한, 후작은 그 지위에 오르게 될 겁니다. 더욱이 내가 가장 좋아하는 공작 부인을 위해서라면 언제나 내 마음속 최고의 자리를 준비해 두고 있습니다. 내 아들도 나와 똑같은 의견을 말했습니다만, 나이 스물하나의 청년이 하기엔 좀 그런 표현이지요. 그 아이는 당신이 베르지라테 근처에 있는 오르타 계곡의 광물 표본을 보내 주길 원하고 있습니다.

　백작을 통해서라도 자주 편지를 보내세요. 백작은 여전히 당신에게 섭섭한 마음을 느끼는 것 같고, 그런 애정 때문에 나도 백작에게 호감이 갑니다. 대주교도 당신의 신상을 몹시 염려하고 있습니다. 언젠가는 우리 모두가 다시 만날 수 있을 것으로 믿습니다. 꼭 그렇게 되어야 하겠지요. 내 수석 시녀인 기스레리 후작 부인이 머지않아 이 세상을 하직하고 더 좋은 곳으로 떠날 것 같습니다. 그 부인은 평생 내 속을 썩이더니 더욱이 이렇게 여러 가지 형편이 좋지 못할 때에 떠나려 하는군요. 그녀가 병석에 눕게 된 뒤로 간절히 생각나는 것은 예전 같았으며 내가 매우 기쁜 마음으로 그 자리에 임명했을 어떤 부인의 이름입니다. 그 멋진 부인이 나를 위해 자신의 자유를 희생해 주었더라면 얼마나 좋았을까 싶지만은, 그 부인은 내 곁을 떠나 멀리 가고 말았습니다. 그런 이유로 궁정에서의 나의 즐거움도 모두 사라져 버렸습니다.

　이렇듯 공작 부인은 파브리스와 함께 있는 동안에 그를 절망의 구렁텅이로 밀어 넣을 이 결혼을 조속히 성사시키기 위해 노력하고 있었다. 그러면서도 공작 부인은 매일 그를 만나러 왔다. 상황이 상황인지라 두 사람은 서너 시간 동안 호수에서 배를 타면서도 대화를 한 마디도 하지 않을 때도 있었다. 파브리스는 나무랄 데 없는 부드러운 태도를 보이기는 했지만 마음은 딴 곳에 가 있었다. 더구나 단순하고 순진한 그로서는 공작 부인의 기분을 맞추어 주는 말을 생각할 수도 없었다. 이런 그의 모습을 바라보는 공작 부인은 마치 심한 고문을 받고 있는 것 같았다.

깜박 잊고 말하지 않았는데, 공작 부인은 베르지라테에서 집을 하나 샀다. 이 마을은 이름 그대로(호수의 아름다운 풍경을 본다는 뜻) 경치가 빼어나게 아름다운 곳이었다. 공작 부인은 거실에 있는 프랑스식 창을 열면 곧바로 배를 탈 수 있었다.

그녀는 흔히 볼 수 있는 배 한 척을 샀다. 네댓 명의 사공만 있으면 충분한 배였다. 그런데도 그녀는 열두 명의 뱃사공을 고용했으며, 베르지라테 근처의 각 마을에서 한 명씩 골랐다. 이 사공들을 모두 데리고 호수로 나온 것이 서너 번째쯤 되었을 때 부인은 노젓기를 멈추게 한 뒤 이렇게 말했다.

"나는 당신들 모두를 친구로 알고 있어요. 그래서 비밀을 말하는 것인데, 실은 내 조카 파브리스는 탈옥을 했어요. 지금은 중립 지역인 이 호숫가에서 머물고 있지만 언제 누구의 배반으로 체포될지 몰라요. 아무쪼록 주위를 잘 살펴줘요. 그리고 무슨 일이든 일어나면 지체 말고 알려줘요. 밤낮 상관없이 어느 때고 내 방에 출입해도 괜찮습니다."

사공들은 충성을 맹세했다. 그녀에게는 사람을 따르게 하는 보이지 않는 힘이 있다. 그녀는 파브리스가 다시 체포되리라고는 전혀 생각지 않았다. 오히려 그녀 자신의 신변을 보호하기 위해서였는데, 산세베리나 저택의 저수지를 열라는 명령을 내리기 전이었다면 이렇게까지 걱정하진 않았을 것이다.

그녀는 신중을 기했다. 로카르노 선착장 근처에서 파브리스가 머물 집을 구했다. 매일 파브리스가 그녀를 만나러 오거나 그렇지 않을 때는 그녀가 이 스위스 마을로 그를 만나러 가는 것이었다. 두 사람이 서로 매일 얼굴을 마주보는 것이 얼마나 어색한 것이었는가 하는 것은 다음과 같은 사실로 알 수 있을 것이다. 델 동고 후작 부인과 딸들이 두 사람을 찾아온 적이 두 번 있었는데, 두 사람은 자신들 사이에 타인이 있다는 사실 자체만으로 기쁨을 느꼈다. 비록 핏줄로 이어진 가족이었지만 두 사람의 최대 관심사가 무엇인지 전혀 눈치채지 못하는, 일 년에 겨우 한 번밖에 만날 수 없는 사람은 타인일 수밖에 없었다.

어느 날 밤, 공작 부인은 로카르노에 있는 파브리스의 집에 와 있었는데, 후작 부인과 두 딸도 함께 있었다. 여기에 이 지방의 수석 사제와 주임 신부가 인사차 찾아왔다. 사업상의 일 때문에 세상의 소문에 관심이 많은 수석 사제가 문득 이런 이야기를 꺼냈다.

"파르므의 대공께서 서거하셨습니다."

공작 부인의 얼굴이 새파래졌다. 그녀는 용기를 내어 물어보았다.

"자세한 내용을 알고 계시나요?"
"잘 모릅니다."
수석 사제가 대답했다.
"서거하셨다는 것밖에 모릅니다. 확실한 것은 그것뿐입니다."
공작 부인은 파브리스를 바라보았다.
'이 아이를 위해 한 일인데.'
그녀는 생각했다.
'이 아이를 위해서라면 더 무서운 일도 할 수 있었을 것이다. 그런데도 이 아이는 내 앞에서 다른 여자 생각을 하고 있다니!'
이 비통한 충격을 견딜 만한 힘이 공작 부인에게는 없었다. 그녀는 완전히 정신을 잃고 쓰러지고 말았다. 모두가 당황해서 그녀를 침대에 눕혔다. 얼마 후에 의식을 되찾은 그녀는 파브리스가 수석 사제나 주임 신부보다도 걱정하지 않고 있다는 것을 알아차렸다. 그는 다른 생각을 하고 있었다.
'파르므로 돌아갈 작정일까? 클레리아와 후작의 결혼을 깨뜨리려고? 하지만 그렇게 하도록 내버려두진 않겠어!'
그녀는 두 사람의 신부가 그 자리에 있다는 것을 깨닫고 재빨리 말했다.
"대공은 훌륭하신 분이셨는데 왜 사람들은 그분을 비난했을까요! 우리는 참으로 아까운 분을 잃었습니다!"

두 신부는 하직 인사를 했다. 공작 부인은 혼자 생각하고 싶은 것이 있어서 이제 잠자리에 들어야겠다고 말했다.

'두서너 달 기다렸다가 파르므로 돌아가는 것이 신중한 방법이겠으나 도저히 그렇게 오래 기다릴 수가 없을 것 같다. 이곳은 너무나 고통스럽다. 파브리스가 언제나 멍하니 생각에 잠겨 있는 모습, 침묵하고 있는 모습을 보는 것만으로도 참을 수가 없다. 그와 함께 아름다운 호수에서 뱃놀이를 즐기면서도 이렇게 마음이 고통스럽다니. 더구나 그의 원수를 갚아 주었음에도 불구하고 그에 대해 한 마디도 할 수 없다니. 이런 고통에 비하면 죽음 따위가 무슨 대수랴. 지금 생각해보니 나폴리에서 돌아온 파브리스를 파르므의 집에서 맞이했을 때 어린아이 같은 기쁨과 황홀한 행복에 빠졌던 대가를 지금 치르는 것 같다. 그때 내가 말했다면 모든 일이 순조로웠을 것이 아닌가! 그는 나의 사람이 됐을지도 모르고, 클레리아를 생각할 일도 없었을 것이다. 그런데 나는 그런 말을 하는 걸 겁내고 있었다. 그런데 지금은 클레리아가 승리자가 되었다. 그것은 당연한 일이다. 그녀는 스무 살이지만, 나는 지치고 병들도 나이도 두 배나 많다! 차라리 죽어버렸으면! 그래서 이 고통을 몰랐으면! 마흔 살이 넘은 여자를 잊지 않고 기억해 주는 것은 그 옛날 젊었을 때 서로 사랑했던 남자뿐이다! 이제 나에게 남은 것이라곤 허영심을 채우며 사는 것뿐이다. 그러나 그런 삶이 가치가 있단 말인가?

그러니 파르므로 돌아가는 것이 낫지 않을까? 가서 신나게 즐기는 거다. 혹 일이 잘못되어서 목숨을 빼앗길 수도 있지만…… 좋다! 목숨쯤 상관할 것 없다! 최후의 순간이 오면 멋지게 죽어 버리자! 그리고 마지막 순간이 되면 파브리스에게 말하리라. 나쁜 사람이라고, 이 모든 것이 너를 위한 것이었다고 말이다. 그렇다! 얼마 남지 않은 인생을 위해 할 일은 파르므로 돌아가는 것뿐이다. 그곳에서 당당한 귀부인으로 행세하자. 하지만 전에 라베르시 부인의 분통을 건드린 그 많은 명예로운 사건들처럼 다시 즐거움을 느낄 수 있을까? 그 무렵에는 자신의 행복을 확인하기 위해 도리어 다른 사람들의 시기가 가득 찬 눈초리를 바라보아야만 했었는데…… 내 허영심을 위해 그나마 다행인 일이 하나 남아 있다. 모스카 백작 외에는 그 누구도 나의 마음이 냉랭해졌다는 것을 눈치채지 못할 것이다.

나는 전과 다름없이 파브리스를 사랑하면서 그의 출세를 위해 힘써 주게 될 것이다. 그렇지만 그가 클레리아의 결혼을 깨뜨리게 내버려둘 수는 없다. 그러면 그가 그 처녀와 결혼할 테니. 안 된다! 절대로 그럴 수 없다!'

공작 부인의 괴로운 생각이 여기까지 미쳤을 때 집 안에서 소란스런 소리가 들려왔다.

'나를 체포하러 온 것일까? 좋다! 바라던 바다! 그러면 다른 일을 생각하지 않아도 될 테니. 내 목을 걸고 적과 싸워야 하니까 말야. 어쨌든 지금 체포되어서는 안 된다.'

공작 부인은 제대로 옷도 입지 않고 뜰 깊숙한 곳으로 도망쳤다. 낮은 생나무 울타리를 뛰어넘어 넓은 들 쪽으로 탈출할 생각이었다. 그런데 누군가가 자기 방으로 들어오는 것이 보였다. 백작의 심복 부하인 브루노였다. 하녀의 안내를 받아 방으로 들어온 그는 혼자였다. 부인은 프랑스식 창으로 다가섰다. 사나이는 하녀에게 자신의 상처에 대한 이야기를 하고 있었다. 공작 부인은 방으로 되돌아갔다. 브루노는 그녀 앞에 무릎을 꿇으면서 이런 시각에 도착해 부인을 놀라게 한 것을 백작에게는 말하지 말아 달라고 청했다.

"대공이 서거하시자마자……."

사나이는 말을 이었다.

"백작께서는 모든 역에 파르므 사람에게는 말을 내주지 말라는 명령을 내리셨습니다. 그래서 저는 할 수 없이 저희 집에서 기르는 말을 마차에 달고 포 강까지 왔습니다만 배에서 내리다가 마차가 뒤집혀 부서지고 말았습니다. 저는 심한 타박상을 입어서 말에도 올라탈 수 없었습니다."

"괜찮아요. 지금은 새벽 세 시이지만 백작께는 당신이 정오에 도착했다고 말씀드리지요. 그러니 당신도 그렇게 말씀드리세요."

"감사합니다."

문학 작품에 정치 이야기를 끌어들이는 것은 음악회 석상에서 총을 쏘는 것같이 야만스럽기는 하지만, 그렇다고 무시할 수도 없는 것이다.

이제부터 품위가 없는 이야기를 해야만 한다. 그럴 수만 있다면 이 이야기를 하고 싶지 않은 이유가 여럿이지만, 이것이 등장 인물들의 심리에 영향을 주는 이상 우리의 영역 안에 있는 것이며, 따라서 이야기할 수밖에 없다.

"오, 세상에! 대공은 어떻게 돌아가셨나요?"

공작 부인이 브루노에게 물었다.

"대공은 사카에서 20리쯤 떨어진 포 강기슭의 연한 늪에서 철새를 사냥하고 계셨습니다. 그런데 그만 실수로 덤불에 가려져 있던 구덩이에 빠지셨습니다. 전신이 물에 흠뻑 젖고 오한이 들어서 인근의 외딴집으로 모셔졌으나 그곳에서 두세 시간 후에 돌아가셨습니다.

사람들 말로는 카테나 씨와 보로네 씨도 함께 돌아가셨다고 합니다. 사인이 일행이 점심 식사를 하려고 들어간 어느 집의 구리 냄비 때문이라고도 합니다. 냄비마다 푸른 녹이 슬어 있었다고 하더군요. 그리고 다른 소문도 퍼지고 있습니다. 떠들기 좋아하는 사람들이나 과격파들 사이에서는, 대공이 독살당했다는 소문이 퍼지고 있습니다. 제 친구인 토토, 이 친구는 궁정의 보급을 맡고 있는 장교인데요, 그 녀석도 죽을 뻔했으나 어떤 시골 사람의 친절한 도움으로 살아났다고 합니다. 그 시골 사람은 의술에 조예가 깊은 듯, 제 친구에게 기묘한 약을 먹였답니다.

그런데 사람들은 더 이상 대공의 죽음에 대해 이야기하고 있지 않습니다. 그분은 잔인한 분이었으니까요. 제가 마을을 빠져나올 때 군중들이 라시 장관을 처치하자고 모여들고 있었습니다. 또 성채의 문에 불을 질러 옥중의 죄수들을 구출하자고도 했습니다. 그러자 어떤 사람들은 그러면 파비오 콘티가 대포를 쏠 것이라고 말했고, 이에 다른 사람들은 성채의 포수가 화약에 물을 묻혀 놓아서 같은 시민들을 학살할 일은 만들지 않았을 거라고 주장했습니다. 그런데 흥미 있는 것은, 제가 산돌라로의 외과 의사한테서 팔의 상처를 치료받고 있을 때 파르므에서 달려온 어떤 사람이 말하기를, 군중들이 악명 높은 간수 바르보네를 발견하고 흠씬 두들겨 패주고는 그를 성채에서 가장 가까운 산책길 가로수에 매달려고 끌고 갔다는 것입니다. 또한 군중들이 궁정 정원에 있는 대공의 거대한 동상을 쓰러뜨리려고 하자 백작님은 근위병 1개 대대의 병력으로 동상 앞을 가로막으면서 정원으로 들어오는 자는 살려 보내지 않겠다고 통고했답니다. 군중들은 겁을 먹고 물러섰습니다.

그런데 이상한 것은 예의 파르므에서 온 사내, 즉 전에 헌병을 지냈다는 그 사람이 되풀이해서 말하기를, 백작님이 근위대 사령관인 P장군을 발로 걷어차고 어깨의 계급장을 떼어낸 다음에 소총으로 무장한 두 명의 병사를 시켜 정원 밖으로 끌고 나가게 했다는 것입니다."

"정말 백작님다운 행동이군요!"

공작 부인은 1분 전까지는 전혀 예상하지 못했던 이런 이야기를 듣고 기쁨으로 눈을 빛내면서 말했다.

"그분은 대공비 전하께서 모욕을 받는 것을 참지 못했을 거야. 또한 P장군은 절대군주에 대한 충성심이 워낙 큰 나머지 보나파르트를 섬기려 하지 않았지만, 그와는 달리 백작님은 용감하셨기 때문에 스페인 원정에도 줄곧 참가했거든. 그 때문에 궁정에서는 자주 비난을 받았지만."

공작 부인은 백작이 보낸 편지를 읽었다. 그러나 브루노에게 질문을 하느라 몇 번이나 편지에서 눈을 뗐다.

편지는 몹시 흥미롭고 유쾌했다. 애도하는 듯한 표현을 쓰고 있었지만 미처 숨기지 못한 참을 수 없는 기쁨이 단어 하나하나에서 넘쳐나고 있었었다. 백작은 대공이 어떤 죽음을 맞이했는가에 대한 자세한 설명을 하는 대신에 편지의 끝을 이렇게 마무리하고 있었다.

내 사랑! 틀림없이 이곳으로 돌아와 주시겠지요? 하지만 오늘이나 내일 사이에 대공비 전하께서 보내시는 전령이 도착할 것이니 그때까지는 그곳에서 기다려 주십시오. 당신이 이곳을 대담하게 떠나신 만큼, 이번에는 화려한 귀환을 하셔야 합니다. 당신 곁에 있는 대죄수에 대해서는 각 당파에서 뽑은 열두 명의 판사로 하여금 재판을 다시 받도록 하겠습니다. 그러나 그 장난기 많은 아이의 재판을 공정하게 진행시키기 위해서는 우선 첫 번째 재판의 판결을 무효로 하지 않으면 안 됩니다.

그러고 나서 백작은 다음 장에서 또 다른 편지를 시작하고 있었다.

문제가 또 하나 남았습니다. 저는 근위병 2개 대대에 탄약을 지급해 주었습니다. 지금부터 폭도들과의 전쟁에 임하면서 자유주의자들이 지어준 내 별명 '무자비한 자'에 어울리도록 열심히 싸울 작정입니다. 늙어빠진 미라 같은 P장군이 말하기를, 반란을 일으키려 하는 군중들과 타협을 해보자고 했습니다.

지금 저는 이 편지를 궁정 쪽으로 가는 길 위에서 쓰고 있습니다. 그 누구도 내 시체를 밟고 지나가기 전에는 궁정에 들어가지 못할 것입니다. 그럼 안녕히 계십시오! 제가 죽는다 해도, 살아 있을 때와 마찬가지로 당신을 사랑하면서 죽어 가겠습니다. 당신 명의로 리옹의 D에게 맡겨 놓은 30만 프랑을 잊지 마시고 찾아 주십시오.

라시 녀석은 죽은 사람처럼 새파래져서는 가발을 뒤집어쓰는 것도 잊어버리고 저기에서 쫓아오고 있군요. 군중들은 그 녀석을 꼭 교수형에 처해 버려야 한다고 아우성치고 있지만 그 정도로 끝내기는 아쉽습니다. 그 녀석은 찢어 죽여야 마땅한 녀석입니다. 그 녀석은 저의 집으로 피신해 있다가 지금은 제 뒤에 바싹 붙어서 거리까지 따라나왔습니다. 이 녀석을 어떻게 했으면 좋을지 망설여집니다. 대공의 궁정으로 녀석을 끌고 가면 그곳에선 엄청난 소동이 일어날 테니 말입니다. 제가 F(파브리스를 말함―옮긴이)를 아낀다는 것을 그가 알 줄로 믿습니다. 라시를 보자마자 제가 한 말은 이런 것이었습니다.

"델 동고 군에 대한 판결문과 그 사본을 하나도 빠짐없이 모아 와라. 그리고 이번 소동을 일으키게 한 그 악덕 판사들에게 이렇게 전해라. 만일 네 녀석들이 있지도 않은 판결에 대해 쓸데없는 소문을 퍼트리면 모두 목을 졸라 죽이겠다고 말이다."

저는 파브리스의 이름으로 근위병 중대를 대주교님께 보낼 것입니다. 안녕히! 사랑하는 나의 천사! 저의 집은 불태워질 것입니다. 당신의 아름다운 초상화도 불태워질 것입니다. 이제 곧장 궁정으로 달려가서 그 뻔뻔스런 P장군을 파멸시키겠습니다. 그자는 참으로 어리석은 사람입니다. 전에 대공께 아첨하던 그대로 지금은 민중들에게 굽실거리고 있습니다. 나머지 장군들도 모두 겁을 집어먹고 있을 뿐입니다. 이젠 제가 최고 사령관이 되어야 할 듯합니다.

공작 부인은 심통이 나서 파브리스의 잠을 깨우려고 하지도 않았다. 그녀는 백작에게 감동한 나머지 사랑에 빠진 듯한 감정을 느끼고 있었다.

'역시 나는 그와 결혼해야 한다.'

곧바로 그녀는 이 생각을 편지에 적어서 하인 편으로 그에게 보냈다. 그날 밤 공작 부인은 조금도 마음의 괴로움을 느끼지 않았다.

다음날 정오쯤에 그녀는 열 사람의 뱃사공이 빠르게 노를 젓고 있는 배 한 척이 호수를 곧장 가로질러 오는 것을 보았다. 잠시 후에 그녀와 파브리스는 파르므 대공의 신하 복장을 한 사나이를 알아보았다. 그는 궁정의 전령이었다. 그는 뭍에 오르기도 전에 공작 부인을 향해 외쳤다.

"폭동은 진압되었습니다!"

전령은 백작이 보낸 여러 통의 편지와 대공 모후(죽은 에르네스트 4세의 아내—옮긴이)의 부드럽고 인자한 전갈, 그리고 새로 즉위한 라뉴체 에르네스트 5세가 양피지에 쓴 사령장을 가지고 왔다. 그 사령장에는 공작 부인을 산 조반니의 공작 부인으로 명하고 모후의 수석 시녀로 임명한다는 내용이 적혀 있었다. 공작 부인은 이 광물학자인 젊은 대공을 좀 바보스럽다고 생각하고 있었는데, 그래도 그는 재치를 발휘해서 짤막한 편지를 덧붙였다. 마지막에 가서 연정을 내비치고 있는 그 편지는 이렇게 시작되고 있었다.

공작 부인, 백작은 나의 행동에 만족해하고 있는 것 같습니다. 사실 나는 몇 번인가 총탄 세례를 받았으며 내가 탄 말은 총탄에 쓰러졌습니다. 이 정도의 작은 소동에 모두가 미친 듯이 떠들고 있는 것을 보고 나는 실제로 전쟁에 나가 보았으면 하는 생각을 억제할 수가 없었습니다. 그렇다고 백성들을 적으로 놓고 싸우고 싶지는 않습니다만…… 백작의 도움을 많이 받았습니다.

전쟁 경험이 없는 장군들은 놀란 토끼처럼 어쩔 줄을 모르고 우왕좌왕했습니다. 두세 명의 장군은 볼로냐까지 도망친 것 같습니다. 그런 불상사가 있은 뒤 내가 정권을 장악하게 됐습니다만, 당신을 수석 시녀로 임명하는 사령장에 서명할 때만큼 즐거운 일은 없었습니다.

모친과 나는 언젠가 당신이 산 조반니에 있는, 옛날에 페트라르카가 소유했었다는 그 작은 별장의 경치에 감탄하셨던 일이 생각났습니다. 나는 당신께 무엇을 선사해야 할지 잘 모르겠고, 또 지금은 가지고 싶으신 것을 모두 갖고 계시는 당신에게 새삼스레 선물을 할 수도 없기에 내 나라 공작 부인의 작위를 드리려는 것입니다. 당신께서는 산세베리나라는 이름이 로마의 작위라는 것은 잘 알고 계시겠지요? 훌륭한 대주교에게는 우리나라의 대훈장을 내렸습니다. 왜냐하면 그분은 일흔의 나이로서는 보기 드물게 의연함을 보여주었기 때문입니다. 그리고 전에 추방되었던 귀부인들을 모두 불러들였으니 이 점 양해 바랍니다.

금후 내 서명 앞에는 반드시 '친애하는' 이라는 말을 써야 한다는군요. 이런 말을 모든 사람에게 써야 한다는 것이 유감스럽습니다. 이 표현은 당신에게 보내는 편지에서만 진실하기 때문입니다.

친애하는
라뉴체 에르네스트

이런 내용으로 봐서 공작 부인이 새로운 군주로부터 최대의 총애를 받을 것임은 틀림없는 사실인 것 같았다. 그런데 두 시간 뒤에 받은 백작의 또 다른 편지에는 납득할 수 없는 대목이 많았다.

백작은 분명히 밝히지는 않았지만 파르므로 돌아오는 것을 며칠 뒤로 미루고 대공 모후에게는 건강이 좋지 않다고 말해 두는 것이 좋겠다고 권고하고 있었다. 그렇지만 공작 부인은 더 이상 기다리지 못하고 점심 식사 후 바로 파르므를 향해 출발했다.

공작 부인은 자신도 의식하지 못하는 사이에 크레센치 후작의 결혼을 속히 매듭지어야 한다는 생각에 쫓기고 있다. 파브리스는 파르므로 돌아가는 동안 마치 미친 사람처럼 기뻐하고 있었기 때문에 고모의 눈에는 볼썽사납게 보였다. 그는 곧 클레리아를 만날 수 있을 것이라는 희망에 들떠 있었다. 클레리아의 결혼을 깨뜨릴 방법이 없다면 최후 수단으로 그녀를 강제로 납치할 수밖에 없다고 생각했다.

공작 부인과 조카의 여행길은 만족스러울 정도로 활기가 넘쳤다. 파르므의 바로 앞 마을에서 파브리스는 잠시 휴식을 갖고 신부복으로 갈아입기로 했다. 그는 이때까지 보기 흉한 상복 같은 옷을 입고 있었던 것이다. 그가 공작 부인의 방으로 돌아오자 공작 부인이 말했다.

"백작의 편지에 무엇인가 이상한 말이 씌어 있었어. 내 말을 믿는다면 여기서 잠깐만 기다려 다오. 수상과 이야기를 하고 나서 곧바로 사람을 보낼 테니."

파브리스는 몹시 불만스러웠으나 그녀의 의견에 따르지 않을 수 없었다. 공작 부인을 본 백작은 마치 어린애같이 기뻐하면서 어쩔 줄을 몰라했다. 그는 그녀를 아내처럼 부르기도 했다. 정치 이야기는 여간해서 꺼내고 싶지 않았던지라 결국 모두가 싫어하는 이 이야기를 하기까지 많은 시간이 걸렸다.

"파브리스를 무턱대고 데리고 오시지 않은 것은 정말 다행한 일입니다. 이곳은 지금 반동 세력이 활개를 치고 있습니다. 새 대공께서 제 동료랍시고 사법장관으로 임명한 사람이 누군지 아십니까? 라시입니다. 그 큰 사건이 일어났던 날 제가 실컷 혼을 내준 그 악당 라시 말입니다.

그건 그렇고, 여기서 일어난 사건은 모두 없었던 것이 되었습니다. 우리 신문을 읽으면 알 수 있는 일이지만, 바르보네라는 간수는 마차에서 떨어져 죽은 것으로 되어 있습니다. 정원에 있던 대공의 동상을 습격하다가 사살당한 60명은 지금 새파랗게 살아서 여행을 즐기고 있는 것으로 되어 있습니다. 실은 내무대신 쥐를라가 이 가엾은 용사들의 가정을 방문하여 유족이나 친구들에게 15체키노씩 주고, 희생자가 여행 중이라고 말하도록 했습니다. 그리고 사실을 발설하면 감옥에 처넣겠다고 위협을 했답니다. 제 관할인 외무성에 근무하는 사나이 하나는 밀라노와 토리노의 신문사로 파견되어 '불행한 사건'이라고 불릴 뻔했던 그 폭동 사건이 기사화되지 못하도록 막았답니다. 그는 파리와 런던의 모든 신문사까지 찾아가서 우리나라의 내란에 대한 소문을 공식적으로 부인할 것입니다. 다른 사람은 볼로냐와 피렌체로 갔습니다. 참으로 어이없는 일이지요.

그러나 재미있는 것은, 이 나이에도 불구하고 근위병들을 호령하기도 하고 P장군 같은 멍청한 녀석의 계급장을 쥐어뜯기도 하면서 잠시 흥분을 했다는 것입니다. 그런 순간이라면 새 대공을 위해 이 목숨을 버린다 해도 하나도 아깝지 않은 듯한 기분이 든답니다. 지금은 미련한 짓이라고 생각되지만…….

새 대공은 젊고 좋은 청년이기는 하지만 제가 병에 걸려 죽어 주었으면 하고 바라는 것 같습니다. 그럴 수만 있다면 1백

에퀴쫌은 아깝지 않을 모양입니다. 아직 사직 권고를 받지는 않았지만 서로 의견을 나누는 것을 피하고 있답니다. 파브리스가 투옥된 후에 예전 대공이 저에게 요구한 것처럼 많은 보고를 서류로 작성하라고 하고 있답니다. 여하튼 파브리스에 대한 판결문을 아직 없애지 못했습니다. 라시 녀석이 판결문을 돌려주지 않기 때문에 어쩔 수 없답니다. 그러니 파브리스를 이곳에 공공연히 데리고 오시지 않은 것은 매우 잘하신 일입니다.

그 판결문은 지금도 효력이 있습니다. 라시가 지금 당장 우리의 조카를 체포하지는 않으리라 믿습니다만, 2주일만 지나면 그럴지도 모릅니다. 파브리스가 파르므로 들어오고 싶어 한다면 우선 제 집에 와 있도록 하십시오."

"그런데 어째서 이런 결과가 되었지요?"

공작 부인이 매우 놀라워하면서 물었다.

"누군가가 제가 독재자처럼 군림하면서 조국을 위기에서 구한 위인처럼 행세하고, 새 대공을 어린애 취급한다고 모략한 자가 있는 것 같습니다. 뿐만 아니라 제가 실수로 대공을 '그 아이'라고 불렀던 것 같아요. 아마 그것은 사실일 것입니다. 그날은 몹시 흥분해 있었으니 말입니다. 저는 그 아이가 빗발치는 총 소리 속에서도 태연한 것을 보고는 꽤 쓸만한 데가 있다고 생각했습니다. 대공은 확실히 재치도 있으며 자기 아버지보다도 기품이 있습니다. 요컨대 몇 번이나 되풀이해서 말씀드립니다만 대공의 본성은 선량하고 진실합니다. 다만 지나치게 진지하고 어리기 때문에 음모에 얽혀 들자 몹시 화를 내고 자신도 음흉해지지 않으면 안 되겠다고 생각해 버린 것 같습니다. 그가 어떤 교육을 받았는가를 생각해 보십시오!"

"수상인 당신은 그가 대공이 될 것을 생각해서 재능 있고 성실한 사람을 그 곁에 뒀어야만 했어요."

"그런데 콩디약 신부 같은 사람이 군주 집안의 교육을 맡고 있었으니 말입니다. 그는 제 전임자였던 펠리노 후작의 추천으로 궁정에 들어온 사람입니다만 자신의 제자를 멍청하고 쓸모없는 꼭두각시 군자로 만들어 버렸습니다. 때문에 대공은 종교 의식에나 참석하지, 1576년에 보나파르트 장군과 잘 교섭을 했었다면 영토를 지금의 세 배로 확장할 수 있었을 텐데 그렇지도 못했고, 또한 제가 10년 동안이나 수상 자리에 머물러 있으리라고는 생각지도 못했으나 결국 대공의 우유부단으로 그런 결과가 되어 버렸습니다.

제가 이 나라의 앞날을 똑바로 볼 수 있게 된 지금, 아니 약한 달 전 일이지만, 한 번은 위기에서 구해낸 이 위태로운 나라를, 다음에 미련 없이 저버릴 그때까지 돈이나 실컷 모아야겠다고 생각하고 있답니다. 제가 없었다면 파르므는 두 달 전쯤에 공화제로 바뀌었을 것이고, 저 미친 시인 페란테 팔라를 새 독재자로 추대했을는지도 모르지요."

이 말을 듣고 공작 부인은 얼굴을 붉히지 않을 수 없었다. 백작은 그런 부인의 속을 알 길이 없었다.

"그렇게 됐더라면 우리는 또다시 18세기와 같은 군주국으로 되돌아갔겠지요. 고해사와 정부(情婦)가 다스리는…… 새 대공이 좋아하는 것은 광물학이고, 그리고 그와 비슷한 정도로 당신에게 반해 있습니다.

　그가 군주가 된 후 그의 시종—실은 이 시종의 형제를 제가 대위로 승진시켜 주었고 지금 근무한 지 아홉 달이 됐습니다만—이 대공에게 불어넣은 생각이란 것이 대공의 초상으로 금화를 제작하게 된 이상 행복해져야 할 권리가 있다는 것입니다. 이로 인해 마음이 들뜨게 되자 대공은 권태를 느끼게 된 것입니다.

　지금 대공에게는 권태를 잊게 해줄 부하가 필요합니다. 그렇지만 저로서는 나폴리나 파리에 가서 마음껏 흥청거릴 수 있을 백만 프랑의 돈을 그가 준다 해도 심심풀이 동무가 되어 매일 네댓 시간씩 그와 마주 앉아 있고 싶지는 않습니다. 그리고 제 머리가 그의 머리보다 더 영리할 것이니 한 달도 못 지나서 괘씸한 놈이라고 생각할 것이 틀림없습니다.

　돌아가신 전 대공은 심술궂고 시기심이 많고 남을 믿지 않는 성격이기는 했지만, 전쟁에도 참가했고, 군대 지휘도 한 적이 있어서 행동에 품위가 있었습니다. 군주로서의 자격이 충분했습니다. 때문에 저도 능력 있는 대신이 될 수 있었습니다.

　그런데 이 선량하고 순진한 대공을 상대하려면 제가 모략가가 되어야 합니다. 저는 지금 연약한 여인 한 명을 두고서도 대공과 전쟁을 벌이지 않으면 안 됩니다. 그런데다 제가 상대보다 훨씬 불리한 입장이지요. 그 까닭은 저는 온갖 자잘한 수만 가지 일까지 꾸밀 수는 없기 때문입니다.

예를 들어 사흘 전에 매일 아침마다 각 방의 수건을 가는 하녀가 대공의 영국제 사무용 책상의 열쇠를 잃어버렸습니다. 그러자 대공은 그 책상 속 서류는 일체 보려고 하지를 않았습니다. 20프랑만 주면 책상을 뜯을 수도 있고 다른 열쇠를 만들 수 있는데도 라뉴체 에르네스트 5세는 그런 일을 하면 열쇠공에게 나쁜 버릇을 가르치는 결과가 된다고 말한답니다.

지금까지 대공은 무슨 일이든 처음에 마음먹은 생각을 사흘 이상 지속시킨 적이 없습니다. 저 젊은 대공이 재산 많은 후작 가문에서 태어났다면 루이 16세처럼 궁정에서 가장 존경받는 사람이 되었겠지만, 그래도 그렇게 분별 없는 순정만 가지고는 못된 녀석의 속임수에 빠질 것이 틀림없습니다.

더욱이 당신의 적 라베르시 부인의 살롱은 전에 볼 수 없던 큰 세력을 궁정에 뻗치게 되었고, 그 자리에서는 제가 자유주의자, 혹은 헌법을 제정하려는 주모자로 활약하고 있다는 어이없는 말들이 공공연히 나돌고 있습니다. 폭도들을 향해 발포하라는 명령을 내렸고, 필요하다면 군주였던 대공의 동상에 모욕을 가하려는 그들을 제지하는 데 3천 명이라도 죽일 각오였는데 말입니다. 미치광이 같은 그들이 이렇게 공화제 이야기를 하기 때문에 우리는 군주제 중에서도 가장 바람직한 군주제를 확립시키지 못하고 있는 것입니다.

결국 적들은 저를 자유당의 당수라고 지목했지만 이 새로운 자유당 안에서 대공의 노여움을 사지 않은 것은 당신뿐입니다. 성실한 대주교도 불행한 날에 제가 취한 일들에 대해 공정한 입장에서 진언했기 때문에 대공의 노여움을 샀습니다. 그 일이 일어난 다음 날, 폭동이 일어났다는 사실이 부정되지 않은, 그러나 아직은 '불행한'이라는 말이 붙지 않은 그 날 대공이 대주교에게 말하시기를, 부인이 저하고 결혼한 뒤 작위가 더 낮아지면 안 되니 저를 공작으로 만들 생각이라고 했다더군요. 그러나 지금은 라시가 백작이 될 것 같습니다. 죽은 대공의 비밀을 귀띔해 준 대가로 귀족 신분을 구걸했던 그 라시가 말입니다. 이런 터무니없는 출세를 바라보면서 저는 앞으로 속이나 태워야겠지요."

"그렇다면 대공은 비웃음거리가 되겠지요?"

"당연합니다. 그러나 그는 군주입니다. 그런 신분이라면 두 주만 지나도 아무도 그를 우습게 생각하지 않습니다. 그러니 공작 부인, 그냥 우리가 주사위 놀이를 했다고 생각하십시오. 물러나자는 말입니다."

"그렇지만 그렇게 되면 부자가 될 수 없지 않아요?"

"사실, 당신과 저에게 분에 넘치는 호사스런 생활은 필요치 않습니다. 당신이 제게 나폴리의 산 카를로 극장 특별 관람석과 말 한 필만 주신다면 그것으로 흡족합니다. 당신이나 저나 재물이 많고 적은 것으로 값어치가 오르내리지는 않을 것입니다. 그 고장의 유지들이 당신의 집으로 모여들어 차 한 잔이라도 나누고자 하는 것은 아마 즐거움이 그곳에 있기 때문에 그런 것이 아닐까요?"

"그렇지만……."

공작 부인이 말을 받았다.

"그 불행한 날에 당신이 모른 척하시고 아무 대책도 세우지 않으셨다고 한다면 결과가 어찌 되었겠습니까? 물론 저로서는 다시 그런 일이 생긴다면 가만히 계셔 주시기를 바라지만요."

"군대는 군중과 손을 잡을 것이고, 방화와 학살이 사흘은 계속되었을 것입니다(이 나라에서 공화제가 허망한 꿈이 아닌 현실이 되려면 백년은 기다려야 할 테니까요). 그리고 약탈은 이 주일이나 계속되었을 것이고, 결국 외국에서 파견된 2~3개 연대가 진압했겠지요.

그 소동 때 페란테 팔라가 군중들 속에서 용감하게 날뛰고 있었습니다. 그에게 협력하는 동료들이 열두 명쯤은 되었습니다. 라시가 그럴듯한 음모 사건을 꾸며낼 만한 구실이 될 겁니다. 더 자세히 말하자면 페란테 팔라는 다 떨어진 옷을 입고서 군중들에게 금화를 뿌리고 있었던 것입니다."

공작 부인은 이런 이야기를 듣고 매우 놀라운 상태로 대공 모후에게 감사의 인사를 하기 위해 갔다.

방에 들어갈 때 모후의 의복을 담당하는 하녀로부터 조그마한 황금 열쇠를 받았다. 그것은 허리띠에 차는 것으로 대공 모후의 거처에서는 최고의 권위를 상징하는 것이었다.

클라라 파오리나는 즉시 다른 사람들을 물러가게 했다. 그러나 공작 부인과 단둘이 되자 모호한 말만을 했으며 자신의 의견을 숨기려고만 했다.

공작 부인은 그녀가 무슨 말을 하고 싶어하는지 몰랐으므로 매우 조심스럽게 행동할 수밖에 없었다. 그러다가 대공 모후는 참고 참던 울음을 터뜨리며 공작 부인의 두 팔 안으로 뛰어들었다.

"나는 또다시 불행한 시대를 맞게 되려는가 봐요. 내가 낳은 자식에게서 남편이 준 고통보다 더 큰 고통을 받을 것 같아요."

"제가 그렇게 되지 않도록 막겠어요."

공작 부인이 확고하게 말했다.

"그것보다 먼저, 제가 올리는 감사와 존경의 말씀을 들어주세요."

"무슨 일입니까?"

대공 모후는 몹시 염려스러운 표정으로, 혹 공작 부인이 궁정을 떠나려는 것은 아닐까 걱정했다.

"실은 마마께서 저 난로 위에 놓여 있는 목을 흔드는 인형 머리를 오른쪽으로 돌려 놓는 것을 허락하실 때마다, 무슨 말이든 여쭈어도 좋다는 것으로 알고 제가 생각하고 있는 모든 것을 숨김없이 말씀드리고 싶습니다."

"그런 일이라면……."

클라라 파오리나 대공 모후는 일어나서 도자기로 만든 그 인형의 목을 공작 부인이 요구한 대로 오른쪽으로 돌려놓았다. 그리고 상냥한 목소리로 말했다.

"그러면 무엇이든 숨김없이 말하세요, 시녀장님."

"그러면 말씀 올리겠습니다."

공작 부인이 말을 시작했다.

"지금의 형세는 말씀하신 그대로 몹시 험악합니다. 마마나 저나 지금 지극히 위험한 처지에 빠져 있습니다. 파브리스에 대한 판결문이 아직도 취소되지 않았으므로, 저를 내쫓고 마마를 욕되게 하기 위해 파브리스를 다시 투옥시킬 수도 있습니다. 저희 입장은 하나도 나아진 것이 없습니다.

제 개인적인 문제까지 말씀드리자면 저는 백작과 결혼할 생각이고, 파리나 나폴리에서 살 생각입니다. 백작은 지금 참을 수 없는 배반을 당하자 모든 일에 싫증과 실망을 느끼고 있습니다. 저 역시 마마의 신상을 생각지 않는다면 그런 골치 아픈 일에서 손을 떼라고 백작에게 충고할 것입니다. 전하께서 백작에게 큰 보상을 주지 않는 한은 말입니다.

분명히 말씀드리자면 백작은 처음 취임했을 때 13만 프랑을 가지고 있었는데 지금은 연금 2만 프랑뿐입니다. 제가 그 전부터 돈을 모아야 한다고 말했지만 그는 이 말에 전혀 관심을 보이지 않았습니다. 제가 없을 때 그는 대공 전하의 징세 담당관들과 충돌했습니다. 그 무리들은 모두 악당들이었습니다. 백작은 그 악당들을 파면시키고 새 징세 담당관을 임명했습니다. 그랬더니 그들도 사기꾼이라 백작에게 80만 프랑의 돈을 내밀었던 것입니다."

"세상에! 그렇게 심한 짓을!"

놀란 대공 모후가 소리쳤다.

공작 부인은 차분한 어조로 말했다.

"마마, 인형의 얼굴을 왼쪽으로 돌릴까요?"

"무슨 말을!"

대공 모후가 말했다.

"내가 심하다고 한 것은 백작 같은 분이 그런 돈벌이를 생각했다는 점에 대해서였어요."

"그렇지만 이런 도둑질이라도 하지 않았더라면 백작은 사교계 사람들의 웃음거리가 될 뻔했습니다."

"아니, 그럴 리가?"

"마마! 크레센치 후작처럼 연금 30~40만 루블이나 되는 부자라면 그렇지 않을지 모르지만, 이 나라에서는 모두들 도둑질을 하고 있습니다. 큰공을 세웠더라도, 한 달 후에는 그 공을 기억해 주지 않는 나라에서 어떻게 도둑질을 하지 않을 수 있겠습니까? 일단 군주의 신임을 잃게 되면 믿을 것은 오로지 돈밖에 없지 않습니까? 마마, 무서운 진실을 말씀드려도 될까요?"

"좋아요. 말해요."

대공 모후는 한숨을 크게 내쉬면서 말했다.

"하지만 정말 듣기 거북한 이야기이군요."

"그러면 말씀드리지요. 아드님이신 대공 전하는 훌륭한 신사이십니다. 그러나 부친보다 훨씬 더 큰 불행을 마마께 안겨 드릴지도 모릅니다. 돌아가신 전하께서는 과감한 결단력을 갖고 계셨습니다.

그런데 지금의 새 대공은 한 가지 생각을 사흘 이상 지니고 계시지 못하는 분이십니다. 그렇기 때문에 그분이 의지를 굳게 가지시고 소신껏 정치를 하실 수 있도록 하려면 일상 생활을 같이하면서 둘레의 몹쓸 아첨꾼들의 말을 듣지 못하시도록 해야 합니다.

그분의 성격쯤이야 쉽게 판단할 수 있는 것이니, 라시나 라베르시 부인 같은 뛰어난 악인들의 조종을 받고 있는 새 극우파라면 대공을 마음대로 움직이기 위해 애인을 만들어 줄 것입니다. 그 여자는 재산을 모으고, 낮은 지위의 관직 몇 개로 자기 마음대로 임명할 권리를 받겠지요. 하지만 그녀가 속해 있는 그 무리들에 대한 대공의 신임이 변하지 않도록 보증하는 일이 가장 큰 임무가 될 것입니다.

그런데 제가 이 궁정에서 마음놓고 마마의 시중을 들 수 있으려면 그 얄밉고 교활한 라시를 멀리 추방하고 망신을 줘야만 합니다. 또한 파브리스가 이 나라에서 가장 정직한 판사들로부터 재판을 다시 받아야 합니다.

만일 판사들이 제가 예상한 대로 무죄를 인정해 주면 당연히 대주교께서 원하신 대로 파브리스는 그분의 후계자가 될 것이고 부주교가 되겠지요. 혹 제가 패배한다면 백작과 더불어 이 궁정에서 물러나겠습니다. 그럴 경우에는 하직 인사를 이렇게 드릴 생각입니다. '결코 라시의 죄를 용서해서는 안 됩니다. 또 아드님의 나라를 떠나 절대로 국외로 가시지 않도록 하십시오. 마음씨 부드러운 아드님 옆에 항상 계신다면 그렇게 심한 심술은 부리지 않으실 겁니다.' 라고 말입니다."

"지금까지 한 이야기 잘 알아들었습니다."

대공 모후는 웃음을 띠면서 대답했다.

"내 아들에게 애인을 소개하는 것은 내가 해야 할 일일까?"

"아닙니다. 그것보다 먼저 하실 일은 당신의 살롱을 그분의 즐거운 놀이터로 만들어 주는 일입니다."

이런 식으로 두 사람의 대화는 계속되었다. 원래 현명하고 성품이 순수한 대공 모후는 괴로운 고민에서 벗어났고 해결책을 찾을 수 있었다.

 공작 부인은 파브리스에게 파발꾼을 보내서 파르므로 들어오는 것은 좋으나 은밀한 곳에 숨어 있으라고 전했다. 그는 농부처럼 가장한 뒤 군밤 장수의 오두막에서 숨어살았다. 그 오두막은 성채 문 앞에 있는 산책로 가로수들에 덮여 있었고, 그 누구도 그를 알아보지 못했다.

24장

 공작 부인의 주최로, 파르므 궁정에서 지금까지와는 비교할 수 없을 정도로 유쾌하고 화려한 연회들이 열리기 시작했다. 이 겨울 동안 그녀의 얼굴은 그 어느 때보다 더욱 아름다워 보였다. 그러나 그런 겉모습과는 달리 그녀는 최악의 위기에 직면하고 있었다. 하지만 이 불안한 시기에 그녀는 파브리스의 기묘한 마음의 변화를 슬픈 심정으로 생각해 본 일이 거의 없었다. 젊은 대공은 매우 이른 시간부터 모후의 유쾌한 야회에 모습을 드러내곤 했다. 그러면 그녀는 아들에게 이렇게 말했다.

 "어서 국사를 돌봐야 하지 않느냐? 네 책상 위에는 결재를 기다리는 보고서가 스무 개도 넘게 밀려 있을 것이다. 너를 놀기 좋아하는 방탕한 군주로 만들어 내가 정권을 차지하려 한다고 전 유럽에서 비난받는 것은 싫다!"

대공의 생각에는 아주 귀찮을 때에만 이런 경고를 받는 것 같았다. 예를 들어 대공이 자신의 타고난 소심함을 이겨내고 제스처 놀이에 열중하고 있는 때에 그 말을 듣곤 했던 것이다.

일주일에 두 번은 야회가 열렸다. 대공 모후는 새로운 군주는 백성들의 사랑을 받아야 한다는 구실로 국내의 으뜸가는 미녀들의 참가를 허락했다. 대공 모후의 궁정 생활에서 중심 인물이 되어 활약하고 있는 공작 부인은, 그 미녀들이 같은 부르주아 출신이면서 눈부신 출세를 한 라시 장관을 몹시 시기하고 있는 것을 눈치채고, 그 사내의 비행이 한 간지라도 더 대공의 귀에 미녀들의 입을 통해 들어가게 될 것을 노리고 있었다. 대공은 언제나 어린애같이 철없는 생각만 하고 있었으며, 우습게도 자신의 각료들은 모두 나무랄 데 없는 훌륭한 도덕가들이라고 혼자서 만족하고 있었다.

라시는 영리한 사내인 만큼 자신의 적인 공작 부인이 대공 모후의 궁정에서 여는 이 멋진 야회가, 자신의 입장을 얼마나 위험하게 만들고 있는가를 잘 알고 있었다. 그는 파브리스에 대한 판결문, 법적으로는 흠이 없는 판결문을 모스카 백작에게 넘겨주고 싶지 않았다. 때문에 공작 부인이나 자기나 둘 중 어느 한 편이 이 궁정에서 물러나야 한다고 생각했다.

민중 폭동이 일어났던 날(지금은 그런 날이 있었다는 것을 부인하는 것이 품위 있는 태도로 여겨지고 있었다) 상당한 액수의 금화를 민중들에게 던져주는 사나이가 있었다. 라시는 바로 이 점을 노렸다. 그는 평상시 옷보다 훨씬 남루한 옷을 입고 가장 가난한 집을 찾아가 미리 생각해둔 이야기를 오랫동안 나누었다. 이 고되고 힘든 일은 괜찮은 대가를 가져다주었다. 이 생활을 2주 동안 계속하며 캐낸 정보를 종합한 결과, 페란테 팔라가 반란의 숨은 주모자라고 확신할 수 있었으며, 더욱이 유명한 대시인답게 평생 동안 가난한 삶을 살았던 그가 열 개쯤의 다이아몬드를 제노바에서 팔았다는 사실을 밝혀냈다. 특히 중요한 사실은 시가로 4만 프랑 이상이나 하는 다섯 개의 다이아몬드를 대공 서거 열흘 전에 돈이 급하게 필요하다는 이유로 3만 5천 프랑의 헐값으로 팔았다는 것이었다. 이 사실을 캐낸 뒤 사법장관이 기뻐서 날뛰는 모습을 어떻게 말로 표현할 수가 있겠는가. 그는 미망인이 된 대공 모후의 궁정에서 매일같이 바보 취급을 받고 있었다. 또한 대공은 함께 정사를 논할 때 그 젊은이다운 직선적인 태도로 그를 놀렸다. 그는 이를 잊지 않고 기억하고 있었다. 라시에게는 천박한 버릇이 있었다. 토론 끝에 흥이 나면 다리를 꼬고 신발을 움켜쥐었으며, 더욱 흥이 나면 붉은 무명 손수건을 무릎 위에 펴놓았다. 대공은 한 미녀가 이 사법장관의 꼴불견인 모습을 흉내내자 몹시 큰 웃음을 터뜨렸다. 그녀는 자신의 멋진 다리로 대공의 관심을 끌고 싶었던 것이다.

라시는 특별 배알을 허락받은 후 대공에게 말했다.

"전하께서는 아버님이 어떻게 돌아가셨는지 그 진상을 알기 위해 10만 프랑을 써보실 의향은 없으신가요? 그 비용만 있으면 범인을 체포할 수가 있습니다."

대공으로서는 주저할 이유가 없었다.

얼마 후 하녀인 케키나가 공작 부인에게 말하길, 누군가가 공작 부인의 다이아몬드를 보석상에게 구경시켜 주면 많은 사례금을 주겠다고 했으나 화를 내고 단호히 거절했다고 말했다. 이 말을 들은 공작 부인은 이를 거절한 것을 나무랐다. 그로부터 일주일 후 케키나는 보석상에게 보여 줄 다이아몬드를 받게 되었다. 다이아몬드를 감정받기로 약속된 날 모스카 백작은 파르므 시내의 모든 보석상에게 믿을 만한 부하를 둘씩 붙였다.

그날 밤에 백작은 공작 부인을 찾아와서 그 호기심 많은 보석상이 라시의 동생이라고 전해 주었다. 그날 밤 공작 부인은 몹시 즐거워했다. 공작 부인은 연극에서 연기를 했는데, 극중에서 연인 역할을 맡은 사람은 라베르시 후작 부인의 전 애인이었던 발디 백작이었다. 후작 부인은 눈앞에서 이 광경을 지켜보고 있었다. 대공은 자기 나라 안에서 최고로 소심한 사람이었지만 잘생긴데다가 감성이 풍부했기 때문에 다음 공연 때는 자신이 연인 역할을 하고 싶어서 발디 백작의 연기를 유심히 보고 있었다.

"시간이 없어요."

공작 부인이 모스카 백작에게 말했다.

"제2막 제1장에 출연해야 해요. 그러니 경비실에서 이야기해요."

그곳에서는 스무 명 가량의 경비병이 몹시 긴장해서 두 사람의 대화를 엿듣고 있었다. 공작 부인은 웃으면서 애인에게 말했다.

"당신은 언제나 제가 쓸데없이 비밀을 이야기할 때마다 꾸중을 하지만 사실 에르네스트 5세를 즉위시킨 것은 저랍니다. 어떤 수단을 써서든 파브리스의 복수를 하지 않으면 안 되었기 때문입니다. 그 무렵에는 그 아이를 지금보다 더 사랑하고 있었습니다. 그렇지만 혈육에 대한 순수한 사랑이었을 뿐입니다. 물론 당신에게는 저의 사랑이 순수하게 비쳐지지 않았을 수도 있습니다. 하지만 문제가 되지 않아요. 제가 아무리 큰 과오를 범하더라도 당신은 저를 사랑해 주실 것으로 믿고 있으니까요.

이제 저의 죄를 말씀드리지요. 저는 모든 다이아몬드를 페란테 팔라라는 재미있는 미치광이한테 주었습니다. 심지어는 포옹을 하기도 했습니다. 그가 파브리스를 독살하려고 한 자를 살해해 버리기를 바라면서요. 그렇지만 어디가 잘못되었다는 건가요?"

"그랬었군! 그래서 페란테가 돈을 뿌려 가면서 그 소동을 일으켰었군!"

백작은 어이없어하면서 말했다.

"이런 중대한 이야기를 경비병이 우글거리는 경비실에서 하다니!"

"급해서 그래요. 게다가 라시가 이를 밝혀내려 하고 있잖아요. 그러나 저는 절대로 폭동을 일으키라고 말한 적은 없어요. 저는 과격파를 싫어해요. 이렇게 되었으니 힘을 빌려 주세요. 연극이 끝나자마자 백작님의 의견을 듣고 싶어요."

"지금 바로 말씀드리지요. 대공을 유혹하십시오. 다만 명예만은 잘 지켜야 합니다."

그녀는 자신이 나갈 차례임을 알리는 신호를 듣고 서둘러 달려나갔다.

며칠 후, 공작 부인은 우편 배달부한테서 우습고 재미있는 긴 편지 한 통을 받았다. 예전에 하녀였던 여자의 서명이 적힌 편지였는데, 내용은 궁정에 들어가 일하고 싶다는 것이었다. 그러나 공작 부인은 편지의 서명이나 필적이 그녀의 것이 아님을 곧바로 알아볼 수 있었다. 두 번째 장을 읽으려고 할 때 무엇인가가 바닥으로 떨어졌다. 고서에서 뜯어낸 인쇄된 종이(스탕달은 육필이 아닌 인쇄물로 된 연애 편지를 애인에게 보낸 적이 있다―옮긴이)였는데, 성모 마리아 성화가 그려져 있었다. 그녀는 그림을 보다가 종이에 인쇄된 글을 읽었다. 그녀의 눈이 갑자기 빛났다. 이런 말이 쓰여져 있었던 것이다.

호민관은 월 1백 프랑을 받았으며, 그 이상의 보수는 받지 않았습니다. 나머지 돈은 이기주의로 차갑게 식어 버린 사람들의 가슴속에 성스러운 불꽃을 일으키는 데 사용했습니다.

저는 여우에게 쫓기고 있습니다. 그 때문에 마지막임에도 그리운 사람을 만나려 하지 않습니다. 그 사람은 공화국을 원하지 않습니다. 저보다 매력적이고 아름답고 또한 더 지혜로운 사람이 말입니다. 공화주의자가 없으면 공화국을 이룩할 수도 없습니다. 저의 생각이 잘못되었을까요?

여섯 달 뒤면 저는 미국의 작은 마을을 돌아다니고 있을 것입니다. 그러면서 저는 당신에 대한 저의 사랑의 최대의 적인 공화주의를 사랑해야 할지 말지를 판단할 것입니다.

공작 부인! 만일 이 편지가 당신께 전해지면, 그리고 이 편지가 간악한 무리들에게 읽혀지지 않는다면 제가 최초로 당신을 만나서 말을 걸었던 그 장소에서 20보 떨어진 곳에 자라고 있는 물푸레나무의 가지를 조금 꺾어 놓아 주세요. 그러면 저는 즐거웠던 그 무렵에 당신도 한번 보신 적이 있는 뜰의 큰 회양목 밑에 나무 상자를 묻어 놓겠습니다. 그 상자 속에는 저와 주의가 같은 사람들이 중상을 받을 수 있을 만한 자료들이 들어 있습니다. 그 간악한 여우가 제 뒤를 쫓지 않고, 당신에게까지 해가 이를 것 같지 않다고만 한다면 제가 이런 편지를 쓸 까닭이 없을 것 아닙니까? 이 주일 후에 그 회양목 밑을 살펴보세요.

'그 사람은 인쇄소 하나 정도는 마음대로 할 수 있으니……'

공작 부인은 생각했다.

'시집을 출판할지도 몰라. 그 시에서 나를 지칭하는 이름이 나오더라도 사람들은 알아채지 못하겠지?'

공작 부인은 실험을 해보고 싶었다. 그래서 몸이 아프다며 일주일 동안 궁정에 나가지 않았다. 그랬더니 그 즉시 야회가 열리지 않았다. 대공 모후는 미망인이 되자마자 자기 자식인 새 대공을 두려워한 나머지 요란하게 야회를 벌였던 것이 부끄럽게 생각되어, 그 일주일간을 죽은 대공이 묻혀 있는 성당에 속해 있는 수녀원에서 조용히 지냈다.

야회가 열리지 않자 대공은 몹시 지루해했으며, 때문에 사법장관에 대한 총애가 줄어들기 시작했다. 에르네스트 5세는 만약 공작 부인이 궁정에서 사라지거나, 아니면 활기를 퍼뜨리는 일을 중단하기만 해도 자신이 얼마나 지루하게 될지를 통감했던 것이다.

궁정의 야회가 또다시 열리게 되자 대공은 더욱더 이탈리아 희극에 열중하게 되었다. 그는 연극에서 배역을 맡고 싶었지만 차마 이를 요구하지는 못했다. 어느 날 용기를 낸 대공이 얼굴을 붉게 물들이면서 공작 부인에게 말했다.

"내가 출연해도 괜찮겠소?"

"저희 모두는 전하의 분부대로 할 것입니다. 만일 전하께서 분부만 하신다면 새로운 연극을 만들게 해서 전하께서 등장하시는 장면마다 제가 상대역을 맡겠습니다. 누구든 처음에는 서툰 법이니까 전하께서 눈짓만 살짝 해주신다면 제가 대사를 가르쳐 드릴게요."

모든 것이 생각대로 진행되었다. 몹시 소심한 대공은 자신의 결단성 없는 우유부단한 성격을 부끄럽게 생각했는데, 공작 부인이 그의 성격을 잘 이해해 주고 대수롭지 않게 생각해 주었기 때문에 젊은 군주는 진정으로 그녀에게 고마움을 느끼고 있었다.

대공의 첫 출연이 있었던 날은 다른 날보다 반시간쯤 일찍 연극이 시작되었다. 대공이 연극 무대로 올라갔을 때 거실에는 여덟 혹은 열 사람 가량의 노부인들만이 있었다. 이들 앞에서는 대공도 두려움을 느끼지 않았다. 게다가 뮌헨에서 본격적인 왕조 교육을 받은 그녀들은 끊임없이 박수를 보냈다. 공작 부인은 시녀장으로서의 권한으로 다른 궁정인들이 들어올 수 없도록 출입문에 자물쇠를 걸었다.

　문학적 재능도 있고 외모도 출중한 대공은 첫 장면에서 괜찮은 연기를 선보였다. 그는 공작 부인이 눈짓으로 혹은 낮은 음성으로 가르쳐 주는 대사를 멋있게 읊었다. 몇 안 되는 적은 수의 관객이 관람석에서 힘찬 박수를 보내고 있을 때 공작 부인은 신호를 보냈다. 그러자 중앙의 문이 열리고 공연장은 순식간에 궁정의 미녀들로 가득 찼다. 그 미녀들은 대공의 잘생긴 얼굴과 즐거운 모습을 보고 손뼉을 치기 시작했다. 대공은 기쁨으로 얼굴이 새빨개졌다. 대공은 공작 부인의 애인 역을 맡고 있었다. 부인은 그에게 대사를 가르쳐 주기는커녕 연극을 길게 끌지 않기 위해 고심해야 할 정도였다. 대공이 너무나 흥분해서 사랑의 대사를 늘어놓기 때문에 상대역을 맡은 부인은 당황하지 않을 수 없었다. 그의 대사가 5분간이나 계속되었기 때문이다.

　공작 부인은 지난해에 볼 수 있었던 눈부신 아름다움을 잃어가고 있었다. 파브리스의 뜻하지 않은 투옥 사건, 마조레 호반에서의 우울하고 침통했던 파브리스와의 생활 등이 아름답던 미녀의 얼굴을 10년이나 더 늙어 보이게 했다. 얼굴 윤곽이 더욱 뚜렷해져서 지적으로는 보였으나 싱싱한 젊음은 찾아볼 수 없었다.

　젊은 시절에 흔히 보였던 격한 성격은 흔적도 없이 사라졌으나 그래도 배우처럼 갖가지 화장을 하고 무대에 나서니 역시 궁정에서 가장 아름다운 여자처럼 보였다. 대공이 정열적으로 내뱉는 대사를 듣고 궁정인들은 뭔가를 눈치챘다. 그날 밤 연극을 관람한 사람들은 이렇게 말을 주고받았다. 새로운 발비 부인(죽은 대공의 애첩—옮긴이)이 출현했다고.

백작은 마음이 불편했다. 연극이 끝나자 공작 부인은 여러 궁정인들 앞에서 대공에게 이렇게 말했다.

"전하께서는 너무나 연기를 잘하십니다. 서른여덟 살의 여자에게 반해 버린 것이 아니냐고 사람들의 놀림을 받을 만하지요. 이런 소문이 퍼져 버리면 저는 백작하고 결혼할 수 없게 됩니다. 그러니 전하께서는 앞으로 저를 중년의 여자, 예를 들면 라베르시 후작 부인을 대하시는 것처럼 해주시지 않으시면 이젠 저는 전하와 함께 연극을 하지 않겠습니다."

같은 연극이 세 번이나 되풀이되었다. 대공은 행복에 취해 있었다. 그런데 어느 날 밤, 그는 몹시 근심스러운 표정을 짓고 있었다.

"제가 지나친 생각을 하고 있는지 모르지만······."

시녀장이 대공 모후에게 말했다.

"저 라시가 무엇인가 못된 일을 꾸미고 있는 것 같아요. 마마께서 내일 연극을 하라고 분부를 내려주실 수 없을까요? 틀림없이 대공께서는 연기를 못 하실 것입니다. 그리고 절망 끝에 속에 품고 계시는 것을 말씀하실 수도 있지 않겠습니까?"

예상대로 대공의 연기는 실패로 끝났다. 대사를 읊는 소리가 거의 들리지 않았고, 대사의 처음과 마지막이 어딘지도 모를 정도였다. 제1막 끝에 그는 거의 울음을 터뜨릴 지경에까지 이르렀다. 그래도 공작 부인은 그 곁에서 냉담하게 침묵을 지키고 있었다. 대공은 분장실에서 잠깐 동안 단둘이 있게 되었을 때 손수 문을 닫았다.

"틀렸소! 제2막도, 제3막도 나는 해낼 수 없소. 나에 대한 체면치레로 할 수 없이 치는 박수 소리는 참으로 거북해서 견딜 수가 없소. 어서 가르쳐 주시오. 어떻게 해야 되오?"

"제가 무대 앞쪽으로 나가서 무대 감독처럼 전하께 인사를 올리고 관람석 쪽에 인사를 하겠습니다. 그리고 레리오 역을 맡은 배우가 병이 나서 서너 곡의 연주로 연극을 끝내게 되었다고 말하겠습니다. 루스카 백작과 기솔피 양은 이런 훌륭한 무대에서 그들의 달콤한 목소리로 노래를 부르게 되는 것을 기뻐할 거예요."

대공은 공작 부인의 손에다 정신 없이 입을 맞추었다.

"당신이 남자가 아닌 것이 몹시 아쉽소. 그렇다면 당신에게 조언을 구할 수도 있었을 텐데. 실은 라시가 나의 부친 살해 용의자들에 대한 조서 180장을 제 책상 위에 놓고 갔소. 이 조서 외에 2백 쪽 이상의 기소장도 포함되어 있소. 나는 그것들을 모두 읽지 않으면 안 되오. 그리고 이 건에 대해서는 백작에게 일체 말을 않기로 약속도 했소. 이 문제는 즉각 수많은 사람들의 체포로 연결되오. 라시는 벌써 프랑스의 앙티브 근처에서 페란테 팔라를 체포하고 싶어한다오. 이 사람은 내가 좋아하는 위대한 시인인데 그곳에서 그는 퐁세라는 가명을 쓰면서 숨어살고 있다 하오."

"전하께서 한번 자유주의자를 교수형에 처하시게 되면 다시는 라시를 대신의 자리에서 떼어 낼 수가 없게 됩니다. 라시가 노리고 있는 것이 바로 그 점입니다. 또한 전하께서는 앞으로 가벼운 산책을 하고 싶다고 해도, 두려움 때문에 그것을 두 시간 전에는 그 누구에게도 말씀하실 수 없게 됩니다. 지금 말씀하신 그 골칫거리에 대해서는 마마께나 백작에게 말씀드리지 않겠습니다. 그러나 저는 마마께 제가 시중을 들고 있는 한 무엇 하나라도 숨김없이 말씀드리겠다고 맹세를 했으니 부디 전하께서 직접 그 문제를 말씀드리십시오."

이러한 공작 부인의 말을 듣고 나니 대공은 연기에 실패한 배우로서의 괴로움도 가라앉는 것 같았다.

"그러면 어머니께 먼저 가서 내가 어머니를 뵈러 그곳으로 간다고 알려 주오."

대공은 분장실을 나와 공연장 출입구로 통하는 거실을 지나가면서 따라오는 시종장과 부관을 퉁명스러운 태도로 물러가게 했다. 대공 모후도 부랴부랴 무대 앞을 떠나서 자기 방으로 갔다. 시녀장은 공손히 절을 한 다음 방안에 두 모자만을 남겨 두고 물러났다. 궁정의 모든 사람들이 쑥덕거리기 시작했으리라는 것은 넉넉히 짐작할 수 있었다. 이런 점으로 보아도 궁정이란 참으로 재미있는 곳이다.

한 시간 후에 대공이 직접 문 앞으로 나와서 공작 부인을 불러들였다. 대공 모후는 울고 있었고 아들은 안색이 달라져 있었다. 시녀장은 생각했다.

'나약한 사람들은 기분이 상하면 이렇게 되는 법이지. 그리고는 무엇인가 구실을 만들어서 남에게 분풀이를 한다.'

공작 부인은 이 두 사람으로부터 싸우듯 호소하는 여러 가지 설명을 들었으나 정신을 바짝 차리고 자신의 생각이 드러나지 않도록 조심스럽게 대답했다. 딱한 일은 두 시간 동안이나 세 사람은 몹시 따분한 장면을 계속 연출하고 있었다는 점이다. 대공은 라시가 책상 위에 놓고 간 두 개의 서류철을 직접 가지러 가려고 했다. 모후의 방에서 나오자 궁정의 모든 관리들과 오늘 연극에 참석했던 사람들이 대기하고 있었다.

"저리 비켜라!"

그는 지금까지 한번도 볼 수 없었던 험악하고 난폭한 어조로 고함쳤다. 자신이 손수 두 권의 서류철을 가지러 가는 것을 보이고 싶지 않았기 때문이다. 군주란 아무것도 손수 가지고 다니지 않으니까 말이다. 호령을 들은 사람들은 순식간에 모습을 감추었다. 그가 돌아오면서 보니 촛불을 끄고 있는 하인들이 보였다. 그는 하인들도 고함을 쳐서 쫓아 버렸다. 불쌍하게도 부관 퐁타나는 성실한 나머지 그 자리에 남아 있다가 똑같이 불호령을 맞고 달아났다.

"오늘 밤은 모두들 나를 화나게 만들고 있소."

그는 모후의 방에 들어오자 화를 내면서 공작 부인에게 말했다. 영리하고 재치 있는 여자라고 믿고 있는 그녀가 자기 생각을 꾹 누르고 전혀 의견을 말하지 않는 모습을 보고 화가 치민 것이었다.

그녀 쪽에서는 의견을 말하라고 하기 전에는 결코 아무 말도 하지 않으려고 결심했다. 이런 상태로 넉넉히 10분이 지나자 그토록 위엄을 부리던 대공도 할 수 없다는 듯이 그녀에게 말했다.

"어째서 당신은 아무 말도 하지 않소?"

"여기서는 마마를 모시는 것이 저의 임무입니다. 저는 옆에서 들은 이야기는 곧바로 잊어버려야 합니다."

"그러면 내가 명령하겠소!"

대공은 얼굴을 새빨갛게 붉히면서 말했다.

"당신의 의견을 말하시오!"

"범죄를 처벌하는 것은 그 범죄를 두 번 다시 되풀이하지 않도록 하기 위한 것입니다. 돌아가신 대공께서 독살을 당하셨다고요? 이것은 몹시 의심스런 이야기입니다. 과격파에 의해 독살을 당하셨을까요? 이것이 바로 라시가 증명하고 싶어하는 것입니다. 이 기회에 전하의 마음에 들면 언제까지나 전하의 필수품이 될 수 있을 테니까요. 만약 그렇게 된다면 전하께서는 군주의 자리에 오르신 지 얼마 되지 않으셨지만, 앞으로도 이런 일을 수없이 겪으셔야만 할 것입니다. 신하들은 전하께서 매우 인정이 많으신 분이라고들 말합니다. 이는 사실이지요. 전하께서 자유주의자의 목을 베지 않는 한 이런 흠모는 언제까지나 계속될 것입니다. 그리고 전하를 독살하려는 음모를 꾸미는 사람은 하나도 없을 겁니다."

"부인이 말하려는 것은 이것이군요."

대공 모후는 몹시 기분이 상한 듯 소리쳤다.

"내 남편을 독살한 암살자들을 처벌하지 않기를 바라는군요."

"맞습니다, 마마! 제가 그 암살자들에게 우정을 느끼고 있기 때문입니다."

공작 부인은 대공의 표정을 보고 그가 의심을 하고 있다는 것을 깨달았다. 자신과 모후가 미리 의논한 뒤에 대공에게 해야 할 행동을 가르쳐 주는 것은 아닌가 하는 의심 말이다. 두 여인은 또 한 번 냉혹한 말을 주고받았다. 마침내 공작 부인은 더 이상 한마디도 하지 않겠다고 말하고 입을 다물어 버렸다. 대공은 오랫동안 모후와 의견을 나눈 끝에 또다시 공작 부인의 의견을 물었다.

"아무 말씀도 안 드리겠다고 맹세했습니다."

"어린아이 같구려."

대공이 외쳤다.

"공작 부인! 그러지 말고 의견을 말해 보세요."

대공 모후는 위엄을 잃지 않고 말했다.

"안 됩니다. 그러나 전하!"

공작 부인은 대공을 보며 말을 이었다.

"전하께서는 프랑스어를 손쉽게 읽으실 수 있으시니 초조하고 불안한 마음을 진정시키기 위해, 저희들에게 라퐁텐의 우화를 읽어주실 수 없겠습니까?"

대공 모후는 이 '저희들' 이라는 표현을 듣고 무례하다고 생각했으나 시녀장이 침착하게 책장을 열고 라퐁텐의 우화집 한 권을 찾아왔을 때는 놀라기도 했고 흥미가 생기기도 했다. 공작 부인은 책장을 넘긴 뒤에 대공에서 책을 넘겨주었다.

"전하, 이 우화를 끝까지 읽어 주세요."

정원사와 영주

어느 마을에 정원 가꾸기를 즐기는
반은 농사꾼에, 반은 지주인 사내가
훌륭한 정원과 그에 딸린 채소밭을 가지고 있었다.
생나무 울타리가 쳐진 그곳에서는
괭이밥과 상추가 풍성하게 자랐으며
마고의 생일 축하 꽃다발로
스페인 산의 자스민은 없어도 사향풀은 많았다.
그런데 이 꽃밭을 토끼가 짓밟아 버렸기에
사내는 영주를 찾아가 호소했다.
"그 망할 들짐승이 밤낮으로 와서 포식을 하나 덫도 소용이 없고,
돌을 집어던져도, 몽둥이를 휘둘러도 소용이 없으니,
그 녀석은 마법사임에 틀림없습니다."
"마법사라고! 말도 안 된다."
영주가 대답했다.
"설령 악마라 한들, 제가 아무리 꾀를 부린들
나의 사냥개 미로가 잡아 줄 것이다.
목숨을 걸고 꼭 잡아 주마."
"그럼 언제요?"
"내일이다."

이렇게 약속이 정해지고 영주는 부하들을 데리고 왔다.
"자아! 우선 식사를 해야겠다."
영주가 말했다.
"네가 기른 닭은 고기가 연하냐?"
식사가 끝나자 사냥꾼들의 떠들썩한 소리.
다들 기세 등등하여 만반의 준비를 하고,
요란스런 나팔 소리, 뿔피리 소리가 울려 퍼지자
사나이는 깜짝 놀라 귀를 막았다.
그러나 더 끔찍한 것은, 그 대책 없는 사냥꾼들에게 짓밟힌 채소밭.
채소밭도, 꽃밭도 무참히 짓밟혔다.
상추도, 양파도 모두 없어져 버렸다.
수프를 끓일 채소조차 남지 않았다.
사내가 말했다. "이건 영주의 놀이다."
그러나 그런 말을 한들 아무 소용이 없었다.
사냥개와 사냥꾼들이 달려들어 한 시간 만에
나라 안의 모든 토끼가 달려들어 백 년 동안 뜯어먹는다 해도 그렇지는 못할 만큼
엉망진창으로 만들어 버렸다.

작은 땅의 군주들이여! 분쟁이 생기면 당신들끼리 해결하라.
잘난 임금님께 도움을 청하면 틀림없이 몹쓸 짓을 당한다.
힘센 이를 당신들의 분쟁이나 영토에 끌어들이는

일은 하지 않는 것이 지혜로운 것이다.

이 낭독이 끝나고 한참 동안 침묵이 계속되었다. 대공은 손수 책을 책장에 꽂고 나서 방안을 이리저리 거닐었다.
"자, 그럼. 이제 당신의 의견을 말해요."
대공 모후가 공작 부인에게 말했다.
"안 됩니다! 대공 전하가 저를 대신으로라도 임명해 주시지 않는 한은 그럴 수 없습니다! 지금 제 의견을 말씀드리게 되면 시녀장의 지위도 위태로워집니다."
그러고 나서 15분 가량 침묵이 계속되었다. 문득 대공 모후는 옛날 루이 13세의 모후였던 마리 드 메디시스가 수행했던 역할을 떠올렸다. 지금까지 시녀장의 지시에 따라 책 낭송을 맡은 시종이 매일 바쟁의 명저 《루이 13세 시대의 역사》를 대공 모후에게 읽어 주었기 때문이다. 대공 모후는 몹시 화가 난 상태였으나 공작 부인이 이 나라를 떠나 버릴지도 모르겠고, 그렇게 되면 저 두렵기 짝이 없는 라시가 리슐리외(루이 13세 시대의 재상—옮긴이)처럼 자신의 아들을 부추겨서 자신을 추방시켜 버릴지도 모른다고 생각했다.
대공 모후는 어떻게 해서든 시녀장을 혼내 주고 싶었지만 그것은 생각뿐이고 뜻대로 할 수가 없었다. 그녀는 억지로 웃음을 띠면서 공작 부인의 손을 다정하게 잡고 말했다.
"어서, 나에 대한 우정의 표시로 말해 주세요."
"그러면 한마디만 말씀을 올리겠습니다. 그 마음씨 비뚤어진 라시가 수집한 서류는 모두 불태워 버리세요. 단, 그 일을 그자에게 절대로 말해서는 안 됩니다."

그러고 나서 매우 정답게 대공 모후의 귀에 대고 속삭였다.

"라시는 리슐리외 같은 자가 될지도 모릅니다."

"세상에! 그 서류를 작성하는 데 8만 프랑이나 들었는데."

대공은 못마땅한 듯 말했다.

"대공 전하!"

공작 부인은 당당한 어조로 말했다.

"천한 신분의 악당을 가까이하셨기 때문에 그런 꼴을 당하신 것입니다. 설사 백만 프랑의 손해를 보셨더라도 다시는 그런 비열한 악당을 믿지 마세요. 선친께서 돌아가실 때까지 꼬박 여섯 해 동안 악인의 무리들 때문에 단잠 한 번 주무시지 못하셨던 것을 잊으셨습니까?"

'천한 신분'이란 말 때문에 대공 모후는 몹시 기분이 좋았다. 그녀는 모스카 백작과 그의 애인이 재능만을 높이 평가한다고 생각하고 있었다. 그런데 재능이란 항상 과격한 개혁파와 연관이 있었던 것이다.

한참 동안 침묵이 계속되었다. 그 사이에 대공 모후는 깊은 생각에 잠겼다. 궁정의 시계가 세 시를 알렸다. 대공 모후는 일어나서 공손하게 아들에게 절을 한 후 말했다.

"나는 건강상 더 이상 이 토론에 참여할 수 없습니다. 천한 신분의 장관은 이제 지긋지긋합니다. 비밀 정보를 캐내는 데 필요한 돈이라고 요구한 것 중에서 절반을 이미 그 라시라는 자가 자기 호주머니에 넣었을 거라는 생각을 지워버릴 수가 없습니다."

대공 모후는 촛대에서 초를 두 자루 빼들어 불이 꺼지지 않도록 조심하면서 난로 안에 세워 넣었다. 그리고 아들 곁으로 다가가서 말을 이었다.

"라퐁텐의 우화가 남편의 원수를 갚고 싶다는 정당한 바람을 이겨냈습니다. 그 서류를 태워 버리세요, 전하!"

대공은 꿈쩍도 않고 서 있었다.

'바보 같은 표정이군.'

공작 부인은 생각했다.

'백작이 말한 그대로구나. 죽은 대공이라면 결정을 내리느라 새벽 세 시까지 우리를 잠도 못 자게 하지는 않았을 텐데……'

대공 모후는 계속해서 말했다.

"천한 신분의 사법장관이 이 꼴을 보았다면 몹시 기뻐했겠지요. 자신의 영달과 욕심을 채우려고 거짓으로 꾸민 이 종이 부스러기가 이 나라 최고의 지위에 있는 두 사람을 잠도 못 자게 했다고……"

울컥 화가 치민 대공은 갑자기 서류철 하나를 움켜잡더니 알맹이를 쥐어뜯어 난로 속에 던져 버렸다. 종이 뭉치가 하마터면 세워진 두 자루의 촛불을 꺼버릴 뻔했다. 연기가 온 방 안에 퍼졌다. 대공 모후는 아들의 표정을 살폈다. 그는 지금이라도 타고 있는 서류에 물을 부어 8만 프랑짜리 서류를 구하고 싶은 듯이 보였다.

"창문을 여세요!"

대공 모후는 짜증스런 목소리로 공작 부인에게 소리를 쳤다.
　공작 부인은 재빨리 시키는 대로 했다. 갑자기 종이에 불이 붙어 훨훨 타올랐다. 난로 속에서 요란한 소리가 났고, 밝은 불꽃이 넘실거렸다.
　대공은 금전 문제에 관한 한 매우 인색했다. 그는 궁정 전체에 불이 붙어 모든 재산이 남김없이 잿더미가 되는 것이 아닌가 걱정했다. 그는 창가로 달려가 쉰 목소리로 다급하게 위병을 불렀다. 대공이 황급히 부르는 소리를 듣고 호위병들이 요란스럽게 떠들면서 가운데 뜰로 모여들었다. 그가 난로 앞으로 다시 돌아와 보니 열린 창문에서 세차게 불어오는 바람으로 인해 난로 속의 불길은 점점 세차게 타오르고 있었다.
　그가 당황하여 펄쩍 뛰면서 고함을 치는 모습은 완전히 미친 사람같이 보였다. 그는 방안을 두서너 번 빙빙 돌더니 방에서 뛰쳐나가 버렸다.
　대공 모후와 시녀장은 서로 마주 보면서 우뚝 선 채 아무 말이 없었다.
　'또 화를 낼 건가?'
　공작 부인은 생각했다.
　'그렇지만 어쨌든 이번 싸움은 내가 승리했다.'
　그녀는 대공 모후가 화를 낸다면 당당하게 대답을 하리라 마음먹었다. 그러다가 정신이 번쩍 들었다. 아직도 서류철이 하나 더 남아 있었던 것이었다.
　'아니다. 이제 겨우 절반만 이긴 것이다.'
　그녀는 몹시 냉정한 표정을 지으면서 차디찬 목소리로 대공 모후에게 말했다.

"나머지 서류도 마저 태워 버리시겠습니까?"

"어디서 태워요?"

대공 모후는 무뚝뚝하게 대답했다.

"거실에도 난로가 있지 않습니까! 조금씩 나누어서 태우면 아까처럼 위험한 일은 없을 것입니다."

공작 부인은 서류철을 옆에 끼고 초 한 자루를 뽑아들고 거실로 갔다. 그녀는 잠시 멈춰 서서 서류를 뒤적여 보았다. 그것은 공술서였다. 그녀는 대여섯 다발의 서류를 어깨에 걸친 숄 밑에 감춘 뒤에 나머지 서류는 깨끗이 불태워 버렸다. 그리고 대공 모후에게는 인사도 하지 않고 모습을 감추었다.

'대담한 짓을 했구나.'

그녀는 웃으면서 생각했다.

'하지만 자칫 잘못했으면 고독한 미망인의 허세가 나를 단두대로 보낼 뻔했으니까.'

대공 모후는 공작 부인이 마차를 타고 궁정에서 떠나는 소리를 듣고 나서야 시녀장에 대한 참을 수 없는 분노가 끓어올랐다.

적당한 시각은 아니었지만 공작 부인은 백작에게 자기 집으로 와 달라는 전갈을 보냈다. 백작은 궁정에서 일어난 불소동 때문에 궁정에 있었으나 곧 모든 일이 마무리되었다는 소식을 가지고 찾아왔다. 백작이 말했다.

"젊은 군주가 참다운 용기를 보여 주었기에 진심으로 칭찬의 말을 해주었소."

"급합니다. 어서 이 공술서를 검토해 주세요. 그리고 한시라도 빨리 불태워 버려야 해요."

백작은 그것들을 훑어보더니 얼굴이 새파랗게 질려 버렸다.

"세상에! 이자들은 진상을 정확하게 파악하고 있습니다. 이것은 무서울 만큼 완벽한 기소 자료입니다. 이자들은 페란테 팔라의 행적을 완전히 조사했습니다. 만일 그가 체포되어 입을 열게 되면 우리로서도 어쩔 수 없이 손을 들 뻔했습니다."

"그 사람은 절대로 자백하지 않을 겁니다."

공작 부인이 말했다.

"그는 명예를 존중하는 사람입니다. 어서 그걸 태워 버려요. 어서요!"

"잠깐만 기다려 주세요. 열다섯 명쯤 되는 위험한 증인들의 이름을 적어 둡시다. 라시가 또다시 일을 꾸미면 이 사람들을 납치해서 감춰 버립시다."

"다시 말씀드립니다만 대공께서는 오늘 밤의 서류 소각 사건을 라시 장관에게는 말하지 않겠다고 약속하셨습니다."

"겁이 많은 그로서는 라시와 말다툼을 하기 싫어 그 약속만은 지킬 것 같습니다."

"그런데 내 사랑! 이번 사건으로 인해 우리 결혼도 빨리 이루어질 것 같아요. 저는 재판 문제 같은 것을 가슴에 안은 채 결혼하고 싶지 않았거든요! 더욱이 그것은 제가 당신 아닌 다른 사람을 위해 저지른 범죄니 말입니다."

백작의 마음은 뜨겁게 불타올랐다. 그는 그녀의 손을 잡고 자기의 생각을 정신없이 지껄였다. 눈에는 눈물이 글썽거리고 있었다.

"돌아가시기 전에 앞으로 대공 모후를 어떻게 대하면 좋을지 가르쳐 주세요. 저는 기운이 하나도 없어요. 공연장에서 한 시간, 대공 모후의 방에서 다섯 시간이나 연기를 했으니까요."

"대공 모후께서 다소 험악한 말을 하셨다고 하나, 그분은 마음이 약하시니, 오늘 밤 당신이 궁정에서 물러나올 때 하직 인사를 하지 않은 것만으로 충분한 복수를 한 것입니다.

내일은 아무 일도 없었던 것처럼 행동하십시오. 라시는 아직 감옥에 갇히지 않았으며 추방당하지도 않았습니다. 저도 아직은 파브리스의 판결문을 없애지 못하고 있습니다.

당신은 대공 모후께 결단을 강요하는 행동을 하셨는데 그런 행동은 군주는 물론, 수상의 기분이라도 상하게 만들 수가 있습니다. 결국 당신은 대공 모후의 시녀장, 즉 시중드는 하인에 불과하니 이 점을 명심하셔야 합니다.

마음이 약한 대공은 사흘도 못 되어 라시를 더욱 총애하시게 될 것입니다. 그 녀석은 누군가를 교수형에 처하려고 끝까지 버틸 것입니다. 대공을 자기 손아귀에 넣지 않고는 조금도 마음을 놓을 수가 없기 때문입니다.

오늘 밤의 불 소동에서 부상자가 한 명 발생했습니다. 양복일을 하는 사람인데 매우 용감하게 활약했습니다. 내일 대공에게 그 사람의 문병을 가자고 청할 것입니다. 그리고 완전히 무장을 갖추고 가면서 사방을 경계하는 겁니다. 더구나 젊은 대공께서는 아직 사람들의 원성을 듣고 있지는 않습니다. 저는 젊은 대공이 거리의 산책을 즐겼으면 좋겠습니다. 그 까닭은 언젠가는 지금의 제 자리를 차지하게 될 라시를 곯려 주기 위해서랍니다. 그 녀석은 이런 대담한 행동은 흉내도 내지 못할 테니까요.

부상자의 문병을 마치고 돌아오면서 저는 대공을 선친의 동상 앞으로 모시고 지나갈 것입니다. 그러면 그는 얼빠진 조각가가 입혀 놓은 고대 로마식의 길다란 옷자락 밑이 무수한 돌팔매질로 인해 깨져 나간 것을 보게 될 것입니다. 둔한 사람이 아니니, 과격파를 잡아서 처형하면 자신도 이런 꼴을 당한다는 것을 깨닫게 될 것입니다. 그때 저는 이렇게 말할 것입니다. '과격파를 처형시키려면 모조리 잡아죽여야 합니다. 그럴 수 없다면 한 명도 죽여서는 안 됩니다. 성 바르톨로메오 축일의 대학살은 프랑스의 신교도를 완전히 멸종시켰지요'라고 말입니다.

내일 대공이 산책을 나가기 전에 꼭 만나서 이런 말을 해주십시오. '어젯밤에는 마치 대신이라도 된 것처럼 여러 가지로 저의 의견을 말씀드렸습니다만, 대공의 명령에 복종하느라 마마의 기분을 언짢게 해드렸습니다. 대공은 그 보상을 해주셔야 합니다'라고요.

그러면 대공은 돈을 요구하고 있는 것으로 생각하고 틀림없이 불쾌하고 언짢은 표정을 지을 겁니다. 그 정도로 그분의 마음을 상하게 만들어 주십시오. 그리고는 이렇게 말하십시오.

'부디 파브리스가 법정에 참석하여 이 나라에서 가장 존경받는 열두 명의 재판관으로 하여금 재판을 받게 해주십시오.'

그리고 그 아름다운 손으로 손수 명령서를 써서 대공의 서명을 받아 두십시오. 그 명령서를 쓰는 방법은 제가 가르쳐드리지요. 물론 최초의 판결은 무효라는 문장을 넣는 것을 잊지 않아야 할 것입니다.

그런데 대공이 이를 반대할 이유가 딱 하나 있습니다. 하지만 당신과 제가 잘 처리하면 대공도 눈치채지 못할 것입니다. 대공은 파브리스를 자수시키라고 말할지도 모릅니다. 그러면 시립 감옥에 자수시키겠다고 말하세요. 아시는 바와 같이 그곳은 제 관할이니 파브리스를 매일 밤 만날 수 있게 해드릴 수 있습니다.

만약 또 대공이 '안 된다. 탈옥을 해서 내 성채 감옥의 명예를 손상시켰다. 그러니 체면상 먼저 갇혀 있던 곳으로 돌아와야 한다'라고 말하면 그때는 당신도 되받아 말하십시오. '그렇게 할 수는 없습니다. 만일 그곳으로 돌아가면 나의 적 라시가 어떤 모진 대접을 할지 모릅니다'라고요. 그리고 당신의 장기인 애교 넘치는 말투로 대공을 설득시켜야 할 일이 있습니다. 라시를 자극하기 위해 그 불 소동을 그에게 살짝 흘리겠다고 말입니다. 그래도 대공이 이를 거부하면 이 주일쯤 사카에 다녀오겠다고 하십시오.

파브리스를 불러서 또다시 그를 형무소로 되돌려보낼지도 모르는 이 방법에 대한 그의 의견을 들어 보십시오. 만일의 경우 파브리스가 형무소에 갇혀 있는 동안 라시가 나를 독살할 수도 있을 것이고 그렇게 되면 파브리스의 목숨도 위태로워집니다.

하지만 그런 불상사는 생기지 않을 것입니다. 아시다시피 저는 프랑스인 요리사를 고용했는데 그는 몹시 명랑한 성격으로 농담을 좋아합니다. 예로부터 농담을 즐겨하는 자는 살인을 못한다고 하지 않습니까? 파브리스에게는 벌써 말해둔 것이 있습니다. 그의 행동이 정당하고 용감한 것이었다고 증언해 줄 증인을 모두 찾아냈다는 사실 말입니다. 지레티가 살의를 품고 먼저 싸움을 걸어왔다는 것은 분명 사실입니다. 이 증인에 대해 지금까지 아무 말도 하지 않은 것은 당신을 깜짝 놀라게 해드리고 싶어서였습니다. 그런데 이 계획도 실패로 끝났습니다. 대공이 승인한다는 서명을 안 해주니 말입니다.

저는 파브리스를 고위직 성직자로 만들어 주겠다고 약속했습니다만, 만일 우리의 적들이 로마 교황청에 그가 살인 혐의를 받았다는 사실을 알리면 이 역시 매우 어려워질 것이라고 생각합니다.

파브리스가 정당하고 공정한 재판을 받지 못한다면 평생 동안 지레티라는 불쾌한 이름이 그를 괴롭힐 것이라는 것을 잘 아시겠지요? 자신의 무고함을 믿으면서 재판을 받지 않는 것은 겁쟁이들이나 하는 짓입니다. 혹 유죄를 선고받는다 해도 저는 파브리스를 무죄 방면시키겠습니다. 제가 이런 이야기를 끝내기도 전에 그 성급한 청년은 연감을 꺼냈습니다. 우리는 공명정대하고 학식이 뛰어난 재판관을 열두 명 골랐습니다. 명부를 작성했다가 그 중 여섯 사람을 빼고 그 대신에 저의 개인적인 적들 중에서 법률가 여섯 사람을 넣으려고 했지만 그렇게 적합한 사람이 두 사람밖에 없어서 나머지 네 사람은 라시의 심복 악당으로 보충해 놓았습니다."

백작의 계획을 듣고 그녀는 불안해했다. 그러나 냉철하게 판단한 끝에 이 계획을 수긍하게 된 부인은 백작이 가르쳐 주는 대로 명령서를 작성했다.

백작은 아침 여섯 시가 넘어서야 그녀의 집에서 나왔다. 그녀는 잠을 청해 보았으나 잠들 수가 없었다. 아홉 시에 파브리스와 식사를 했는데, 파브리스는 하루빨리 재판을 받기를 원하고 있었다. 그녀는 열 시에 대공 모후의 방에 들어갔으나 만날 수는 없었다. 열한 시에는 마침 접견 중이던 대공을 만났다. 대공은 한마디 말도 없이 그 명령서에 서명을 해주었다. 공작 부인은 그 명령서를 백작에게 보내고 잠을 잤다.

백작이 대공이 보고 있는 앞에서 그날 아침에 대공이 서명한 명령서에 라시의 연서를 하도록 했을 때 이 사내가 난리를 치던 모습은 참으로 볼 만했다. 그것은 재미있는 이야깃거리가 되겠지만 바쁜 사건에 쫓기고 있으므로 생략하기로 하겠다.

백작은 이 명령서에 이름이 실린 각 재판관의 자격을 논하고 변경을 요구했다. 그러나 이런 재판 절차의 이야기는 궁정에서 일어나는 뒷거래처럼 좀 지루하겠기 때문에 간단히 줄이기로 하겠다. 여하튼 지금까지의 이야기를 통해서 끌어낼 수 있는 교훈은 다음과 같은 것이었다. 궁정 생활에 뛰어든 자는 만약에 과거에 행복했었다면 그 행복이 무너질 것이고,

또한 어떤 경우든지 자신의 장래를 한낱 궁정 부인의 모략에 맡겨야 하는 신세가 되리라는 것이었다.

한편 아메리카였다면 온종일 거리에 널려 있는 장사치들의 눈치를 살피느라고 고달플 것이고, 자신도 그 장사치들만큼이나 바보가 되지 않을 수 없을 것이다. 그 나라에는 오페라도 없지 않은가.

저녁 무렵에 잠에서 깨어난 공작 부인은 큰 불안감을 느껴야만 했다. 파브리스가 모습을 감춘 것이었다. 한밤중이 되어서야 궁정의 공연장에서 그의 편지를 받았다. 그는 백작이 관할하고 있는 시립 감옥으로 가지 않고 성채 감옥 안의 그가 갇혀 있던 방으로 찾아간 것이었다. 클레리아 곁에서 지내는 것을 무엇보다 행복해하면서 말이다.

이는 무서운 결과를 낳을 수 있는 일이었다. 성채에 가게 되면 우선 독살의 위험이 따른다. 공작 부인은 파브리스의 미치광이 같은 행동을 알고 절망에 빠져 버렸다. 그러나 공작 부인은 이 어처구니없는 행동의 원인인 클레리아에 대한 그리움을 용서했다. 며칠 밤만 지나면 클레리아는 엄청난 부자인 크레센치 후작과 결혼하게 될 것이었다. 그런데 무모한 짓을 저지른 결과 파브리스는 공작 부인에 대한 그의 영향력을 되살려냈다.

'고심해서 서명을 받은 명령서가 도리어 파브리스를 위험에 빠뜨리다니! 어째서 남자들이란 그렇게도 명예에 집착하는 걸까! 라시와 같은 악당이 사법장관인 나라, 절대군주가 다스리는 나라에서 명예에 집착한다는 것은 바보 같은 짓이다. 이럴 줄 알았더라면 처음부터 대공의 특별 사면을 받았을 것을. 비밀 법정을 소집하는 명령서에 서명하듯이 간단하게 사면을 해주었을 텐데…… 파브리스처럼 신분이 높은 자가 지레티 같은 하찮은 배우를 죽인 것으로 비난을 받는다 해도 무슨 상관인가!'

공작 부인은 파브리스의 편지를 받고 바로 백작에게 달려갔다. 백작의 안색도 창백했다.

"그럴 수가! 이 아이의 일에는 아무리 갖은 묘책을 열심히 세워도 일이 참 신통치 않게 되어 가는군요. 또다시 당신의 원망을 받게 되었습니다. 저는 어제 저녁에 시립 감옥의 간수들을 불러서 모든 일을 잘 일러 놓았습니다. 그러니 그가 시립 감옥으로 자수해 왔다면 매일 밤 당신 집에 가서 차를 마시고 자유롭게 행동할 수 있었을 텐데…….

그런데 이제는 독약이 걱정된다고 대공께 말씀드릴 수도 없게 되어 버렸습니다. 참으로 일이 맹랑하게 되었습니다. 또한 라시가 그를 독살하려 한다고는 더욱더 대공께 말할 수가 없게 되었습니다. 그런 의심 자체가 바로 대공을 노하게 할 것입니다. 그래도 당신이 원하신다면 지금 바로 궁정에 들어가 봅시다. 그러나 대공의 대답은 우리가 예상한 그대로일 것입니다.

또 하나 말씀드리지요. 나 자신을 위해서라면 쓰고 싶은 생각이 없는 방법입니다만, 저는 이 나라에서 세력을 장악한 후 아직 한 번도 사람을 죽인 적이 없습니다. 사실 이 점에 있어서는 제가 좀 미련해서 이따금 해가 지면 스페인에서 별 생각없이 총살해 버린 두 밀정의 얼굴이 되살아날 정도입니다. 그건 그렇고, 어떻습니까? 라시를 없애 드릴까요? 그 녀석이 살아 있으면 파브리스에게 어떤 위험한 짓을 할지 모릅니다. 그것이 저를 몰아낼 수단이 되기 때문입니다."

이 제안을 듣고 공작 부인은 몹시 기뻐했다. 그러나 찬성하지는 않았다.

"싫어요."

그녀가 백작에게 말했다.

"나는 우리가 파르므를 떠나 나폴리의 아름다운 하늘 밑에서 살게 될 때 당신이 해가 질 때마다 우울해하는 것을 보고 싶지 않아요."

"그러나 우리는 우울함을 선택할 수밖에 없습니다. 만일 파브리스가 병으로 죽기라도 한다면 당신은 어떻게 되고, 저는 또한 어떻게 되겠습니까?"

이 방법을 둘러싸고 격심한 논쟁이 벌어졌다. 공작 부인은 이렇게 말하며 이야기를 끝맺었다.

"라시가 목숨을 건진 것은, 내가 파브리스보다 당신을 사랑하기 때문이에요. 우리의 만년을 우울함으로 물들이기 싫어요."

공작 부인은 성채로 달려갔다. 파비오 콘티 장군은 기세가 등등하여 군법을 들이대며 그녀의 청을 거절했다. 대공의 서명을 받은 명령서를 가져오지 않는 한 그 누구도 감옥 안으로 들어올 수 없다는 것이었다.

"그렇지만 크레센치 후작과 그의 악단은 매일 이곳에 오지 않습니까?"

"그건 내가 대공의 명령서를 받았기 때문입니다."

가엾게도 공작 부인은 미처 자기 자신의 불행을 전부 다 알지 못하고 있었다. 파비오 콘티 장군은 파브리스의 탈옥 때문에 자신의 명예가 더럽혀졌다고 생각했다. 그래서 파브리스가 다시 이 성채에 나타났을 때—그는 어떠한 명령서도 받은 적이 없으므로 그를 체포할 수 없었다—이렇게 생각했다.

'내 명예를 회복하고 군인의 삶에 흠집을 남긴 그 치욕을 없애라는 뜻으로 신께서는 이자를 보내주셨다. 이 기회를 놓쳐서는 안 된다. 이 놈은 머지않아 석방될 것이다. 복수를 위한 시간이 부족하다.'

25장

 우리 주인공의 출현은 클레리아를 절망에 빠뜨렸다. 오로지 경건할 뿐, 자기 마음을 속일 줄 모르는 이 처녀는 파브리스와 떨어져서는 결코 행복할 수가 없다는 것을 알고 있었다. 그러나 아버지 독살 소동이 일어났을 때, 스스로를 희생하여 크레센치 후작과 결혼하겠다고 성모 마리아께 맹세했다. 그리고 파브리스를 만나지 않겠다고 맹세했던 것이다. 그래서 파브리스가 탈주하기 전날, 그에게 쓴 편지에서 자신의 마음을 고백한 것 때문에 양심의 가책을 받고 있던 터였다.
 그녀는 이런 비통한 심정으로 새들이 날아다니는 것을 바라보고 있었다. 그러다가 그리움을 느끼며 늘 하던 대로 파브리스가 자신을 건너다보던 창 쪽으로 눈길을 돌렸다. 바로 그때 그가 나타나 반갑게 인사를 했다. 그 순간에 그녀의 심정이 어떠했을까 하는 것은 도저히 글로 묘사할 수 없을 것이다.

그녀는 신의 벌을 받아 그의 환영이 보이는 것이라 생각했다. 이윽고 냉정함을 되찾게 되자 그녀는 무서운 현실을 직시하게 되었다.

'그가 붙잡혔다. 이젠 끝이다!'

그녀는 그가 탈옥한 뒤에 성채 안에서 어떤 말이 떠돌았는지를 회상했다. 하급 간수들조차 대단한 모욕을 받은 것처럼 욕설을 퍼부었다. 클레리아는 파브리스를 바라보았다. 그녀의 눈은 무의식중에 열정을 내비치고 있었다. 그녀는 자기 자신도 이를 어쩔 수 없다는 것에 절망을 느꼈다. 그녀의 눈은 파브리스에게 이렇게 말하는 것 같았다.

'내가 아무리 호화로운 저택에서 살더라도 절대로 행복해질 수 없다는 것을 아시죠? 우리 아버지는 당신도 우리 집과 똑같은 가난뱅이라고 말합니다만, 그 가난을 함께 나눌 수만 있다면 얼마나 행복할까요? 아아! 그런데 이제 우리는 두 번 다시 서로 만나서는 안 됩니다.'

클레리아는 알파벳을 써서 대화를 나눌 기력도 없었다. 파브리스를 보다가 어지러움을 느껴서 창가의 의자에 쓰러지듯 앉았다. 그러나 얼굴만은 창문턱에 기댔다. 최후의 순간까지 그를 보려는 듯 눈을 그에게 고정시키고 있었다. 그 역시 그녀의 얼굴을 바라보고 있었다. 그녀는 눈을 감았다가 다시 뜰 때에도 파브리스를 바라보았다. 파브리스의 눈에 눈물이 고였다. 그것은 행복한 눈물이었다. 파르므를 떠나 있던 동안에도 그녀가 자신을 잊지 않았던 것에 감동을 받았던 것이다.

젊은 남녀는 잠시 동안 미동도 하지 않고 서로를 바라보았다.

파브리스는 마치 기타 소리에 맞추어서 노래하듯 즉흥적으로 가사를 중얼거렸다. '나는 당신이 보고 싶어서 이 감옥에 들어왔소. 나는 재판을 받을 것이오.' 라는 가사였다.

이 말을 듣자 클레리아는 다시 도덕심을 느끼기 시작했다. 갑자기 일어서더니 자기의 눈을 가리고 초조한 듯한 몸짓으로 다시는 그를 볼 수 없다는 것을 알리려 했다. 이미 성모 마리아께 맹세하고도 그를 바라보고 만 것이었다.

그래도 파브리스가 사랑을 고백하려고 애를 쓰자 클레리아는 도망칠 수밖에 없었다. 그러면서 이젠 다시는 그가 있는 쪽을 보지 않으리라 굳게 맹세했다.

'나의 눈이 그를 바라보는 일은 없을 것입니다.'

그녀는 정확히 이렇게 맹세했었다. 그리고 그 맹세를 종이에 적어, 그것을 숙부가 미사를 올리고 있는 동안 제단에 바쳤고 미사가 끝나자 태워 버린 것이었다.

그러나 이런 굳은 맹세에도 불구하고 파브리스가 파르네세 탑으로 돌아오자, 클레리아는 또다시 옛날처럼 행동하게 되었다.

그녀는 하루 종일을 방에서 보내곤 했다. 그러나 뜻밖에도 파브리스를 보게 된 그날의 동요가 가라앉자 저택의 이곳저곳을 돌아다니며, 하인들과 이야기를 나누었다. 부엌에서 일하는 수다스런 노파는 못할 말을 한다는 듯이 말했다.

"파브리스 나리도 이번에는 살아서 나가지 못하실 겁니다. 못하고말고요."

"이젠 벽을 뛰어넘는 잘못 같은 것은 하지 않으시겠지……."

클레리아가 말했다.

"그 대신 무죄가 되면 정문으로 나오실 수 있을 거야."

"나리가 감옥에서 나오실 때에는 관 속에 계실 겁니다. 틀림없어요."

클레리아의 얼굴이 새파랗게 질렸다. 노파는 이 말을 하고는 제 입을 손바닥으로 틀어막았다. 사령관 따님에게 큰일날 소리를 했다고 생각한 것이다. 어차피 이 아가씨는 파브리스가 병으로 죽었다고 사람들에게 말하지 않으면 안 될 신분이 아닌가.

클레리아는 제 방으로 돌아가는 길에 감옥의 의사를 만났다. 솔직하면서도 겁이 많은 이 의사는 파브리스가 중병에 걸렸다고 말했다. 이 말을 듣고 클레리아는 몸을 가누지 못했다.

그녀는 친절한 숙부 돈 체사레를 찾아다닌 끝에 예배당에서 열심히 기도를 올리고 있는 그를 찾아냈다. 그는 클레리아로부터 이야기를 전해 듣자 얼굴색이 변했다.

저녁 식사를 알리는 종이 울렸다. 식탁에서 장군과 동생은 서로 아무 말도 하지 않았다. 그러나 식사가 거의 끝나갈 무렵, 장군이 동생에게 두세 마디 지독한 농담을 던졌다. 동생은 하인들에게 물러가라는 눈짓을 보냈다.

"형님!"

돈 체사레가 사령관에게 말했다.

"저는 이 성에서 나가겠습니다. 사직하겠어요."

"그래! 좋다. 그러니까 내가 남들에게 의심을 받게 되길 바라는 거구나…… 그래, 사직의 이유가 뭐냐?"

"저의 양심입니다."

"네 맘대로 해라. 너는 일개 신부일 뿐이야. 네 따위가 명예를 알 리가 없지."

'파브리스는 죽을 것이다.'

클레리아는 생각했다.

'저녁 식사 속에 독을 넣었을 것이다. 아니면 내일이라도 그렇게 할 것이다.'

그녀는 새장이 있는 방으로 달려갔다. 피아노를 치고 노래를 부르면서 이야기를 하기로 결심한 것이다.

'참회는 나중에 하자. 한 사람의 목숨을 위해 맹세를 깨는 것이니까 용서해 주실 거야.'

그런데 새장이 있는 방에 들어서니 파브리스의 방 창문에는 차양 대신에 쇠창살이 달린 판자가 달려 있는 것이 아닌가! 그녀는 망연자실해서는 노래가 아니라 미친 사람처럼 울부짖으면서 죄수에게 위험을 알리려 했다. 그러나 아무런 응답이 없었다. 죽음과 같은 침묵만이 파르네세 탑을 감싸고 있었다.

'이제 모든 것이 끝났다.'

그녀는 생각했다. 그녀는 정신없이 계단을 내려가다가 다시 뛰어올라갔다. 약간의 돈과 조그만 다이아몬드 귀걸이를 가지러 가기 위해서였다. 그리고 나가다가 저녁 식사 때 먹다 남겨서 찬장에 넣어둔 빵을 꺼냈다.

'그가 아직 살아 있다면 그의 목숨을 구하는 것이 나의 의무다!'

그녀는 탑의 작은 문을 향해 당당하게 걸어갔다. 문은 열려 있었다. 그리고 기둥이 늘어선 1층 방에서는 막 병사들이 배치를 끝낸 상태였다. 그녀는 위엄 있는 얼굴로 병사들을 바라보았다.

그녀는 그들을 지휘하는 상사에게 말을 걸어 볼 작정이었다. 그러나 상사는 그 자리에 없었다. 클레리아는 기둥을 휘감은 나선형 계단으로 재빨리 올라갔다. 병사들은 영문을 모르고 우두커니 바라보고만 있었다. 그녀의 레이스가 달린 숄과 모자가 그들을 제지한 것 같았다. 2층에는 아무도 없었다. 3층에 다다르자, 복도는 세 개의 쇠창살문으로 가로막혀 있었고, 그녀가 처음 보는 간수가 자리를 지키고 있었다. 간수가 놀라서 말했다.

"그는 아직 식사를 안 했습니다."

"알아요."

클레리아가 거만한 태도로 말했다. 이 간수도 그녀를 제지하지는 못했다. 스무 걸음쯤 걸어가자, 술을 마셔서 얼굴이 빨개진 듯한 늙은 간수 하나가 파브리스의 감방으로 올라가는 여섯 계단의 첫 계단에 앉아 있었다. 그가 말했다.

"사령관의 명령서를 갖고 계십니까?"

"내가 누군지 모르나요?"

이때 클레리아는 초인적인 어떤 힘에 의해 움직이고 있는 듯했다. 그녀는 오직 이 말만을 끊임없이 속으로 되풀이하고 있었다.

'내 남편을 구해야 해.'

늙은 간수가 "그렇지만 못 가십니다!"라고 외치고 있는 동안에 클레리아는 재빨리 여섯 계단을 뛰어올랐다. 그리고 문 앞에 섰다. 커다란 열쇠가 꽂혀져 있었다. 그녀는 온 힘을 다하여 열쇠를 돌렸다. 그때 술 취한 늙은 간수가 그녀의 드레스를 움켜잡았다. 그녀는 거친 몸짓으로 이를 뿌리치고 방안으로 들어가 문을 닫았다. 문틈에 낀 드레스가 찢어졌다. 간수가 들어오려고 문을 밀어댔으므로 그녀는 얼른 빗장을 질렀다.

파브리스는 음식이 놓여 있는 조그만 탁자 앞에 앉아 있었다. 그녀는 탁자로 달려들어 이를 뒤엎어 버렸다. 그리고 파브리스의 오른팔을 붙잡고 물었다.

"먹었어요?"

이런 친근한 말투는 파브리스를 매우 기쁘게 했다. 클레리아는 급히 서두르다가 여자다운 수줍음을 잊고 자신의 애정을 노골적으로 표시하고 만 것이었다.

파브리스는 이 치명적인 최후의 식사를 막 하려던 참이었다. 그는 그녀를 두 팔로 껴안고 입을 맞추었다. '이 음식에 독이 들었구나!' 라는 생각이 그의 뇌리를 스쳐갔다.

'아직 손을 안 댔다고 말하면 신앙심이 깊은 클레리아는 가버리고 말 것이다. 그러나 죽어가고 있다고 하면 내 곁에 있어 줄 것이 아닌가. 그녀에게는 하기 싫은 결혼을 하지 않을 구실이 필요하다. 그 구실이 지금 우연히도 우리에게 다가왔다. 간수들이 곧 몰려와서 문을 부술 것이다. 그렇게 되면 이상한 소문이 떠돌 것이고, 크레센치 후작도 결혼을 취소할 것이다.'

파브리스가 이런 생각을 하며 가만히 있는 사이에 클레리아가 벌써 그의 포옹에서 벗어나려고 버둥거리는 것이 느껴졌다.

"아직까지 고통은 느껴지지 않습니다만……"

그는 입을 열었다.

"얼마 후면 고통에 몸부림치며 당신 발 밑에서 뒹굴게 되겠지요. 내가 죽을 때까지 내 곁을 지켜줘요."

"당신은 나의 유일한 사랑이에요! 나도 같이 죽겠어요."

그녀는 이렇게 외치며 파브리스를 껴안았다. 뜨거운 정열에 차 있고, 더구나 옷이 어깨까지 내려온 그녀의 모습은 너무나 아름다웠다. 파브리스는 무의식중에 격정적인 행동을 했다. 그러나 그녀는 조금도 저항하지 않았다.

행복감과 자랑스러운 도취에 휩싸인 파브리스는 결국 말을 하고야 말았다.

"우리의 최초의 행복을 거짓말로 더럽힐 수는 없기에 고백하는 것입니다. 당신의 용기가 없었더라면 전 지금쯤 죽었거나 피를 토하고 있었을 겁니다. 당신이 들어왔을 때 전 막 식사를 하려던 참이었습니다."

파브리스는 클레리아의 노여운 표정을 보고, 자신이 독을 먹었을 경우에 벌어졌을 무서운 광경을 자세히 설명하기 시작했다. 그녀는 잠시 동안 그를 바라보았다. 서로 반대되는 두 가지 감정 때문에 괴로워하는 것 같았다. 그러더니 그의 품안으로 뛰어들었다. 복도 쪽에서 소란스러운 소리가 들렸다. 철창문 세 개가 차례대로 열렸다 닫히는 굉음이었다.

"아, 무기가 있었다면!"

파브리스가 외쳤다.

"내 무기는 이곳에 들어올 때 전부 다 압수당하고 말았습니다. 저자들은 나를 죽이러 오는 것일 테지요. 그럼, 나의 클레리아, 난 기쁘게 죽음을 맞이하겠습니다. 죽음이 행복을 가져다 줄 테니까요."

클레리아는 그를 끌어나왔다. 그리고 자루가 상아로 된 단검을 쥐어 주었다. 칼날의 길이가 나이프 정도밖에 되지 않는 것이었다. 그녀가 말했다.

"죽어서는 안 돼요. 끝까지 몸을 지키세요. 숙부가 이 소리를 듣는다면 용기도 있고, 정의감도 있는 분이니까 구하러 오실 거예요. 나는 저자들에게 할 말이 있어요."

이렇게 말하고 나서 그녀는 문 앞으로 갔다. 그리고 빗장을 열려다가 고개를 돌려 그를 바라보며 열정적으로 말했다.

"이번의 위험을 넘기게 되신다면 절대로 아무 거나 드시지 마세요. 대신 이 빵을 가지고 계시고……."

바깥의 발소리가 점점 가까워졌다. 파브리스는 그녀를 껴안아 뒤로 보낸 다음 자신이 문 앞에 섰다. 그리고는 문을 별안간 열어젖히고 단숨에 여섯 계단을 내려갔다. 그는 단검을 치켜들고 있었기 때문에 퐁타나 장군을 찌를 뻔했다. 장군은 뒤로 물러서며 겁에 질린 목소리로 말했다.

"델 동고 씨, 나는 당신을 구하러 왔습니다."

파브리스는 다시 계단을 올라가 방 안을 향해 외쳤다.

"클레리아! 퐁타나가 나를 구하러 왔습니다."

그러고는 장군에게로 가서 자신이 그런 행동을 한 것에 대해 차근차근히 설명을 했다. 순간적으로 화가 나서 한 행동이니 용서해 달라는 매우 정중한 사과였다.

"저는 독살되기 직전이었습니다. 제가 먹으려는 식사 안에 독이 잔뜩 들어 있었습니다. 다행히 손을 대지는 않았습니다만, 이런 일을 당하니 화가 났고, 당신이 사람들을 이끌고 오는 소리를 듣자마자 나를 확인 사살하기 위해 오는 줄로만 생각했던 것입니다. 장군님, 부탁입니다. 제 방에 아무도 못 들어오게 해주십시오. 증거가 인멸되면 안 되니까요. 우리의 군주께서 이 모든 일을 아셔야만 하니까요."

놀란 얼굴을 한 장군은 파브리스의 부탁대로 뒤쫓아오던 간수들에게 멈추라는 지시를 내렸다. 간수들은 독약의 음모가 탄로나자 황급히 사라졌다. 겉으로는 좁은 계단이므로 장군이 지나가는 데 방해가 될까 봐 길을 내기 위하여 먼저 나가는 척했지만 사실은 도망을 치는 것이었다.

파브리스는 둥근 기둥을 휘감은 나선형 계단에서 거의 15분 동안을 가만히 서 있어서 장군을 의아해하게 만들었다. 그는 클레리아가 2층의 어딘가로 숨을 시간을 벌어 주고 싶었던 것이다.

퐁타나 장군을 성채로 보낸 사람은 공작 부인이었다. 정신이 나간 사람처럼 별의별 행동을 하고 서야 겨우 그런 명령을 내릴 수 있었는데, 그것도 우연의 도움을 받은 것이었다. 자기만큼이나 당황해하고 있던 백작을 보낸 후 공작 부인은 궁정으로 달려갔다. 걱정을 드러내는 것을 천박한 일이라고 믿고 있던 대공 모후는 그녀가 미쳤다고 생각했다. 그리고 뚜렷한 호의를 보이고 싶은 생각조차 없었다. 공작 부인은 몹시 흥분해서 뜨거운 눈물을 흘렸다. 그리고는 똑같은 말을 되풀이했다.

"마마, 하지만 파브리스는 얼마 후 독살을 당할 겁니다!"

냉정한 대공 모후의 모습을 보고 공작 부인은 괴로움에 미쳐 버릴 것만 같았다. 그녀에게는 자신이 먼저 독약을 썼으니 이번에는 자신이 독약을 받아야 한다는 도덕적 반성이 조금도 없었다. 만약 그녀가 개인적인 성찰을 허락하는 북부 유럽의 종교를 믿고 자라난 여성이라면 이를 무시하지 못했을 것이다. 이탈리아에서는 흥분했을 때 그러한 반성을 하는 것은 쓸데없는 슬기라고 여겨졌다. 파리에서라면 이럴 때 농담이 튀어나오는 것과 마찬가지로 말이다.

절망한 공작 부인은 거실로 갔다. 그곳에는 마침 당직을 서고 있는 크레센치 후작이 있었다. 그는 공작 부인이 파르므로 돌아오자, 그녀가 없었더라면 좀처럼 이런 지위를 얻을 수는 없었을 거라는 매우 정중한 감사의 인사를 올렸었다. 그리고 그녀를 위한 일이라면 어떠한 일이라도 하겠다고 맹세했다. 공작 부인은 후작에게 다가가며 이렇게 말했다.

"라시가 감옥에 있는 파브리스를 독살시키려 하고 있어요.

초콜릿과 물 한 병을 드릴 테니 그것을 주머니에 넣고 성채로 가 주세요. 그리고 나를 살려 주는 셈치고 파비오 콘티 장군을 만나 주세요. 이 물과 초콜릿을 파브리스에게 주는 것을 허락하지 않는다면 딸과의 약혼을 파기하겠다고 말하세요. 부탁이에요."

후작은 새파랗게 질렸다. 이 이야기를 듣고 화를 벌컥 내기는커녕 매우 당황해하면서 멍청한 표정을 지었다. 그로서는 성실하고 또 훌륭한 군주가 지배하고 있는 이 파르므에서 그러한 범죄가 생기리라고는 생각할 수가 없었다.

그는 이와 같은 실없는 이야기를 늘어놓았다. 공작 부인은 그가 성실한 남자이기는 하지만 매우 겁쟁이고, 용기가 결여된 사나이라고 생각했다. 그는 산세베리나 부인으로부터 몇 번이나 재촉을 당하면서도 여전히 주렁주렁 똑같은 말을 늘어놓았는데, 그러는 동안에 멋진 생각을 떠올렸다. 시종으로서 충성을 다하겠다는 서약을 했기 때문에 반정부적인 모의에 가담할 수는 없다고 말했던 것이다.

시간이 사정없이 흐르고 있다는 것을 깨달은 공작 부인은 불안과 절망감에 사로잡혔다.

"어쨌든 사령관을 만나 주세요. 그리고 이렇게 전해 주세요. 파브리스를 죽인 살인자들을 지옥까지 쫓아갈 작정이라고 말이에요."

공작 부인은 절망감에 사로잡히자 점점 더 말이 많아졌다. 그러나 그 정열이 도리어 후작을 질리게 하고, 행동을 주저하도록 만들었다. 한 시간이나 지났을까. 그는 처음보다도 더 비겁해졌다.

 마지막 벼랑 끝까지 온 여자는 사령관이 부자 사위로부터 어떤 어려운 청탁을 받더라도 거절하지 못할 거라고 생각했다. 그래서 가엾게도 후작의 무릎에 매달리기까지 했다. 부인이 그런 행동을 하자 겁쟁이인 크레센치 후작은 더 큰 두려움을 느꼈다. 너무나 이상한 광경을 보면서 자기도 모르는 사이에 위험에 빠지지나 않았나 걱정하는 것이었다. 그러나 한편으로 큰 감동을 느꼈다. 원래 착한 품성을 가진 후작은 이렇게 아름답고 권세 있는 여자가 자기에게 매달리는 것과 그 눈물을 보고 감격한 것이었다.

 '나는 귀족이며 부자이지만 언젠가는 공화주의자 앞에 무릎을 꿇지 않으면 안 되는지도 모른다.'

 후작도 같이 눈물을 흘리기 시작했다. 그리고 공작 부인에게 시녀장의 자격으로 자신을 대공 모후에게 소개시키고, 대공 모후로부터 작은 바구니를 파브리스에게 갖다 주어도 좋다는 허락을 받는다면 그렇게 하겠노라 약속했다.

 그 전날 밤, 즉 파브리스가 자기 발로 성채에 갇히는 그 이상한 행동을 한 것을 아직 공작 부인이 모르고 있을 때, 궁정에서는 이탈리아 희극 공연이 벌어지고 있었다. 대공은 공작 부인의 연인 역할을 독점하고 있었는데, 너무나 지나치게 열렬히 애정을 고백하곤 했다. 만약에 이탈리아에서 사랑에 빠진 남성이나, 전하라고 일컬어지는 인물이 우스꽝스럽게 보일 때가 있다면 바로 이런 경우를 말하는 것일 것이다.

 아무튼 대공은 퍽 겁쟁이지만, 연애에는 매우 진지했다. 그는 겁에 질린 크레센치 후작을 데리고 대공 모후의 방으로 가는 공작 부인을 궁정 복도에서 만났다. 그는 절망과 흥분으로 더욱 아름답게 빛나는 그녀의 얼굴을 보고 놀라고 말았으며 난생처음으로 용기를 내었다. 도저히 거부할 수 없는 손짓으로 후작을 쫓아 버리고 나서 공작 부인을 향해 진부한 말로 사랑을 고백하기 시작한 것이다. 대공은 아주 오래 전부터 그 말을 준비해 왔었던 것 같았다. 매우 논리적이었던 것이다.

"당신과 결혼할 수만 있다면 얼마나 기쁘겠소. 그러나 나는 내 지위 때문에 그럴 수가 없소. 그러나 당신이 글로써 나의 결혼을 허락해 주지 않는 한 저는 결혼을 하지 않을 것이오. 이를 성체(聖體)에 맹세하오. 내가 이렇게 하면 당신은 그 친절하고 능력 있는 수상과 결혼할 수 없게 되겠지만, 그는 쉰여섯이고 나는 스물둘이오. 당신에게 사랑과 관계없는 이익을 내세우는 것이 실례가 될지도 모르지만, 돈에 흥미를 느끼는 사람들은 백작이 모든 재산을 사랑의 증거로 당신에게 맡겼다는 사실에 감탄하고 있소. 그러니 나도 그 흉내를 내도록 허락해 준다면 무척 기쁠 것이오. 당신이라면 나보다 재산을 더 잘 쓸 수 있을 테니, 매년 대신들로부터 왕실 재정 관리에게로 오는 돈을 당신 마음대로 쓰시오. 내가 매달 쓰는 돈도 당신이 정해 주고."

공작 부인은 파브리스에게 닥친 위험으로 인해 가슴이 찢어지고 있는 순간에 이런 사소한 이야기를 듣는 것이 무척 애가 탔다. 공작 부인이 외쳤다.

"대공 전하! 지금 파브리스가 성채에서 독살당하기 일보 직전이라는 사실을 모르세요! 그 아이를 구해 주세요! 무슨 말씀이든 듣겠어요."

이런 말은 정말 지독히도 서투른 표현이었다. 독약이라는 말을 듣자마자 이제껏 솔직하고 성실하게 사랑의 감정을 이야기하던 대공이 금세 태도를 바꿔 버렸던 것이다. 공작 부인은 실수를 했다는 것을 깨달았지만 이미 늦은 일이었다. 그녀는 더욱 깊은 절망감에 빠졌다.

'독약 이야긴 왜 불쑥 꺼냈을까? 그 말만 안 했더라면 파브리스는 석방이 됐을 텐데. 아아! 나의 사랑하는 파브리스! 나는 바보짓을 해서 너를 괴롭힐 운명인가 보다!'

공작 부인은 대공이 다시 사랑의 고백을 하게끔 애교를 부리지 않으면 안 되었다. 그러나 대공은 겁을 먹게 되자 의심의 눈초리를 늦추지 않았다. 그는 이성적인 생각에서 나온 이야기만을 하고 있었다. 독약이란 말은 그의 마음을 꽁꽁 얼어붙게 만들었다.

'내 나라에서 독약이 쓰인다고! 더욱이 나에게 허락도 받지 않고! 라시는 전 유럽 앞에서 내게 창피를 주려는 건가! 다음 달에 파리의 신문들은 또 뭐라고 지껄일까!'

소심한 청년의 불타올랐던 마음은 갑자기 차가워졌고, 그의 머리는 다른 생각을 하기 시작했다.

"공작 부인, 나의 충성스러운 마음을 알리라 믿소. 독살에 대한 당신의 생각은 아무 근거도 없는 것이오. 나는 그렇게 믿소. 그렇지만 이야기를 듣고서야 생각하지 않을 수가 없구려. 그 때문에 내가 난생처음 느낀 당신에 대한 정열을 잠시 잊을 정도였소. 내가 사랑을 받을 만한 사람이 아니라는 것은 잘 알고 있소. 다만 정신 없이 사랑에 미친 어린애로 보이겠지. 어쨌든 나의 마음을 시험해 보기 위해 어려운 과제를 내려주오."

이렇게 말하는 대공은 꽤 흥분해 있었다.

"파브리스를 구해 주세요. 그렇게 해주신다면 전하의 모든 말씀을 믿겠습니다. 제가 그의 어머니나 된 것처럼 공연한 걱정을 하고 있는지도 모릅니다. 그러나 아무쪼록 지금 즉시 성채에 사람을 보내서, 파브리스를 제게 보여 주세요. 그 아이를 만나게 해주세요. 그 아이가 아직 살아 있다면 성채 감옥에서 시립 감옥으로 옮겨 주세요. 거기에서라면 재판을 받기 위해 몇 달을 기다리더라도 상관없어요."

공작 부인은 이런 간단한 부탁이니 대공이 '좋소!' 하고 승낙할 줄 알았는데 더욱 우울한 표정을 짓고 있으므로 절망할 수밖에 없었다. 대공은 빨개진 얼굴로 공작 부인을 노려보다가 눈을 감았다. 그러더니 이내 얼굴이 창백해졌다. 독약이라는 말이 그의 아버지와 펠리페 2세를 상기시켰던 것이다. 그러나 그는 그 이야기를 꺼낼 용기가 없었다.

"그럼, 좋소."

그는 드디어 결심한 듯이 입을 열었다. 그러나 매우 무뚝뚝한 말투였다.

"당신은 나를 어린애, 아니 인정도 없는 무뚝뚝한 인간이라고 업신여기고 있소. 좋소. 나도 듣기 불편한 말을 하나 하겠소. 그러나 이 말은 내가 진심으로 당신을 사랑하기 때문에 하는 말이오.

 가령 독살의 염려가 있었다면 나는 미리 손을 썼을 것이오. 그것이 나의 의무니까. 그런데 내 생각으로는 당신의 요구는 터무니없는 망상에서 생겨난 것에 불과한 것 같소. 이런 말을 하는 나를 용서하오. 하지만 나는 왜 그것이 중요한지 모르겠소. 내가 군주의 자리에 오른 지 아직 석 달도 안 되었는데, 대신들에게 의논도 않고 어떤 행동을 하라고 요구하다니요. 나는 해 내려오던 방법이 제일 옳다고 생각하는 사람인데, 그것을 깨뜨리는 예외를 원하고 있단 말이오.

 부인! 지금 여기서는 당신이 절대군주요. 지금의 당신은 나에게는 무엇과도 바꿀 수 없는 희망을 주는 존재요. 그러나 이제 한 시간이 지나 이 독살의 공상, 이 악몽이 사라져 버리면 나는 당신에게 귀찮은 녀석이 되고 말 것이오. 나는 버림을 받게 돼.

 좋소! 그러니 약속을 하시오. 만약 파브리스가 무사히 당신 곁으로 돌아오면, 지금으로부터 석 달 안에, 이 세상에서 가장 행복한 무언가를 내게 주겠다고 말이오. 당신 인생의 단 한 시간으로 내 인생 전체의 행복을 가져다 주는 것이오. 내 것이 되는 것이오."

 이때 궁정의 시계가 두 시를 알렸다.

 '아아! 이젠 늦었을지도 모른다.'

 공작 부인은 생각했다.

 "네! 맹세합니다."

 그녀는 멍한 눈빛으로 말했다.

그 순간, 대공은 딴 사람이 되어 버렸다. 그는 복도 끝에 있는 부관실로 뛰어갔다.

"퐁타나 장군! 빨리 성채로 가시오. 될 수 있는 대로 빨리 델 동고 씨의 감방으로 가서 그를 데리고 오시오. 20분 뒤, 아니 가능하면 15분 뒤에 그와 이야기하고 싶소."

대공의 뒤를 따라 들어온 공작 부인이 소리쳤다.

"장군님, 1분간이라도 빨리, 늦으면 큰일입니다. 파브리스가 독살당할지도 모른다는 소문을 들었어요. 성채에 들어서서 그 아이에게 들릴 만한 거리에 이르면 우선 '먹지 마라!'라고 소리치세요. 벌써 먹었거든 토해 버리게 하세요. 내가 그러라고 했다고 하고 억지로라도 토하게 하세요. 그리고 나도 곧 갈 거라고 전하세요. 그러면 평생 이 은혜를 잊지 않겠어요."

"공작 부인! 염려 마십시오. 말에는 안장이 얹혀 있고, 저 또한 승마 솜씨가 뛰어나다고 소문이 난 사람입니다. 바람처럼 달려가서 부인보다 8분 먼저 성채에 닿겠습니다."

"공작 부인!"

대공이 말했다.

"그 8분 중에서 4분을 내게 내주오."

부관은 방에서 사라지고 없었다. 그는 말 위에 오르는 것밖엔 딴 재주가 없는 사람이었다. 그가 문을 닫자마자, 젊은 군주는 생기가 난 듯 공작 부인의 손을 잡았다.

"자! 어서!"

그는 열렬한 눈빛으로 말했다.

"같이 예배당으로 갑시다."

공작 부인은 난생처음으로 몹시 당황하여 아무 말도 없이 대공을 따라갔다. 대공과 공작 부인은 궁정의 긴 복도를 재빨리 걸어갔다. 예배당은 그 끝에 있었다. 예배당으로 들어서자마자 대공은 제단 옆에 공작 부인을 세우고 무릎을 꿇었다.

"다시 한번 맹세해 주오."

그가 흥분해서 말했다.

"당신은 진실한 사람이고, 대공이라는 불행한 신분 때문에 나의 장점이 빛을 잃지 않는다면, 당신은 나의 애처로운 사랑을 가엾게 여겨 약속을 지켜주어야만 하오. 이미 맹세를 했으니까."

"만약 독을 먹지 않은 파브리스를 만날 수 있다면, 만약 일주일 뒤에도 그 아이가 살아 있다면, 만약 전하께서 그 아이를 대주교의 후계자인 부주교로 임명해 주신다면, 나의 명예도, 자존심도 다 버리고 전하의 것이 되겠습니다."

"그렇지만 부인……."

군주는 다정함과 소심함이 섞인 표정으로 말했다.

"꾀임에 빠져 이 행복을 잃어버릴 것 같은 예감이 든다오. 그렇게 되면 얼마나 괴로울까? 만약 대주교가 몇 해 동안이나 그 문제를 질질 끌다 종교적 이유를 들어 반대를 한다면 어떻게 하오. 내 마음이 진심이라는 것을 아시지 않소? 이런 나를 상대로 예수회 신부들처럼 사기를 치지는 않겠지요?"

"그런 짓은 하지 않습니다. 파브리스가 목숨을 구하고 전하께서 그 아이를 장래에 대주교가 될 부주교로 임명해 주신다면, 이 몸은 어떻게 돼도 좋습니다. 제 몸을 바치겠습니다. 대주교 각하가 1주일 안에 제출할 청원서에 승인 서명을 해주시면 됩니다."

"그럼, 백지에다가 서명을 하지요. 내 몸을 다스리게 될 것이니 이 나라도 다스려 주시오."

대공은 너무나 기쁜 나머지 미친 사람처럼 외쳤다. 그는 다시 한 번 그녀에게 맹세를 시켰다. 그는 너무나 흥분했으므로 원래의 소심한 성격을 잊어버린 채, 단둘만 있는 궁정 예배당에서 이런저런 이야기를 늘어놓았다. 만약 사흘 전이었더라면 그녀도 그를 다시 보았을 것이다. 그러나 지금 그녀는 파브리스의 위기로 인한 절망감, 이로 인해 강요받은 약속 때문에 정신이 없었다.

공작 부인은 자기가 무슨 짓을 한 것인지 어리둥절해하고 있었다. 그녀가 자신이 약속해 버린 것에 대해 몸서리처지는 혐오감을 느끼지 않았던 것은, 퐁타나 장군이 제시간에 맞춰 성채에 닿을까 하는 것만을 걱정하고 있었기 때문이었다.

대공이 어린애처럼 사랑의 말을 속삭이는 것에서부터 벗어나려고 그녀는 예배당의 중앙 제단에 있는 파르미자니노의 명화를 칭찬했다.

"이 그림을 선물로 드리고 싶소. 받아 주겠소?"

군주가 말했다.

"네, 받고말고요."

공작 부인이 대답했다.

"그러나 이제 그만 파브리스에게로 가게 해주세요."

그녀는 미친 사람처럼 빨리 마차를 몰라고 마부를 꾸짖었다. 그녀가 성채의 다리까지 왔을 때 퐁타나 장군과 파브리스가 걸어 나오고 있었다.

"먹었니?"

"아뇨, 기적이었어요!"

공작 부인은 파브리스의 목을 껴안았다. 그러고는 정신을 잃고 한 시간이나 누워 있었다. 처음에는 그녀의 생명이 걱정되었으나 나중에는 미쳐 버린 것은 아닌가 하는 걱정이 들었다.

파비오 콘티 장군은 퐁타나 장군을 보자마자 노여움으로 얼굴이 창백해졌다. 사령관이 군주의 명령을 듣고도 어물어물하자 부관은 분통을 터뜨렸다. 그는 공작 부인이 군주의 애첩이 될 것이라고 믿었던 것이었다.

사령관은 파브리스에게 독을 먹여 2~3일간 앓아 눕게 할 작정이었다. 그는 생각했다.

'이제 이 궁정에서 나온 장군 앞에서 그 건방진 녀석은 고통으로 발악을 하게 될 것이다. 탈옥했던 대가를 치르는 것이다.'

파비오 콘티는 골똘히 생각하더니 파르네세 탑의 1층의 사무실 앞에 멈춰 서서 병사들을 밖으로 내보냈다. 자신이 준비해 둔 광경을 보여 주고 싶지 않았기 때문이었다.

그러나 5분 뒤에 파브리스의 말소리를 듣자 너무 놀라서 몸이 굳어 버리고 말았다. 그리고 건강한 파브리스가 활발한 모습으로 퐁타나 장군에게 감옥 생활을 설명하는 모습을 보자 도망을 쳤다.

파브리스는 군주를 배알할 때, 훌륭한 신사의 모습을 보여 주었다. 조그만 일에도 허둥지둥하는 청년 같지 않았다. 대공은 친절하게 그의 몸 상태를 걱정해 주었다.

"점심과 저녁을 다 먹지 않았으니 지금은 굶어 죽을 것 같습니다."

그는 대공에게 감사의 말을 올리고, 시립 감옥으로 가기 전에 대주교를 뵙게 해 달라고 청했다. 그때 문득 대공의 어린 아이 같은 뇌 속에 독약이 공작 부인이 꾸며낸 이야기가 아닐지도 모른다는 생각이 떠올랐다. 대공의 얼굴이 하얗게 질렸다.

이 심각한 문제에 정신이 팔려 있었으므로 대주교를 뵙게 해 달라는 부탁을 듣고도 곧바로 대답할 수가 없었다. 그러자 왠지 실례를 한 것 같아서 이를 보상해 줄 어떤 은혜를 베풀지 않으면 안 되겠다고 생각했다.

"혼자서 가도 좋소. 시내 거리를 혼자 걸어가도 좋소. 열 시나 열한 시쯤에는 감옥으로 가시오. 가긴 하지만 그리 오래 있지는 않을 것이오."

이 날은 대공의 생애에서 가장 기념할 만한 날이었다. 이튿날이 되자 대공은 나폴레옹이라도 된 듯한 기분이었다. 그 위대한 사람이 궁정의 많은 미인들로부터 사랑을 받았다는 대목을 읽은 적이 있었던 것이다. 일단 행운 덕분에 나폴레옹이 되자 얼마 전에도 쏟아지는 총탄 속에서 나폴레옹처럼 행동했다는 생각이 들었다. 그는 공작 부인에 대해 할 만큼의 일은 다 했다는 사실에 취해 있었다. 무엇인가 곤란을 극복해 냈다는 의식이 그를 거의 보름 동안이나 딴사람으로 만들어 주었다. 그는 대범해졌으며, 결단력도 조금이나마 생겼다.

그날 그는 한 달이나 책상 위에 놓여 있던, 라시를 백작으로 임명한다는 문서를 불태워 버렸다. 그리고 파비오 콘티 장군을 면직시키고, 그 후임으로 랑게 대령을 임명해 독살 사건을 조사하게 했다.

폴란드 출신의 정직한 군인인 랑게는 간수들을 다그쳐서 사실을 알아냈다. 원래는 델 동고 씨의 점심에 독약을 넣을 계획이었다. 그런데 그러려면 많은 사람들을 끌어들여야만 했다. 그래서 저녁식사로 계획을 변경했던 것이다. 대령은 만약 퐁타나가 그 시각에 뛰어들지 않았더라면 델 동고는 매우 위태로웠을 것이라는 보고를 올렸다. 대공은 소름이 돋았다. 그러나 공작 부인에게 흠뻑 빠져 있었기 때문에 이런 생각으로 자신을 위로했다.

'내가 델 동고 씨를 구한 것이다. 그러므로 공작 부인은 감히 약속을 어기지 못할 것이다.'

또 이런 생각을 하기도 했다.

'내 자리는 어려운 자리이고, 공작 부인이 영민하다는 것은 누구나 인정하는 사실이다. 그러므로 나의 연애와 정치는 모순되지 않는 것이다. 부인이 수상이 되면 얼마나 좋을까.'

그날 밤, 대공은 그 무서운 사실을 안 뒤로 무척 신경이 곤두서 있었으므로 연극에 참가하려고 하지 않았다.

"만약 당신이 내 마음을 지배하고 있듯이 내 나라도 지배해 준다면 얼마나 좋겠소."

대공이 공작 부인에게 말했다.

"우선 내가 오늘 하루를 어떻게 지냈는지 알려 주겠소."

그리고 그는 모든 일을 자세히 이야기했다. 라시의 작위 문서를 불태워 버린 일, 랑게를 성채의 사령관으로 임명한 일, 랑게가 독살 미수 사건을 조사해서 보고한 것 등등을 말이다.

"나는 통치 경험이 없소. 백작의 놀림을 받으면 부끄러워 죽을 지경이오. 그는 공식 회의석상에서도 나를 놀린다오. 사교계에서도 내 이야기를 하고 다니고 말이오. 당신이 설마 그럴 리가 있겠냐고 생각할 정도의 것이오. 그는 내가 어린애여서 그저 시키는 대로 한다고 말한다오. 부인, 나는 군주이지만, 역시 인간이기도 하오. 그런 조롱을 받으면 화가 날 수밖에 없소.

모스카 백작이 무슨 이야기를 지껄이든 남들이 그 말을 믿지 않게 하기 위해, 저 위험한 악당 라시를 장관으로 임명한 것이오. 그런데 콘티 장군은 여전히 라시가 대단한 세력가라고 믿고 있어서, 당신의 조카를 죽이라고 한 것이 라시나 라베르시 부인이라고 자백하지 못하고 있소. 나는 파비오 콘티 장군을 재판에 회부해서 일을 깔끔하게 처리하고 싶은 생각이 간절하오. 그가 독살 미수 계획의 범인인지 아닌지는 재판관이 판결해 줄 테지."

"그러나 대공 전하! 당신에게 재판관이란 사람이 있을까요?"

"뭐라고?"

대공은 깜짝 놀랐다.

"당신에게는 법률 전문가밖에 없습니다. 근엄한 척하며 거리를 활개치고 다니는 사람들 말입니다. 그렇지만 당신의 궁정에서 실권을 쥐고 있는 어떤 무리가 기뻐하는 판결만을 내리고 있습니다."

창피를 당한 젊은 군주는 총명한 척하기는커녕 어린아이처럼 주절주절 말을 늘어놓았다. 그 동안 공작 부인은 이런 생각을 했다.

'콘티가 난처한 상황에 처하도록 내버려두어도 좋을까? 그러면 안 될 것이다. 그의 딸과 지루하도록 정직하기만 한 크레센치 후작과의 혼담이 깨질 테니.'

이 문제를 두고 공작 부인과 대공은 오랫동안 이야기를 했다. 대공은 눈을 휘둥그렇게 뜨고 감탄사를 연발했다. 클레리아 콘티와 크레센치 후작의 결혼을 위해 이 사건에서만큼은 사령관의 잘못을 용서해 주기로 하고, 전 사령관을 불러 결혼이 결정적인 조건이라는 사실을 책망과 함께 알렸다. 그리고 공작 부인의 의견을 고려하여 딸의 결혼식이 열리기 전까지 사령관을 나라 밖으로 추방하기로 했다.

공작 부인은 이젠 더 이상 파브리스를 사랑하지 않는다고 믿었으나, 그래도 클레리아 콘티를 후작과 결혼시키고 싶었다. 이 결혼으로 인해 파브리스의 멍한 표정을 보지 않게 될 거라는 막연한 생각 때문이었다.

행복에 취한 대공은, 그날 밤 안으로 라시 장관을 혼내준 다음 내쫓으려 했다. 공작 부인은 웃으면서 말했다.

"나폴레옹의 말을 기억하고 계십니까? 높은 지위에 앉아, 모든 사람들의 주목을 받고 있는 분은 결코 난폭한 행동을 해서는 안 됩니다. 오늘 밤은 이미 저물었습니다. 집무는 내일로 미루십시오."

그녀는 백작과 의논할 시간이 필요했다. 그녀는 그날 밤 대공과 주고받은 이야기를 모조리 털어놓았다. 그러나 대공이 무수히 상기시키던 약속, 그녀의 삶을 우울하게 만들고 있는 약속만은 말하지 않았다.

공작 부인은 대공에게 꼭 필요한 사람이 되어서, 대공을 다음과 같은 말로 설득하고 이를 연기시킬 수 있을 거라 믿고 있었다.

'만약 전하께서 그런 치욕스런 일을 무리하게 시키려고 하신다면 저는 용서할 수 없습니다. 내일 당장 이 나라를 떠나겠어요.'

백작은 라시를 어떻게 하느냐는 공작 부인의 질문을 받자 아주 깊이 있는 견해를 말했다. 파비오 콘티 장군과 라시는 피에몬테로 여행을 떠나게 됐다.

파브리스의 재판은 이상한 난관에 봉착했다. 재판관들이 만장일치로 그를 무죄 석방하려 했던 것이다. 그것도 1차 재판에서. 백작은 적어도 1주일간은 재판을 진행시켜, 재판관들이 증인들의 진술을 듣게 하기 위해 협박을 해야만 했다.

'이 작자들은 다 똑같다.'

파브리스 델 동고는 석방된 다음 날에 란드리아니 대주교의 부주교 자리를 얻었다. 그날, 대공은 파브리스가 미래의 대주교 후임으로서의 부주교가 되는 데 필요한 문서에 서명했다. 그로부터 두 달도 지나기 전에 파브리스는 그 자리에 취임했다.

사람들은 공작 부인에게 파브리스의 진지한 태도에 대한 칭찬을 늘어놓았다. 그러나 이는 그의 절망에서 비롯된 것이었다.

클레리아는 그가 석방되고 동시에 아버지 파비오 콘티 장군이 면직됨으로써 공작 부인에 대한 대공의 총애가 부각되던 날의 다음 날에 고모인 콘타리니 백작 부인의 집으로 숨어 버렸다. 이 부인은 큰 부자였으며 건강에만 관심이 있었다.

클레리아는 자신이 원한다면 파브리스를 만날 수도 있었다. 그러나 그녀의 맹세를 알고 있고, 지금의 행동을 본 사람이라면 누구나 연인의 위험이 사라진 것과 동시에 연인에 대한 사랑도 사라져 버렸다고 생각할 것이다.

파브리스는 몰래 콘타리니 백작의 저택 앞을 자주 서성거렸다. 더구나 저택의 2층 창문 맞은편에 있는 작은 집을 고생고생하여 빌렸다.

어느 날 클레리아는 창문을 열고 수도사의 행렬을 내다보다가 별안간 무서운 것을 본 것처럼 놀라며 뒷걸음질을 쳤다. 파브리스의 모습을 보았던 것이다. 그는 검은 옷을 입고 있었는데, 초라한 노무자의 모습이었다. 그는 파르네세 탑처럼 유리 대신 창호지를 바른, 숨막힐 듯한 방의 창가에서 그녀를 바라보고 있었다.

파브리스는 클레리아가 아버지의 추방 때문에 그를 피하고 있다고 믿고 싶었다. 모든 사람들이 이를 뒤에서 조종한 사람이 공작 부인이라 생각하고 있었던 것이다. 그러나 그는 자신을 멀리하는 다른 이유가 있다는 것을 알고 있었다. 그러므로 그는 아무리 해도 슬픔을 달랠 수가 없었다. 무죄 방면, 난생 처음으로 맡게 된 훌륭한 직책, 사교계에서의 떳떳한 지위, 모든 성직자나 교구 신자들로부터의 호평도 그를 기쁘게 해 주지는 못했다.

산세베리나 저택에 있는 그의 아름다운 방은 찾아오는 사람들로 인산인해를 이루었다. 그래서 공작 부인은 3층 전체와 2층의 거실 하나를 내주게 되자 무척 기뻐했다. 이 방들은 젊은 부주교에게 인사를 하기 위해 기다리는 사람들로 가득했다.

미래의 대주교 후임이라는 조항은 이곳에 큰 반향을 일으켰다. 옹졸하고 어리석은 궁정인들은 예전에는 파브리스의 성격 중 하나인 고상함을 마땅치 않게 여겼지만, 이제는 그것을 미덕으로 봐 주고 있었다.

이로 인해 파브리스는 깊은 깨달음을 얻게 되었다. 어떤 명예도 그를 기쁘게 해주지 않았으며, 호화찬란한 방에서 제복을 입은 10여 명의 시종들의 시중을 받는 것보다 파르네세 탑 속에 갇혀, 저 진저리나는 간수에게 감시를 받고 생명의 위협을 받는 편이 훨씬 행복했구나 하는 생각이 들었기 때문이었다.

어머니와 V공작 부인이 된 여동생은 훌륭하게 출세한 파브리스를 보러 파르므로 왔다가, 그 좋은 배경에도 불구하고 슬퍼하고 있는 모습을 보고 깜짝 놀랐다.

이제는 공상적이 아닌 델 동고 후작 부인조차도 몹시 근심이 되어, 파브리스가 옥중에서 무언가 조금씩 작용하는 독약을 먹은 것이 아닌가 하고 의심할 정도였다. 그녀는 아주 신중한 여자였다. 그러나 그의 심각한 우울증을 보고 이에 대해 물어 보지 않을 수가 없었다. 그러나 파브리스는 눈물만 글썽거릴 뿐 입을 열지 않았다.

굉장한 지위를 차지한 그에게는 수많은 이득이 쏟아져 들어왔다. 하지만 그는 불쾌함을 느낄 뿐이었다. 허영심과 이기주의에 사로잡혀 있는 그의 형은 공식 문서에 가까운 축하 편지를 보내왔다. 새 후작은 아울러 5만 프랑의 수표를 동봉하면서 이 돈으로 가문에 어울리는 말과 마차를 사라고 전했다. 파브리스는 그 돈을 불행한 결혼을 한 막내 여동생에게 주었다.

모스카 백작은 학자를 고용해서 옛 파르므의 대주교 파브리스가 라틴어로 저술한 발세라 델 동고 가문의 역사를 이탈리아어로 번역하게 했다. 그리고 이를 원문과 더불어 인쇄하여 호화판으로 제본을 했다.

삽화는 파리의 고급 석판 인쇄술로 만든 것이었다. 공작 부인은 파브리스의 아름다운 초상화를 옛 대주교 파브리스의 초상화 옆에 넣어 달라고 말했다.

이 이탈리아어 번역서는 파브리스의 옥중 생활 초기의 업적이라는 이름으로 간행되었다. 그러나 우리 주인공 파브리스의 마음속에서는 모든 욕망이 사라졌으며, 인간이라면 누구나 가지고 있는 허영심조차도 없었다.
 그는 자기의 작품이랍시고 출간된 그 책을 한 쪽도 읽지 않았다. 사교계의 지위로 보아, 그는 마땅히 이 책의 호화판을 군주에게 바쳐야 했다. 대공은 그가 처참하게 살해당할 뻔한 일에 대한 보상으로, 그에게 자신의 방을 드나들 수 있는 권리를 하사했다. 이는 '각하'라는 존칭이 붙게 되는 예우였다.

26장

 파브리스가 깊은 시름 속에서 빠져나올 때가 있다면, 클레리아가 있는 콘타리니 저택과 마주 보고 있는 방 창문의 유리—창호지는 이제 유리로 바뀌었다—뒤에 몸을 숨기고 있을 때뿐이었다. 성채를 나온 뒤로 그녀를 본 것은 한두 번뿐이었으나 몹시 변해 버린 모습을 보니 마음이 아팠으며 몹시 불길한 징조처럼 여겨졌다.
 파브리스에 대한 사랑 때문에 급한 나머지 죄를 범한 클레리아의 얼굴에는 기품과 진실함이 뚜렷이 나타나 있었으며 서른 살은 된 것처럼 보였다. 파브리스는 이 급격한 변화를 보고 그녀가 무엇인가 굳은 결심을 하고 있다고 생각했다.
 '그녀는 두 번 다시 나를 만나지 않겠다고 성모 마리아께 굳게 맹세한 것을 하루에도 몇 번이고 다짐하고 있는 것이다.'

파브리스는 클레리아의 괴로움을 조금밖에 알 수 없었다. 대공의 노여움을 산 아버지가 자신이 결혼하기 전에는 파르므로 돌아와 궁정으로 나갈 수 없다는 것(아버지는 궁정 생활 없이는 살 수 없었다)을 알게 된 그녀는 자신이 결혼을 원하고 있다는 편지를 아버지에게 보냈다. 그 무렵 토리노에 있었던 장군은 격한 분노로 몸져누워 있었다. 그녀가 열 살은 더 늙어 보이게 된 것은 이런 결심으로 인한 고통 때문이었다.

그녀는 콘타리니 저택의 맞은편 방에 파브리스가 있다는 것을 알고 있었다. 그러나 우연히 그의 얼굴을 보게 된 것은 한 번뿐이었다. 그후로는 조금이라도 그와 비슷한 머리 모양이나 남자의 복장을 보기만 하면 즉시 눈길을 돌려 버렸다.

그후로는 깊은 신앙심과 성모 마리아가 자신을 구원해 줄 거라는 희망만이 삶의 유일한 의지가 되었다. 죄책감이 들긴 했지만 아버지를 존경할 수는 없었다. 미래의 남편도 평범했으며 상류사회 사람의 사고방식에서 한 발짝도 벗어나지 못하는 사람이었다. 가장 중요한 것은 그녀가 결코 만나서는 안 될 사람을 사랑하고 있다는 것이었다. 이러한 자신의 운명이 그녀에게는 가혹하고 불행한 것으로만 느껴졌다. 그렇게 생각하는 것도 무리는 아니었다. 결혼하면 파르므에서 2천 리는 떨어진 곳에 가서 살 수밖에 없다고 생각하고 있었다.

파브리스는 클레리아의 정숙함을 잘 알고 있었다. 그렇기 때문에 자신이 엉뚱한 행동을 해서 세상에 떠들썩하게 알려지게 되면 그녀가 얼마나 괴로워할 것인지도 잘 알고 있었다. 그러나 그리움을 참을 수 없었다. 더구나 항상 자신을 외면하는 클레리아의 눈빛도 참을 수 없었다. 그래서 그는 그녀의 고모 콘타리니 부인의 하녀 두 명을 매수하고야 말았다.

어느 날 해가 저물자 파브리스는 시골 신사로 변장하고 콘타리니 저택 앞으로 갔다. 그곳에는 미리 손을 써 둔 하녀 중 한 사람이 기다리고 있었다. 파브리스는 자신을 아가씨의 부친이 보내는 편지를 가지고 온 토리노 사람이라고 알리게 했다. 하녀는 이를 알리러 가면서 파브리스를 저택의 2층에 있는 넓은 별실로 안내했다. 이 별실에서 파브리스는 그의 일생에서 가장 불안한 시간을 보냈다. 만약에 클레리아에 의해 내쫓긴다면 더 이상 마음의 평화는 바랄 수 없었다.

'높은 지위로 인해 얽매이게 될 번잡한 일들을 무슨 수로 감당할 것인가. 성당에 도움이 되지 않는 나 같은 신부 하나쯤이야 세상에서 사라지는 편이 나을 것이다. 이름을 숨기고 멀리 떨어진 수도원으로 숨어 버리자.'

한참 후 하녀가 돌아와서 클레리아 콘티 양에게 안내하겠다고 말했다. 우리의 주인공은 기가 꺾여 있었다. 3층으로 올라가는 계단을 밟으면서도 두려움으로 인하여 거의 쓰러질 듯 몸이 휘청거렸다.

클레리아는 한 자루의 촛불만을 밝혀 놓은 작은 탁자 앞에 앉아 있었다. 그녀는 변장한 파브리스를 알아보자마자 도망쳐서 거실 구석으로 숨어 버리고 말았다.

"그런 짓을 하시고 저의 영혼이 구원되리라고 생각하세요?"

그녀는 두 손으로 얼굴을 가리며 소리쳤다.

"알고 계시지 않아요? 아버지께서 독약을 드셔서 돌아가실 뻔하셨을 때 다시는 당신을 보지 않겠노고 성모께 맹세한 것을요. 그 맹세를 저버린 것이 제 평생에 가장 괴로웠던 순간이었어요. 어떻게 해서든 당신의 생명만은 구해야겠다고 믿었기 때문이에요. 그러나 지금은 엉뚱한 구실을 붙여 당신 말소리를 들으려 하니 이도 용서받을 수 없을 거예요."

이 마지막 말을 듣고 너무나 놀란 파브리스는 기쁨을 느끼기까지 시간이 좀 걸렸다. 그는 클레리아가 매우 화를 내며 방을 나가 버릴 거라고 두려워했던 것이다. 이윽고 그는 클레리아가 자신의 모습을 보지 않아도 되는 방법을 생각해냈다. 그는 방 안을 유일하게 밝혀 주는 탁자 위의 촛불을 껐다. 클레리아의 바람이 이것일 거라고 짐작하면서도 어둠 속에서 클레리아가 숨어 있는 거실 구석으로 더듬어 가는 그의 몸짓은 부들부들 떨렸다. 그녀의 손에 입을 맞추면 화를 낼지도 몰랐다. 그러나 그녀 역시 파브리스에 대한 그리움으로 인해 몸을 바들바들 떨고 있었다. 클레리아는 그의 팔 안으로 뛰어들었다. 그리고 말했다.

"사랑하는 파브리스! 왜 이렇게 늦게 왔나요! 당신과 대화를 나누는 것도 죄가 되니 긴 시간 동안 함께 할 수도 없겠군요. 다시는 당신을 보지 않겠다는 맹세를 했을 때 거기에는 말을 하지 않는 것도 포함되어 있었어요. 가엾은 나의 아버지가 당신에게 복수하려 하긴 했지만 그렇게 가혹하게 하실 필요까지 있었나요? 당신의 탈출 때문에 아버지는 독약을 먹지 않았나요? 당신을 살리기 위해 자신의 의무마저 저버린 나를 위해 그렇게까지 하지는 말아야 했어요. 당신은 이제 성직자가 되었으니, 내가 저 후작을 물리칠 수 있다 해도 나하고 결혼할 수 없지 않아요? 그런데 왜 당신은 그 행렬이 지나가던 날 태양 아래에서 나를 보려고 했나요? 내가 성모 마리아께 맹세한 것을 어째서 깨뜨리게 하려고 했어요?"

파브리스는 그녀를 껴안고 있었다. 놀라움과 행복감에 어쩔 줄을 모르고 있었다.

서로에게 말하고 싶었던 것이 얼마나 많았는지 그들의 만남은 영 끝날 줄을 몰랐다. 파브리스는 그녀의 아버지가 추방당하게 된 경위를 사실대로 이야기해 주었다. 공작 부인은 사령관의 추방과는 관련이 없었다. 왜냐하면 그녀는 콘티 장군이 독살을 하려는 의도가 있었다고는 조금도 생각해 보지 않았기 때문이다. 모스카 백작을 내쫓으려는 라베르시 일당의 계획이라고만 생각했다.

이러한 이야기를 들은 클레리아는 무척 마음이 편안해졌다. 그녀로서는 파브리스의 친지를 미워해야만 한다는 사실이 무척 괴로웠기 때문이다. 이제는 공작 부인에게 질투심을 느끼지 않았던 것이다.

그날 밤 이루어진 행복도 며칠밖에는 계속되지 않았다.

토리노에 돌아온 친절한 돈 체사레가 용기를 내어 공작 부인을 방문했다. 그는 지금 말하는 비밀을 절대로 발설하지 않겠다는 공작 부인의 약속을 받은 뒤에, 자신의 형제인 장군이 명예를 존중한 나머지 파브리스의 탈옥으로 인하여 세상에 얼굴을 들 수 없을 정도로 망신을 당했다고 생각했으며, 결국 복수를 하기 위해 독약을 썼다는 사실을 고백했다.

돈 체사레가 이야기를 시작한 지 채 2분도 안 되어 자신이 원하는 것을 얻게 되었다. 그의 착한 성품이 공작 부인을 감동시킨 것이다. 이러한 솔직한 고백을 접해본 경우가 드물었기 때문에, 부인은 갑자기 맑은 공기를 들이마신 사람처럼 만족감을 느꼈다.

"장군의 딸과 크레센치 후작의 결혼을 서둘러 주세요. 그렇게 되면 장군이 여행이라도 다녀온 것처럼 맞이할 수 있도록 힘을 쓰겠어요. 장군을 만찬에 초대하는 건 어떨까요? 아마 처음에는 서로 쑥스럽기도 하겠지요. 또 장군도 성급하게 다시 성채 사령관이 되려고 하면 안 되겠지요. 하지만 잘 아시다시피 나는 후작과 친하니까 그분의 장인이 될 분에게 묵은 감정을 갖지는 않을 거예요."

이 말에 용기를 얻은 돈 체사레는 조카딸에게 가서 그녀의 결정에 따라 절망에 빠져 있는 아버지를 구할 수도 있다고 말했다. 장군은 벌써 몇 달째 궁정에 나가지 못하고 있었다.

클레리아는 아버지를 만나러 가려고 했다. 그는 토리노 인근의 마을에서 가명을 쓰고 있었다. 왜냐하면 그를 재판에 끌어내기 위해 파르므 궁정에서 토리노 궁정으로 신병을 인도해 달라는 요청이 있을 것이라고 상상했기 때문이다.

그녀가 찾아갔을 때 아버지는 병이 심해서 반미치광이 상태였다. 즉시 그녀는 파브리스에게 영원한 작별을 고하는 편지를 썼다. 그 편지를 받고 파브리스도 파르므에서부터 100리쯤 떨어진 산 속에 있는 벨레자 수도원으로 들어갔다. 그는 성격마저도 이제 연인을 닮아 가고 있었던 것이다.

클레리아의 편지는 열 장이나 되었다. 예전에 그의 승낙 없이는 결코 후작과 결혼하지 않겠다는 약속을 했기 때문에 이제 그의 동의를 얻으려는 것이다. 파브리스는 벨레자 수도원 안에서 순수한 애정을 가득 담아 그 청에 동의하는 편지를 써서 보냈다.

사실 클레리아는 그 편지를 받고 그의 순수한 애정에 슬픔을 느꼈다. 그러나 그녀 스스로 결혼식 날짜를 정했다. 그해 겨울의 파르므 궁정은 이 결혼식의 축하연들로 인해 화려하게 빛났다.

라뉴체 에르네스트 5세는 매우 인색한 사람이었으나 사랑에 눈이 멀어서 공작 부인을 자기의 궁정에 머물러 있게 하고 싶었다. 그래서 거액의 돈을 대공 모후에게 주며 되도록 성대한 축하연을 베풀어 달라고 말했다. 시녀장이 뜻밖이라 할 그 돈을 멋있게 이용했기 때문에 그해 겨울 파르므의 궁정에서 열린 축하연들은 밀라노의 저 덕망이 높은 으젠 공, 즉 오래오래 추앙받고 있는 이탈리아 부왕의 화려했던 궁정을 회고케 했다.

파브리스는 부주교의 의무 때문에 파르므로 소환되었다. 그는 란드리아니 대주교의 강력한 권유를 받고 대주교관의 방 하나를 거처로 삼았다. 그러나 신앙상의 이유로 그 방에서 은신을 하겠다고 말했으며, 한 사람의 하인만을 데리고 그 안에 틀어박혔다. 그리고 궁정에서 베풀어진 연회에도 전혀 나가지 않았다. 그 때문에 파르므나 그의 담당 교구에서는 그가 경건한 성직자라는 칭송이 있기까지 했다.

파브리스는 다만 희망도 잃고 슬픔에 젖어서 은신한 것이었는데 뜻밖의 결과가 생긴 것이다. 그러자 그를 줄곧 사랑했고, 여전히 자신의 후계자로 삼을 생각을 하고 있는 란드리아니 대주교는 그에게 가벼운 질투를 느끼게 되었다. 대주교는 이탈리아의 관례를 따라 성직자도 궁정의 모든 연회에 참석해야 한다고 생각했다. 그 말도 일리가 있는 말이다. 연회 때마다 대주교는 대례복을 입었는데, 이는 대성당 안에서와 다를 바가 없었다.

궁정의 주랑에 있는 별실에 모여선 수백 명의 하녀들이 일제히 일어나 대주교에게 축복해 주기를 원하면, 그때 대주교는 걸음을 멈추고 그들의 꿇어앉은 머리 위에 축복을 내려 주는 것이었다. 란드리아니 대주교가 어떤 수군거림을 들은 것도 이처럼 엄숙한 침묵이 흐를 때였다.

"대주교는 무도회에 가지만, 부주교는 방에서 나오지 않는다."

이때 이후로 파브리스는 대주교관에서 받아 오던 특별한 은혜를 잃게 되었다. 그러나 그때는 이미 제 날개로도 날아다닐 수 있게 되어 있었다. 그의 모든 행동들은 클레리아의 결혼 때문에 생긴 절망에서 비롯된 것이었는데, 사람들은 이를 소박하고 기품 있는, 고귀한 신앙심의 발로라고 믿었다. 그리하여 신앙심이 깊은 여인들은 그가 번역한 가계도를 교양서적 읽듯이 열심히 읽어댔다. 실상 그 가계도는 터무니없는 허영으로 가득 찬 책이었음에도 불구하고 말이다. 서적상들은 그의 초상화를 석판으로 인쇄하여 내다 팔기 시작했고, 이는 며칠만에 다 동이 날 정도로 잘 팔렸다. 특히 서민층에서 인기가 높았다.

그런데 석판공이 잘 알지 못했던 관계로, 파브리스 초상화의 테두리에 대주교의 초상화에나 사용할 수 있는 장식들을 붙였다. 이 장식들은 부주교에게는 걸맞지 않은 것이었다.

대주교는 그 초상화를 보자 단단히 화가 났다. 그 즉시 파브리스를 호출하여 매우 엄하게 꾸짖었으며, 너무나 격분한 나머지 때때로 난폭하기 짝이 없는 폭언을 하기까지 했다. 물론 파브리스는 그다지 힘들이지 않고 페늘롱과 같은 태도를 취했다. 매우 공손하고 겸허한 태도로 대주교의 꾸중을 들었던 것이다. 상대방이 말을 끝내자, 그는 가계도 번역이 자신의 옥중 작업이라고 알려진 경위를 말하고, 그것이 모스카 백작에 의해 추진되었다는 사실 또한 말했다. 애초부터 통속적인 의도로 간행된 만큼 자신과 같은 신분의 사람에게는 어울리지 않다고 생각했다는 것이다. 초상화 문제에 있어서도 자신은 초판만이 아니라 재판에 대해서도 아무런 관련이 없다고 말했다. 은신하는 동안에 서적상이 재판 스물네 장을 보냈기에, 하인을 시켜 한 장을 사오게 하였더니 한 장에 30수씩에 팔기에 스물네 장 값으로 1백 프랑을 보내 주었다는 것이다.

번뇌에 사로잡혀 있는 이 사나이가 지극히 차근차근한 말투로 이러저러한 사정을 설명했음에도 불구하고 대주교는 미칠 듯이 화를 냈다. 그리고 파브리스를 위선자라고 욕했다.

파브리스는 생각했다.

'아무리 재주가 있다 한들 평민 출신은 어쩔 수가 없다.'

그 무렵 그에게는 더 큰 걱정거리가 있었다. 고모가 산세베리나 저택으로 돌아오거나, 아니면 가끔이라도 얼굴을 보이라고 여러 번 편지를 보냈던 것이었다. 그곳에 가면 크레센치 후작이 결혼식 때 열었던 호화로운 축하연 이야기를 듣게 될 것임이 분명했다. 하지만 그는 남의 눈길을 의식하지 않고 그 얘기를 듣고 있을 자신이 없었다.

결혼식이 열리기 일주일 전부터 파브리스는 완전한 침묵 속에 빠져 있었다. 하인이나 대주교관의 사람들에게 절대로 자기에게 말을 걸지 말라고 명했던 것이다.

란드리아니 대주교는 이 이야기를 듣고 인기를 끌기 위한 겉치레라 생각하고, 예전보다 더 잦게 파브리스를 불러다 잔소리를 했다. 또한 대주교의 행정에 의하여 특권을 침해당했다고 호소하러 오는 시골 성당 집사들의 담판 상대로 내세우기도 했다. 파브리스는 어느 경우에나 딴 생각에 잠긴 듯한 무관심한 태도로 대했다.

'차라리 수도원으로 가는 편이 좋겠다. 벨레자의 바위산으로 가면 이토록 괴롭지는 않겠지.'

그는 고모를 만나러 갔다. 고모와 포옹을 하자 흐르는 눈물을 억제할 수 없었다. 공작 부인이 보기에 그는 너무나도 많이 변해 있었다. 너무 야윈 나머지 그 커다란 눈이 더욱 커져 얼굴에서 튀어나올 것처럼 보였으며, 초라한 검은 신부복을 입고 있는 모습이 너무나 애처로워서 보자마자 눈물을 멈출 수가 없었다.

그러나 잠시 후 이 잘생긴 청년의 변화가 모두 클레리아의 결혼으로 인한 고통 때문임을 알고, 그녀도 대주교처럼 울컥 성이 났으나 간신히 참았다. 그녀는 잔인하게도 크레센치 후작이 베푼 훌륭한 결혼 축하연의 광경을 되풀이해서 재미있다는 듯이 이야기했다.

파브리스는 말이 없었다. 그러나 그의 눈은 경련을 일으키고 있었으며, 얼굴은 이때까지 본 적이 없을 정도로 창백해졌다. 얼마나 격렬한 고뇌를 감추고 있었는지 그의 얼굴은 창백하다 못해 거의 초록빛이 될 지경이었다.

마침 그때 모스카 백작이 들어왔다. 그리하여 그가 본 것, 즉 이러한 믿기 어려운 광경을 보고는 오랫동안 파브리스에게 품어 왔던 질투심을 완전히 잊고 말았다. 이 재치 있는 사나이는 파브리스의 관심을 현실적인 일로 돌려놓기 위해 유창하게 말하기 시작했다. 지금까지 백작은 그에게 깊은 우정을 느끼고 있었으며 그를 신뢰했다. 이러한 것이 질투심에 의하여 방해받지 않게 되자 이는 혈육에 대한 애착과도 같은 것이 되었다.

'이 젊은이도 높은 지위에 오르기까지 남다른 고생을 하지 않았는가.'

백작은 파브리스가 겪은 고난들을 생각했다. 백작은 대공이 공작 부인에게 선물했다는 파르미자니노의 그림을 보여 주겠다는 구실로 파브리스를 데리고 나왔다.

"이제 우리 사나이 대 사나이로서 이야기를 좀 하세. 귀찮은 질문은 안 할 테니 걱정말고. 내가 도와줄 일은 없는가? 돈으로 될 일이라든가 정치적으로 어떻게 손을 써 본다든가 하는 거 말이네. 주저하지 말고 말하게. 얼굴을 보고 얘기하기 어려우면 나중에 편지로 전하거나……."

파브리스는 다정스럽게 백작의 어깨를 감싸안으며 그림 이야기를 하기 시작했다.

"자네의 지금 행동은 정치적 처세로서는 훌륭하네."

백작은 가벼운 어조로 말을 이었다.

"자네의 장래는 아주 유망하네. 대공은 자네를 존중하고 시민들은 자네를 숭배하고 있네. 그 닳아서 해진 검은 신부복이 란드리아니 대주교를 괴롭히고 있다고 하더군. 나는 다른 일을 처리하는 데는 익숙하지만, 지금 이 상황에서는 도움을 주려 해도 도대체 뭘 해야 할지 모르겠네. 자네는 스물다섯의 나이로 남부럽지 않은 성공을 거두었네. 궁정에서도 자네에 대한 칭송이 자자하네. 그 나이에 그런 훌륭한 평판을 얻게 된 것이 무엇 때문인지 아는가? 그건 자네의 그 낡고 해진 검은 옷 때문이라네. 공작 부인과 나는 포 강변 가까이에 있는 숲 속의 아름다운 언덕 위에 세워진, 예전에 페트라르카가 살았다는 집을 샀네. 나중에 자네가 남들의 시기심으로 쓸데없는 시달림을 받는 것이 참기 어려워진다면 페트라르카의 뒤를 이어 그 집에서 살아 주었으면 하는 생각이네. 그 유명한 시인의 명성으로 자네의 이름도 빛날 테고 말야."

백작은 이 은둔자의 얼굴에 기쁨의 미소가 피어오르게 하려고 애썼으나 끝내 실패하고 말았다. 최근까지만 해도 파브리스는 가끔 지나칠 만큼의 쾌락과 명랑함을 드러내는 것이 결점이라면 결점이었는데, 이제는 전혀 찾아볼 수 없게 된 것에서 파브리스가 변했다는 점이 확연하게 드러났다.

파브리스가 돌아가기 전에 백작은 은신 중이라 할지라도 다음 토요일의 궁정 행사에 안 나가는 것은 가식적으로 보일 것이니 잘 알아서 처신하라고 충고했다. 그날이 대공 모후의 생일이었던 것이다.

그 말을 들은 파브리스는 가슴이 찢어지는 것만 같았다.

'아! 어쩌자고 이 저택으로 왔을까!'

그는 궁정에 나갔을 때 누군가를 만날지도 모른다는 예감을 떨칠 수가 없었고, 이로 인해 온몸을 떨었다. 최후의 수단은 거실 문이 열리는 바로 그 순간에 궁정에 도착하는 것뿐이라는 생각이 들었다.

그래서 축하 연회가 열리던 날, 문지기가 가장 먼저 외친 이름은 몽세뇌르 델 동고가 되었다. 대공 모후는 최대의 환영을 하며 그를 맞았다.

파브리스는 시계를 자꾸만 바라보다가 거실로 온 지 꼭 20분이 지나자 작별을 고하기 위해 일어섰다. 그때 대공이 모후의 곁으로 다가왔다. 그래서 파브리스가 잠시 동안 마지못해 군주를 받들어 모신 후, 재치 있게 자리를 피하여 문으로 나가려고 하였을 때 난처한 일이 생겼다. 시녀장이 궁정에서 종종 일어나는 사건을 하나 꾸며 놓은 것이었다. 시종이 파브리스를 뒤따라와서는 그날 밤 대공의 트럼프 놀이 상대로 지정되어 있음을 알렸다. 이것은 파르므에서는 대단한 영광이었

고, 부주교 정도의 지위에 있는 사람으로서는 도저히 기대할
수조차 없는 것이었다. 시종의 말은 파브리스의 가슴을 날카
로운 비수처럼 찔렀다. 그는 남의 이목을 끌기 싫었지만 대공
에게 갑자기 어지럼증이 생겨서 할 수 없겠다고 말하려고 했
다. 그러나 다시 생각해 보니 그러면 주위 사람들이 걱정을
할 것이며, 또 문병을 오고 할 것을 생각하면 오히려 트럼프
놀이보다 더 귀찮을 것 같았다. 실상 그날은 남과 말을 주고
받는다는 것 자체가 고역이었던 것이다.

그런데 다행히도 대공 모후의 생신을 축하하러 온 귀빈들
중에 프란체스코 수도회장이 섞여 있었다. 이 수도사는 훌륭
한 학자였으며 퐁타나라든가 뒤부아쟁에 필적할 만한 사람이
었다.

그는 거실의 한쪽 구석에 서 있었다. 파브리스는 입구의 문
을 일부러 등지고 서서 그와 신학에 대한 이야기를 나누기 시
작했다. 그러나 크레센치 후작 부부의 도착을 알리는 시종의
전갈마저 듣지 않을 수는 없었다. 그는 불현듯 화가 치밀었
다.

'내가 만약 보르소 발세라(그는 스포르차 가문의 장군이다)
였다면, 그 즐거웠던 날에 클레리아가 준 상아 단검으로 저
얼간이 같은 후작을 찔러 죽였을 텐데. 그래서 내가 있는 자
리에 후작 부인과 함께 나타나는 그 뻔뻔스러운 짓을 저지른
결과가 어떻다는 것을 보여 주었을 텐데.'

파브리스의 얼굴빛이 창백해지자 프란체스코 수도회장이
놀라서 물었다.

"어디 몸이 불편한가요?"

"예, 갑자기 머리가 몹시 아프군요. 여기가 너무 밝아서 그런가 봅니다. 하지만 대공의 트럼프 놀이 상대로 지명되어 할 수 없이 버티고 있는 참입니다."

이 말을 듣고 부르주아 출신인 프란체스코 수도회장은 감탄하여 어쩔 줄을 모르면서 파브리스에게 계속 절을 했다.

사실 파브리스는 수도회장 이상으로 당황해 있었기 때문에 짐짓 열심히 이런저런 이야기를 두서 없이 떠들어댔다. 그러다가 갑자기 뒤쪽이 조용해지는 것을 느꼈으나 뒤돌아보지 않고 그냥 이야기를 했다. 갑자기 바이올린의 활로 악보대를 치는 소리가 들렸다. 그래서 파브리스는 입을 다물었다. 이윽고 전주가 연주되고 유명한 P부인이 옛날에 엄청난 사랑을 받았던 치마로자의 가곡을 부르기 시작했다.

그 다정한 눈동자!

파브리스는 앞의 몇 소절에서는 그런 대로 참을 수가 있었다. 그러나 곧 노여움이 사라지자 울고 싶은 심정이 되었다.

'아아, 이게 무슨 꼴인가? 이런 옷차림을 하고서……'

그는 자신의 모습에 대해 뭐라고 변명을 하는 편이 좋겠다고 생각했다. 그래서 수도회장에게 말했다.

"두통이 있을 때 오늘 밤처럼 참으면 눈물이 쏟아진답니다. 이런 꼴을 사람들에게 보이면 우리 같은 성직자로서는 무슨 말을 들을지 모르지요. 그러니 제가 수도회장님하고 마주 보고 서서 눈물을 흘리더라도 이해해 주세요."

"카탄자라의 관구장도 그런 증세가 있었습니다."

수도회장이 말을 받았다. 그러고는 목소리를 낮추어 장황한 설명을 하기 시작했다. 그 사람의 식사하는 광경까지 흉내를 내는 사소한 이야기를 듣고 파브리스는 가벼운 미소까지 얼굴에 떠올렸는데 이렇게 웃음을 띤 것은 참으로 오랜만이었다. 그러나 곧이어 파브리스는 수도회장의 이야기를 흘려 듣고 있었다.

P부인이 훌륭한 목소리로 페르골레지의 가곡을 부르고 있었다(대공 모후는 옛날 노래를 좋아했다). 파브리스는 몇 걸음 뒤에서 무슨 소리가 나자 그날 밤 처음으로 뒤를 돌아보았다.

방금 전에 마루청에 가벼운 소리를 낸 팔걸이의자에는 크레센치 후작 부인이 앉아 있었다. 그녀의 눈물에 젖은 눈이 역시 눈물을 글썽거리고 있는 파브리스의 눈과 마주쳤다. 후작 부인은 고개를 떨구었다.

파브리스는 한동안 그녀를 바라보았다. 다이아몬드로 장식된 화려한 그녀의 머리를 바라보고 있는 그의 눈에 분노와 경멸의 빛이 떠돌았다. '두 번 다시 너를 보지 않겠다.'고 생각한 그는 수도회장을 향해 고개를 돌리고 말했다.

"점점 더 몸 상태가 나빠지는군요."

파브리스는 그후로 거의 반시간 가까이 뜨거운 눈물을 쏟아냈다. 다행히도 모차르트의 교향곡이, 이탈리아에서는 흔히 그렇듯이, 참으로 어설픈 솜씨로 연주되었기 때문에 그는 눈물을 거둘 수 있었다.

　그는 몇 번씩이나 굳게 다짐을 하며 크레셴치 후작 부인 쪽을 돌아보지 않았다. 그러나 P부인이 또다시 노래를 부르기 시작하자 분노가 눈물에 씻겨졌는지 마음이 평화로워졌다. 그는 암담한 절망 속에 빠져 있는 자신의 삶을 생각해 보았다.

　'그녀를 잊어버릴 자신이 있는가? 과연 그럴 수 있는가?'
　그러다가 이런 생각을 했다.
　'지난 두 달 동안의 괴로움보다 더한 괴로움이 있을까? 이 이상의 괴로움이 있을 수 없다면 구태여 그녀를 바라보는 즐거움을 피할 까닭도 없지 않은가? 그녀는 맹세를 저버린 적이 있다. 약한 여자다. 모든 여자들이 그런 것처럼. 그렇지만 그녀의 뛰어난 아름다움은 그 누구도 부인하지 못하리라. 그녀의 눈동자는 나를 황홀하게 만들어 준다. 나는 미인이라고 칭송받는 여자들을 쳐다보는 것도 달가워하지 않았다. 좋다, 뭐 구태여 그녀를 바라봄으로써 황홀한 기분을 맛보지 말란 법이야 없지 않은가? 잠시 동안이라도 고통에서 벗어날 수 있다면.'

　파브리스는 인간에 대해서는 다소 경험을 해서 안다고 할 수 있었지만 사랑에는 아무런 경험이 없었다. 따라서 그녀를 바라본다는 한순간의 기쁨이 그가 지나간 두 달 동안 클레리아를 잊으려고 노력해 온 것을 수포로 돌아가게 하고야 할 것이라는 사실을 몰랐다.

　가엾은 클레리아가 연회에 나온 것은 남편의 강요 때문이었다. 그러나 반시간쯤 있다가 몸이 불편하다는 핑계를 대고 돌아갈 생각이었다. 그러나 후작은 연회에 참석하려고 마차들이 속속 도착하고 있는데도 불구하고, 그녀가 돌아가려고 마차를 문 앞에 대는 것은 관례에 벗어나는 행위이며, 대공 모후의 생신 축하 연회를 못마땅하게 생각하고 있는 것처럼 비쳐질지도 모르기 때문에 돌아갈 수 없다고 고집을 부리는 것이었다.

"더구나 나는 시종이니, 내빈들이 모두 돌아갈 때까지 거실에 남아서 대공 모후의 일을 돌보아 드려야 한단 말이오. 하인들에게 시켜야 할 일이 있을지도, 아니 반드시 있을 거란 말이오. 하인들이란 게을러빠져서 노상 잔소리를 해야 하거든. 대공 모후의 일을 돌봐 드리는 명예를 시시한 자들에게 빼앗길 수야 있겠소?"

클레리아는 도중에 돌아가려는 생각을 단념할 수밖에 없었다. 그녀는 그때까지는 파브리스를 보지 못했고, 그가 연회에 오지 않기를 바라고 있었다. 그런데 연주가 시작되려고 하여 대공 모후로부터 모두 앉아도 좋다는 분부가 내렸을 때 클레리아는 그런 데에는 재빠르지 못하였으므로 대공 모후 가까이에 있는 좋은 자리를 남들에게 다 빼앗기고 말았다. 그래서 하는 수 없이 파브리스가 피해 와 있는 거실의 구석에 있는 팔걸이의자에 앉을 수밖에 없었다. 그녀가 팔걸이의자 쪽으로 가자 이런 화려한 곳과는 어울리지 않는 프란체스코 수도 회장의 옷이 눈에 들어왔다. 처음에는 수도회장과 이야기를 하고 있는 검은 옷의 야윈 사람이 눈에 들어오지 않았다. 그러나 그녀의 눈은 어떤 충동을 느끼며 그 사람에게 이끌렸다.
 '여기서는 누구나 제복이라든가 온통 수를 놓은 예복을 입고 있는데 저런 소박한 옷을 입은 사람은 누구일까?'
 그녀는 그 사람을 계속 응시하고 있었다. 마침 그때 어떤 부인이 지나가다가 클레리아가 앉은 의자를 툭 건드렸다. 파브리스는 그녀 쪽을 뒤돌아보았다. 그녀는 돌아본 사람이 파브리스라는 것을 얼른 알아보지 못했다. 그만큼 파브리스는 변해 버렸던 것이다. 그녀는 처음에는 '그이와 너무나 닮았구나. 그이의 형일지도 모르지. 그런데 형은 몇 살 위라던데 저분은 마흔 살은 되어 보이는구나.' 라고 생각했다.
 그러다가 그녀는 그의 떨리는 입술을 보고 그가 파브리스라는 것을 알아차렸다.
 '가엾은 사람! 얼마나 괴로워했으면 저토록 변해 버렸을까?'
 그녀는 괴로움에 고개를 떨구고 말았다. 결코 그를 두 번 다시 바라보지 않겠다던 맹세를 지키기 위해서가 아니었다. 그에 대한 연민 때문에 가슴이 찢어질 것만 같았다.
 '감옥에 아홉 달이나 갇혀 있을 때도 지금 같지는 않았다.'
 그녀는 그를 바라볼 수가 없었다. 그러나 그를 보지 않더라도 그의 사소한 움직임 하나하나를 다 알 수가 있었다.
 연주가 끝나자 그는 대공의 자리에서 조금 떨어진 대공의 유희대(遊戱臺) 쪽으로 자리를 옮겼다. 그의 뒷모습을 따라 눈길을 옮기던 그녀는 그가 멀리 가자 비로소 숨을 내쉴 수가 있었다.

그러나 크레센치 후작은 그의 아내가 대공의 좌석에서 멀리 떨어진 곳에 앉은 것을 보자 몹시 화가 났다. 그는 줄곧 자기 아내에게 자리를 양보해 달라고 대공 모후 자리에서 세 번째 자리에 앉은 부인을 조르고 있었다. 그 부인의 남편은 후작에게 빚진 것이 있는 처지였다. 그러나 그 부인은 좀처럼 말을 듣지 않았다. 잔인하게도 후작은 돈을 꿔간 남편을 찾아냈다. 남편은 아내에게 이성적인 이야기를 했고, 후작은 협상을 완수한 다음에 아내에게로 갔다.

"당신은 지나치게 겸손해요."

후작이 아내에게 말했다.

"왜 눈을 내리깔고 걷는 겁니까? 사람들은 당신이 마치 이런 자리에 온 것이 스스로도 황송하고, 남들도 의아하게 생각하는 바람에 기가 죽은 시골 아낙 같다고 생각할 거요. 저 시녀장이 하는 일이라곤 평민을 이런 데 데리고 오는 것뿐이야. 그러고도 과격파들을 억제할 방안을 생각하고 있다니. 기억해 둬요. 당신의 남편은 대공 모후의 궁정에서 남자들 중에서는 최고의 지위에 있다는 것을 말이오. 언젠가 과격파들이 궁정이나 귀족을 없애 버리더라도 당신의 남편은 이 세상에서 돈이 가장 많은 남자일 거라는 것을 말이오. 당신은 이 사실을 잊고 있는 것 같소."

후작이 마련한 자리는 대공의 유희대에서 몇 걸음밖에 떨어지지 않은 곳에 있었다. 그녀는 파브리스의 옆얼굴만을 볼 수 있었다. 그러나 옆모습도 무척이나 여위어 있었다. 그것보다 더 큰 변화는 그가 이 세상 모든 일에 초연한 것처럼 보인다는 것이었다. 전에는 아무리 사소한 문제라도 해도 자신의 견해를 이야기했던 그가 말이다. 그래서 그녀는 고통을 느끼게 되었다. 파브리스는 다른 사람이 되어 버렸다. 즉, 자신을 잊은 것이다. 저렇게 비쩍 마르게 된 것은 신앙을 위해 단식한 결과인 것이다. 클레리아는 사람들이 수군거리는 소리를 듣자 더 슬픔을 느끼게 되었다. 사람들은 부주교의 이름을 거론하면서, 그가 이러한 총애를 받는 이유를 찾고 있었다. 그렇게도 젊은 나이에 대공의 유희대에 앉게 된 것이다. 사람들은 그가 휘스트를 할 때에 예절을 잃지 않으면서 거만한 태도도 버리지 않는 것을 보고 감탄하고 있었다.

"믿을 수가 없군."

나이가 많은 궁정 사람들은 모두들 분개했다.

"고모가 총애를 받는다고 기고만장해진 모양이오. 하지만 신께서는 이런 상태를 오래 두고 보지는 않으실 겁니다. 대공께서는 거만한 자를 싫어하시거든요."

공작 부인이 대공 곁으로 갔다. 유희대에서 떨어져 있는 바람에 대공의 말을 잘 알아듣지 못하고 있던 사람들은 파브리스의 얼굴이 붉어진 것을 보고 이렇게 속삭였다.

"고모가 거만한 태도를 보고 야단을 친 것이 틀림없어요."

그러나 파브리스는 클레리아의 목소리를 듣고 그런 것이었다. 그녀가 대공 모후의 말에 대답을 했던 것이다. 휘스트를 하던 중에 파브리스는 자리를 바꾸게 되었다. 옮긴 자리에서는 클레리아의 얼굴이 정면으로 보였다. 그래서 그는 종종 그녀를 바라보며 행복감에 젖곤 했다. 그의 시선을 눈치챈 후작 부인은 당황해서 어쩔 줄을 몰랐다. 그러면서도 자신의 맹세를 여러 번 어기는 행동을 하고 말았다. 자신에 대한 파브리스의 생각이 궁금해서 눈을 들어 그를 바라보곤 했던 것이다.

대공의 놀이가 끝나자 부인들은 야식을 먹는 방으로 가기 위해 다들 일어났다. 실내가 소란스러운 틈을 타서 파브리스는 클레리아 곁으로 갔다. 그는 아직도 서운함을 느끼고 있었다. 그때 그녀의 향기를 맡게 되자마자, 그의 다짐은 전부 다 허물어지고 말았다. 그는 그녀의 귓가에 대고 혼잣말을 하듯 나지막한 목소리로 페트라르카의 소네트 두 구절을 읊었다. 그 구절은 옛날에 마조레 호숫가에서 비단 손수건에 적어 그녀에게 주었던 것이었다.

'속된 세상 사람들이 불행하다고들 할 때 나는 얼마나 행복했던가? 그러나 이제는 운명이 뒤바뀌고 말았다.'

'그이는 나를 잊지 않았어.'

클레리아는 생각했다. 기쁨이 밀려왔다.

'이처럼 아름다운 품성을 가진 사람이 변할 리가 없지.'

내 마음이 변하는 것을 볼 날은 없을 거예요.
나에게 사랑을 가르쳐 준 아름다운 눈동자여.

그러면서 클레리아는 마음속으로 이 페트라르카의 소네트 두 구절을 읊었다.

대공 모후는 야식이 끝나자마자 방으로 돌아갔다. 대공은 대공 모후의 방으로 뒤따라가서 연회장으로 돌아오지 않았다. 대공이 오지 않을 거란 소식을 듣자 내빈들이 일제히 돌아가려고 했기 때문에 실내는 소란스럽기 그지없었다. 이때 클레리아는 파브리스 곁으로 다가갔다. 그의 얼굴에 나타난 슬픔이 그녀의 마음을 아프게 했다. 그녀가 속삭였다.

"지난간 일은 잊으세요. 우정의 표시로 이걸 받아 주세요."

그녀는 이렇게 말하며 가지고 있던 부채를 파브리스의 손 위로 내밀었다.

파브리스는 세상을 다른 눈으로 바라보기 시작했다. 한순간에 그는 딴 사람이 되고 말았다. 이튿날 그는 은신을 끝내겠다고 말하고 산세베리나의 호화스러운 저택으로 돌아갔다.

대주교는 갑자기 성자가 된 이 남자가 대공의 놀이 상대로 지명되자 아주 정신을 잃고 만 것이라고 말했으며, 그렇게 믿었다. 그러나 공작 부인은 그가 클레리아와 도로 마음이 통하게 되었다는 것을 눈치챘다. 그렇게 되자 안 그래도 그 불행한 약속을 떠올릴 때마다 우울해하던 공작 부인은 더욱 괴로워서 이곳을 떠나고 싶어졌다. 부인의 이러한 결정에 사람들은 모두 깜짝 놀랐다.

'뭐라고? 대공의 무한한 총애를 받고 있는데 궁정을 떠난다고?'

한편 파브리스와 공작 부인 사이에 연정이 없음을 알고 난 다음부터 행복함에 젖어 있던 백작은 사랑하는 여인에게 이렇게 말했다.

"새 대공은 도덕 군자이긴 하지만, 내가 '그 아이'라고 부른 것을 용서해 줄 마음은 없을 것입니다. 그의 마음을 풀어 주는 방법은 한 가지밖에 없습니다. 즉, 내가 이곳을 떠나는 것이지요. 얼마 동안 공손하고 정중한 태도를 보인 후에 몸이 불편하다는 핑계를 대고 사직을 할 작정입니다. 당신은 허락해 주시겠지요? 이제는 파브리스의 앞길도 탄탄하니까요. 그런데 당신은 저를 위해 희생하실 수 있겠습니까?"

그는 웃으며 덧붙였다.

"공작 부인이란 훌륭한 직위를 내버리고 훨씬 낮은 직위로 내려앉으실 수 있겠습니까? 아무튼 저는 장난삼아 이곳 일을 손도 댈 수 없으리만큼 헝클어 놓았습니다. 일을 곧잘 하는 부하가 네댓 명 있었는데 프랑스 신문을 읽고 있기에 두 달 전에 연금을 주고는 해고시켜 버렸지요. 그 대신 바보 얼간이들을 채용해 놓았습니다. 우리가 이곳을 떠나고 나면 대공은 어찌해야 좋을지 갈피를 못 잡고 제아무리 라시의 성질이 두렵더라도 할 수 없이 그를 도로 부를 것이 틀림없습니다. 그렇기 때문에 나는 내 운명의 열쇠를 쥐고 있는 전제군주의 명령만 떨어지면, 나의 친구인 라시에게 다정한 편지를 보내어 그의 재능이 인정받게 될 날이 가까워졌음을 알려 줄 생각입니다."

27장

 이와 같은 심각한 대화는 파브리스가 산세베리나 저택으로 돌아온 다음날 있었던 것이다. 공작 부인은 파브리스의 기분이 아주 들떠 있는 것을 보고 공연히 애가 탔다.
 '역시 저 신앙심이 돈독한 계집애한테 속고 말았구나. 그 계집애는 단 석 달도 못 가서 그렇게 돼 버리다니.'
 한편, 일이 잘 되어 가고 있다고 생각한 대공은 사랑을 위한 용기를 갖게 되었다. 그는 산세베리나 저택에서 떠날 준비를 하고 있다는 소문을 들었다. 그뿐 아니라 그의 프랑스 출신 시종은 귀부인들의 정조라는 것을 불신하고 있던 터라 공작 부인에게 더 대담하게 행동하라고 부채질을 했던 것이다. 그래서 대공은 어떤 행동을 하고 말았는데, 이로 인해 모후라든가 양식 있는 궁정 사람들로부터 비난을 받게 되었다. 그러나 시민들은 이를 대단한 총애의 표시로 생각했다. 즉, 대공 자신이 직접 그녀의 저택을 방문했던 것이다.

"내 곁을 떠나려는 것이오?"

그는 엄숙하고 진지한 어조로 따져 물었다. 이는 공작 부인을 불쾌하게 만들었다.

"내 곁을 떠나다니! 나를 배반하고 약속을 어기는 것이오? 파브리스의 특사가 10분만 늦었더라도 그는 죽었을 것이오. 그런데도 나를 버리고 가겠단 말이오? 이렇게 당신을 사랑할 수 있는 용기가 생긴 것도 당신의 약속이 있었기 때문인데, 당신은 수치스럽지도 않소?"

"잘 생각해 보십시오, 전하! 평생 동안 이 넉 달만큼 더 즐거우셨던 적이 있으셨습니까? 군주로서의 영광, 그리고 제 생각을 감히 말한다면, 한 여인에게서 사랑을 받는 남자로서의 행복이 이보다 더 클 수는 없으셨을 겁니다. 자, 이런 식의 제안은 어떠신가요? 저는 큰 두려움 끝에 강요당한 약속을 지키고 싶지도, 전하의 찰나의 즐거움을 위한 애인이 되고 싶지도 않습니다. 전하께서 저의 이런 마음을 알아주신다면 저는 저의 남은 인생을 전하를 행복하게 해드리는 데 바치겠습니다. 넉 달 동안 그랬던 것처럼 전하를 모시겠습니다. 그렇게 하다 보면 전하와 저 사이의 우정이 사랑으로 모습을 바꿀지도 모르지요. 그렇게 되지는 않을 거라고 못 박을 수는 없으니까요."

"그렇다면 좀더 좋은 일이 있소."

대공은 매우 기뻐하며 말했다.

"나와 내 나라를 지배해 주시오. 이 나라의 수상이 되어 주시오. 나는 신분상의 까다로운 관례로서 허용될 수 있는 한계 안에서 청혼을 하겠소. 가까운 나라에도 그런 예가 있소. 나폴리 왕이 최근에 파르타나 공작 부인과 결혼하지 않았소. 그런 결혼은 나도 할 수 있소. 말이 나온 김에 하는 말이지만, 나도 이제는 어린아이가 아니오. 이런저런 일을 다 깊이 생각한 다음에 나온 결론이라는 것을 증명하기 위해 정치적인 문제도 말하겠소. 당신에게 생색내려는 것은 아니지만, 나는 내가 이 나라의 마지막 군주라는 점, 살아생전에 후계자 문제가 강대한 외국의 압력에 의해 좌지우지될지도 모른다는 점을 받아들일 거요. 이렇게 불쾌한 생각을 해야만 하지만, 실상 나는 기쁘기 짝이 없소. 그만큼 당신을 향하는 나의 존경과 사랑을 나타내 주는 증거니까 말이오."

공작 부인은 조금도 망설이지 않았다. 대공은 매력이 없는 사람이었다. 그 반면에 백작은 이제 부인에게 있어 더할 나위가 없이 다정한 사람이 되어 있었다. 백작보다도 나은 사람은 단 한 사람이었다. 더구나 백작은 그녀의 마음대로 다룰 수가 있었지만, 대공은 그 거추장스런 신분이란 굴레에 끌려 다니는 사람이므로 그녀의 복종을 강요할 것이었다. 더구나 수많은 첩을 둘지도 모른다는 문제도 있었다. 몇 해 안 가서 서로 간의 나이 차이 때문에 당연히 그렇게 될 것이었다.

애초부터 이런 불쾌하기 짝이 없는 미래를 예상했던 부인의 마음은 이미 정해져 있었다. 단지 공작 부인은 대공의 미움을 사기는 싫었으므로 생각할 시간을 좀 달라고 했다.

그녀가 대공의 청을 부드럽게 거절하기 위해 동원한, 애정이 넘치는 듯한 말투와 매력적인 표정과 몸짓을 서술할 필요는 없을 것이다.

대공은 점점 화를 내기 시작했다. 자신의 행복이 송두리째 무너져 버리는 것처럼 느껴졌다. 공작 부인이 궁정을 떠나 버리면 대체 어찌할 것인가? 여인을 유혹하다가 허탕을 치다니 이야말로 망신이 아닌가? 그리고 프랑스 출신의 시종이 이 사실을 알면 얼마나 나를 바보 천치로 알까?

공작 부인은 교묘하게 대공의 마음을 가라앉히고 차츰차츰 교섭을 본론으로 이끌어 갔다.

"만약 전하께서 저 지겨운 약속, 저 스스로에 대한 모멸을 느끼게 만들 그 끔찍한 약속을 재촉하지 않으신다면 평생토록 저는 궁정을 떠나지 않고 전하를 섬길 것입니다. 그렇다면 전하의 궁정은 늘 이번 겨울처럼 즐거울 것입니다. 저는 저의 모든 것을 바쳐서 전하께서 남성으로서의 행복을 누리시고, 또한 군주로서 명예롭게 되시도록 노력할 것입니다. 전하께서 기어코 그 약속을 이행하려 하신다면 앞으로의 저의 생활은 생기를 잃고 시들어 버릴 것입니다. 저는 이 나라를 떠나 두 번 다시는 돌아오지 않을 것입니다. 제가 정조를 잃는 날이 전하를 마지막으로 뵙는 날이 될 것입니다."

그러나 대공은 소심한 사람들이 그렇듯이 고집을 부렸다. 청혼이 받아들여지지 않자 남자로서, 그리고 군주로서의 자존심이 상처를 입었던 것이다.

그는 이 결혼을 성사시키기 위해 이러저러한 어려움이 있으리라 생각했고, 절대로 질 수 없다는 생각을 하고 있었다.

세 시간 동안 두 사람은 똑같은 이야기를 되풀이했다. 종종 거친 말이 튀어나오기도 했다.

대공이 마침내 소리쳤다.

"여하튼 당신은 약속을 못 지키겠다는 것이군. 파비오 콘티 장군이 파브리스에게 독약을 먹이려고 했을 때 만약 내가 지금의 당신처럼 꾸물거렸다면, 지금쯤 당신은 파르므의 어느 성당에서 파브리스의 묘비를 세우고 있을 신세가 됐을 거요."

"파르므 같은 곳에는 안 세우겠어요. 이런 독살자들만 사는 곳에는……."

"좋소! 그렇다면 어서 가시오. 공작 부인!"

화가 머리끝까지 난 대공이 마구 소리쳤다.

"나의 경멸을 받은 채 어서 가 버리시오."

대공이 홱 돌아서서 나가려 할 때 공작 부인은 낮은 소리로 말했다.

"할 수 없군요. 밤 열 시에 오세요. 절대 비밀로 하고 말예요. 그러나 전하는 거래를 하시는 거예요. 아마 손해를 보는 거래가 되겠지요. 그후로는 저를 보지 못하실 테니까요. 평생을 다 바쳐서 전하로 하여금 이 과격파의 시대에 절대군주가 누릴 수 있는 최고의 행운을 누리시도록 해드리려고 했는데 어쩔 수 없지요. 그리고 내가 떠난 다음에 이 궁정이 어떻게 될 것인가를 생각해 보세요. 도대체 그 누가 궁정의 지루함에서 당신을 구해 줄 수 있을 것인지를요."

"당신이야말로 파르므 대공비, 아니 대공비 이상의 지위를 거절하고 있지 않소? 당신은 정략 결혼으로 인해 사랑도 받지 못하고 사는 평범한 대공비가 되는 것이 아니란 말이오. 나는 내 마음을 송두리째 바쳐 당신을 사랑하고 있단 말이오. 그렇기 때문에 당신은 자신이 원한다면 내 나라와 나의 행동을 지배할 수 있단 말이오."

"그럴지도 모르지요. 하지만 모후께서는 저를 추잡한 모략가라고 비난하실 겁니다."

"좋소. 그럼 어머님께 연금을 드려 이 나라 밖으로 보내겠소."

다시 45분 동안 격렬한 논쟁이 계속되었다. 소심한 대공은 자신의 권리를 주장할 수도, 그렇다고 공작 부인을 떠나 보낼 수도 없었다. 그러던 중에 그는 한 가지 이야기를 떠올렸다. 무슨 수를 써서든 한 번 손에 넣은 여자는 결국 다시 돌아온다는 말이었다.

공작 부인이 화를 내서 쫓겨나듯 돌아갔던 대공은 열 시가 가까운 시각에 대담하게도 다시 돌아왔다. 거의 울 듯 몸을 떨고 있었다. 열 시 반이 되자 공작 부인은 마차에 올라 볼로냐를 향하여 길을 재촉했다. 대공의 영지를 벗어나자마자 백작에게 편지를 썼다.

저는 희생을 하고 말았어요. 앞으로 한 달 동안은 기분을 풀라는 말을 하지 마세요. 이제는 파브리스도 만나지 않겠어요. 볼로냐에서 기다리겠어요. 모스카 백작 부인이 될 준비를 갖추고 말이에요. 한 가지 청이 있습니다. 저보고 제가 떠나온 나라로 돌아오라고 하지 말라는 것입니다. 또한 15만 루블의 연금이 없어지고 기껏 3~4만의 연금을 받게 될 거라는 것을 잊지 마시기를 바랍니다.

당신은 어리석은 사람들로부터 숭배를 받았지만 이제부터는 당신이 허리를 굽혀서 어리석은 사람들의 하잘것없는 생각들을 이해해 주지 않는 이상 대접을 받을 수 없을 거예요. 조르주 당댕(몰리에르의 희극《조르주 당댕》의 주인공—옮긴이)이여, 이것은 자업자득이랍니다.

일주일 후 백작 선조들의 묘지가 있는 페루자의 한 성당에서 두 사람의 결혼식이 거행되었다. 대공은 그 소식을 듣자 절망을 하고 말았다. 공작 부인은 대공에게서 서너 통의 편지를 받았으나 겉봉도 뜯지 않고 그 편지를 도로 돌려보냈다. 에르네스트 5세는 백작에게 엄청난 보수를 주고 파브리스에게는 그 나라 최고의 훈장을 수여했다.

백작이 모스카 델라 로베레 백작 부인에게 말했다.

"그 사람의 작별 인사 중에 마음에 들었던 것은 이것입니다. 우리는 마치 죽마고우처럼 작별을 했던 것입니다. 그는 스페인 최고 훈장과 그에 버금가는 다이아몬드 몇 개를 주었습니다. 나를 공작으로 만들어 주겠다고도 했으나, 그것은 당신을 도로 불러오기 위한 방편으로 보류해 두겠다고 했습니다. 남편으로서 이러한 소임을 받게 된 것은 영광이지요. 만약 당신이 설사 한달 동안만이라도 파르므로 되돌아가 준다면 나는 단번에 공작이 될 수도 있단 말입니다. 그뿐 아니라 당신이 원하는 영지의 호칭을 받을 수도 있습니다. 그것은 참

굉장한 일일 텐데……."
 공작 부인은 기겁을 하며 이를 거절했다.
 한편 궁정 무도회에서의 어느 정도 결정적인 계기가 될 듯도 했던 그 순간의 사랑을 클레리아는 이미 모두 잊어버린 것만 같았다. 양심의 가책이 높은 도덕심과 신앙심을 가진 그녀의 마음에 모진 매를 휘두르고 있었던 것이다. 파브리스는 이를 잘 알았으므로, 때로는 희망적인 생각에 눈을 빛내다가도 곧이어 어두운 슬픔 속으로 가라앉고 마는 것이었다. 그러나 그토록 괴로워하면서도 클레리아가 결혼했을 때처럼 은신을 하지는 않았다.
 백작은 조카가 된 파브리스에 궁정의 소식을 사실대로 알려 주기 바란다고 부탁했다. 파브리스는 이제는 그의 은혜와 의리에 보답하기 위해 이를 성실하게 수행할 생각이었다.
 파브리스는 파르므의 거리나 궁정에서의 소문대로 그가 좋아하는 백작이 언젠가는 다시 수상이 되고, 전에 없던 크나큰 세력을 잡을 거라고 믿었다.
 그런데 얼마 후 백작의 예상이 들어맞고 말았다. 백작이 떠난 지 6주도 지나지 않아 라시가 수상이 되었고, 파비오 콘티 장군은 육군장관이 되었으며, 기껏 백작이 비워 놓았던 감옥이 또다시 만원이 되고 말았다.
 대공의 생각으로는 이런 패거리들을 권력의 자리에 앉힘으로써 공작 부인에게 복수를 한 셈이었다. 그녀를 너무나 사랑한 나머지 자신의 연적이라 할 모스카 백작을 증오하게 된 것이었다.

크레센치 후작 부인은 양심의 가책에 시달리고 있는데다가 고해신부에게서도 꾸지람을 들었으므로 파브리스의 눈길을 피할 좋은 방법을 생각해냈다. 해산날이 가까워졌다는 핑계를 대고 자신의 저택이 감옥이라도 된 것처럼 틀어박히고 만 것이다.

그런데 그 저택에는 넓은 정원이 있었다. 파브리스는 그 정원 안으로 숨어 들어가 클레리아가 가장 좋아하는 산책길에 자그마한 꽃다발을 뿌려 놓았다. 그런데 이 꽃다발들은 파르네세 탑에서의 감옥살이가 끝나갈 무렵에 밤마다 그녀가 보내 오던 말을 뜻하게끔 배열되어 있었다.

후작 부인은 이런 담대한 행동을 보고 기분이 언짢아졌다. 그녀의 마음은 어떤 때는 양심의 가책에, 또 어떤 때는 그리움에 이끌리곤 했다. 그녀는 그후로 몇 달씩이나 정원에 나가지 않았을 뿐 아니라 정원 쪽을 바라보지도 않았다.

파브리스는 결국 그녀가 자신을 영원히 떠났다고 생각했다. 그는 또다시 절망 속으로 빠져 들어갔다. 사교계에 나가는 것이 견딜 수 없이 싫었다. 만약 그가 백작이 수상의 지위를 버리고 마음이 편하지는 않을 것이라고 지레 짐작하지만 않았더라면 다시 대주교관의 작은 방으로 들어갔을 것이다. 그는 자기의 생각에만 몰두하고, 공무를 수행할 때만 다른 사람들의 말소리를 듣는다면 얼마나 좋을까 하고 생각했다.

'그렇지만 내가 아니면 그 누가 백작 부부를 위해 이 일을 하겠는가?'

대공은 여전히 그를 특별 대우해 주었으며 궁정의 첫 번째 자리를 주었다. 사실 이러한 후대는 파브리스 자신의 나무랄 데 없는 태도에서 기인한 것이었다. 파브리스는 인간 생활 속에 넘쳐흐르는 허영과 욕망에 대해 초연한 태도를 보여 주었으며 이는 젊은 대공의 허영심을 자극시켰다. 대공은 파브리스에게 고모에 뒤지지 않을 만큼의 재치가 있다고 말하곤 했다.

그러나 대공은 어린애 같은 순진함 때문에 진실의 절반밖에 알지 못했다. 바로 파브리스와 같은 심정으로 대공을 대하는 사람들이 하나도 없다는 사실이었다. 궁정에 드나드는 사람들 중에서 아무리 둔한 사람이라도 파브리스가 받는 대접은 부주교 신분에 어울리지 않을 정도가 아니라 군주의 대주교에 대한 존경 이상의 것이라는 것을 알 수 있었다.

파브리스는 백작에게 편지를 썼다.

훗날 대공이 현명해진 뒤에 라시나 파비오 콘티 장군, 쥐를라 장관, 그밖의 몇몇 권력자들이 나라 정사를 엉망으로 만들었다는 사실을 깨달았을 때에는 제가 나서서 대공의 자존심이 너무 상하지 않도록 백작님께 연락을 취하는 교섭자 역할을 하게 될 것입니다.

백작 부인에게는 이렇게 썼다.

어떤 뛰어나신 분이 어떤 지체가 높으신 분에게 '그 아이'라는 불쾌한 말을 붙인 기억만 없다면 그 지체가 높으신 분은 벌써 이렇게 소리쳤을 것입니다. '빨리 이곳으로 돌아와 저 거지 떼들을 내쫓아 주시오.' 라고요. 지금이라도 그 뛰어나신 분의 부인이 자그마한 동의의 뜻을 표한다면, 그분은 성대한 환영을 할 것입니다. 그러나 만약 좀더 시기가 무르익기를 기다리신다면 더욱 멋지게 개선하실 수 있을 것입니다.

더구나 요즈음은 대공 모후의 궁정이 따분한 곳이 되고 말았습니다. 때때로 이야깃거리가 되는 것은 라시의 반미치광이 같은 행동뿐입니다. 그 사람은 백작으로 임명되자 귀족광이 되고 말았습니다. 최근에는 '8대에 걸쳐 귀족이었음을 증명할 수 없는 자는 어떠한 자건 간에 대공 모후의 연회에 참석하는 것을 금한다.' 라는 엄명을 내렸습니다.

매일 아침마다 대회장에 나가서 미사에 참례하는 군주를 영접해 모실 수 있는 신분의 사람들은 계속해서 이 특권을 누릴 수 있지만, 벼락치기로 귀족이 된 자들은 8대에 걸쳐 귀족이었다는 것을 증명하지 않으면 안 되게 되었습니다. 이렇게 되자 사람들은 라시는 그런 가문임을 증명할 수 없을 것이니 큰일이겠다고 말하고 있습니다.

이러한 편지가 우편 마차를 통해 전달되지 않은 것은 물론이다. 이 편지를 받고 모스카 백작 부인은 나폴리에서 답장을 보내 왔다.

우리는 목요일마다 연주회를 열고 일요일마다 토론회를 한단다. 우리의 거실은 몸을 움직일 수 없을 정도로 성황을 이루고 있어. 백작은 요즈음 고고학 발굴에 열중하느라 한 달에 1천 프랑을 쓰고 있단다. 최근에는 아브루즈의 산골에서 일당이 25수밖에 안 되는 인부들을 데려오기까지 했단다. 한번 이곳에 들러 주렴. 무정한 사람, 벌써 스무 번이 넘도록 똑같은 청을 하지 않았니?

그러나 파브리스로서는 그 청을 들어 줄 수가 없는 형편이었다. 백작이나 백작 부인에게 가끔 편지를 쓰는 것만으로도 큰일을 치르는 셈이었다. 만 1년이 넘도록 후작 부인이 된 클레리아와 말 한마디도 하지 못하고 있는 서글픈 신세를 알면 내가 못 찾아가는 것도 이해하여 주겠지 하고 생각했다.

그는 어떻게 해서든 그녀에게 말을 전하려고 온갖 꾀를 다 짜내어 보았으나 모두 다 거절을 당했다. 파브리스는 사는 것이 너무 슬픈 나머지 부주교로서의 직무를 수행할 때나 궁정에 나갈 때를 빼고는 침묵을 지켰다. 그러나 이러한 점이 그의 점잖은 품행과 합쳐져서 그는 엄청난 존경의 대상이 되었다.

이런 존경을 받고 있었으므로 파브리스는 고모의 충고를 따르기로 했다. 고모에게서는 다음과 같은 편지가 와 있었다.

너는 요즈음 대공에게서 굉장한 대접을 받고 있지만 머지않아 괄시를 받게 될 것을 각오해야만 한다. 진저리나도록 대공의 천대도 받고 이에 따라 궁정 사람들에게서 심한 멸시도 받게 될 거야. 작은 나라의 전제군주란 제아무리 진실성 있는 사람이라도 변덕스럽기 짝이 없단다. 그 원인이 어디 있느냐 하면 그것은 실상 따분하다는 점에 있어. 그러니 군주의 변덕을 막아내고 이겨내려면 설교라는 무기를 써야 해. 원래 즉흥시를 짓는 데 남다른 재주가 있으니까 그런 재주로 종교에 대해 반시간쯤 이야기해 보렴. 처음에는 좀 실수를 할지도 모르니, 박식하고 입이 무거운 신학자에게 보수를 지불하고 네 설교를 듣게 해. 그 사람이 잘못된 곳을 지적해 주면 다음 날 고쳐 말하면 되니까 말야.

실연의 괴로움이란 특히 주의력과 행동을 필요로 하는 일을 수행하는 데 더할 수 없이 무겁고 어려운 장해가 되는 법이다. 그러나 파브리스는 대중의 믿음을 한 몸에 받을 수 있다면 그것이 언젠가는 고모나 백작을 돕는 데 큰 힘이 되어 줄지 모른다고 확신했다. 그는 직무를 수행하면서 백작을 더욱더 존경하게 되었는데, 왜냐하면 인간의 그릇된 심성을 차차 깨닫게 되었기 때문이었다.

그는 설교를 하기로 결심했고, 야윈 몸과 낡아 해진 옷이 한층 효과적인 연출을 하도록 도와주긴 했으나 그래도 전례가 없을 정도로 굉장한 성공을 거두었다. 그의 설교에서는 깊은 애수가 느껴졌다. 그의 아름다운 용모와 궁정에서 특별한 은총을 받고 있는 분이라는 소문은 모든 여인들의 가슴에 크나큰 감동을 불러일으켰다. 여인들은 심지어 그가 나폴레옹 군대에서 가장 용감한 부대장이었다는 말을 지어내기까지 했다.

얼마 지나지 않아 이런 터무니없는 뜬소문은 진실 이상의 효과를 발휘하게 되었다. 사람들은 그가 설교를 할 예정인 성당의 자리를 미리 맡아두기까지 했다. 가난한 사람들은 새벽부터 자리를 차지하고 있다가 돈을 받고 자리를 팔았다.

이러한 대성공을 거두자 파브리스는 크레센치 후작 부인이 호기심에서라도 언젠가는 자기의 설교를 들으러 올지 모르겠다고 생각했다. 이런 생각이 들자 그의 설교는 더욱더 빛을 발했다. 그러자 청중들은 거의 열광하다시피 되었다. 그는 설교에 열중하다가 제아무리 노련한 웅변가도 하지 못할 대담한 표현을 쓰기도 하고, 때로는 열정에 자신의 몸을 내맡기기도 했다. 그러면 청중들은 모두 뜨거운 눈물을 흘렸으며 감동을 받았다. 그러나 청중들을 샅샅이 훑어보는 파브리스의 눈에는 단 한 사람, 간절히 바라는 그 한 사람의 얼굴이 보이지 않았다. 그 한 사람이야말로 그의 가장 큰 기쁨이었음에도 말이다.

'아아, 그러나 그녀가 왔다는 것을 알아차리는 순간, 나는 기절하거나 벙어리가 되고 말 것이다.'

그는 그렇게 당황할 순간을 대비하여 매우 감동적인 기도의 말을 써서 그것을 연단의 의자 위에 놓아두었다. 만약 후작 부인이 눈에 띄어 말문이 막혔을 때 그 기도의 말을 읽을 작정이었던 것이다.

어느 날인가는 매수해 두었던 후작 저택의 하녀로부터 이튿날 대극장에 크레센치 후작 내외를 위한 좌석이 예약되었다는 은밀한 전갈을 받았다. 후작 부인이 극장에 모습을 드러내지 않은 것이 거의 일 년 전의 일이었다. 그런데 요즈음 명성이 높은 테너 가수가 그 금기를 깨게 되는 이유가 되었다. 그의 노래를 들으러 온 사람들로 인해 연일 극장은 만원 사례를 기록했던 것이다.

이 말을 듣자 파브리스는 뛸 듯이 기뻐했다.

'아아, 드디어 그녀의 얼굴을 밤새도록 볼 수 있게 되었구나. 얼굴이 몹시 야위었다는데…… 그 매혹적인 얼굴이 마음의 갈등으로 인하여 생기를 잃어 간다면 어떠한 얼굴이 되어 있을까?'

충성스러운 하인인 뤼도빅은 파브리스의 이런 미치광이 같은 행동에 놀랐지만, 여하튼 꽤 힘을 쓴 끝에 후작 내외를 정면으로 볼 수 있는, 네 번째 열의 좌석을 예약했다.

그러나 파브리스는 문득 이런 생각이 들었다.

'그녀가 내 설교를 들으러 왔으면…… 자그마한 성당에서 설교를 하면 그녀의 모습을 가까이에서 볼 수 있을 것이다.'

파브리스는 오후 3시에 설교를 하곤 했다. 그런데 후작 부인이 극장에 가는 날에는, 온종일 대주교관에서 중요한 일을 처리해야 한다는 핑계를 대어 저녁 8시 30분에 생트-마리 드 라 뷔지타시옹 소성당에서 설교를 하기로 했다.

그 성당은 크레센치 후작 저택의 한 면과 마주 보는 곳에 있었다. 뤼도빅은 그 성당에 많은 초를 헌납하면서 설교 때 성당 안을 대낮처럼 환하게 밝혀 달라고 부탁했다. 또 근위대의 정예병 1개 중대를 동원하여 도난 방지라는 명목으로 모든 예배당의 문 앞마다 총검을 소지한 근위병을 배치시켜 놓았다.

 설교는 저녁 8시 30분부터 시작된다고 했음에도 불구하고 2시가 되자 이미 성당은 만원이 될 판이었으므로 크레센치 후작의 훌륭한 저택이 있는 거리가 얼마나 소란스러웠는지는 말할 필요도 없을 것이다.

 파브리스는 '자비로운 성모'를 찬양하기 위해 '자비'에 대해 설교할 예정이며, 즉 너그러운 마음으로 아무리 죄 많은 자일지라도 자비를 베풀어주어야만 한다는 내용이 될 거라고 말해 놓았다.

 극장의 문이 열리자마자 파브리스는 변장을 하고 예약한 좌석으로 갔다. 아직 불도 켜져 있지 않았다. 8시가 되자 막이 올랐다. 그리고 몇 분 후에 직접 겪어 보지 않고는 상상도 할 수 없는 환희에 휩싸였다. 크레센치 후작이 예약했던 자리의 출입문이 열리고 후작 부인이 들어온 것이다. 그녀에게서 부채를 받은 날 이후로는 이렇게 그녀의 모습을 확실하게 본 적이 없었다. 파브리스는 환희에 넘쳐 목이 멜 지경이었다. 너무나 가슴이 울렁거려서 이런 생각이 들었다.

 '어쩌면 나는 죽을지도 모르지. 이 비참한 삶이 끝난다면 얼마나 고마운 일일까? 이 자리에서 쓰러져 죽을지도 몰라. 뷔지타시옹 소성당에 모여 있는 신자들은 내 설교를 듣지 못하게 될지도 모른다. 내일이 되면 미래의 대주교가 오페라 극장에서 하인 복장을 하고 죽어 있었다는 소문이 돌겠지. 내 명예도 끝이 나겠지만, 그까짓 명예가 다 무슨 소용인가?'

 그러다가 8시 45분이 되어서야 파브리스는 간신히 자신을 억제하고 자리에서 빠져나와 신부복을 놓아 둔 곳으로 갔다. 그곳에서 하인 복장을 벗어버리고 신부복으로 갈아입었다. 뷔지타시옹 소성당에 당도한 것은 9시가 다 되어서였다. 파브리스의 얼굴이 너무나도 창백하고 핏기가 없었으므로 그곳에 모인 청중들은 오늘 밤에는 부주교의 설교를 듣지 못하게 되지나 않을까 하고 수군거릴 정도였다.

그가 잠시 휴식을 취하고 있던 응접실의 창살 사이로 성당의 수녀들이 애를 태우며 기웃거린 것도 당연한 일이었다. 그녀들은 쉴 새 없이 말을 걸어왔으므로 파브리스는 견디다 못하여 잠시 혼자 있게 내버려두어 달라고 부탁하지 않을 수 없었다.

얼마 후 파브리스는 설교대로 올라갔다. 그의 하인이 3시경에 보고한 바에 의하면, 뷔지타시옹 소성당은 만원이기는 했지만, 모인 사람들은 모두 가난한 하층 계급뿐이며, 아무래도 성당의 조명을 구경하려고 모여든 것 같다는 것이었다. 그런데 설교대 위에 올라가서 보니 청중들이 모두가 명망 있는 가문의 청년들이거나 사회에서 존경을 받고 있는 인물들로만 꽉 차 있는 것을 보고 매우 놀랐으나 기분이 나쁘지는 않았다.

파브리스가 우선 늦어진 것을 사과하자 곧 청중들의 입에서는 그토록 지친 몸으로 설교를 하러 나와 준 것에 감격해하는 환성이 일제히 쏟아져 나왔다. 이어서 불행한 사람들에 대한 열정에 찬 묘사가 시작되었다. 우리가 자비로우신 성모님을 진실로 찬양하려면 불행한 사람들을 자비로써 대해야 한다고 말했다. 성모님께서도 지상에서 그토록 괴로움을 당하지 않으셨는가. 설교자는 점점 더 열광적으로 되어 갔다. 때로는 그의 목소리가 너무나 잦아들어서 이 조그만 성당 안의 구석에서도 알아듣기 어려울 때가 있었다. 수많은 여인들과 신사들의 눈에는 파브리스야말로 그러한 자비와 동정을 받아야 할 불행한 사람인 것처럼 보였다. 그토록 그의 얼굴빛이 창백했던 것이다. 청중들은 그가 전에 없는 이상한 열기를 띠고 있다는 것을 알아차렸다. 그날 밤 그는 다른 때와는 다른 깊고 감미로운 슬픔에 빠져 있었던 것이다. 어느 순간에는 그의 눈에 눈물이 맺히기까지 했다. 바로 그 순간 청중들은 흐느껴 울기 시작했고 그 오열 소리가 점점 퍼져나가 설교를 중단시킬 정도가 되었다.

그후로도 몇 번이나 설교가 중단되었다. 감격의 부르짖음이 장내를 울렸고 목을 놓고 통곡하는 청중도 있었다. 끊임없이 '오오, 성도님!' 이라든가 '오오, 하느님!' 하고 감동된 나머지 무의식중에 쏟아 내는 부르짖음이 끊임없이 흘러나왔다. 체면을 중시하는 상류 인사들조차 자신을 절제하지 못하고 흐느껴 울고 있었으므로, 사람들은 큰 소리로 오열하는 것을 하나도 부끄럽게 여기지 않았다. 다들 열광하고 있던 터라 남의 눈치를 볼 필요도 없었다.

파브리스가 관례대로 설교의 중간에 휴식을 취했을 때 누군가 극장이 텅 비었다는 소식을 전했다. 다만 아직도 자리에 앉아 오페라를 듣고 있는 여인이 있었는데, 그 사람이 크레센치 후작 부인이라는 것이었다.

성당 안은 그 휴식 시간 중에 갑자기 소란스러워졌다. 왜냐하면 청중들 중에서 부주교의 동상을 세우자는 공론이 돌았던 것이다. 다시 계속된 설교는 대성공을 이루었고, 청중들은 광분하거나 사교계에서와 같은 열광을 내보였다. 그리스도의 신자답게 회개하며 기도하는 분위기가 아니라 세속적인 환호성이 터져 나오자, 파브리스는 설교를 마칠 때 청중을 좀 나무라야겠다고 생각했다. 파브리스가 질책을 하고 나가자, 청중들은 쑥스럽고 어색한 표정들이 되더니 일제히 밖으로 나갔다. 거리로 나간 청중들은 손이 부르트도록 박수를 치며 저마다 목이 터져라 외치기 시작했다.

"델 동고 만세!"

파브리스는 재빨리 시계를 보았다. 그리고 오르간실에서 수도원 쪽으로 통하는 좁은 복도에 있는 자그마한 채광장으로 달려갔다. 크레센치 후작 저택의 문지기는 거리에 뜻밖의 인파가 몰려들자 재치 있게도 중세에 건축된 저택의 정면 벽에 튀어나와 있는 걸이쇠에다 열두 개 가량의 횃불을 밝혀 놓았다.

몇 분이 지나도 환성의 외침이 그칠 줄 모르고 이어지더니 마침내 파브리스가 애를 태우며 기다리던 일이 벌어졌다. 후작 부인이 탄 마차가 극장에서 나와 이 거리로 들어섰던 것이었다. 마부는 마차를 몇 번씩이나 세워 가며 저택의 문 앞에 이르는 동안 계속 소리를 질러대야만 했다.

후작 부인은 훌륭한 음악에 감동했다. 번뇌에 시달리는 사람이라면 누구나 그렇듯이 말이다. 그러나 극장 안이 텅텅 비게 된 이유를 알았을 때는 더 크게 감동했다. 제2막이 시작되어 그 명성 높은 테너 가수가 무대 위로 올라갔을 때 일반석의 청중들은 갑자기 좌석에서 일제히 일어나서 뷔지타시옹 소성당으로 들어갈 수 있을지도 모른다는 생각으로 몰려 나가고 말았던 것이다. 후작 부인은 열광한 군중들로 인하여 저택의 문전에서 길이 막혀 있는 동안 마차 안에 앉아서 눈물을 흘리고 있었다.

'내 선택은 옳은 것이었다.'

그러나 이러한 기쁨이 있었기 때문에 그녀는 후작이나 친구들이 아무리 설교를 들으러 가자고 권해도 굳이 거절했던 것이다. 그들은 그녀가 왜 그토록 유명한 설교를 들으려고 하지 않는지 궁금해했다. 사람들은 이렇게 말했다.

"마침내 그분은 이탈리아 최고의 테너 가수마저 물리친 것입니다."

그러나 후작 부인은 이렇게 속으로 중얼거리는 것이었다.

'그이를 다시 본다면 나는 영원히 구원받지 못할 것이다.'

나날이 일취월장한 설교로 자신의 재능을 빛내던 파브리스는 크레센치 후작 저택 옆에 있는 조그만 성당에서 여러 번 설교를 했으나 클레리아는 끝내 설교를 들으러 오지 않았다. 오히려 그녀는 예전에는 정원을 산책할 수 없게 하더니, 이제는 한적한 거리를 시끄럽게 만든다며 불쾌해한다는 것이었다.

오래 전에 있었던 일인데, 파브리스는 청중들 속에서 한 여인의 얼굴을 찾다가 아주 아름다운 처녀와 눈이 마주쳤다. 그

처녀의 눈은 타오르는 불빛처럼 빛나고 있었다. 그 아름다운 눈은 언제나 설교가 시작되어 몇 마디를 채 하기 전에 진주 같은 눈물로 글썽거려지는 것이었다. 파브리스는 스스로 생각해도 좀 따분한 이야기에 이르면, 그 예쁘고 청순한 얼굴을 바라보며 기분을 돌리곤 했다.

그는 그 처녀의 이름이 아네타 마리니이며, 파르므의 부유한 포목상의 유일한 자식으로, 얼마 전에 부친을 여의었다는 것을 알게 되었다.

얼마 후 포목상의 딸 아네타 마리니의 이름이 사람들의 입에 오르내리기 시작했다. 그녀가 파브리스를 짝사랑하고 있다는 것이었다. 파브리스가 설교를 시작했을 무렵에 그녀는 사법장관의 맏아들 지아코모 라시와 오가던 혼담을 거절했다. 그녀도 지아코모를 딱히 싫어했던 것은 아니었으나, 파브리스 신부의 설교를 몇 번 듣고 나더니 결혼을 하지 않겠다고 선언했다. 왜 갑자기 마음이 변했느냐는 물음에 그녀는 한 남자에게 마음이 끌리고 있는데 다른 남자와 결혼을 한다는 것은 숙녀가 할 행동이 아니라고 말했다. 가족들은 그 남자가 누구인가 알아내려 하였으나 전혀 알 수가 없었다.

그러나 아네타가 설교를 들을 때마다 눈물을 쏟아내는 것을 보고 다들 이를 짐작하게 되었다. 어머니와 삼촌들이 파브리스 신부를 사랑하는 것이 아니냐고 묻자 그녀는 당돌하게도 비밀이 탄로가 난 이상 숨기지는 않겠노라고 말했다. 더구나 그녀는 자신이 사랑하는 사람과 결혼할 수 있는 가능성이 전혀 없으니, 적어도 라시 백작 아들의 우스꽝스런 얼굴을 보고 눈을 더럽히고 싶지는 않다고 말했다.

부르주아 계급 전체에게서 미움받고 있는 사람의 맏아들이 바보얼간이 취급을 당하고 만 이야기는 날이 새자마자 온 시내에 소문이 퍼져 버리고 말았다. 아네타 마리니의 재치 있고 매력적인 답변은 모든 사람의 입에 오르내렸고 크레센치 후작의 저택에서 열린 모임에서도 화제가 되었다.

클레리아는 자신의 집 거실이 그 이야기로 시끌벅적할 때는 잠자코 있었으나 나중에 시종에게 이에 대해 자세히 물어보았다. 그리하여 그 다음 일요일에는 저택의 예배당에서 미사를 마친 다음 하녀를 데리고 마차에 올라 마리니의 교구 성당까지 가서 두 번째 미사를 올렸다. 그곳에서는 시내의 멋쟁이들이 하나같이 아네타의 얼굴을 보려고 모여들어 있었다. 문간 가까이에 서 있는 그들이 웅성거리기 시작하는 것을 보고 후작 부인은 마리니가 성당에 도착했다는 것을 알아차렸다.

후작 부인은 마리니의 얼굴을 잘 볼 수 있는 곳에 자리를 잡았다. 그리고는 평소의 경건한 태도와는 달리 미사에는 신경을 쓰지 않고 마리니에게만 눈길을 보냈다.

클레리아의 눈에는 이 부르주아 처녀가 무척 대담해 보였다. 마치 결혼한 지 몇 년 된 여자에게나 어울릴 만한 것이었다. 처녀의 자그마한 몸은 멋있게 균형 잡혀 있었으며, 눈은 롬바르디아에서 흔히 이야기하듯, 사람에게 무엇인가를 호소하는 듯한 눈이었다. 후작 부인은 미사가 끝나기도 전에 도망치듯 성당에서 빠져나왔다.

이튿날이 되자 크레센치 후작의 저택으로 매일 밤마다 몰려드는 친구들이 아네타 마리니가 또 엉뚱한 짓을 했다는 소문을 전해 주었다. 무슨 일을 저지를지 모르는 딸을 걱정한 나머지 그녀의 어머니가 용돈을 주지 않자, 아네타는 아버지가 선물했던 다이아몬드 반지를 유명한 화가 하이에즈에게 가지고 가서 델 동고의 초상화를 그려 달라고 부탁했다는 것이었다. 그 무렵에 이 화가는 크레센치 후작 저택의 거실을 장식할 그림을 그리기 위하여 파르므에 와 있었다. 그런데 아네타는 파브리스의 초상화를 그릴 때 신부복 대신에 보통의 검은 옷을 입은 것으로 그려 달라고 부탁했다. 이튿날 아네타의 어머니는 딸의 방에서 파브리스 델 동고의 초상화를 보고 매우 놀랐을 뿐만 아니라 화를 내었는데, 왜냐하면 그 초상화를 넣은 액자가 20년 동안 제작된 파르므의 액자 중에서 가장 훌륭한 금테 액자였기 때문이었다.

28장

 연이어 일어나는 사건들에 쫓기는 바람에, 이 사건들에 대해 바보 같은 해석을 하고 있는 파르므 궁정인이란 우스꽝스러운 사람들에 대해 이야기할 틈이 없었다. 이 나라에선 연금이 3~4천 루블에 불과한 가난한 귀족들이 검은 양말을 신고 아침에 대공을 배알할 수 있으려면 우선 볼테르나 루소를 절대로 읽어서는 안 된다. 이 조건은 그리 어려운 것이 아니다. 그 다음으로 필요한 것은 군주의 감기라든가 삭스 지방에서 최근에 보내온 광물 표본에 깊은 관심을 보이는 것이다. 그리고 일 년에 한번도 미사에 빠지지 않고 훌륭한 수도사 두세 명을 친구로 가지고 있기만 하면, 매년 정월 초하루의 이 주일 전이나 이 주일 후에, 즉 한 달 동안의 기간에 대공을 배알할 수 있게 된다. 그렇게 되면 교구에서도 매우 존경을 받게 되고, 따라서 작은 소유지에 부과되는 연 1백 프랑의 세금 납부가 조금 늦어져도 징세관으로부터 귀찮은 독촉을 받지 않는다.

공조도 이런 불쌍한 귀족 중 하나였으나 가문이 훌륭했고, 재산도 약간 있었으며, 크레센치 후작 덕분에 얻은 지위로 인해 매년 1만 프랑쯤의 수입이 들어오고 있었다. 이 사내는 자기 집에서 푸짐한 식사를 할 수는 있었으나, 집착하는 것이 하나 있었다. 어떤 권세 있는 귀족의 거실에서 식사를 하면서 '잠자코 있게, 공조. 자네는 바보니까.' 하는 말을 듣고 나서야 마음이 평온하고 행복해지는 것이었다. '바보'라는 말은 귀족이 기분대로 내뱉는 말일 뿐이었다. 왜냐하면 언제나 공조가 그 귀족보다 영리했기 때문이다.

그는 무슨 주제에든 끼어들었으며, 재치 있게 말할 줄 알았다. 게다가 그 저택 주인의 안색이 달라지면 곧 자신의 의견을 바꿨다. 사실 그는 이해타산에는 빈틈이 없으나 그 외에는 자신의 견해라는 것이 없었다. 그렇기 때문에 대공이 감기에라도 걸리지 않을 경우에는 거실에 가기가 불편했던 것이다.

공조가 파르므에서 유명해진 것은 까만 새털을 붙인 훌륭한 삼각모 때문이었다. 그는 연미복을 입을 때도 이 모자를 썼다. 그런데 중요한 것은 이 모자 자체가 아니라 이것을 머리에 쓰거나 손에 드는 방식이다. 그것에서 그의 재능과 거만함을 볼 수 있었던 것이다.

그는 후작 부인의 강아지가 건강한지, 진심으로 걱정하며 물어보곤 했다. 만약 크레센치 저택에 불이 난다면 그는 목숨을 아끼지 않고 비단에 금실을 수놓은 아름다운 팔걸이의자를 구했을 것이다. 몇 년 동안 그가 용기를 내어 그 팔걸이의 자에 잠시라도 앉을 때면 그의 비단 바시와 스치곤 했던 것이었다.

이러한 인물들 7~8명이 매일 밤 일곱 시에 크레센치 후작부인의 거실로 찾아왔다. 이 친구들이 의자에 앉자마자 하인이 다가와서 그 초라한 모자와 지팡이를 받아 보관했다. 하인은 장식이 주렁주렁 달린 주황색 제복을 멋지게 차려 입고 이것을 더욱 돋보이게 하는 붉은 저고리를 입고 있었다. 이어서 하인은 예쁜 커피 잔을 은제 받침에 올려서 가지고 왔다. 그리고 반시간마다 훌륭한 프랑스식 예복을 입고 칼을 찬 급사장이 아이스크림을 가지고 와서 권했다.

이 초라한 궁정 사람들이 온 다음 반시간쯤 지나면 장군 대여섯 명이 큰 소리로 떠들고 군대식으로 행동하면서 나타났다. 그리고 언제나 총사령관이 승리를 얻으려면 군인의 군복에 어떤 단추를 몇 개나 달면 좋은가 하는 문제를 토론했다. 이런 거실에서 프랑스 신문 이야기를 꺼낸다는 것은 당치도 않은 얘기였다. 그것은 아무리 재미있는 소식이라 해도, 예를 들면 스페인에서 50명의 자유주의자가 총살되었다는 소식이라 해도, 그런 말을 하는 것은 프랑스 신문을 읽었음에 틀림없다고 오해를 받기 때문이다. 이 거실에 오는 사람들이 굉장한 수완을 발휘하는 대목은 10년마다 150프랑씩 연금을 인상시키는 것이었다. 이렇게 해서 대공은 농민과 부르주아 위에 군림하는 기쁨을 귀족과 함께 맛보는 것이었다.

크레센치 저택 거실의 주요 인물은 누가 봐도 포스카리니 기사였다. 그는 더할 나위 없는 사람으로서, 그 누가 통치하든지간에 잠깐씩은 감옥에 들어갔다. 또한 밀라노에서 나폴레옹이 제안한, 전대미문의 등록법을 거부한 그 유명한 의원들 중 한 사람이었다.

포스카리니 기사는 후작의 어머니와 20년이나 다정한 관계였으므로 이 집에선 큰 영향력을 행사했다. 항상 뭔가 재미있는 이야기를 꺼내면서도, 놀라운 통찰력으로 사람들의 마음을 꿰뚫어 보았다. 그래서 죄의식을 느끼고 있던 젊은 후작 부인은 그의 앞에만 가면 몸을 떨곤 했다.

공조는 대귀족에게 난폭하게 취급당하거나, 일 년에 한두 번씩 눈물을 흘리는 것에 열광했으므로, 그러한 귀족에게 도움이 될 만한 일을 하는 데 집착했다. 아마 구차한 살림에 쪼들리지 않았더라면, 그 소원을 성취했을는지도 모를 일이다. 머리도 영리했고 비위도 강했기 때문이다.

이러한 인물인 공조는 크레센치 후작 부인을 경멸하고 있었다. 그녀로부터 한번도 거친 말을 듣지 못했기 때문이다. 그렇긴 해도 그녀는 대공 모후의 시종이자, 한 달에 한두 번씩 '잠자코 있게, 공조. 자네는 바보니까.' 라고 말해 주는 크레센치 후작의 부인이었다.

공조는 아테나 마리니라는 처녀의 이야기만 나오면 멍하니 다른 생각에 잠겨 있던 후작 부인이 관심을 보인다는 사실을 눈치챘다. 평상시 그녀는 이렇게 생각에 잠겨 있다가 열한 시가 되면 차 준비를 하고, 한 사람 한 사람의 이름을 부르면서 차 대접을 했다. 그러고 나서 자신의 방으로 돌아갈 때에는 조금 기운을 차린 것처럼 보였다. 그러면 손님들은 그녀를 위한 풍자시를 낭송하곤 했다.

이탈리아의 풍자시들 중에는 훌륭한 것들이 많다. 여전히 활기를 띠고 있는 문학 장르는 이것뿐이다. 사실 풍자시는 검열에서 벗어나 있다. 크레셴치 저택을 드나드는 궁정인들은 언제나 이렇게 말하며 풍자시를 시작하곤 했다.

"후작 부인, 아주 변변치 못한 시입니다만, 들어 주시겠습니까?"

이렇게 해서 그 시가 사람들을 웃기고 두 번 세 번 낭송이 되풀이되면 장군 하나가 이렇게 소리를 질렀다.

"경찰국장은 이런 망측한 시를 지은 작자를 찾아 교수형을 시켜야 합니다."

이와는 반대로 시민들은 이 풍자시를 좋아했으며, 대서소에서는 이 시의 복사판을 팔았다.

공조는 사람들이 부인 앞에서 마리니의 아름다움을 너무나 지나치게 칭송한 데다가 이 처녀는 억만의 재산을 가지고 있으니 부인이 질투를 하는 것이라고 생각했다.

새털 달린 모자를 쓴 공조는 싱글벙글 웃으면서 귀족이 아닌 자들은 대수롭지 않다는 듯이 뻔뻔스러운 태도로 자신은 마치 어디다 얼굴을 내밀어도 상관없다는 양 후작 부인의 거실에 나타났다. 이런 만족스러운 표정은 일 년에 한 번씩 대공으로부터 '잘 가게, 공조.'라는 말을 들었을 때에나 볼 수 있는 것이었다.

공조는 후작 부인에게 공손히 인사를 하고, 평상시에 후작 부인이 권하는 멀리 떨어진 의자에 앉으려고 하지 않고, 주위에서 서성거렸다. 그리고 사람들의 한 가운데서 갑자기 소리를 질렀다.

"몽세뇌르 델 동고의 초상화를 구경하고 왔습니다."

클레리아는 놀란 나머지 팔걸이의자에 기대지 않으면 안 되었다. 그녀는 흔들리는 마음을 억누르려고 했으나 곧 거실을 빠져나오지 않으면 안 되었다.

"아니! 공조, 자네처럼 서툰 사람도 드물 걸세."

네 번째의 아이스크림을 훑고 있던 장교가 거만하게 소리쳤다.

"아직 모르고 있나? 저 부주교는 예전에 나폴레옹 군대에서 가장 용감한 대령이었고, 후작 부인의 부친을 몹시 골탕먹인 일이 있다네. 후작 부인의 부친인 콘티 장군의 성채에서, 마치 대성당에서 나가는 것처럼 탈옥을 해버렸다네."

"대장님! 저는 아주 몰상식한 놈입니다. 형편없는 바보이므로 하루 종일 실수만 하고 있습니다."

이 대답이 이탈리아인의 취미에 맞았으므로 사람들은 폭소를 터트렸고, 잘난 체했던 장교 쪽이 웃음거리가 되었다.

용기를 낸 후작 부인은 마음을 다잡고 곧 돌아왔다. 평판이 높은 파브리스의 초상화를 볼 수 있지 않을까 하는 막연한 기대 때문이기도 했다.

후작 부인은 초상화를 그린 하이에즈의 재능을 칭찬했다. 그녀가 자신도 모르게 공조를 보며 미소를 짓자, 공조는 자신을 놀린 장교를 불만 섞인 시선으로 바라보는 장난을 쳤다.

다른 손님들도 이런 장난을 쳤기 때문에 장교는 그를 원망하면서 자리를 피할 수밖에 없었다. 공조는 당당한 승리를 거두었다. 그리고 작별 인사를 할 무렵에는 다음날의 만찬에까지 초대를 받았다.

다음날, 식사가 끝나고 하인이 나가자 공조가 말했다.

"재미있는 일이 있습니다. 우리 부주교님께서 마리니 양에게 반했답니다."

이 뜻하지 않은 말을 듣고 클레리아의 심장이 얼마나 고통스러웠을지 쉽게 상상할 수 있을 것이다. 후작도 놀랐다.

"공조, 쓸데없는 소리 좀 하지 말게! 전하의 휘스트 상대로 열한 번이나 뽑힌 분이니까 말을 조심해서 하라고!"

"아닙니다, 후작님."

공조는 천박한 말투로 대답했다.

"전하뿐만 아니라 마리니의 상대가 되고 싶으신 것도 확실합니다. 그러나 이런 말이 마음에 안 드신다면, 뭐 저도 더 이상 말하지 않겠습니다. 뭐라 해도 제가 가장 좋아하는 후작님한테 나쁘게 보이기는 싫으니까요."

후작은 항상 식사 후에는 잠깐 낮잠을 자러 갔으나, 그날은 자리를 뜨려고 하지 않았다. 그런데 공조는 혀를 자르는 한이 있어도 마리니 이야기는 꺼내지 않겠다고 생각하고 있었다. 그러나 쉴 새 없이 뭔가 화제를 꺼내면서, 바로 그 부르주아 처녀의 연애 이야기로 되돌아갈 듯이 후작에게 기대를 갖게 했다. 공조란 사내는 상대에게 기대를 갖게끔 이야기를 빙빙 돌려서 하는 이탈리아인다운 재주가 뛰어났다. 후작은 호기심을 더 이상 참을 수 없어서 그를 칭찬하는 말을 했다. 그와 함께 식사를 하니 평소의 두 배나 식욕이 난다고까지 말한 것이다.

공조는 시치미를 떼고 전 대공의 애첩 발비 후작 부인이 만든 갤러리에 대해 이야기하기 시작했다. 그러면서 매우 감탄했다는 듯이 천천히 강조를 하면서 하이에즈에 대한 이야기를 서너 번 하는 것이었다. 후작은 '이제 마리니 양이 주문한 초상화 얘기가 나오는구나.' 하고 생각했다. 그런데 공조는 전혀 그럴 생각이 없었다. 마침내 다섯 시가 되자 후작은 안절부절못했다. 언제나처럼 낮잠을 자고 난 후에는 다섯 시 반에 마차를 타고 산책을 하러 나가야만 했던 것이다.

"언제까지 쓸데없는 얘기만 할 건가!"

그는 무뚝뚝하게 말했다.

"내가 마마보다 늦게 산책로에 도착하길 바라는 건가? 나는 시종이고, 언제 그분의 분부를 받을지 모른단 말일세. 자, 어서 빨리 말하게. 부주교의 연애 사건이란 게 뭔가?"

그러나 공조로선 이 얘기를 후작 부인에게 들려주고 싶었다. 그를 초대한 것은 후작 부인이었기 때문이었다. 그래서 그는 후작이 요청하는 이야기를 몇 마디로 간단히 말했다. 그러자 반쯤 졸고 있던 후작은 낮잠을 자려고 들어가 버렸다.

공조는 후작 부인에 대해선 완전히 다른 태도를 취했다. 그녀는 엄청난 부를 누리고 있었으나 아직 젊고 순진하므로, 방금 전에 후작이 자신을 난폭하게 대한 것을 사과할 것이라고 생각한 것이다. 기분이 좋아진 공조는 예전처럼 유창한 말로 자세한 이야기를 하기 시작했다. 이는 의무감을 느껴서이기도 했지만 자신도 즐겁기 때문이었다.

아네타 마리니는 성당의 자리를 얻기 위해 금화를 지불하기까지 한다는 것이었다. 그녀는 언제나 두 분의 아주머니와 전에 아버지가 고용했던 회계사와 동행한다고도 했다. 전날에 자리를 잡아 두는데, 설교대에서 약간 제단 쪽으로 치우친 곳에 자리를 잡는다는 것이었다. 그 처녀는 부주교가 제단 쪽을 자주 보는 것을 알아차렸던 것이다.

그런데 청중들도 눈치챈 사실은, 젊은 설교자의 매력적인 눈이 마치 아름다움을 만끽하기라도 하듯이 이 젊고 부유한 처녀 쪽에 머물러 있을 때가 많다는 것이다. 더구나 무심한 눈길도 아니라는 것이었다. 왜냐하면 그가 그 처녀를 쳐다볼 때면 설교가 학문적으로 고매해지기 때문이었다. 인용이 많아지고 마음에서 우러나오는 격렬함이 없어졌다. 그렇게 되면 청중의 부인들은 곧 흥미를 잃고 마리니를 노려보거나 욕하기 시작했다.

클레리아는 이 이상한 얘기를 세 번이나 되풀이해서 들려달라고 했다. 세 번째에 후작 부인은 생각에 잠겼다. 생각해 보니 파브리스를 보지 못한 지도 어느덧 14개월이나 지났던 것이다.

'파브리스를 보기 위해서가 아니라, 유명한 설교사의 말을 듣기 위해 성당에 한 시간쯤 가는 것은 죄가 되지 않을 것이다.'

그녀는 생각했다.

'더욱이 설교대에서 멀리 떨어져 앉고, 파브리스가 들어올 때와 나갈 때만 보는 것뿐인데…… 파브리스를 보러 가는 것이 아니라 훌륭한 설교사의 얘기를 들을 뿐이다!'

그런 생각을 하면서도 후작 부인은 양심의 가책을 느꼈다.

'14개월 동안 그렇게 조심을 했는데!'

결국 그녀는 이렇게 타협을 했다.

'만약 오늘 밤 모임에 맨 처음으로 오는 여자가 몽세뇨르 델 동고의 설교를 들은 적이 있다면 나도 들으러 가보자. 그 여자가 가본 적이 없다면 나도 가지 말자.'

그렇게 결심하고 나자 후작 부인은 이런 말을 하여 공조를 기쁘게 했다.

"부주교께서 언제 어느 성당에서 설교하는지 알아봐 줄래요? 오늘 밤에 당신이 돌아가기 전에 부탁할는지 모르겠어요."

후작이 산책로로 나가자 클레리아는 저택의 뜰에서 산보를 했다. 6개월 동안 그곳에 발을 들여놓지 않았던 것에도 마음을 쓰지는 않았다.

그녀는 발랄하고 기운이 넘쳐 보였다. 얼굴에도 화색이 돌았다. 그날 밤 거실로 귀찮은 사람들이 한 명 한 명 들어올 때마다 그녀의 가슴은 두근거렸다. 마침내 공조가 왔다. 그는 자기가 지금부터 일주일 동안은 후작 부인에게 꼭 필요한 인간이 되리라는 것을 눈치챘다.

'후작 부인은 마리니 양을 질투하고 있다. 이거 참 재미있는 연극이 되겠는데.'

그는 생각했다.

'후작 부인이 주인공 역, 아네타는 시녀 역, 그리고 몽세뇌르 델 동고 신부는 애인 역할을 맡는 건가? 입장료로 2프랑을 받아도 비싸지 않을 것 같구나.'

그는 너무 즐거워서 자신의 지위를 망각한 나머지, 밤새도록 남의 말을 자르고 툭 끼어들어 황당한 이야기만을 지껄였다. (예를 들면 예전에 프랑스의 여행자에게서 들은, 유명한 여배우와 페키니 후작 간의 사건 같은 것들이다.)

후작 부인은 차분히 앉아 있을 수가 없었다. 거실을 돌아다니거나, 옆의 화랑으로 발길을 옮기곤 했다. 후작은 그곳에 20만 프랑이 넘는 그림만을 모아서 소장해 놓고 있었다. 그날따라 이 그림들이 너무나 큰 감동을 주었으므로 후작 부인은 그만 지쳐 버리고 말았다.

마침내 문이 열리는 소리가 들렸다. 그녀는 거실로 달려나갔다. 라베르시 후작 부인이었다. 클레리아는 전처럼 인사하면서도 목소리가 잘 나오지 않는다는 것을 알아차렸다. 상대방은 질문을 알아듣지 못하고 두 번이나 되물었다.

"저 소문난 설교사를 어떻게 생각하세요?"

"처음에는 계책가라고 생각했지요. 과연 유명한 모스카 백작 부인의 조카가 될 만하다고요. 하지만 얼마 전에 이 저택의 건너편에 있는 뷔지타시옹 소성당에서 설교할 때는 너무나 숭고해 보였어요. 그가 더 이상 얄밉지 않았고, 그 누구보다도 뛰어난 설교를 하는 사람이라고 생각하게 됐어요."

"그러면 설교를 들으러 가셨나요?"

클레리아는 기쁨으로 몸을 떨면서 물었다.
"내 말을 듣고 있지 않았나요?"
후작 부인은 웃으면서 말했다.
"나는 그의 설교를 빼놓지 않고 들으러 가요. 사람들은 그가 가슴에 병이 나서 앞으로는 설교를 하지 못할 거라고 하더군요."
이 후작 부인이 나가자 클레리아는 곧 공조를 화랑으로 불렀다.
"그 소문난 설교를 들으러 가겠어요. 설교는 언제 있나요?"
"다음 월요일입니다. 사흘 후이지요. 마치 부인의 마음을 아는 것처럼 뷔지타시옹 소성당에서 설교가 있습니다."
물어 보고 싶은 것이 더 있었으나 클레리아는 더 이상 말할 힘이 없었다. 그녀는 아무 말도 없이 화랑 안을 대여섯 번 왔다갔다했다. 공조는 생각했다.
'그녀는 복수할 생각인 것이다. 콘티 장군 같은 영웅이 사령관으로 있는 감옥에서 달아나다니, 아주 괘씸한 일이긴 하다!'
"그렇지만 서두르지 않으면 안 됩니다."
그는 미묘한 비웃음을 띠고 말했다.
"그는 가슴에 병이 났다고 합니다. 랑보 선생님의 말에 따르면, 일 년도 안 남았다고 합니다. 성채에서 달아났으니 천벌을 받은 겁니다."
후작 부인은 화랑의 소파에 앉았다. 그리고 공조에게 앉으라고 권했다.

"네 사람 좌석을 잡아 주세요."

"이 공조도 부인들의 뒤를 따라가도 괜찮을까요?"

"그럼요. 그러면 다섯 사람 좌석을 잡아 주세요…… 그리고 설교대 가까이에 앉을 생각은 아니에요. 하지만 마리니 양은 보고 싶어요. 그렇게 뛰어난 미인이라고 하니."

설교가 있는 월요일까지의 사흘 동안은 무척 지루했다. 반면에 공조는 훌륭한 귀부인과 함께 대중 앞에 나타나게 되자 하늘로 올라갈 듯 기분이 좋아져서는 프랑스식 예복을 입고 칼을 찼다. 뿐만 아니라 성당이 매우 가깝다는 것을 이용해 후작 부인이 앉을, 비단에 금실을 수놓은 팔걸이의자를 운반해 왔다.

이것은 평민들을 불편하게 만들었다. 후작 부인이 그 팔걸이의자가 설교대의 정면에 놓인 것을 보고 어떤 생각을 했을지는 너무나 쉽게 상상할 수 있을 것이다. 클레리아는 몹시 당황하여 눈을 내리깔고 그 커다란 팔걸이의자의 구석에 몸을 숨기듯이 앉았다. 그리고 공조가 기가 막힐 정도로 뻔뻔스럽게 손가락으로 가리키는 마리니를 볼 용기도 없었다. 이 궁정인의 눈에는 귀족이 아닌 사람은 보이지 않는 것이었다.

파브리스가 설교대에 섰다. 그의 얼굴이 너무나 창백하고 여위었기 때문에 클레리아의 눈에는 금세 눈물이 고였다. 파브리스는 몇 마디를 하다가 갑자기 입을 다물고 말았다. 목소리가 막히는 듯했다. 뭔가 말을 꺼내려고 했으나 되지 않았다. 뒤로 돌아서서 원고를 집어들었다.

"여러분!"

그가 말했다.

"불쌍하다고 생각해야 할 한 불행한 영혼이 나의 목소리를 빌려 간절히 호소하고 있습니다. 이 고통을 끝내게 해달라고 말입니다. 그러나 살아 있는 동안 그 고통은 끝나지 않을 것입니다."

파브리스는 아주 천천히 원고를 읽어 내려갔다. 그런데 그의 목소리가 너무나 애처롭게 들렸으므로 그의 기도가 절반도 채 지나지 전에 공조를 비롯한 모든 사람들은 눈물을 흘렸다. 울고 있던 후작 부인은 생각했다.

'사람들이 나를 이상하게 생각하지는 않겠구나.'

파브리스는 원고를 읽어 내려가면서 신자들한테 그를 위해 기도해 달라고 말했던 그 불행한 영혼이 겪었던 고난의 영상들을 두세 가지쯤 떠올렸다. 그의 머릿속은 생각으로 가득 찼고, 그는 청중에게 말하는 척하면서 사실은 후작 부인 한 사람에게 이야기를 했다.

설교는 보통 때보다 조금 일찍 끝났다. 아무리 해도 눈물을 멈출 수가 없었고, 그로 인해 목소리가 청중에게 잘 들리지 않았기 때문이다. 통찰력이 있는 사람들은 이 설교가 이상하긴 하지만, 그 촛불을 밝혀 놓고 했던 설교에 버금가는 감동적인 설교였다고 말했다.

클레리아는 파브리스가 기도의 말을 열 줄도 읽을까 말까 했을 때에 벌써 14개월이나 그를 만나지 않은 자신의 행동이 큰 죄처럼 느껴졌다. 그녀는 집으로 돌아오자마자 파브리스의 일을 생각하려고 침상에 들었다.

다음날 파브리스는 다음과 같은 편지를 받았다.

당신을 믿고 말씀드립니다. 신뢰할 만한 자객 네 사람을 구해 주세요. 그리고 내일, 파르므 대성당에서 오후 12시를 알리는 종이 울리면, 성 요한 거리의 19번지에 있는 작은 문 앞으로 와 주세요. 습격당할 위험이 있으니 제발 혼자 오시지 않도록 해주세요.

파브리스는 늘 그리워하던 글씨체를 보자 무릎을 꿇고 눈물을 흘렸다.
 '마침내! 14개월하고도 여드레를 기다렸다! 이제 설교는 끝이다.'
 그날 파브리스와 클레리아가 어떤 미칠 듯한 심정이었는가 하는 것을 이야기하면 너무 길어질 것이다. 편지에서 말한 작은 문이란 크레센치 저택의 오렌지나무 온실의 입구였다. 낮이 되자 파브리스는 그 문을 몇 번이나 확인했다. 자정이 되기 전에 그는 무장을 하고 혼자 빠른 걸음으로 그 문 앞으로 다가섰다. 그때 귀에 익은 나지막한 목소리가 들렸을 때 그의 기쁨이 어떠했을까 하는 것은 형용할 수가 없다.
 "이리로 오세요."
 파브리스는 조심조심 안으로 들어갔다. 그곳은 오렌지나무 온실이었다. 그런데 눈앞에 지면으로부터 3~4피트쯤 되는 곳에 튼튼한 창살이 있는 창문이 있었다. 매우 캄캄했다. 파브리스는 창문에서 뭔가 소리가 들린다고 생각했다. 손으로 창살을 더듬었다. 그때 창살 속에서 나온 손이 그의 손을 붙잡고 입맞춤을 했다.

"저예요."

그리운 목소리가 들렸다.

"당신을 사랑한다고 말하고 싶어서 왔어요. 제 말을 들어주겠어요?"

파브리스의 대답이나 기쁨이나 놀라움은 말할 필요가 없을 것이다. 클레리아는 처음의 홍분이 가라앉자 그에게 말했다.

"알다시피 저는 두 번 다시 당신의 얼굴을 보지 않겠다고 성모님께 맹세했기 때문에 이런 어둠 속에서 당신을 만나는 거예요. 만약에 당신이 억지로 밝은 데서 저를 보려고 하신다면 우리의 관계는 영원히 끝장나고 말 거예요. 그건 그렇고, 당신이 아네타 마리니 앞에서 설교하는 걸 그만두셨으면…… 그리고 성당에 팔걸이의자를 갖다 놓는 짓을 한 것이 저라고 생각하지는 말아 주세요."

"오, 나의 천사! 저는 이제 두 번 다시 설교를 하지 않을 것입니다. 지금까지 설교를 한 것도 당신을 만날 수 있다는 기대 때문이었습니다."

"그런 말씀은 하지 마세요. 저는 당신을 볼 수 없으니까요."

여기서 독자의 양해를 구한다. 많은 사건을 이야기하지 않고 지금으로부터 3년 뒤로 건너뛰는 것을 용서해 주기를 바란다.

이야기가 시작되는 시기는, 모스카 백작이 파르므로 되돌아와 더 높은 권력을 얻게 된 지도 이미 오래된 때이다.

이 세상에는 존재하지 않는 행복을 3년 동안 누린 후 파브리스는 지나친 애정으로 인하여 마음의 변화를 일으켰으며, 이것이 모든 것을 바꿔 놓고 말았다.

후작 부인에겐 두 살배기 귀여운 아들이 있었다. 이름은 산드리노였고, 어머니의 사랑을 담뿍 받았다. 이 아이는 항상 어머니와 함께 있거나, 그렇지 않으면 크레센치 후작의 무릎 위에 있었다. 그런데 파브리스는 그 아이를 본 적이 거의 없었다. 그는 아들이 친아버지가 아닌 후작을 따르는 것을 싫어했다. 그래서 아이의 기억이 확실해지기 전에 빼앗으려고 계획했다.

후작 부인은 사랑하는 사람을 만날 수 없는 기나긴 낮의 시간을 산드리노와 함께 있음으로써 위로를 받았다. 알프스 북쪽 지방 사람들은 이상하게 생각할지 모르나, 그녀는 잘못을 저지르면서도 그 맹세를 지키려고 노력했다. 독자들도 알다시피 그녀는 두 번 다시 파브리스를 보지 않겠다고 성모 마리아께 맹세했다. 그리고 이를 실천하기 위해 그녀는 밤에만 애인을 맞아들였고, 절대로 불을 켜지 않았다.

그러나 매일 밤 파브리스는 애인을 만날 수 있었다. 놀라운 사실은, 호기심과 권태 때문에 몸이 근질근질한 궁정 생활의 중심에 있으면서도 파브리스의 용의주도함 때문에, 흔히 롬바르디아 지방에서 말하는 이들의 '우정'은 한번도 사람들로부터 의심받지 않았다는 점이다.

이 사랑은 너무나 격렬했기 때문에 두 사람 사이는 평온하지 않았다. 클레리아는 질투심이 강했다. 그런데 두 사람의 언쟁은 늘 다른 이유에서 불거져 나왔다. 파브리스는 공적인 행사를 이용하여 후작 부인 앞에 나타났고, 그녀를 바라보려 했다. 그러면 그녀는 뭔가 구실을 붙여서 자리를 뜨고 그후 잠시 동안은 그를 만나지 않는 것이었다.

파르므의 궁정에선 이토록 아름답고 지혜로운 여인에게 아무런 소문이 없다는 사실을 도리어 이상하게 여겼다. 물론 그녀에게 열을 올리느라 바보 같은 짓을 하는 사람들도 있었다. 그래서 파브리스도 종종 질투를 느꼈다.

란드리아니 대주교는 이미 세상을 떠나고 없었다. 파브리스의 경건함, 모범적인 행동, 뛰어난 설교는 그 착한 대주교를 사람들이 금세 잊어버리게 만들었다. 파브리스의 형도 죽었다. 그래서 모든 재산을 그가 물려받았다. 그는 매년 파르므 대주교관으로 들어오는 십수만 프랑의 수입을 교구의 주교나 사제들에게 분배해 주었다.

파브리스가 이룬 것만큼, 세상의 존경을 받고, 명예로우며, 세상을 돕는 삶을 생각하기란 힘든 일일 것이다. 그런데 지나친 애정으로 인해 이 모든 것이 파괴되었다.

어느 날 그가 클레리아에게 말했다.

"당신의 맹세를 존중하고는 있으나 낮에는 볼 수 없으니 내 삶의 큰 불행이 아닐 수 없습니다. 나는 언제나 혼자입니다. 일 이외엔 아무런 위안이 없고, 일도 별로 없습니다. 매일 긴 시간을 절제하면서 쓸쓸하게 보내다 보니 자꾸만 어떤 생각이 떠올라 나를 괴롭히고 있습니다. 반 년 전부터 이를 떨쳐 버리려고 하나 잘되지 않습니다. 그 생각이란 '나의 아들은 나를 사랑하지 않을 것이다. 나의 이름도 알지 못할 것이다.'라는 것입니다. 그 아이는 크레센치 가문의 편안하고 사치스러운 생활 속에서 자라서 나 같은 것을 보더라도 누군지 알려고 하지조차 않을 겁니다. 나는 고작 몇 번밖에 보지 못했지만 그 아이를 볼 때마다 그의 어머니를 생각합니다. 그토록 아름다운 모습을 나는 절대로 볼 수 없으니 기억을 불러일으키려 하는 것입니다. 그래서 그 아이는 나를 보고 무섭다고 생각할지도 모릅니다. 아이한테 무섭다는 것은 싫은 것과 마찬가지이지요."

"무슨 생각으로 그런 말씀을 하시는 거죠? 나는 무서워요."

후작 부인이 말했다.

"아들을 찾고 싶습니다. 함께 살고 싶습니다. 매일 그 아이를 보고 그 아이가 나를 사랑하게 만들고 싶습니다. 나도 마음껏 아이를 사랑해 주고 싶고요. 아주 진기한 운명으로 나는 많은 사람들이 즐기고 있는 행복도 뺏기고, 진심으로 사랑하는 사람과도 생애를 같이할 수 없으니, 내게 당신의 모습을 기억나게 해주고, 조금이라도 당신의 빈자리를 메워줄 아이를 곁에 두고 싶습니다. 억지로 강요받은 고독 속에서는 일이고 사람이고 다 귀찮아집니다. 바르보네가 나의 이름을 죄수 목록에 기재하던 날 이후로 야심이란 나에겐 무의미한 것이 되어 버렸습니다. 당신과 멀리 떨어져서 외로움에 빠져 있으면, 내 마음을 위로해 주는 것만 원하게 될 뿐 나머지는 아무런 의미가 없습니다."

사랑하는 남자의 슬픔이 불쌍한 클레리아의 가슴에 얼마나 큰 고통을 던져 주었을지 능히 짐작이 갈 것이다. 파브리스의 마음을 이해하는 만큼 더욱 괴로운 심정이 되었다.

그녀는 맹세를 반드시 지켜야만 하는가 하는 회의까지 품었다. 그러면 거실에서 손님을 맞이하듯 파브리스를 대낮에 만나도 될 것이다. 게다가 그녀는 정숙하다는 평판을 듣고 있어서 그 누구도 이를 소문낼 생각은 하지 않을 것이었다. 많은 돈을 내면 맹세를 깰 수 있을지도 모른다는 생각이 들었다. 그러나 그런 속물적인 방법을 쓰면 더욱더 양심의 가책을 받게 될 것이고, 또 하느님께서 노하셔서 새로운 벌을 내릴지 모른다는 생각이 들었다.

한편, 이상한 맹세를 했기 때문에 파브리스를 어처구니없는 불안 속에 빠뜨렸으니, 만약 그의 당연한 소원을 받아들이고 그의 고민을 해소해 주려 한다 해도, 도대체 어떻게 해서 이탈리아 대귀족의 외동아들을 유괴할 수 있단 말인가? 크레센치 후작이라면 엄청난 돈을 내놓을 것이며, 스스로 수색대의 앞장에 설 것이다. 그렇게 되면 조만간 탄로가 나게 마련이었다. 그런 위험을 피하기 위해서는 아이를 먼 곳, 예를 들면 에든버러나 파리로 보내는 수밖에 없었다. 그런데 어머니로서 도저히 그런 일은 할 수가 없었다.

파브리스가 제안한 방법이 가장 타당하기는 했으나, 이 광란 상태에 있는 어머니에겐 뭔가 불길한 조짐 혹은 그 이상의 무서운 죄처럼 생각되었다. 즉, 파브리스는 아이를 거짓 병자로 만들라고 했던 것이다. 그리고 증상이 차차 악화되어 크레센치 후작이 집에 없는 사이에 죽은 것으로 꾸미자는 것이었다.

클레리아는 이를 싫어했을 뿐만 아니라 무서워했다. 두 사람 사이에 거리감이 생겼으나 그리 오래가지는 않았다.

클레리아는 하느님을 시험하면 안 된다고 했다. 사랑스러운 아들이지만 죄의 자식이니, 만약 다시 하느님의 노여움을 산다면 그 아이를 빼앗기고 말 것이라고 주장했다. 그런데 파브리스는 자기의 이상한 운명을 원망했다.

"우연히 갖게 된 신분 때문에, 그리고 당신을 사랑하기 때문에 나는 영원히 고독하게 살아야만 합니다. 내 또래들이 흔히 그렇듯이 친밀한 교제를 즐길 수도 없습니다. 당신은 어둠 속에서만 나를 만나 주니까 말입니다. 내 삶에서 당신과 함께 지낼 수 있는 시간들이 허무한 순간들로 채워지는 것도 이 때문입니다."

두 사람은 많은 눈물을 흘렸다. 클레리아는 앓아 눕고 말았다. 그러나 그녀는 파브리스가 요구하는 희생을 거부하기가 힘들 정도로 그를 매우 사랑하고 있었다. 산드리노는 병을 앓는 것처럼 꾸며졌다. 놀란 후작은 모든 명의를 불러들였다. 이때 클레리아는 예상도 않았던 어려운 문제에 부딪혔다. 의사들이 처방한 약을 사랑하는 아들에게 먹이지 않도록 해야만 했던 것이다. 이것은 보통 쉬운 일이 아니었다.

억지로 침대에 누워 있어야만 했던 아이는 정말로 병이 생기고 말았다. 이 병의 원인을 의사한테 어떻게 설명할 수 있을 것인가?

클레리아는 사랑하는 두 사람에 대한 모순된 감정 사이에 끼어서 미칠 지경이었다. 일단 아이가 완쾌된 것으로 할까? 그러면 지금까지의 고통과 모든 노력이 허사가 되는데?

파브리스는 사랑하는 여인에게 자신이 고통을 강요하고 있다는 것을 인정할 수 없었고, 그렇다고 해서 계획을 단념할 수도 없었다. 매일 밤 그는 아이를 보려고 왔고, 이 일로 불편한 상황이 벌어지곤 했다. 후작 부인도 아이를 간호하러 왔기 때문에 이따금 파브리스가 두 개의 촛불 아래서 그녀의 얼굴을 보게 되었던 것이다. 이것은 쇠약한 클레리아의 마음에는 산드리노의 죽음을 초래할 만한 무서운 죄라고 생각되었다.

그녀는 양심의 의문을 해결해 주는 유명한 신학자들을 찾아가서, 틀림없이 나쁜 결과가 오리라고 생각되어도 성모님께 맹세한 서약을 지켜야 하는지 물어 봤다. 그들은 하느님께 맹세한 사람이 허무한 육체적 쾌락 때문이 아니라 확실히 불행을 막기 위해 어쩔 수 없을 경우에는 그 맹세가 깨어져도 죄가 되지 않는다고 대답해 주었다.

그러나 그것도 효과가 없었다. 후작 부인은 여전히 절망하고 있었다. 파브리스는 자기가 기묘한 제안을 했기 때문에 클레리아와 아이의 죽음을 재촉하고 있는 것은 아닌가 하고 걱정했다.

그는 절친한 모스카 백작에게 구원을 요청했다. 백작은 이젠 나이가 많았지만, 지금까지 몰랐던 이 슬픈 사랑 이야기를 듣고 감격했다.

"5~6일 정도 후작을 다른 데로 보내도록 하지. 언제쯤이 좋겠나?"

얼마 후 파브리스가 백작을 찾아왔다. 그는 모든 준비가 다 되었으니 후작이 집에 오지 못하게 해 달라고 말했다.

그로부터 이틀 후, 후작은 말을 타고 만토바 근처의 영지를 돌아보고 돌아오던 길에 개인적인 원한을 풀기 위해 고용된 산적들에게 납치되었다. 난폭한 대접을 받지 않았으나, 배에 태워져 3일간 포 강으로 내려갔다. 이는 예전에 파브리스가 지레티 사건 후에 경험한 것과 같은 것이었다.

나흘째 되던 날에 산적들은 돈은 물론이고 조금이라도 값 나갈 만한 것들을 몽땅 빼앗고, 후작을 포 강의 무인도에 남겨 놓았다. 후작이 파르므의 저택으로 돌아오는 데 꼬박 이틀이 걸렸다. 돌아와 보니 저택에는 까만 장막이 둘러져 있었고 너나 할 것 없이 슬픔에 잠겨 있었다.

아이의 유괴는 성공하였으나 그 결과는 너무나 참담했다. 아이는 몰래 어느 대저택으로 옮겨졌고 후작 부인도 거의 매일같이 아이를 보러 갔으나 수개월 후에 아이는 죽고 말았다. 클레리아는 성모 마리아께 맹세한 것을 지키지 않았기 때문에 천벌을 받은 거라고 믿었다. 몇 번씩이나 촛불 아래서 파브리스를 보았으며, 게다가 산드리노가 앓고 있을 때 너무나 그리워서 대낮에도 그를 두 번이나 만났던 것이다.

그녀는 사랑하는 아들이 죽은 지 수개월 후에 죽었다. 그러나 사랑하는 남자의 팔에 안겨 행복하게 죽어 갔다.

파브리스는 그녀를 너무나 사랑했고 신앙심도 두터웠기 때문에 자살로써 구원을 얻으려 하지 않았다. 그는 더 좋은 세상에서 클레리아를 만나게 될 희망을 품게 되었다. 그리고 생각이 깊었던 만큼 그러려면 이 세상에서 죄의 대가를 치러야 한다고 생각했던 것이다.

클레리아가 죽고 나서 얼마 후, 그는 많은 증서에 서명을 했다. 하인들에게 각각 1천 프랑의 연금을 주고 자기 자신에게도 같은 액수의 연금만을 남긴 것이다. 모스카 백작 부인에게는 연간 수입이 10만 루블이나 되는 토지를 주고, 그와 같은 금액을 어머니인 델 동고 후작 부인에게 보냈다. 그리고 아버지 재산의 나머지는 불행한 결혼 생활을 하고 있는 여동생에게 주었다. 다음날에는 대주교 사직은 물론 에르네스트 5세의 총애와 수상의 우정 덕분에 얻게 된 모든 직위에서 사임한다는 서류를 제출하고 파르므의 수도원으로 들어갔다. 그곳은 사카에서 20리쯤 떨어진 곳에 있는, 포 강에서 가까운 숲 속에 있었다.

모스카 백작 부인은 남편이 수상으로 다시 복직한 것은 기뻐했으나 아무리 해도 에르네스트 5세의 공국에 다시 돌아갈 생각은 없었다. 그래서 포 강의 왼쪽 기슭에 있고, 카살 마조레로부터 1킬로미터쯤 떨어진 비냐노에다 머물 저택을 마련했다. 백작이 그녀를 위해 지어준 이 저택에는 매일 수많은 친구들이 찾아왔으며, 목요일마다 파르므의 상류사회 사람들이 초청되었다. 파브리스도 수도원으로 들어가지 않았다면 매일 이곳에 왔을 것이다. 백작 부인은 행복이란 행복은 모두 다 가진 것처럼 보였다. 그러나 사랑하는 파브리스가 수도원에서 일 년 후에 세상을 떠나자 그녀도 얼마 살지 못하고 죽었다.

파르므의 감옥은 텅 비어 있었고, 백작은 엄청난 부자가 되었다. 에르네스트 5세는 신하들로부터 그의 정치력이 옛날 토스카나의 역대 대공에 필적할 만한 것이라는 칭송을 받았다.

행복한 소수의 사람들에게 바친다.
(TO THE HAPPY FEW.)

작품 해설 및 작가 연보

:

작품 해설

인생과 사랑에 대한 깊은 성찰의 반영

《파르므의 수도원》은 《적과 흑》으로부터 8년 뒤에 씌어진 작품이다. 《적과 흑》이 왕정복고 시대의 반동적인 프랑스를 배경으로 삼은 것과 같이 《파르므의 수도원》도 반동과 저항이 계속된 당시의 이탈리아를 무대로 하고 있다.

만일 혁명적인 분위기가 없었던들 군주를 독살한 산세베리나 공작 부인이라든가, 감옥에서 진정한 행복을 찾은 파브리스 델 동고 같은 존재는 무의미한 것이 되고 말 것이다.

그런 의미에서 이 소설의 프롤로그라고 할 수 있는 제1장 '1796년의 밀라노'는 역사적 가치를 가지고 있다 하겠다.

하지만 《파르므의 수도원》이 단순한 역사 소설이었더라면 오늘날 전 세계 독자나 연구가들에게 이토록 친숙할 수 없었을 것이다.

이 소설에서 스탕달이 다루고 있는 역사적 사건은 결코 '죽은 자는 죽은 것'이라 하여 덮어 버릴 성질의 것이 아니고, 낡은 것과 새로운 것, 권력과 민중, 압박과 저항의 대립을 묘사하고, 그것이 인간 사회에 영구히 되풀이되는 사회적 드라마 속에서 인간이 인간으로서 어떻게 살며, 또 어떻게 행복을 추구하고 있는가를 차근차근 헤집고 있다.

 그런데 소설은 역사의 기술(記述)이 아니고, 실례(實例), 말하자면 살아 있는 인물의 말과 행동을 통해 개인적임과 동시에 역사적인 것을 묘사하는 것이다.

 스탕달의 소설에서는 역사적 요소는 오히려 작중인물의 마음속에 반영되는 경우가 많다. 예를 들어, 클레리아 콘티란 소녀가 가짜 자유주의자인 아버지를 연민하는 마음속에, 진정한 자유주의를 동경하는 솔직한 원망(願望)이 표출되어 있고, 또 파브리스 델 동고가 끊임없이 두려워하고 있는 스피엘베르그 감옥의 이미지야말로 당시 이탈리아의 진짜 적(敵)이었던 오스트리아 제국을 암시하고 있다. 스탕달은 작중인물의 심리 속에서 항상 그 시대와 대화를 하는 수법을 택한 것이다.

 따라서 개인적인 행복도 필연적으로 그 사회와 시대의 영향을 받지 않으면 안 된다. 여기에도 또 두 종류의 행복이 있다. 하나는 일시적인 권력이나 시속(時俗)에 따르지 않으면 살아갈 수 없는 행복, 그것은 파비오 콘티 장군이나 라시 사법장관 및 라시 사법장관이 유포하는 것에 지배되는 파르므의 민중이다.

여기에 반해 인간으로서 적당한 권리, 인류적 입장에서 찬미를 받을 숭고한 행복은 일시적, 물질적 이해에 좌우되는 것이 아니다. 오히려 일시적인 정책이나 세속적 쾌락에 반항하면 이와 같이 영원한 가치를 가진 의지와 영예는 언제까지나 후세의 추앙을 받고도 남을 것이다. 그러나 파브리스가 간수를 때려눕히고 탈옥을 하고, 산세베리나 부인이 군주를 시역해도 범죄라고는 보이지 않는다.

그와 같은 의지와 정열은 눈부시게 변천해 가는 정치와 사회의 차원을 훨씬 초월한 곳에 있다고 할 수 있다. 역사 그 자체는 멸망하고 사라져 가지만 역사의 법칙 그것은 영원한 것이다. 이 불변의 법칙 속에서 어떤 행복이 가장 위대하고 또 영속적인 것일까. 스탕달은 그것을 정열적인 사랑으로 표현하려 했었다.

스탕달이 《파르므의 수도원》을 썼을 때 그의 나이 쉰여섯이었다. 40대에 쓴 《적과 흑》과는 사정이 자못 다른 것도 당연한 일이다. 예를 들어 《파르므의 수도원》에서는 노년의 세대가 등장한다. 콘티 장군은 중풍을 앓고 있으며, 모스카 백작도 병을 구실 삼고 있다. 산세베리나 부인도 아직 젊으면서 노년을 걱정하고 있다.

 이와 같은 구체적인 사례 외에도 인간의 황혼에 대한 깊고 은밀한 철학적 반성이 도처에서 발견된다.

 이렇듯 《파르므의 수도원》에는 《적과 흑》에서 볼 수 있었던 발랄과 생기와 더불어 《적과 흑》에서는 볼 수 없었던 노년의 초조의 빛이 떠돌고 있다 하겠다. 그 초조는 오히려 인생에 대한 깊은 성찰로서 나타나 있다.

 흥미로운 것은, 청춘과 노년을 함께 합쳐 놓은 이 소설을 만일 독자가 10년 뒤에 다시 한 번 읽게 된다면 사뭇 다른 인상을 받게 될 것이라는 점이다. 이런 점에서 《적과 흑》과는 판이하다 하겠다. 왜냐하면 소설은 연극이나 음악과는 달리 언제나 독자 홀로 조용히 음미하는 것이며, 자신과의 대화이기 때문이다.

 그만큼 독자의 인생 경험과 더불어 읽는 법, 음미하는 법이 달라진다. 말하자면 독자는 어느 시기에는 연애를 최고 가치의 것으로 생각하는가 하면, 또 어느 시기에는 중년의 초조를 실감하게 된다. 이때, 이 소설은 처음 읽을 때와 다음에 읽을 때와는 매우 다름을 느낄 것이다. 말하자면 이 소설을 수년 후 다시 펼치고 싶은 욕망에 사로잡힌 자신을 발견할 것이다.

나 자신도 《파르므의 수도원》을 다시 펼쳐 들었을 때 처음 읽는 그 인상과는 판이함에 놀라지 않을 수 없었다. 그 무렵의 나에게는 파브리스와 클레리아만이 약동하고 있었다. 그런데 다시 읽어보니 오히려 산세베리나 부인과 모스카 백작의 세계가 한결 선명하게 떠오른다. 젊은 시절, 과연 산세베리나 부인과 모스카 백작의 세계를 어떻게 이해하고 있었을까. 과연 산세베리나 부인의 파브리스에 대한 사랑을 이해하고 읽었을까.

아무튼 내가 놀란 것은 산세베리나 부인의 자유 세계이다. 그리고 이와 같은 자유를 허용해 주고 있는 유럽의 사회와 우리의 현실과의 판이함에 놀라움을 금치 못했다.

만일 우리 사회에서 자기 자식 외의 젊은이에게 산세베리나 부인과 같은 사랑을 쏟는 여성이 있다면 세상의 여론은 요란할 것이다. 우리의 현실은 결코 산세베리나 부인의 파브리스에 대한 사랑과 행동을 용납하지 않을 것이다.

마찬가지로 산세베리나 부인과 같은 재원의 존재도 지난날 여인천하에서 볼 수 있는 일화의 인물이지 결코 현존할 수 없는 것, 군주를 마치 공깃돌과 같이 마음대로 주무르며 실권을 잡고, 때로는 승하고 때로는 패하는 권모술수를 일삼는다는 것은 결코 오늘의 현실일 수는 없다.

 그와 같은 산세베리나의 화려한 재기에 비한다면 클레리아는 가련한 한 떨기 들국화에 비할까.

 파브리스를 사랑하고, 사랑하면서 스스로를 묶고 암흑 속에서만 자신을 풀어놓는, 그리하여 남모르게 피었다가 시들어 죽어 가는 들국화 같은 클레리아다.

 남성의 눈에는 이런 타입의 여성이야말로 그지없는 매력으로 보일 것이다. 그러나 여자의 눈으로 볼 때는 너무나 옹색한 인생, 사로잡힌 여자, 해방될 수 없는 여자란 인상을 면치 못한다.

 예를 들면, 파브리스와 클레리아의 사랑이 최고조에 달하는 장면이 있다. 감옥에 갇힌 파브리스를 클레리아가 필사적으로 구출하려는 장면이 바로 그것이다. 여기서 클레리아가 일신을 희생할 각오가 선다면 두 사람의 사랑이 이루어질 순간에 있다. 이미 파브리스는 클레리아에 대해 그러한 각오가 되어 있다. 그런데 클레리아는 파브리스의 과거 염문에 구애 받고 있다. 자기 자신도 언젠가는 버림받을 운명에 놓이지 않을까 하는…….

"저는 바람둥이 사내에게 마음이 끌린 겁니다. 그가 나폴리에서 어떤 생활을 했는지 잘 알고 있으니까요. 그런 그의 성격이 변화되었다는 것을 어떻게 믿을 수 있겠습니까?
그는 괴로운 감옥에 갇혀 있었고, 자신이 볼 수 있는 유일한 여자를 유혹했을 뿐입니다. 심심풀이 상대로 말입니다. 그 여자와 말을 주고받으려면 다소 모험을 할 수밖에 없었기 때문에 그 모험이 마치 진실한 사랑의 정열로 잘못 인식되었던 겁니다. …(중간 생략)… 그 가엾은 여자는 수녀원에서 늙어 죽겠지요. 바람둥이 사내한테서 버림을 받고 그런 사내에게 자신의 사랑을 고백한 것을 죽도록 후회하면서……."

내디뎌야 할 일보를 클레리아는 두려운 나머지 반대로 물러서 버린다. 이렇듯 클레리아는 자기 자신의 운명을 스스로 불행으로 이끌어 간다. 소녀 시절에 흔히 있을 수 있는 이와 같은 두려움. 자기의 보신을 위해, 상처를 안 받기 위해, 전도 되지 않기 위해…… 이로 인해 놓치는 손실이 얼마나 큰지를 모른다.

산세베리나 부인의 사랑에는 '속이다', '속다'를 초월한 '크기'가 있다. 젊은이들에게 부인의 그 '크기'를 배우라고 하는 것은 무리한 청일까.

클레리아의 삶은 들국화처럼 애잔한 미로 가득 차 있다. 그러나 그것은 어디까지나 제삼자의 입장에서 본 문학적 평가에 불과하다. 한 여성의 인생으로서 생각해 볼 때 애잔한 들국화보다는 화려한 모란이 되는 것이 바람직하다. 죽느냐 사느냐의 갈림길에서는 '나는 속아도 좋다. 믿어 보겠다.'는 용기를 가져 주기를 바라고 싶다.

작가 연보

1783년 본명은 마리 앙리 벨(Marie-Henri Beyle). 1월 23일 프랑스의 그르노블에서 비교적 유복한 중산계급의 장남으로 태어남. 아버지는 그르노블 고등법원의 변호사, 어머니는 의사의 딸이었음.
1790년 어머니 앙리에트가 사망함.
1796년 그르노블의 에콜 상트랄에 입학하였으며, 수학에 뛰어난 재능을 보임.
1799년 에콜 폴리테크니크에 입학할 목적으로 파리로 떠났으나 시험을 치르지 않음.
1800년 친척 피에르 다뤼(육군의 고급 장성)의 주선으로 나폴레옹군에 들어갔으며 이탈리아 원정에 종군함. 얼마 후 소위로 임관됨. 안젤라 피에트라그루아를 사랑하게 됨.
1801년 병가를 얻어 그르노블로 돌아옴.
1802년 군대를 사직하고 희곡을 습작하기 시작함.
1805년 여배우 멜라니 길베르와 사랑에 빠졌으며, 그녀와 함께 마르세유로 가서 식료품 도매업을 함.
1806년 다시 나폴레옹 군대에 들어갔으며, 2년 동안 독일의 브라운슈바이크에 주둔함.
1811년 피에르 다뤼는 장관이 되었고, 스탕달은 다뤼 부인에게 구애를 했으나 실패하여 이탈리아로 떠남. 밀라노에서 11년 만에 안젤라 피에트라그루아와 재회함. 11월에 파리로 돌아와 《이탈리아 회화사》를 집필하기 시작함.
1814년 나폴레옹이 실각하자 이탈리아로 떠남.
1815년 《하이든, 모차르트, 메타스타시오의 삶》을 완성함.
1817년 스탕달이란 필명으로 《1817년의 로마, 나폴리, 피렌체》를 출판함.
1820년 《연애론》을 완성함.
1822년 파리에서 지내면서 영국의 잡지에 글을 기고함. 《연애론》이 출판됨.

1823년 이탈리아로 감. 《라신과 셰익스피어》, 《로시니의 삶》이 출판됨.
1824년 파리에서 퀴리알 부인과 사랑하게 됨.
1826년 퀴리알 부인과 이별하고, 첫 소설 《아르망스》를 집필함.
1827년 《아르망스》를 출판함.
1828년 경제적으로 궁핍해지기 시작함.
1829년 《로마 산책》을 출판함. 알베르트 드 뤼방프레와 헤어지게 되자 여행을 떠남. 마르세유에서 《적과 흑》을 구상함.
1830년 7월혁명이 일어나고 이탈리아 주재 프랑스 영사로 임명됨. 11월에 《적과 흑》을 출판함.
1832년 이탈리아를 여행함. 《에고티슴의 회상》을 집필함.
1833년 이탈리아의 고문서(古文書)를 수집함.
1835년 《뤼시앵 뢰뱅》을 집필했으나 미완성으로 남게 됨. 《앙리 브륄라르의 삶》을 집필함.
1836년 5월에 휴가를 얻어 파리로 돌아옴. 《나폴레옹의 추억》을 구상함.
1837년 《첸티 일족》을 발표함. 《이탈리아 회화사》 중에서 미켈란젤로의 〈최후의 심판〉에 관한 서술을 들라크루아가 절찬함.
1838년 《어느 유람객의 수기》를 출간함. 《파르므의 수도원》을 7주 만에 완성함.
1839년 《라미엘》을 구상함. 《카스트로의 수녀》가 출판됨.
1840년 《파르므의 수도원》을 격찬하는 발자크의 글이 《르뷔 파리지엔》에 실림.
1841년 《라미엘》을 집필하기 시작했으나 뇌졸중을 일으킴. 회복 후에 휴가를 얻어 파리로 돌아옴.
1842년 3월 22일 오후 7시경에 뇌졸중을 일으킴. 23일 새벽 2시에 사망함. 몽마르트 묘지에 안장됨.

오현우
- 서울대 불문과 졸업
- 프랑스 소르본 대학에서 수학
- 서울대 불문과 교수 역임
- 역서 : 《적과 흑》,《시지프의 신화》,《좁은 문》,
  《무서운 아이들》 외 다수

판권본사소유

(밀레니엄북스 58)

파르므의 수도원 2

초판 1쇄 인쇄 | 2005년 12월 26일
초판 1쇄 발행 | 2005년 12월 30일

지은이 | 스탕달
옮긴이 | 오현우
펴낸이 | 신원영
펴낸곳 | (주)신원문화사
책임 편집 | 박은희, 장희진

주　　소 | 서울시 강서구 등촌1동 636-25
전　　화 | 3664-2131~4
팩　　스 | 3664-2130

출판등록 | 1976년 9월 16일 제5-68호

＊ 잘못된 책은 바꾸어 드립니다.

ISBN 89-359-1306-5 04860
ISBN 89-359-1304-9 04860(세트)